Für Birgit!

Viel Spaß beim Lesen
wünscht Britta!

Männer sind wie Schokolade. Linda schafft es immer wieder, in die unmöglichsten Situationen zu geraten. Als emsig arbeitende Werbeagenturfrau kämpft sie tapfer gegen Auftragsberge, einen cholerischen Boß und die täglichen Attacken auf die kreativen grauen Zellen. Doch auch privat ist sie ständig den Tücken des Schicksals ausgesetzt. Kein Wunder, daß es noch aufregender wird, als ein Kunde der Agentur zur lockenden Versuchung wird. Männer sind wie Schokolade...

Ich pfeif auf schöne Männer. Linda hat einfach genug. Mike, ihr »Schokoladenmann«, überrascht sie mit der Eröffnung, daß er eine fünfjährige Tochter hat, und ihr Job in der Werbeagentur raubt ihr den letzten Nerv. Veränderungen sind angesagt! So beschließt sie beherzt, sich auf eigene Füße zu stellen, und steigt ein in die internationale Szene der Modeleute, Schauspieler und Fotomodelle. Für ihren neuen Job reist sie zwischen Hamburg, Mailand, Hollywood und Frankfurt hin und her und begegnet so manchem attraktiven Mann. Bei soviel Schönheit könnte es ihr ganz hübsch schwindlig werden - wenn, ja wenn Mike nicht wäre...

Tina Grube, Jahrgang 1962, arbeitete viele Jahre in der Werbung. Heute lebt und schreibt sie in New York. Im Fischer Taschenbuch Verlag erschien auch ihr dritter Roman, ›Lauter nackte Männer‹ (Bd. 11768).

Tina Grube

Männer sind wie Schokolade

Ich pfeif auf schöne Männer

Zwei Romane

Fischer Taschenbuch Verlag

Limitierte Sonderausgabe
Veröffentlicht im Fischer Taschenbuch Verlag GmbH,
Frankfurt am Main, Dezember 1998

Gesamtherstellung: Clausen & Bosse, Leck
Printed in Germany
ISBN 3-596-50202-0

Männer sind wie Schokolade

Inhalt

Präsentation

Und da war es wieder, dieses Gefühl, daß sich alles um einen Margarinetopf und um die neueste Anzeige für die besonders glanzversprechende Schuhcreme drehte.
Wie lange kann man wohl in einer Werbeagentur arbeiten, ohne daß man leicht bekloppt wird? fragte ich mich und starrte auf den immer höher werdenden Stapel unbearbeiteter Aufträge. Mein Magen begann unruhig zu kribbeln. Ein deutliches Zeichen nahender Überforderung, das sich in Anbetracht des heutigen Tagespensums noch intensivierte.
»Linda, dein Fax ist durch«, sagte meine Sekretärin und klatschte mir diesen ach so wichtigen Kostenvoranschlag auf den Tisch.
»Na ja, wenn unser Kunde ihn in den nächsten zwei Stunden unterschreibt, kann das Fotoshooting doch noch losgehen«, sinnierte ich laut. Wenn nicht, hatte ich ein Problem. Eines dieser Probleme, über die normale Menschen nur grinsen können. Meine Eltern würden staunen, was ihr Töchterchen heute so alles ins Schleudern brachte. Früher waren es die Lehrer in der Schule, die gebrochene Nase, der mißglückte Flirt mit dem schönen Jungen von nebenan. Heute ging's um Job, zu enge Termine, Panikanfälle und einen Papierstau im Fotokopierer zu nächtlicher Stunde.
Mein Boß stand übermächtig groß und breit in der Tür: »Komm doch mal eben mit. Wir möchten dir was zeigen.«
Wer verdammt war ›wir‹? Und da saßen sie nun: der Boß Peter, König von allem mit leichten Ambitionen zum Kaiserdasein, der Grafiker Hans, Texter Tom und der schon leicht senile Karl, der seine letzten Karriereklimmzüge als Werbeberater abturnte. Hübsche kleine Männerrunde. Eine neue Werbekampagne war geboren mit Drehbüchern für einen Film, Anzeigen und allem Tuttifrutti drumherum. Alle vier Herren der Schöp-

fung quatschten wild durcheinander, erklärten mir nervös das Produkt – eine neue, witzig designte Armbanduhr –, die Aufgabe und schließlich ihre kreativen Ergüsse.

Karl zog mich zum Fenster und zeigte auf die nebeneinanderstehenden Entwürfe: »Hier, schau. Das sind die wesentlichen Motive für die Doppelseiten und die einzelnen Filmszenen.«

Hans unterbrach ihn, indem er mir voller Stolz eine Pappe mit einem aufgeklebten Foto unter die Nase hielt: »Ist das nicht geil?«

Tom las derweil laut tönend seine Headlines vor. Ich schluckte. Chaos totalos. Etwas irritiert blickte ich umher und versuchte, mich zu konzentrieren.

»Was hältst du davon?« fragte mich Tom mit einem so begeisterten Unterton, daß ich merkte, er hatte so richtig Herzblut investiert.

»Also, wenn ich alles richtig verstanden habe, ist der Clou an der Sache, daß dieses wunderschöne Mädchen das Produkt, also diese Uhr, unüblicherweise als Strumpfband benutzt, ja? O.k., wirklich mal was Neues. Man kann zwar die Zeit auf der neuen Flippy-Uhr nicht besonders gut ablesen, wenn man sie unter dem Rock trägt, doch … schon originell. Aber, ihr Süßen, die ganze Nachtclubatmosphäre in eurem Film ist nicht sehr teenagermäßig. Wir jungen Mädels von heute …«, Tom kicherte unverschämterweise, »… wollen zwar sexy und raffiniert sein, aber nicht nuttenmäßig. So wie hier mit den Netzstrümpfen und den lackroten High-Heels. Zarte weiße Seidenstrümpfe und Seidenboxershorts wären der bessere Stil. War's das?« beendete ich meinen Kommentar und stand auf.

»Nein«, sagte der Boß, »da ist noch was. Morgen ist die Präsentation, und wir überlegen noch, wer mit nach Frankfurt fliegt.«

»Nachtigall, ick hör dir trapsen«, rutschte es mir heraus.

»Tja, wie du schon sagst, Linda, ist diese Uhr ein Produkt für junge Frauen. Da sieht's vielleicht komisch aus, wenn wir dort als Männerclub auftauchen«, meinte Tom.

»Und deshalb dachten wir an dich«, sagte mein Boß.

Nun war ich aber doch leicht verdutzt: »Aber ich kenne das

Konzept doch gar nicht richtig – und überhaupt, wollt ihr mich etwa als schweigende Galionsfigur mitnehmen?«
»Nein. Du präsentierst mit. Schließlich fliegen wir doch erst in sechzehn Stunden. Bis dahin…«, sagte Tom.

So, also noch ein Problem. Andere Leute hatten Kinder mit Windpocken und ich die ausgeprägte Form von Arbeitspest am Hals. Es wurde mal wieder die Nacht der Nächte. Wir bastelten unsere Präsentationsunterlagen zusammen, sortierten Dias und übten unsere Vorträge.
»Hui, Linda, deine Augen sind so knallrot wie bei 'nem Albinokarnickel. Solltest Augentropfen nehmen«, riet mir Hans charmant. Er seinerseits hatte sich seine Mähne so komplett zerrauft, daß er der regionalen Punkclique Konkurrenz machen konnte.
»Und du besorg dir lieber einen Kamm«, ärgerte ich ihn retour.

Im Morgengrauen blieb dann gerade noch genügend Zeit zum Duschen und Schönmachen. Punkt sieben Uhr stand ich artig angezogen und aufrecht am Flughafen. Die Herren trudelten aufgeregt ein und gaben sich Mühe, cool zu sein. Ich hoffte, alle seien nicht nur gut rasiert, sondern hätten sich auch mit der Extraportion Deo versorgt. Im Flieger tobten wir alle auf unsere Art die kleinen Ängste aus. König Peter aß gleich vier Brötchen, sicher ohne es so richtig zu merken, denn sonst kriegte er um diese Uhrzeit gerade eins runter. Der alte Karl gab sich vorsichtshalber »ein Sektchen«, wie er der Stewardeß leise zuflüsterte. Wir hatten es aber trotzdem gehört. Ich wettete insgeheim, wenn er das nicht befürchtet hätte, hätte er glatt noch ein weiteres Pikkolöchen gezischt. Tom schwieg sich aus und starrte ein dekoratives Riesenloch in die Luft, während Hans sich ganz offensichtlich bemühte, die Schlagzeile der Bild-Zeitung auswendig zu lernen. Ich tat, was ich in solchen Situationen immer zu tun pflegte. Ich rauchte. So ziemlich eine nach der anderen.
Mein Boß grummelte: »Hör doch endlich auf zu paffen.«
Geduldig erklärte ich ihm: »Erstens paffe ich nicht, ich inhalie-

re, und zwar kräftig. Zweitens: Wer früh aufstehen muß, darf jetzt auch schon rauchen«, und zündete mir aus Protest und vorsichtshalber gleich noch eine an.

Als wir aus dem Flugzeug ausstiegen, hatte ich es geschafft: Mir war schlecht.

Im Taxi fing ich mit meiner Macke an, ›Gnadenzeiten‹ zu berechnen. Also, wir brauchten bis zur Höhle des Löwen bestimmt eine halbe Stunde. Bis wir alles aufgebaut hatten, vom Dia-Projektor bis zum Overheadfolien-Gerät, vergingen sicher zehn weitere Minuten. Folgen würden die gegenseitige Vorstellung und höfliche Floskeln à la: »Haben Sie einen guten Flug gehabt?« Das dauerte mindestens fünf Minuten. Summa summarum machte das ab sofort fünfundvierzig Minuten Gnadenfrist, bis der Kampf losging. Sozusagen noch ewig.

»Haben Sie einen guten Flug gehabt?« fragte ein mittelgroßer Fremder in dezentem Outfit meinen Boß. Der Mann war der sogenannte »Zentralmanager Kommunikation« des Unternehmens, wie er uns aufklärte. Ein Typ, so Mitte Dreißig; er hatte einen unverschämt widerlich arroganten Mund und hieß Mike Badon. Danach schüttelten wir wichtig, wichtig die Hand des Vorstandsvorsitzenden, des Marketingleiters und des Product Managers. Es war mir schon etwas peinlich, mitten im Winter mit heißen, schweißnassen Händen bei dieser Aktion dabeizusein. Aber viel mehr beschäftigte mich die Misere mit dem Dia-Projektor. Der war zwar, wie versprochen, bereits angeschlossen, aber die Fernbedienung war unauffindbar. Nun hatte das Gerät ja obendrauf noch diese Bedienungsknöpfchen. Die hätte ich allerdings von meinem Sitzplatz bis zur Mitte des überdimensional breiten Konferenztisches nur mit Hilfe der Wunderpille erreichen können, die meinen Arm blitzartig um zwei Meter verlängern würde.

Der Vorstandsvorsitzende wußte Rat, weil Herren in solchen Positionen und mit der Weisheit ihrer mindestens fünfundfünfzig Jahre einfach immer wissen, was zu tun ist: »Frau Lano, kommen Sie doch rüber auf unsere Seite und setzen Sie sich einfach auf den Tisch!«

Das könnte dir so passen, Alter, dachte ich und verfluchte die

morgendliche Idee, entgegen meinen sonstigen Gepflogenheiten einen engen, kurzen Rock angezogen zu haben. Doch was blieb mir übrig? Mit meinem verbindlichsten Werberlächeln setzte ich mich zwischen meine grinsenden Kollegen tatsächlich mit seitlich leicht angewinkelten Beinen auf den Tisch. Wenn meine Eltern wüßten, daß ich mich durch mein Studium gekämpft hatte, um auf Konferenztischen thronend zu enden, hätten sie mir sicherlich eher die Lehre zur Friseuse gegönnt.
Das Licht ging glücklicherweise aus, meine Hände konnten unbeobachtet im Dunkeln weiterzittern, und die Präsentationsdias strahlten, meinem emsigen Drücken gehorchend, von der Leinwand. Alles rollte ab wie geplant. Wir Werber waren wieder mal großartig. Als das Licht anging, rutschte ich erleichtert und so lässig wie möglich auf meinen Stuhl zurück. Schweigen. Beeindrucktes Schweigen? Betretenes Schweigen? Nein, die Knaben schienen erfreut. Eine heftige Diskussion entbrannte.
Ich fühlte wohlige Entspannung, bis Mike Badon mich direkt ansprach: »Frau Lano, in bezug auf das Outfit des Mädchens in dem Kinofilm haben Sie kurz angerissen, daß die Wäsche dem aktuellen Trend junger Frauen entspricht. Können Sie mir das bitte genauer erläutern?«
Das hatte mir noch gefehlt. Wäre ich doch nur schon zu Hause bei meiner Mutter unterm Tannenbaum.
»Ja also, wir sind der Meinung…«, begann mein Boß.
»Nein«, hörte ich Mike Badon sagen, »ich möchte das von Frau Lano hören.«
Betont langsam fügte ich mich also in mein Schicksal: »Wissen Sie, schöne Seidenunterwäsche ist heute so ›in‹ wie nie zuvor. Wir stellen uns ein Seidenunterhemd mit einem Hauch Spitze vor, lässige weiße Boxershorts und in keinem Fall peinliche oder hocherotische Strapse.«
O Gott, was erzählte ich da. Die Jungs rutschten ja schon unruhig auf ihren Stühlen herum. Das mit den Strapsen mußte ich jetzt in den Griff bekommen.
»Insgesamt streben wir eine sinnliche Atmosphäre an, die aber auch Reinheit ausstrahlt«, setzte ich fort.

»Welche Art von Strumpfhaltern meinen Sie denn nun?« fragte Badon dreckig grinsend.
Nun gab es für mich kein Halten mehr: »Zart, seidig, feminin und weiß. Und wenn Sie es noch genauer wissen wollen, bringe ich Ihnen gern, wenn wir diese Präsentation gewinnen, zu unserem ersten Arbeitsmeeting eine kleine Kollektion davon mit«, pampte ich ihn wütend an. Verdammt, jetzt verzog er auch noch leicht amüsiert seine Mundwinkel. Hoffentlich verlieren wir. Mit dem will ich nicht mal einen Tag zusammenarbeiten, ging es mir durch den Kopf.

Auf dem Rückflug tranken wir alle ordentlich einen. Gleich im neuen Jahr wollten sich die Kunden melden und uns erzählen, ob wir den Auftrag bekommen würden. Wir philosophierten noch ein wenig. Ich regte mich über Mike Badon auf, fand, er habe einen Mund wie Klaus Kinski und mache überhaupt den Eindruck eines abgedrehten Mistkerls. Meine werten Kollegen machten noch ein paar wohl unvermeidliche dreckige Sprüche über meinen Wäschevortrag. Und Tom meinte, Badons Mund sehe eher so aus wie der von Belmondo. Egal, bald ist Weihnachten.

Weihnachten

Ich fand mich ziemlich genial, als ich am 23. Dezember kurz nach Geschäftsschluß mit den knisternden Plastiktüten in meine Wohnung stolperte. Alles geschafft, kein Geschenk vergessen, selbst aus dem durchwühlten Geschenkpapiersortiment hatte ich einer unentschlossenen anderen Kundin glatt noch die dekorativsten Bögen weggeschnappt. Leicht echauffiert und voller Stolz holte ich Klebeband und Schere, um die Präsente geheimnisvoll zu verhüllen.

Das Telefon klingelte. »Hallo Linda«, zwitscherte meine herzallerliebste Freundin Simone. »Ich wollte mit dir noch die Christmas-Taktik besprechen.«

Ich mußte lachen, denn alljährlich fuhren wir zwei aus unserem Hamburger Exil in die Berliner Heimat zum Familienfestgenuß – und um die Stadt unsicher zu machen, sobald der erste Feierschwung gelaufen war.

Simone plante laut: »Also, Heiligabend und der erste Weihnachtsfeiertag sind wieder mal nicht möglich. Was hältst du davon, wenn wir am zweiten Feiertag abends unser Lieblingsrestaurant beehren?«

»Schatzi, genau das werden wir tun. Ich habe zwar keine Ahnung, wie großzügig meine Eltern so sein werden, aber ich tippe mal, Champagner wird schon drin sein. Nur für uns zwei im ›Fofi‹. Die Zeiten sind auch wirklich vorbei, in denen wir uns dort an einer miesen Schorle festhalten mußten.«

Ich hörte Simone kichern: »Wenn du wüßtest, wie pleite ich wieder mal bin. Du erinnerst dich an das sündhaft teure Kleid, das ich mir vor zwei Wochen für diesen Schuft Andreas gekauft habe? Der Typ ward nie wieder gesehen, aber die Abbuchung von meinem Konto treibt mir heute noch die Tränen in die Augen. Ich hoffe auch, daß ein Finanzzuschuß von zu Hause kommt. Also alles klar, überübermorgen geht's rund!«

»Prima, laß dir bis dahin die Plätzchen gut schmecken«, schloß ich und widmete mich wieder dem Einpacken.

Am nächsten Vormittag klingelte ich bei Mami in Berlin. Während ich noch betrübt auf das Pflaster an meinem Zeigefinger schaute – Mordspapierschnitt an dem ergatterten Geschenkbogen –, öffnete meine Mutter die Tür.
»Horch, was kommt von draußen rein«, trällerte sie mir fröhlich entgegen.
Innerlich verdrehte ich die Augen und bekam die leise Ahnung, daß ich mich wieder ziemlich zusammenreißen müßte. Unglaublich, woher meine Mutter immer dieses Jubilieren nahm. Gestreßt, wie ich war, ging mir soviel Frohsinn erst mal mächtig auf den Keks. Ich schalt mich undankbare Tochter und ließ die Begrüßungsumarmungen und diverse Küßchen über mich ergehen.
»Lindachen ist da«, flötete meine Mutter meinem Vater zu.
»Ach, das Lindachen«, sagte mein Vater, als er von seiner Briefmarkensammlung aufblickte. Während er sich erhob, um mir den väterlichen Kuß auf die Wange zu drücken, mußte ich nun doch lächeln. Herrlich, die starke Power-Werbe-Linda durfte für ein paar Tage mal wieder »das Lindachen« sein. Entspannt ließ ich mich aufs Blümchensofa plumpsen.
»Hast du Hunger?« fragte meine Mama.
Entschieden schüttelte ich den Kopf. Hier war jede Diät sowieso hoffnungslos. Die einzige Chance, der weihnachtlichen Tönnchenfigur entgegenzuwirken, war, allen Mahlzeiten und Naschereien neben den üblichen Freßgelagen aus dem Wege zu gehen. Zur Not mit kleinen Lügen.
»Nein, ich hatte gerade ein üppiges Frühstück im Flugzeug«, antwortete ich, während vor meinem geistigen Auge das Glas Orangensaft der Lufthansa auftauchte.
»Vielleicht ein Stück Obst? Du weißt doch, wie wichtig Vitamine sind«, sagte Mama. Und schwups, hatte sie auch schon einen Apfel samt Obstmesserchen auf dem Tisch plaziert.
»Ja, ich weiß, aber ich bin wirklich satt«, versuchte ich entgegenzuhalten.

»Frische Brötchen haben wir auch noch. Du kannst natürlich auch einen Toast essen«, zählte sie weiter auf.
Stark bleiben, ganz stark bleiben, nahm ich mir vor. Als mein Vater mir wenig später ein besonders interessantes Wasserzeichen auf einer uralten jugoslawischen Briefmarke zeigte, biß ich herzhaft in eine Honigsemmel und bemühte mich, das Wort Kalorien vorerst mal aus meinem Gedankengut zu verbannen.
Meine Mutter rettete mich vor weiteren philatelistischen Vorträgen, indem sie meine Aufmerksamkeit auf den Tannenbaum lenkte. »Schau mal, ist der nicht ausgesprochen hübsch geworden?« fragte sie.
»Äh...«, zögerte ich, »... meinst du nicht, wir könnten das Plastikmodell mal wieder durch einen echten Baum ersetzen?«
Meine Mutter runzelte die Stirn: »Kind, du weißt doch, wie der letzte unseren ganzen Teppich ruiniert hat!«
O ja, daran konnte ich mich noch erinnern. Der sogenannte letzte ›echte‹ war das Prachtexemplar vor gut sechs Jahren. Eigentlich ein Zusammentreffen unglücklicher Ereignisse. Der Teppichboden war neu. Wie üblich nicht nach meinem Geschmack. Aber meine Eltern waren davon überzeugt, daß es absolut nichts Praktischeres gab als Teppichfliesen. Ich hörte Mama noch sagen: »Weißt du, Kind, wenn es mal einen Fleck gibt, kann man die Fliese ganz unkompliziert gegen eine andere austauschen.«
Im Grunde noch einzusehen, abgesehen davon, daß sie sich leider dieses widerliche Dunkelbraun ausgesucht hatten. Mein Traum ging zu dieser Zeit mehr dahin, auf blauen Wogen zu wandeln, nur meine Eltern sahen das eher bodenständiger. Außerdem mußte die mahagonifurnierte Schrankwand doch auch farblich passen... Na ja, das zweite Übel war, daß mein Vater erst am letzten Tag losgegangen war, um ein Bäumchen zu besorgen.
»Da kann ich ein Schnäppchen machen«, hatte er getönt, »je länger man wartet, desto günstiger werden die Dinger.«
Geld zu sparen ist ihm dann allerdings nur gelungen, weil er von den immer noch nicht reduzierten Tannenbäumen den billigsten kaufte. Das hätte er auch früher haben können. Stolz

stellte er den Baum auf, der dann in den nächsten Tagen nichts Besseres zu tun hatte, als protestmäßig auf unsere Zentralheizung zu reagieren: Er schmiß temperamentvoll alle Nadeln von sich. Leider gruben die sich so tief in die Fliesen ein, daß sie nicht mehr herauszupolken waren. So hätte nun ja der lässige Austauscheffekt – alte Fliese gegen neue – einsetzen können. Wie das Leben aber eben so spielt, hatten wir nur fünf Ersatzfliesen für Ernstfälle dieser Art, die beileibe bei dem Nadelschaden nicht ausreichten. So war der Ruin des Teppichbodens nicht mehr zu verhindern. Zum nächsten Fest erstand meine Mutter im Kaufhaus einen wundervollen Baum: sehr grün, sehr aus Plastik und zum Zusammenstecken.

Diese Pracht stand nun vor mir. Geschmückt mit einigen Strohsternen und Holzäpfelchen nebst einer künstlichen Lichterkette.

»Weißt du, ich mag diesen natürlichen Look.« Meine Mutter zupfte an einem der Strohsterne. »Und die Sterne haben meine Schulkinder zu Dutzenden in der Bastelstunde gemacht«, erklärte sie.

Ich konnte mir so ungefähr vorstellen, wie die dreißig Kleinen, die von meiner Mutter Lesen und Schreiben lernten, nun alle mit glühenden Gesichtern vor ähnlichen Musterexemplaren in der Stube saßen.

»Ist ja schon gut«, murmelte ich und schob die Vision eines üppigen, prachtvoll mit Lametta, dicken Kugeln und tropfenden Kerzen geschmückten Bäumchens resigniert weg.

Zum Mittagessen gab's eine Tiefkühlpizza.

»So richtig lecker essen wir ja heute abend«, entschuldigte sich Mama.

Mein Vater interviewte mich kauend, ob ich denn in den letzten Wochen auch fleißig war. Beim Kampf mit dem zugegebenermaßen krossen, wenn auch steinharten Pizzaboden erzählte ich ein bißchen. Die Szene auf dem Konferenztisch ließ ich weg, regte mich dafür über Hektik und Überstunden auf.

»Hauptsache, dein Chef ist mit dir zufrieden«, entgegnete mein Vater.

»Klar«, sagte ich. »Sklavenarbeit ist zwar verboten, aber in meiner Branche immer erwünscht«, versuchte ich meinen Einsatz zu beschreiben.
»Viel arbeiten müssen doch alle«, erwiderte Papa, der nach seiner Beamtenlaufbahn nun die wohlverdiente Pension kassierte.
Widerspruch wurde in mir wach, obwohl die mächtige Pizza mich bereits reichlich müde machte. »Kannst du dir vorstellen, wie es ist, nachts um halb zwei erschöpft und heulend vor dem Kopierer zu hocken mit der Aussicht, fünf Stunden später frisch geduscht und gekämmt vor einer Präsentation am Flughafen stehen zu müssen?« fragte ich ihn aggressiv.
»Ja, sicher«, antwortete er und konnte es sich garantiert nicht im entferntesten vorstellen.
Ich beschloß, diese Diskussion erst mal aufzugeben, und spekulierte auf ein köstliches Nachmittagsschläfchen.
Das ahnte Mama: »Willst du dich nicht ein bißchen hinlegen?« fragte sie zärtlich, während sie bereits meine Lieblingskuscheldecke auf dem Sofa drapierte. Schwups, legte ich mich hin und genoß die Ruhe des Nachmittags.

Kaffeeduft weckte mich. Apfelkuchen hatte sicher weniger Kalorien, nein, dieses Wort durfte ich nicht denken, also weniger Joule als Sahnetorte. Lecker, mit diesen kleinen Butterstreuselchen. Und wie traumhaft die kleinen Plaudereien mit Mama und Papa.
»Heinz, jetzt reicht es aber«, protestierte meine Mutter, als Papa unauffällig das dritte Stückchen Kuchen nehmen wollte.
Schuldbewußt schaute er auf die kleine Kugel seines Bauches, die an den Knöpfen seines Hemdes arbeitete.
»Es ist doch Weihnachten«, protestierte er und war so flink wie noch nie beim Balancieren mit dem Tortenheber.
Meine Mutter schüttelte böse den Kopf: »Der Mann wird sich noch totessen.«
Schnell wechselte ich das Thema: »Wann kommt Babs?« fragte ich.
»So gegen sechs«, meinte Mama. »Sie hat heute nachmittag noch Bereitschaftsdienst in der Klinik.«

Meine Schwester, die Ärztin, immer im Einsatz. Sie hilft Menschen, ich gaukele ihnen Werbeträume vor.

Unpünktlich um halb sieben kam Babs. »Bärbelchen« heißt sie in unserem trauten Heim. Wie üblich war sie total hektisch und kriegte die erste Krise, als sie mich genüßlich eine Zigarette rauchen sah.
Meine Mutter schaute irritiert, als Babs zielsicher auf den Kühlschrank zulief, ihn öffnete, einen schnellen Schluck aus der Apfelsaftflasche nahm, mit ihrem Finger im Kuchen herumpolkte, um dann auch noch die sorgfältig umhüllenden Frischhaltefolien auf den großen Platten alle mal kurz anzuheben.
»Was gibt's denn heute abend so?« fragte sie. Ich irrte mich nicht, ihr Ton war etwas bösartig, fast lauernd.
»Eine ganz leckere Fischplatte«, sagte unsere Mutter voller Stolz.
»Ich krieg gleich das Kotzen. Kalter, toter Fisch«, flüsterte Babs mir heimlich zu.
Mein Ellenbogen traf ihre Rippen. »Reiß dich gefälligst zusammen«, raunzte ich sie an.
»Hoffentlich nicht auch noch diese gräßlichen Schillerlocken«, meinte Babs leise.
»Ich habe Lachs gekauft, Heringssalat, geräucherte Forelle – und ganz besonders schöne Schillerlocken«, sagte Mama.
Babs stöhnte und attackierte kratzend ihre Hautallergie an den Händen. »Desinfektionsmittel«, meinte sie.
»Hast du wieder was zu meckern?« fragte Mama streng, plötzlich ganz Lehrerin.
»Nein, nein, hast du auch Sahnemeerrettich für den Lachs?« lenkte Babs schnell ab.
»Aber sicher, im Gläschen aus dem Kühlregal«, sagte Mama.
»Schon mal was von Selbermachen gehört?« murmelte Babs.
Na klasse, dachte ich. Das war kein Déjà-vu, sondern schlicht und ergreifend die Neuauflage der Vorjahre. Wir sind nämlich eine prima aufeinander eingespielte Familie. Plastiktannenbaum und Fischplatte mit Schillerlocken am Heiligabend. Das Ganze nennt man wohl liebevoll Tradition.

Also, meine Schwester hat das Dinner tatsächlich überlebt. Verfressen, wie sie war, langte sie dann doch reichlich zu, selbst beim Meerrettich. Ihre Rache nahm den üblichen Verlauf, indem sie überaus plastisch von ihrem Job erzählte. Wir lernten, wie man eine klaffende Platzwunde auf der Stirn näht und auch die neuesten Erkenntnisse über einen kosmetisch akzeptablen Luftröhrenschnitt. Sie hatte diesen resoluten Tonfall drauf, bei dem sich niemand traute, sie zu unterbrechen. Schließlich hatten wir ja alle gewollt, daß sie Ärztin wurde, und mußten ihrer Meinung nach ihre Storys in allen Lebenslagen abkönnen.

»Sollten wir jetzt nicht doch die Weihnachtsplatte hören?« fragte meine Mutter.

»Hilft ja alles nichts«, sagte Papa, als er die bereits von Mama herausgesuchte Schallplatte auf den Plattenteller legte. Papa, Babs und ich haßten aus irgendeinem Grunde die Rührseligkeit, die uns beim »O du fröhliche, o du selige« überfiel.

Mama genoß es sichtbar und in vollen Zügen. »Wie schön«, sagte sie und begann mitzusingen.

Wir anderen schauten uns vielsagend an und sandten Stoßgebete zum Himmel, daß sie nach dem ersten Lied ein Einsehen haben würde. Hatte sie aber nicht.

»Kling, Glöckchen, klingelingeling«, »Ave Maria« und »O Tannenbaum« ließen uns schon verzweifelt und lautstark mit den Stühlen rücken. Schließlich standen Babs und ich auf, um die Weihnachtsgeschenke zu holen. Da erhob sich auch Mama, wenn auch immer noch summend, denn immerhin war jetzt Bescherung.

Es dauerte eine weitere halbe Stunde, bis Mama das erste Schleifenband aufzog. Glücklich saß sie vor ihren Präsenten und streichelte das Papier.

»Oh, sieht das schön aus. Wie habt ihr euch wieder Mühe gegeben beim Einpacken. Guck mal, Heinz, wie hübsch das Seidenband zu der Weihnachtsmannmütze paßt. Viel zu schade zum Auspacken.« Schließlich konnte sie sich doch überwinden, während sich Babs über die Geleetannenzapfen hermachte.

Große Freude bei Mama und Papa. Oh, bei Babs und mir auch. Die Bettwäsche war glücklicherweise dezent, die Bücher waren

sicher spannend und die Ringe, die Paps auf irgendeiner Auktion erstanden hatte, würden in ein paar Jahren auch wieder modern werden, spätestens wenn der Großmutterlook die nächste Renaissance erlebte.
Der Fisch tat seine Wirkung. Durstig, todmüde und mit einer großen Wasserflasche bewaffnet, marschierte ich ins Bett. Und träumte nicht vom Christkind, sondern von einer Werbekampagne für Forellenfilets aus Plastik.

Nightlife

Die ersten beiden Weihnachtsfeiertage standen im Zeichen üppiger Freßgelage. Putenbraten, Anisplätzchen und französische Käsehäppchen wurden dezent von elektrischen Kerzen beleuchtet und setzten sich unerbittlich auf Hüften und Oberschenkeln fest.

»O Mann, ich platze«, stöhnte ich, als ich mich für den Ausgehabend mit Simone in meine nun zu enge Stretchhose quälte. Ich übte schon mal prophylaktisch das Baucheinziehen, während ich meine dunklen Locken in Form brachte.

»Du bist aber schick«, meinte Mama, als ich nach zwei Stunden endlich mit dem Ergebnis meiner Bemühungen zufrieden war.

»Manchmal ist weniger auch mehr«, mißbilligte Papa kritisch mein Augen-Make-up.

»Aber Papa, die Konkurrenz schläft nicht. Und außerdem ist es überall so schummerig, daß man sich auch mit der Schminke darauf einstellen muß«, antwortete ich.

»Schummerig? Ihr geht doch wohl nicht in eine dieser Lasterhöhlen, oder? Man liest doch in allen Zeitungen…« sagte er, doch ich unterbrach ihn gnadenlos.

»Keine Sorge, heute ist unser hochexklusiver Abend. Wir gehen stilvoll aus und treiben uns nicht in Lasterhöhlen herum.«

So elegant wie möglich ließ ich mich aus dem Taxi gleiten und hoffte, daß Simone schon im ›Fofi‹ saß. Natürlich war sie noch nicht da, und ich versuchte, mit unbewegtem Gesicht lässig über den Parkettboden des Lokals zu stolzieren.

Einer der Kellner erkannte mich und begrüßte mich strahlend: »Hallo, Linda, was macht Hamburg? Wie geht's dir?«

Ich freute mich über sein Interesse und antwortete so larifari: »Oh, Hamburg steht noch. Und mir geht's prima.«

Er huschte von dannen, um die Speisekarte zu bringen. Zufrie-

den sah ich mich um. Ich liebte dieses Lokal, in dem ich schon so viel erlebt hatte. Das gedämpfte Licht, die abstrakten Gemälde an den Wänden und der einladende Bartresen erinnerten mich an herrliche Abende, mal voller Romantik, mal einfach ausgelassen und übermütig. Schon bewegte sich Simone auf mich zu und hüllte mich mit einer gewaltigen Parfumwolke ein.
»Hallo, Süße. Puh, endlich der Familie entronnen. Bist du auch so gemästet worden?«, fragte sie.
»Aber wie. In den letzten drei Tagen habe ich meine sonst übliche Zweiwochenration vertilgt. Und sonst so? Schöne Geschenke gekriegt? Money abgesahnt?« erkundigte ich mich neugierig.
Simone kicherte: »Geschenke ja. Geld nein. Also, was trinken wir nun?«
Resigniert orderte ich beim Kellner zwei Schorlen, was mir einen mißbilligenden Blick einbrachte. »Und eine gemischte Vorspeisenplatte.« Oje, noch so ein Blick. »Erst mal. Wir schauen später, was wir dann noch nehmen«, beeilte ich mich zu sagen.
Wir schauten uns um. Die Crème de la crème Berlins war wie üblich anwesend.
»Guck mal da drüben«, raunte Simone, »die ist immer noch mit den kleinen Jungs unterwegs. Wie macht die alte Kuh das nur, sich immer diese Kids aufzureißen?«
Unauffällig warf ich einen Blick auf das seltsame Paar am Nachbartisch. »Wer weiß, vielleicht werden wir eines Tages auch so. Wenn wir uns nicht bald mal um einen anständigen Kerl kümmern, blüht uns garantiert auch das Frusttrösten mit der Jugend von heute.«
Mit wenig Begeisterung nippten wir an unserer Schorle. »Ziemlich fader Drink so zu Weihnachten«, meckerte Simone noch, als sich abermals die Tür öffnete und ein Johannes-Heesters-Verschnitt auf der Bildfläche auftauchte. Zugegebenermaßen saß der Smoking ziemlich gut, der weiße Schal war vielleicht eine Spur zu schwungvoll nach hinten geschmissen, aber…
»Weißt du, wer das ist?« fragte Simone.

»In jedem Fall Marke Stadtcasanova«, antwortete ich.
Er diskutierte mit dem Kellner, der bedauernd die Schultern hob. Offensichtlich gab es ein kleines Tischproblem. Sein etwas unscheinbarer Begleiter schaute sich suchend nach einem freien Sitzplatz um. Klar, daß sein Blick an den beiden unbesetzten Stühlen an unserem Tisch hängenblieb. Und schon nahmen die Dinge ihren Lauf.
»Ladys, wäre es sehr vermessen, wenn wir uns zu Ihnen setzen würden?« fragte der Casanova galant und servierte uns einen erstklassigen Augenaufschlag.
Gerade wollte ich antworten, als Simone unter dem Tisch mein Knie packte und sanft flötete: »Aber bitte, meine Herren, nehmen Sie ruhig Platz.«
Typisch, meine Freundin hat immer den Blick für gutsituierte Kerle und kann die Finger nicht von ihnen lassen.
Die beiden Männer musterten uns unverhohlen. Offensichtlich war die Prüfung positiv ausgefallen, denn fünf Minuten später stand eine Flasche Champagner mit vier Gläsern auf dem Tisch.
»Siehste...«, flüsterte Simone mir zu, um im nächsten Moment charmant zu sagen: »Eigentlich wollten wir ja nicht soviel Alkohol trinken. Aber zu einem Gläschen Champagner kann man kaum nein sagen.«
Ich wußte Bescheid. Für Simone war die ganze Welt mal wieder eine Bühne, und ich war inzwischen auch in der Stimmung, ein bißchen mitzuspielen.
Bei der zweiten Flasche Champagner ›gestand‹ Simone dann mit mondäner Stimme, welchen Beruf wir beide ausübten: »Wissen Sie, die Weihnachtszeit gibt uns wenigstens die Gelegenheit für eine kleine Verschnaufpause. Wir sind nämlich Schauspielerinnen. Und dieses Rollenstudium frißt einen ja direkt auf.«
In perfekt gequältem Tonfall setzte sie gleich noch eins obendrauf: »Mit dem Auswendiglernen ist es schließlich nicht getan. Man muß permanent seine gesamte Persönlichkeit verändern und gewissermaßen in eine andere Haut schlüpfen!«
Das konnte sie aber schon ganz gut, meine Freundin. Udo – so hieß der Casanova – meinte: »Das habe ich mir gleich gedacht.

Sie haben beide diese gewisse Ausstrahlung, die nur Frauen vom Theater haben. Wo sind Sie denn engagiert?«
Schnell antwortete ich: »Bottrop«, denn wer kennt schon ein Theater in Bottrop.
»Aber wir werden im Frühjahr auf Tournee gehen«, trumpfte Simone auf und nahm noch einen Schluck. Entschieden wechselte ich das Thema, denn langsam wurde mir die Story doch zu heiß.
»Wo gehen wir noch hin?« fragte ich die beiden Herren der Schöpfung.
Die zwinkerten sich zu, und Udo meinte: »Überraschung.«
Überrascht waren wir in der Tat, als wir draußen vor einem blitzblanken Rolls-Royce standen.
»Nicht schlecht für einen Abend, der mit Schorle angefangen hat«, flüsterte Simone mir zu.
Wir hatten schon ganz schön einen im Tee, als wir durch das nächtliche Berlin fuhren, nein, eher dahinglitten in dieser Luxuslimousine.
»Und nun lassen wir es ein wenig schneien«, meinte Udo.
Ich war etwas verwundert, denn er machte mir nicht den Eindruck, mit Petrus verwandt zu sein. Simone bekam plötzlich einen starren Blick. Mein Gesichtsausdruck muß ähnlich dumm ausgesehen haben, als ich nun auch kapierte, daß Udo keinen Wetterumschwung, sondern dieses verteufelte weiße Pulver meinte, das er sich in die Nase zog.
Simone schüttelte entschieden den Kopf, als er sagte: »Auf geht's, Mädels, stellt euch nicht so an.«
Als wir beide ablehnten, wurde der Gute richtig zickig. Aber er hatte nicht mit einem über Jahre eingespielten Freundinnenteam gerechnet. Wir standen an einer roten Ampel, Simone und ich schauten uns kurz an, nickten uns zu und ließen die Rolls-Royce-Türen schwungvoll auffliegen. Ziemlich unelegant, dafür blitzschnell spurteten wir über die Straße und verschwanden hinter der nächsten Ecke.
Atemlos prustete ich: »Für einen Schneemann war der aber ziemlich widerlich«.
Simone grinste nur und zog zum bestimmt achtenmal an die-

sem Abend ihren knallroten Lippenstift aus der Handtasche. Sie ist sicherlich die einzige Frau, die sich gleichzeitig die Lippen nachziehen und dabei noch einigermaßen deutlich sprechen kann.
»Vergiß den Idioten. Fünf Minuten von hier ist der tollste Nachtclub. Den machen wir jetzt unsicher!«
Gesagt, getan. Ohrenbetäubende Musik schlug uns entgegen. Sofort okkupierten wir zwei Barhocker an einem kleinen Marmortisch, der schon ziemlich vollgepackt war mit einem Champagnerkühler, diversen Cocktailgläsern, Zigarettenschachteln und Mini-Damenhandtäschchen. Auf Simone stolperte ein Hüne zu, der offensichtlich schon vollgetankt hatte.
»Simone, kennst du mich noch?« fragte er.
Leichte Artikulationsstörungen, registrierte ich.
»Ja sicher. Lange nicht gesehen. Wie geht's dir denn so, Holger?« fragte Simone fröhlich und zwinkerte mir zu. Ich erinnerte mich an eine fast schon vergessene Liebesgeschichte vor Jahren.
»Ich habe dich immer geliebt. Du hast mir das nur nie gelaubt«, nuschelte Holger und rollte mit den Augen.
»Gelaubt?« fragte Simone gedehnt.
»Geglaubt, meine ich«, mühte sich Holger, der nicht mehr besonders sicher auf seinen Füßen stand. Glasigen Blickes machte er einen Schritt auf Simone zu, kam ins Trudeln und hielt sich schlingernd an meinem Jackenärmel fest. Dann ging alles sehr schnell. Seinem besoffenen Schwung konnte ich nicht standhalten, griff kippelnd die Tischplatte und hörte im Fallen nur noch einen gewaltigen Knall.
Um es kurz zu machen: Die Zigarettenasche auf meiner Hose war bei weitem nicht das Schlimmste. Nein, unangenehmer waren die klebrige Pina Colada, die mir vom Ärmel tropfte, und der Champagnerkühler, der mir auf den Fußknöchel gekracht war. Immerhin war ich wenigstens nicht von dem umgestürzten Marmortisch erschlagen worden. Simone stierte ziemlich fassungslos auf ihre einstmals gepflegten Wildlederpumps, die nun – wovon auch immer – klatschnaß und leicht eingedellt waren. Sie versuchte, den herangeeilten Geschäftsführer zu be-

sänftigen, während sich ihr zauberhafter Ex aus dem Club schlich und ich damit beschäftigt war, die rechte Seite meiner Frisur zu richten, die den unangenehmen Geruch von Whiskey verströmte.
»Du stinkst wie eine ganze Kneipe«, war Simones Kommentar dazu, als wir vor der Tür standen.
Ich schaute an meiner Freundin herab, pflückte ein Cocktailschirmchen aus ihrem Haar und fing an zu lachen. Gackernd stiegen wir, ramponiert, wie wir waren, in ein Taxi. Der Taxifahrer murmelte etwas von »besoffenen Weibern«, worauf wir uns überhaupt nicht mehr beruhigen konnten.
Mit unterdrücktem Kichern schlich ich mich in die Wohnung und erreichte auf Zehenspitzen das Badezimmer. Während ich die nächtlichen Spuren beseitigte, dachte ich: Es geht doch nichts über einen wundervollen Champagnerabend. Schade nur, daß wir jetzt Hausverbot im Club haben. Aber wie ich Papa versprochen hatte, waren wir zumindest in keiner dieser Lasterhöhlen gewesen, in denen Mädels immer so unglaubliche Sachen passieren. Ich bin wirklich eine brave Tochter.

Lila

Der Trick war wirklich ziemlich gut. Zuerst kreischte mich Madonna aus dem Radio an, und fünf Minuten später mischte sich das unbarmherzige Piepen des Mini-Weckers mit den sanften Klängen von Julio Iglesias. »Doppel-Weck-Effekt« predigte ich immer den Kollegen, die im Verschlafen alle Rekorde brachen. Vollkommen übermüdet versuchte ich nun, meine Augen zu koordinieren und beide gleichzeitig zum Öffnen zu bewegen. Geschafft. Mißmutig betrachtete ich den blauen Fleck am Schienbein, der mich an meine Berliner Eskapaden erinnerte. Nach einem üppigen Silvesterfest, dessen Folgen nur mit einer Alka-Seltzer-Sonderration eingedämmt werden konnten, drohte nun die Pflicht. Restkater und ein nervöses Ziehen im Magen vor dem ersten Arbeitstag im neuen Jahr ließen meine alten Schulzeitphantasien wach werden. Schwänzen wäre prima, dachte ich. Gnadenlos tickte die Uhr. Hilft ja alles nichts, ging es mir durch den Kopf, als ich mich träge aus dem Bett quälte.

So, und jetzt die Stunde der Wahrheit: Die Waage kam zum Einsatz. Betreten schaute ich auf den Zeiger, der sich zu ungekannten Gewichtsregionen hochpendelte. Beim Duschen versuchte ich krampfhaft, mein Bäuchlein zu ignorieren und eine Einstellung zu bekommen: also eine Diäteinstellung, eine Arbeitseinstellung – und irgendeine andere miese Einstellung wäre sicherlich auch noch fällig, fiel mir aber zum Glück gerade nicht ein.

Als ich endlich in Richtung Agentur rutschte, hatte ich vom Eisabkratzen an der Frontscheibe halberfrorene Finger und fand das Leben mal wieder besonders hart.

»Schöne Feiertage gehabt?« schmetterte mir König Peter bereits auf dem Gang entgegen.

»Und wie. Es war herrlich. Haben Sie es auch so genossen?«

fragte ich zurück und war stolz auf meine optimistische Ausstrahlung.
»Wir waren Skifahren in Davos. Nette Leute, viel Sport, viel frische Luft«, antwortete er.
Typisch, den Glühwein, die weiblichen Schneehasen und andere orgiastische Genüsse nicht zu erwähnen, fand ich. So'n Geschäftsführer muß eben immer auf besonders seriös machen.
Tom und Hans schwirrten auch schon um mich herum. Wir erzählten uns in meinem Büro die ehrlichen Versionen unserer Festivitäten und kamen in eine wundervoll verschwörerische Stimmung.
Nachmittags rief mich der Boß zu sich.
»Wir haben eine tolle Einladung von unserem Margarinekunden, Linda«, strahlte er.
»Ach ja?« fragte ich zweifelnd.
Ich stellte mir den zugegebenermaßen leidlich netten, aber auch kugelglatzigen Herrn Domann vor. Wenn er nur beim Reden nicht immer so spucken würde, dachte ich.
»Wir gehen zusammen zum Ball!« tönte Peter.
»Was'n für'n Ball?« Ich blickte ihn fragend an.
»Oh, es ist der Ball des deutschen Lebensmittelhandels. Und stell dir vor, im Hotel Atlantic. Was sagst du nun?«
Flucht, schoß es mir durch den Kopf. Zur Not die Flucht nach vorn: »Ich kann nicht.« Entschlossen reckte ich das Kinn nach oben, um dem Nachdruck zu verleihen.
»Du weißt doch noch gar nicht, wann der Ball ist«, protestierte Peter.
»Egal wann und wo, ich habe kein Ballkleid. Und für Herrn Domann werde ich ums Verrecken mein Konto nicht weiter überziehen«, entgegnete ich bestimmt. Das mußte ihn doch überzeugen. Tat es natürlich nicht.
»Ach, wenn's weiter nichts ist. Da hilft dir Suse, sprich am besten gleich mit ihr. Und der Ball ist übrigens übermorgen.« Jovial klopfte er mir auf die Schulter und schob mich, sprachlos wie ich war, aus seinem Büro.

Na prima, nun mußte ich auch noch mit der Gattin meines Chefs über meine Ballgarderobe sprechen.
»Mir bleibt auch nichts erspart«, murmelte ich, als ich mißmutig ihr Büro betrat.
»Hallo Linda, geht's gut?« begrüßte sie mich freundlich-distanziert.
»Wie man's nimmt«, antwortete ich, »der Ball mit unserem Margarinefürsten liegt mir im Magen.«
Frau Neureich mir gegenüber setzte sich weiblich in Positur. »Wo drückt denn der Schuh?« fragte sie und zog leicht arrogant die linke Augenbraue hoch.
»Um den Schuh geht's eigentlich weniger«, druckste ich herum. »Ich habe nichts anzuziehen. Also kein Abendkleid, nicht mal ein Cocktailkleid oder so was«, sprudelte ich nun hervor.
Suse, die Königsgattin, lachte.
Ich fand das allerdings gar nicht so witzig.
Suse begann zu schwärmen: »Weißt du, ich habe mir vor kurzem einen Traum von Abendkleid geleistet. Knallorange, schulterfrei, mit so einem Korsagenoberteil, du verstehst? Und mit einem Rock, kann ich dir sagen, fließend, fließend ohne Ende. Ich freue mich direkt, es übermorgen einzuweihen.«
»Klingt ja sehr beruhigend«, sagte ich.
»Laß mich mal überlegen...ja, ich hab's«, rief sie und schnippste mit der vollberingten Rechten energisch in die Luft.
Erwartungsvoll schaute ich sie an.
»Linda, in meinem Schrank hängt noch ein Kleid, das ich schon lange weggeben wollte. Versteh mich nicht falsch, ich habe es mir einfach übergesehen.«
Kein Gedanke, daß ich ihr ernsthaft glauben würde.
»Also, ich beschreibe es dir mal«, eifrig beugte sie sich vor: »Ganz tolle Farbe, so ein tiefes Lila. Und im Dekolleté eine sensationelle Straßleiste. Steht dir bestimmt super. Wenn du willst, bringe ich es dir morgen mit.«
Ich schluckte und bemühte mich, begeistert auszusehen. Lila war definitiv eine meiner Haßfarben. Beunruhigend fand ich auch diese Straßsensation, weil ich schon aus Prinzip so blinkenden Schischi nicht ausstehen konnte.

»Prima«, nickte ich artig, »wirklich sehr lieb von dir. Dann also bis morgen.«
Entnervt ging ich zurück an meinen Schreibtisch. Wie um alles in der Welt soll dieser Fummel wohl bei mir sitzen? fragte ich mich. Die liebe Suse ist einen Kopf kleiner als ich, dafür wiegt sie, selbst jetzt nach meinen Weihnachtssünden, unter Garantie mindestens acht Kilo mehr. Verzweifelt griff ich zum Telefonhörer und wählte Simones Nummer.
»Stell dir vor, ich muß jobmäßig zu einem Ball gehen, und Abendgarderobe ist natürlich Pflicht. Nun will mir die Olle von meinem Chef einen abgetragenen Fummel leihen. Ist das nicht schrecklich?« sprudelte ich hervor.
»Au Backe, ich habe auch nichts Passendes«, war ihr Kommentar. »Vielleicht können wir morgen abend ja noch schnell was an dem Kleid ändern«, versuchte sie mich zu trösten.
Zwar hatte ich Simone noch nie nähen sehen, aber ich schöpfte zumindest wieder Hoffnung.

Am nächsten Vormittag wehte Suse mit einem stolzen Gesichtsausdruck zu mir herein und begrub mit wichtigem Nicken Toms neueste Textmanuskripte, über denen ich gerade saß, unter ihrer Tüte.
»Voilà«, sagte sie.
»O danke, du bist ein Schatz. Ich schau's mir gleich an. Bin grad im Streß«, sagte ich.
»Also heute abend um neunzehn Uhr dreißig vorm Hotel Atlantic, o.k.?« blinzelte sie mir zu.
Ich nickte, guckte ihr hinterher und überlegte noch, ob sie wohl ihren gräßlichen pinkfarbenen Lippenstift auch zum orangefarbenen Ballkleid tragen würde, als das Telefon klingelte.
»Lano«, meldete ich mich wie üblich.
»Hallöchen, Frau Lano. Hier spricht Badon«, hörte ich eine mir nicht vertraute Stimme.
»Ach herrje«, rutschte mir prompt heraus, als mir dämmerte, daß das der Kinski-Belmondo-oder-so-Typ aus Frankfurt sein mußte.

Süffisant reagierte er: »Ich weiß zwar nicht, was Sie damit meinen, aber ich wollte Sie beglückwünschen.«
Woraufhin ich zu allem Übel völlig verwirrt fragte: »Wozu denn?«
Nun lachte er und klang auch eine Spur, aber nur eine kleine Spur sympathischer. »Sie haben die beste Präsentation geliefert. Wir möchten mit Ihrer Agentur zusammenarbeiten. Ihren Boß konnte ich gerade nicht erreichen. Aber Sie werden ja ohnehin beratend für uns zuständig sein, so daß ich Ihnen hiermit offiziell Bescheid geben möchte. Die Verträge können abgeschlossen werden. Und wir müssen uns auch schnellstens treffen, denn es liegt noch viel Arbeit vor uns. Aber ich bin davon überzeugt, wir werden uns gut verstehen.«
Total unprofessionell entgegnete ich nur: »Meinen Sie?«, woraufhin er wieder lachte.
»Ja sicher. Morgen werde ich mit Peter Riegener den ersten Meetingtermin festlegen. Bis dahin alles Gute. Wir sehen uns ja dann bald«, schloß er.
Endlich war ich richtig aus meiner Trance erwacht: »Natürlich. Und vielen Dank noch mal. Bis in Kürze«, stotterte ich. Na, wenigstens muß ich mit dem nicht auf den Ball gehen. Mist, Mike Badon als Kunde. Andererseits, Werbung für Uhren kann ja auch ganz hübsch werden. Verdammt, sei ein Profi, ermahnte ich mich und beschloß, die frohe Kunde unter das Volk zu bringen.
»Hans, Tom, bald fliegt die Kuh«, stürmte ich ins Atelier.
»Welche Kuh?« fragte Hans verständnislos.
»Das sagt man doch nur so. Ich meine, wir können ein Faß aufmachen, wir haben die Uhrenpräsentation gewonnen, ihr süßen Kreativen.«
»Wow, wow, that's it«, schrie Tom und zeigte männlich seine Fäuste. »War doch klar, wenn das Winning-Team unterwegs ist«, fügte er hinzu und führte einen Tanz auf, der mich an Flamenco und gleichzeitig an den urbayrischen Schuhplattler erinnerte. Mit einem breiten, jungenhaften Grinsen fuchtelte Hans mit seinen Filzstiften in der Luft herum, sprang dann wie elektrisiert auf und wirbelte mich herum.

»Linda-Schätzchen, wir haben's geschafft!« trompetete er mir ins Ohr.
Als er mich wieder auf den Boden ließ, hatte ich einen Drehwurm und japste nach Luft. Eine Rippe fühlte sich leicht gequetscht an, aber das war jetzt egal. Ich beschloß, schon mal eine Pulle Sekt aus der Küche zu klauen. Später, als ich leicht beschwipst war, fand ich selbst den Gedanken an Mike Badon nicht mehr so grausig.

Was sich eine Stunde später zu Hause aber wirklich als grausig entpuppte, war meine exquisite Abendgarderobe. Meine Ahnung wurde bestätigt. Das lila Etwas war zu kurz. Und zu weit. Der Straß zu funkelnd. Tränen standen mir in den Augen.
»Die perfekte Vogelscheuche«, wimmerte ich bei meinem Anblick.
Simone raffte den überflüssigen Stoff im Rücken zusammen und schaute auch etwas betreten drein. Kritisch lief sie um mich herum und meinte nachdenklich: »Hier hilft nur noch eins. Du mußt ein Abendjäckchen darüberziehen. Und du mußt es anlassen. Sonst kann man dir durchs Rückendekolleté ungehindert bis auf den Slip hinunterlinsen.«
Woher nehmen und nicht stehlen?
Simone griff sich mein Telefon, rief unsere Freundin Ulrike an und schilderte die Misere: »Ulrike, stell dir vor, neben mir steht eine merkwürdig aussehende Linda in einem zu groß geratenen Ballkleid. Alles schlabbert, und zu kurz ist es auch, mehr Midi als Maxi. Wir brauchen dringend eine elegante Jacke zum Kaschieren. Hast du etwas Abendliches?«
Nach einer kleinen Beratung nickte sie mir zu, griff meine Tasche und zog mich aus der Wohnung zu ihrem Auto. Wir klingelten bei Ulrike, die, mit einem schwarzen Samtjäckchen bewaffnet, sofort auf uns zustürmte. So hergerichtet lieferte mich Simone dann vor dem Hotel Atlantic ab.
Welch Strahlen.
Herr Margarine-Domann strahlte mich an, ich strahlte ihn an, König Peter Riegener strahlte wohlwollend uns beide an, Suse strahlte uns reihum an. Sie hatte es tatsächlich getan. Der pink-

farbene Lippenstift biß sich erstklassig mit dem Orange ihres Kleides. Im Grunde sah sie aus wie ein Knallbonbon, fand ich und strahlte sie aus meinem um mich herum schlackernden Kleid an.

»Du siehst zauberhaft aus. Guck mal, Peter, sieht Linda nicht einfach zauberhaft aus? Also wirklich. Heute abend erinnerst du mich richtig an Schneewittchen«, flötete sie schadenfroh.

Ich lächelte nur, weil ich sonst unter Garantie eine Supergemeinheit entgegnet hätte. Die Kapelle spielte Walzer, und ich betete zum lieben Herrgott, daß ich nicht tanzen müsse.

Mit einem »Darf ich bitten, schöne Frau« offerierte mir Herr Domann galant seinen Arm.

»Ich, äh…« stotterte ich, als mir Peter einen drohenden Blick zuwarf.

»Ich tanze sehr gerne«, sagte ich beim Aufstehen, nicht ohne Peter böse anzufunkeln. Langsam folgte ich Herrn Domann auf die Tanzfläche. Er grinste mich feist an, als er meine Taille umfaßte, und quetschte seinen dicken Bauch an mich.

Ich dachte krampfhaft an eins, zwei, drei, aber Herr Domann wollte originellerweise zum Walzer lieber einen Foxtrott tanzen. Und so trat ich ihm gleich zweimal auf die polierten Lackschuhe. Das nahm ihm wohl etwas die Tanzeslust. Während sich Peter mit dem ihm angetrauten Knallbonbon nun auch über das Parkett bewegte, kehrten Herr Domann und ich an den Tisch zurück und beobachteten das Publikum, das so richtig spießig aussah. Langsam schwitzte ich etwas in meinem Samtjäckchen. Ausziehen war nicht drin, dafür besprühte mich Herr Domann quietschvergnügt beim Reden mit seiner feuchten Aussprache und legte einen beeindruckenden Eid ab.

»Also, Frollein Lano«, begann er, als ich ihn unterbrach:

»Frau Lano, bitte.«

»Äh ja, ganz wie Sie möchten. Also, Frau Lano, ich schwöre hoch und heilig: Nicht einmal wird das Wort Margarine heute abend über meine Lippen kommen.«

Ich lächelte höflich und erwiderte charmant: »Wir sind ja auch zum Spaß hier und nicht, um über die Arbeit zu reden, nicht wahr, Herr Domann?«

Das mußte er wohl falsch verstanden haben. Als er seine Hand auf mein lila verhülltes Knie legte, wurde mir klar, daß er leider zuviel Mut gesammelt hatte. Der übliche Plan B trat in Kraft. Während ich heftig im Rhythmus wippend mein Bein zur Seite zog, um mich seiner Knubbelfinger zu entledigen, begann ich mit der »Ich-brauche-mal-Ihren-Rat-Sie-sind-doch-ein-Mann«-Strategie und erzählte ihm von ›meinem Freund‹.
»Ach, Herr Domann, Sie sind doch immer so verständnisvoll. Vielleicht können Sie mir ja einen Rat geben. Ich habe nämlich ein Problem mit meinem Freund. Der ist so rasend eifersüchtig, und es ist so schwer für mich, damit umzugehen. Besonders jetzt, wo er sich noch diesen schrecklichen Kampfhund zugelegt hat!« Mit unschuldigem Verzweiflungsblick klimperte ich ihn aus meinen blauen Augen an.
Herr Domann fragte entgeistert: »Kampfhund?«
Und ich erklärte eifrig: »Ja, Sie kennen vielleicht diese gefährlichen weißen Köter. Die, die so aussehen wie bissige Schweine.«
Peter vernahm gerade noch das Wort »Schweine«, als er sich mit Suse zu uns gesellte, und so wechselte ich schleunigst das Thema.
Als mich Herr Domann dann kurz nach Mitternacht zu meinem Taxi geleitete, nickte er mir vertraulich zu und meinte: »Nur Mut, Sie kriegen das mit Ihrem Freund schon in den Griff, Frau Lano. Und übrigens, Sie sehen heute wirklich aus wie Schneewittchen.«
Daheim sehnte ich mich nach den sieben Zwergen, die dringend mal wieder meine Bude aufräumen müßten, und beschloß, die Nummer mit dem Kampfhund bei Gelegenheit noch etwas auszubauen.

Espresso

»Und hoch das Bein, und noch mal. Ja, strecken, beugen, strecken, beugen, strecken und ...halten«, trompetete mir meine Aerobic-Kassette entgegen.
Verkrampft stand ich nun vor meiner Stereoanlage und sah sicher in der Storchenhaltung mit einem erhobenen Bein reichlich lächerlich aus.
Sport ist Mord, dachte ich, während ich verzweifelt versuchte, das Gleichgewicht zu halten. Erbarmungslos zog die Gewichtsfußmanschette mein Bein nach unten.
»Schließlich ist das nun mal die Wirkung der Erdanziehungskraft«, versuchte ich mich zu trösten, als ich wieder auf beiden Füßen stand. Schwer atmend quälte ich mich weiter, probierte, mich in einen Schlangenmenschen zu verwandeln, um im nächsten Moment wie ein Ping-Pong-Ball durchs Wohnzimmer zu hüpfen.
Bei meinen Nachbarn kommt Freude auf, dachte ich, kämpfte mich aber verbissen durch die nächste Runde. Sollten die doch ruhig denken, ich hätte mich in einen trampelnden Elefanten verwandelt. Auf dem Weg zu einer Elfenfigur war mir alles egal.
Erleichtert sank ich in mich zusammen, als die Tortur endlich vorbei war.
»Ausgesprochen attraktiv«, sprach ich mit mir selbst, als ich mein Gesicht im Badezimmerspiegel erblickte. War das wirklich ich? Dieses puterrote Tomatenantlitz, in dem Sommersprossen und Schweißperlen tanzten? Ich stellte mich auf die Zehenspitzen, um meine Formen unterhalb der schmalen Taille zu betrachten.
»Tja, junge Frau, schon besser. Aber einiges gibt's da noch abzuturnen«, stellte ich fest.
Mit wackeligen Knien stieg ich unter die Dusche und ließ das Wasser an mir herunterströmen. Ah, das tat gut. Automatisch

folgte der Griff zur Massagebürste. Emsig attackierte ich Bauch, Po und Oberschenkel. Wenn das nur nicht so weh täte! Ich versöhnte die mißhandelte Haut mit einem herrlich duftenden, sanften Duschgel und genoß weiterhin die Wärme des herabrauschenden Wassers.
Mir ging durch den Kopf, was mir heute noch alles bevorstand.
»Verdammtes Chaos«, hörte ich Peter cholerisch brüllen, als er vor ein paar Tagen einen Kontrollgang durch die Agentur machte. Er hatte etwas von einem wütenden Stier, der sein Unwesen trieb.
»Jetzt langt's. Dieser Sauladen wird aufgeräumt. Karl, du bestellst für Samstag einen Müllcontainer. Und alle werden hier antreten zum Aufräumen. Nein, zum Ausmisten. Das verdammte Gerümpel hat hier nichts zu suchen. Und die verdorrten Blumentöpfe will ich auch keinen Tag länger sehen. Raus, raus mit dem ganzen alten Plunder«, schrie er und haute mit der Faust dröhnend auf den Tisch.
Der Gute wird noch mal einen Herzinfarkt kriegen, schoß es mir durch den Kopf, als ich ihn so ausflippen sah. Das Ergebnis seines Auftritts war eine drohend klingende Aktennotiz an alle mit dem Befehl, morgens zum Samstagsappell anzutreten. Schöne Scheiße.
Die absolute Krönung aber war, daß Peter mit Mike Badon für den Nachmittag unser erstes Meeting verabredet hatte.
»Schließlich wird die Zeit knapp. Da müssen wir alle Opfer bringen«, so verkaufte Peter mir diesen Termin. Für ihn sicher kein Problem, weil er eh nie besonders scharf darauf war, mit seiner Alten am Samstag zu Hause zu sitzen. Aber ich, ich hätte wirklich was Besseres vorgehabt.
Nanu, war das allen Ernstes das Telefon?
Tatsächlich, und es hörte nicht auf zu klingeln. Klatschnaß schlidderte ich aus der Dusche und hinterließ eine interessante Fußspur auf dem Teppich, als ich auf den Apparat zuflitzte.
»Guten Morgen, Süße«, trällerte mir mein Schwesterherz entgegen.
»Verdammt, ich tropfe. Warte mal einen Moment«, antwortete ich atemlos und griff mir ein paar Handtücher.

»Hörst du mir zu?« fragte Babs.
»Bleibt mir wohl nichts anderes übrig, nachdem du mich schon aus der Dusche geholt hast«, sagte ich mürrisch und versuchte, mich mit einer Hand notdürftig abzutrocknen.
»Stell dir vor, es ist etwas total Aufregendes passiert.«
Irrte ich mich, oder war in Babs' Stimme ein neuer, anderer Tonfall?
»Er hat mich gefragt«, fuhr sie fort.
»Wer und was?« fragte ich.
»Na, Bernd natürlich.« Ich hörte sie tief durchatmen. »Er hat um meine Hand angehalten!«
Ich traute kaum meinen Ohren. Das war nun wirklich mal eine echte Botschaft. Hörte sich so nach Liebe an. Nach diesem wunderbaren, zauberhaften Thema, das ich vorsichtshalber auf irgendwann mal verschoben hatte. Jetzt sprang Babs' Aufregung auch auf mich über.
»Und, was hast du geantwortet?« fragte ich.
»Was schon, ja habe ich gesagt. Ich glaube, ich bin damit verlobt, oder?« Babs kicherte.
»Ich denke schon«, antwortete ich und hatte diese ganzen herrlich kitschigen Dinge wie goldene Ringe, Blumen streuen, Hochzeitskleid und so was vor Augen. Mein Hechtsprung aus der Dusche hatte sich gelohnt. Wilde Romantik kehrte in mein Herz ein.
»Süße, ich freu mich so für dich. Und Bernd ist wirklich ein toller Typ. Also, meinen Segen habt ihr. Sag, ist er so richtig auf die Knie gegangen, so wie im Film, meine ich?« fragte ich.
»Quatsch«, entgegnete Babs burschikos, »du mit deinen kitschigen Lore-Roman-Vorstellungen. Aber umarmt hat er mich, und das mit der Liebeserklärung hat er auch ganz gut hingekriegt.«
Ich seufzte. Das gab doch Hoffnung.
»Ob ich das wohl auch noch mal erlebe?« fragte ich.
»Du kommst auch eines Tages locker unter die Haube«, lachte Babs glücklich.
Ich schaute auf die Uhr. Da ich immer noch im Evaskostüm in der Landschaft stand, mußte ich mich nun etwas ranhalten.

»Babsi, ich muß mich sputen. Fühl dich geknutscht. Das war wirklich ein toller Schreck in der Morgenstunde. Und grüß mir meinen Schwager«, beendete ich das Telefonat.
Verträumt schmiß ich die Espressomaschine an und cremte mich summend im Bad ein. Meine Schwester als Braut, unglaubliche Vorstellung. Vergessen war meine Trübsal; dieser Tag würde bestimmt irgendwie ein guter Tag werden. Etwas irritiert lauschte ich auf den zischenden Sound der Espressomaschine, der sich heute anders anhörte als sonst. »O nein«, schrie ich, als ich in der Küche stand.
Desaster, Horror.
Ich raufte mir die Haare und fragte mich, wie das nur wieder passieren konnte. Klarer Fall, ganz offensichtlich hatte ich den Behälter mit dem Kaffee nicht richtig festgezogen. Die Espressotasse war leer, dafür die ganze Küche voller Kaffeepulver.
›Turbo-Hochdruck‹, dieser tolle Begriff hatte mich beim Kauf der Maschine überzeugt. Und absolut turbomäßig war hier offenbar der Kaffee durch die Luft geschossen. Er krümelte vom Griff des Kühlschranks, pappte feucht an der Wand gegenüber und hatte auch das ganze frisch abgewaschene Geschirr mit einer feinen Schicht überzogen.
Einfach ignorieren, nahm ich mir vor, als ich resigniert die Küchentür hinter mir schloß. Guter Tag? Na, das würde ich nicht gerade unterschreiben.
Jetzt aber rein in die Klamotten. Nur, in welche? Business Outfit verträgt sich nicht mit der Aufräumaktion, Freizeit-Look nicht mit der drohenden Besprechung. Also die flotte Mixtur: Seidenblüschen mit Blue jeans. Stolz wie Bolle zog ich den Reißverschluß meiner knallengen Jeans zu. Ha, Diät und Aerobic zeigten ihre Wirkung. Vorsichtig machte ich eine Sitzprobe, und die Jeans bestand den Test. Meine Stimmung stieg.

»Raus damit«, hörte ich Peter rufen, als ich die Agentur betrat.
»Nein, die brauche ich noch«, kreischte Hans, während er sich schützend auf seine gesammelten Zeitschriftenberge warf.
Ich schlich mich am Atelier vorbei, um nicht ins Kreuzfeuer zu geraten. Meine Sekretärin Anni stand ratlos in meinem Büro.

»Hi, Linda. Haben wir überhaupt etwas zum Ausmisten?« fragte sie.
»Laß uns erst mal die beiden ältesten Aktenjahrgänge in den Archivkeller schleppen. Dann sieht es hier schön aufgeräumt und nicht mehr so zugeknallt aus«, antwortete ich.
»Verdammt, ganz schön schwer«, stöhnte Anni, als wir packeselgleich unsere Tragetouren absolvierten. Vorsichtig sortierten wir im Keller die Ordner ein und versuchten, unsere Klamotten nicht vollständig einzusauen.
Plötzlich schoß Anni hysterisch schreiend an mir vorbei und raste die Kellertreppe hinauf. Zitternd wie Espenlaub starrte sie mich an, als ich sie im Büro wiederfand. Sie griff sich mit einer Hand an die Kehle und stammelte nur noch: »Eine Spinne, eine Spinne.«
Herrje, hatte das Mädel eine Phobie. Während Anni sich wieder zu beruhigen versuchte, schleppte ich mich keuchend weiter ab.
»Geteiltes Leid ist halbes Leid«, meinte unsere Chefbuchhalterin, die traurigen Auges ihr Primeltöpfchen und ihren Lieblingsblumentopf zum Container schob.
»Wenn ich zu Hause nur etwas mehr Platz hätte, könnte ich ihn mitnehmen. Aber mein Mann hat gesagt, ich soll ihm bloß heute abend nicht mit so was heimkommen. Es ist ein Jammer«, schloß sie, als auch ihr Gummibaum in den Tiefen des Containers versank.
Peter lief sich die Hände reibend durch die Agentur. Je mehr im Container verschwand, desto zufriedener wurde er.
»Na, Peter, haben Sie Ihr Office denn auch schön aufgeräumt?« fragte ich scheinheilig, nachdem er mein Zimmer inspiziert hatte.
»Bei mir ist es immer aufgeräumt«, erwiderte er laut.
»Ach, und von dem Segelbötchen auf der Fensterbank wollen wir uns nicht so langsam trennen? Oder auch von der alten Pfeife auf dem Schreibtisch, die man als Nichtraucher so gar nicht brauchen kann?« ärgerte ich ihn genußvoll, während ich den Staub vom Pfeifenkopf pustete.
Verlegen schaute er mich an und hatte auf einmal diesen jungen-

haften Ausdruck in den Augen, den man bei einem gestandenen Kerl seines Alters gar nicht mehr erwarten würde.
»Weißt du«, duzte er mich vertraulich wie üblich, »da hänge ich so dran.«
Ich mußte über sein schuldbewußtes Gesicht lachen. »O.k., dann sollten wir jetzt vielleicht unsere Besprechung vorbereiten, ja?«
Erleichtert nickte er.
Kaffee, Tee, Saft, Wasser standen schon bereit. Kopien des Besprechungsfahrplans legte ich auf dem Tisch aus. Layouts und Textmanuskripte waren ordentlich sortiert. Alles klar. Allerdings mußte ich mich nun noch etwas herrichten, denn mein harter körperlicher Einsatz hatte Spuren hinterlassen. Glanzspuren. Besonders auf Stirn und Nase, stellte ich nach einem kritischen Blick in den Spiegel fest. Mit einem Hauch Puder bekam ich das sofort in den Griff. Gekonnt stäubte ich noch ein wenig Rouge auf die Wangenknochen. Wohin, verflixt, war wieder dieser Lippenstift in der Tasche gerollt? Ah, jetzt also das Finish. Den Schminkspiegel in der Hand, zog ich sorgfältig meine Lippen nach. Ein letzter Kontrollblick...und ein weiteres Augenpaar schaute mich plötzlich im Spiegel an. Ich wirbelte herum – und stand vor Mike Badon.
»Oh«, sagte ich hilflos, den Lippenstift in der rechten, den Schminkspiegel immer noch in der linken Hand. Leider stieg mir zu allem Übel eine unübersehbare Röte ins Gesicht.
»Guten Tag, Frau Lano«, begrüßte er mich und reichte mir die Hand.
Schnell warf ich meine Beauty-Utensilien in die Tasche und griff zu. Emsig schüttelte ich seine Rechte.
»Herzlich willkommen. Es freut mich, Sie zu sehen«, log ich und gewann langsam meine Fassung wieder.
»Es freut mich auch sehr, Ihre Agentur mal in Augenschein nehmen zu können. Herr Riegener hatte mir schon erzählt, daß bei Ihnen heute großes Aufräumen angesagt ist. Aber wir sind übereingekommen, trotzdem mit der Arbeit zu beginnen. Und so zum Auftakt ist es doch ganz nett, wenn wir in entspannter Wochenendatmosphäre starten, nicht?« meinte Mike Badon.

Wer, zum Teufel, war hier entspannt? Er offensichtlich. Ich musterte schnell seine lässige Kleidung. Jeans, Marke Levis natürlich, und der Pullover sah verdammt nach Kaschmir aus. Meine guten Manieren fielen mir wieder ein.
»Ja sicher, gute Idee. Darf ich Ihnen vielleicht erst mal einen Kaffee anbieten?«
»Sehr gerne«, antwortete er.
Hochkonzentriert griff ich zu der großen Thermoskanne und ermahnte mich, schön langsam einzugießen. Nichts wäre jetzt blöder, als mit temperamentvollem Schwung auch noch eine kleine Überschwappnummer abzuziehen. Geschafft. Als ich ihm die Tasse reichte, hoffte ich, daß er als Gentleman keinen Kommentar über das zittrige Klappern des Löffels auf der Untertasse abgeben würde.
Peter rettete die Situation. »Da ist unser Gast ja schon«, grölte er in der Stimmlage, mit der er kraftvollen Optimismus auszustrahlen pflegte.
Auch Hans und Tom kamen dazu. Wir setzten uns. Das heißt, ich stand wieder auf, um die Bewirtung zu übernehmen. Immer klasse, wenn keine Sekretärin da ist und Männer Durst haben. Automatisch war ich dann der freudige Getränkespender. Beim Umrunden des Tisches spürte ich, daß jeder der Herren mein Hinterteil betrachtete, und war dankbar für jedes Gramm, das ich mir in den letzten Tagen diszipliniert abgehungert hatte.
Peter übernahm die einleitenden Worte und übergab dann an mich.
Es lebe die Routine, dachte ich, als ich nacheinander alle wichtigen Punkte zur Sprache brachte.
Mike Badon reagierte sehr überlegt und sachlich und beendete die Diskussionen mit der Frage: »Wo werden wir denn den Film drehen?«
Peter erklärte, daß wir bereits ein Studio in Hamburg gebucht hätten, der Regisseur optioniert sei und wir nur noch über das Model entscheiden müßten. Zusammen mit Hans hatte ich diverse Setcards von Models der unterschiedlichsten Typen herausgesucht. Wir hatten zwei Präferenzen, eine dunkelhaarige Schönheit mit zartem Teint und, alternativ, eine aufregende

Blonde, die mich nicht so begeisterte. »Weil du selber so 'ne Dunkle bist, ist doch klar«, hatte Hans noch gesagt.
Da wir uns mal wieder nicht einigen konnten, war die letzte Entscheidung nun Mike Badon vorbehalten.
»Die Blondine«, meinte er und tippte auf die Fotos von ihr, »sie hat einfach eine interessantere Ausstrahlung.«
Ich runzelte die Stirn und beschloß, entgegen meinen sonstigen Gepflogenheiten mal ausnahmsweise den Mund zu halten.
»Drehbeginn wird in zehn Tagen sein«, informierte ich ihn, und er nickte.
»Gut, ich werde dann zumindest am ersten Drehtag dabeisein«, sagte er und erhob sich.
»Linda, begleitest du bitte noch Herrn Badon bis zur Tür?« fragte Peter, nachdem er sich verabschiedet hatte.
Klar, war mir doch ein Vergnügen. Artig reichte ich Mike Badon meine Hand. Er lächelte und sagte: »Dachte ich's mir doch, daß Sie Ihr Versprechen nicht halten würden.«
Irritiert schaute ich ihn an:«Welches Versprechen?«
»Wollten Sie mir bei unserem ersten Meeting nicht die kleine Wäschekollektion zeigen, die zu Ihren Erläuterungen bei der Präsentation passen sollte?« fragte er.
Ich fuhr mir durchs Haar und antwortete frech: »Sie kommen doch eh' zum Dreh. Da können Sie alles live und sogar direkt am Körper anschauen. Ist doch viel besser, oder?«
Er lachte dieses widerlich arrogante Macholachen, verbeugte sich fast unmerklich und ging leichten Schrittes auf sein Auto zu. Einfach schön, wenn Männer so souverän sind und ich mir wie eine Idiotin vorkomme.

»War doch ein tolles Meeting«, meinte Peter selbstgefällig, während ich alle Unterlagen zusammenraffte.
»Ja, ganz prima. Was halten Sie eigentlich von Herrn Badon?« wollte ich wissen.
Peter nickte bedächtig und meinte: »Ausgesprochen angenehm. Könnte unser Lieblingskunde werden.«
Na, meiner bestimmt nicht, dachte ich und löschte das Licht im Konferenzraum.

Ich beschloß, mich zunächst von meinen Freundinnen wieder seelisch aufbauen zu lassen und meine Küche erst am heiligen Sonntag vom Espresso zu befreien.

Annonce

Dreimal klingeln, das war das Zeichen, wenn Simone, Ulrike und ich uns gegenseitig besuchten. Ich hoffte nur, daß Ulrike wirklich zu Hause war.

»O prima, Simone ist auch vor einer halben Stunde gekommen«, begrüßte mich Ulrike und verzierte gleich meine beiden Wangen schmatzend mit ihren Lippenstiftabdrücken. Herrlich, Kerzenlicht, schöne Musik und die bereits geöffnete Flasche Prosecco verhießen einen gemütlichen Mädelsabend.

Simone überfiel mich gleich mit den Worten: »Nun stell dir mal vor, Linda. Nachdem ich nun fünf Wochen lang erfolglos mein Telefon fixiert habe, rief doch tatsächlich heute nachmittag dieser Andreas bei mir an, als ob nichts wäre. Um sich mal zu erkundigen, wie's mir so geht.«

Ich grinste. Diese Kerle. Schon waren wir wieder bei unserem Lieblingsthema.

Neugierig fragte ich: »Und, wie hast du reagiert?«

»Na ja, eigentlich wollte ich gleich wieder auflegen. Aber ich war so verdattert, daß ich auch noch direkt nett war. Im Grunde haben wir uns dann super unterhalten. Hach, wenn er doch wenigstens nicht diese unglaublich tolle Telefonstimme hätte. Die ganze Zeit über habe ich darauf spekuliert, daß er sich mit mir verabredet. Zum Essen oder so. Und da sagt der Typ doch glatt zum Schluß, er werde sich dann bei Gelegenheit wieder melden. Wahrscheinlich, wenn er den gleichen Notstand hat wie beim letzten Mal. Da hat er mich derart geküßt, daß ich schon fast geschielt habe, nur um mich dann gleich ins Bett zu zerren. Oh, ich bin so sauer. Was mache ich denn jetzt? Ich habe keinen Bock mehr, aufs Telefon zu starren und zu warten.«

Lakonisch meinte Ulrike: »Vergiß ihn einfach. Und jetzt erst mal ›Prost‹.«

Wir ließen die Gläser klingen. Puh, das tat gut.

»Ich habe eine Idee«, sagte ich, und beide schauten mich erwartungsvoll an. »Wenn du ihn schon nicht haben kannst, könnten wir ihn ja ein bißchen quälen. Wie wär's, wenn wir eine kleine Wachspuppe basteln, sie Andreas taufen und ganz langsam dicke Nadeln hineinpieksen?«
Nun mußte auch Simone lachen: »Na ja, so ein nettes Voodoo-Spiel ist kein schlechter Einfall. Ich besorg mal ein Buch darüber. Und dann wird geübt und geübt, Mädels.«
Ulrike betätigte sich als Discjockey und erfreute uns mit ›The winner takes it all‹ von Abba. Fröhlich sangen wir mit. Ich stöhnte, als ich mich vorbeugte, um nach einer Zigarette zu angeln.
»Erschöpft?« fragte Ulrike teilnahmsvoll.
»Nein, schlicht und ergreifend Muskelkater von meinen morgendlichen Verrenkungen«, gab ich zur Antwort.
Beiläufig fragte mich Simone: »Und wie war's heute mit deinem Mike?«
»Mit meinem Mike«, wiederholte ich entrüstet. »Der hat doch wirklich die Frechheit besessen, mich noch mal auf dieses peinliche Wäschethema anzusprechen. Wie findet ihr das?«
»Urkomisch«, antwortete Ulrike, die sich an meine ausführlichen Erzählungen nach der Präsentation erinnerte. »Sieht er denn gut aus?« wollte sie wissen.
»Nicht schlecht eigentlich. Eben so Typ Macho. Der findet sich sicher ganz schön toll«, meinte ich. »Aber laßt mich heute bloß mit dem in Ruhe. Mein Bedarf an den Mike Badons dieser Welt ist erst mal gedeckt. Was ganz anderes: Meine Schwester wird ihren Bernd heiraten. Ist das nicht ausgesprochen spektakulär?«
Simone seufzte.
Ulrike richtete sich plötzlich ganz gerade auf, zwinkerte mir zu und sagte: »Für dich habe ich aber auch etwas ganz Besonderes in petto, Linda. Einen Mann, der eine Frau mit Geist und Kultur sucht. Außerdem ist eine Einladung in die Karibik drin!«
»Waaas«, schaute ich sie ungläubig an, »wo hast du den denn her?«

»Aus einer Annonce in der Zeitung. Rubrik ›Heiraten‹. Hier, schaut doch selbst.« Sie zog die Samstagsausgabe des Abendblattes hervor.
Simone griff sofort zu und begann, diverse Anzeigen laut vorzulesen: »›Hübsch und schlank soll meine Traumfrau sein.‹ Oder hier: ›Ich stehe besonders auf lange Beine und lange Haare.‹ Ha, noch besser: ›Wenn du erregend, aufgeschlossen und lustvoll bist...‹ Puh, haben denn alle Männer ihren Verstand in der Hose?« ärgerte sie sich.
Ulrike nahm ihr ungeduldig die Zeitung aus der Hand. »Das ist es ja gerade. Die schreiben alle so gesammelten oberflächlichen Mist, daß nur ein Text wirklich positiv herausfällt. Also aufgepaßt: ›Mann mit Pep und Kultur sucht entsprechendes weibliches Pendant. Sie sollte Stil haben und sowohl im ›kleinen Schwarzen‹ als auch in Jeans und T-Shirt eine angenehme Erscheinung sein. Echtes Kennenlernen im Urlaub am besten möglich. Deshalb ist Karibik für zwei gebucht. Eigentlich habe ich es nicht nötig, eine Annonce aufzugeben, aber es ist eben ein Versuch.‹ Na, klingt doch interessant, oder?« fragte Ulrike triumphierend in die Runde.
»Mann mit Pep und Kultur«, überlegte ich laut, »klingt nicht schlecht. Aber mal ernsthaft. Bin ich schon so tief gesunken, daß ich auf Heiratsanzeigen zurückgreifen muß?«
Simone lachte: »Wenn du so weiterarbeitest, hast du nur die Möglichkeit, deinen Chef zu verführen, aber der ist ungefähr dreißig Jahre zu alt für dich und außerdem verheiratet. Deine Kollegen sind allesamt 'ne Spur zu unseriös oder auch schon vergeben. Du kannst also warten, bis dir dein Traummann auf dem Weg zur Arbeit in dein Schrottauto fährt, oder du kannst einen schönen Fremden bei deinen hektischen Lebensmitteleinkäufen am Samstag anquatschen, oder du schreibst auf diese Anzeige.«
»Tolle Alternativen«, murmelte ich.
»Du bist ja nur zu feige«, meinte Ulrike lockend.
Ich wußte zwar, daß diese Bemerkung ein mieser Trick war, aber als typische Widderfrau konnte ich das natürlich nicht auf mir sitzen lassen.

»Das hat doch nichts mit Feigheit zu tun«, protestierte ich.
Listig fragte Simone: »Ach nee, womit denn dann?«
»Also wirklich, ich bin jung, hübsch und erfolgreich. Da muß es doch wohl noch 'ne andere Chance geben«, entgegnete ich.
»Klar, Linda«, grinste Ulrike, »dann nimm dir doch zum Kuscheln in den nächsten Jahren einfach deinen Erfolg mit ins Bett. Könnte nur sein, daß die Videokassette mit deinem neuesten Film ein bißchen kantig ist...«
»Ihr seid ja richtig hartnäckig heute«, meinte ich und überflog noch mal den Anzeigentext.
»Blut geleckt, Blut geleckt«, frohlockte Ulrike, die mich intensiv beobachtete.
Nun nahm Simone das Ganze in die Hand: »Block her, Stift her. Wir entwerfen zusammen den Antwortbrief«, war ihr Kommando.
Schnell besorgte Ulrike das Gewünschte und los ging's. Jetzt stand auch noch mein kreativer Ruf auf dem Spiel.
»Wie fängt man so was denn bloß an? Guten Tag, Fremder? Lieber Unbekannter?« fragte ich in die Runde.
Die Mädels kicherten.
»Stranger in the night...«, sang Ulrike.
»Nee, das ist doof. Also nehmen wir doch ganz unverfänglich ›Hallo Unbekannter‹«, entschied ich mich. Langsam formulierte ich die ersten Sätze, die Simone eifrig notierte.
»Über dein Aussehen mußt du noch was schreiben«, meinte Ulrike bestimmt.
»Ich weiß nicht, da komme ich mir nun total albern vor«, zögerte ich.
»Quatsch, du weißt doch, wo bei Männern der Verstand sitzt«, sagte Simone bedeutungsvoll und entwarf eine prachtvolle Beschreibung meiner optischen Vorzüge. Aufgeregt nahm ich noch einen Schluck Prosecco und fühlte ein behagliches Prickeln.
»Ihr verrückten Hühner. Das kann ja was werden«, lachte ich, als unser Werk endlich vollbracht war.
Ulrike gab mir noch einen Rat mit auf den Weg: »So, nun mußt du zu Hause nur noch mit einem Füller Schönschrift trainieren.

Aber nicht zu artig, ein paar temperamentvolle Schwünge darfst du dir schon leisten, ja?«
Gut, Simone und Ulrike hatten gewonnen. Montag morgen schrieb ich noch schön deutlich die Chiffrenummer der Anzeige auf den Umschlag und brachte ihn sogar noch vor der Arbeit zur Post.

Unser Aufräumeinsatz hatte sich tatsächlich gelohnt. Blitzblank wie noch nie war die Agentur. Hans humpelte auf mich zu.
»Was hast du denn getrieben?« fragte ich ihn mitfühlend. Grimmig entgegnete er: »Willst du die offizielle oder die inoffizielle Version hören?«
»Am besten gleich beide«, meinte ich.
»Ich habe exzessiv Squash gespielt«, zwinkerte er.
»Und was ist nun wirklich passiert?« wollte ich wissen.
Vertraulich beugte er sich zu mir herunter: »Da war diese total scharfe Braut. Ich baggere da schon lange rum, weißt du. Gestern habe ich es endlich geschafft, sie in meine Bude zu locken. Und gerade, als ich blind vor lauter, lauter... auf sie zugehen will, da rennt mir Paulchen vor die Füße. Mein Kater. Da hat's mich dann direkt gerissen. Ich lag ihr förmlich zu Füßen und hatte mir den Knöchel verrenkt. War aber insgesamt ziemlich erfolgreich, weil sie mich ja nun trösten mußte, du verstehst?«
Ich mußte lachen. »Versteh schon, klar. Du bist mir schon einer.«
»Und was hast du getrieben?« fragte er.
»Geputzt wie bekloppt. Meine Küche hatte es nötig.«
Leider unterbrach das Telefon meine Geschichte, und so mußte ich mit der Schilderung des Espresso-Turbo-Effekts bis zum Lunch warten.
Herr Domann meldete sich mit den Worten: »Guten Morgen, schöne Frau. Wann sehen wir uns wieder?«
Mist, der Kampfhund hatte ihn nicht genügend beeindruckt.
»Ende der Woche, Herr Domann. Herr Riegener und ich werden Ihnen dann neue Sloganvorschläge unterbreiten.«

»Gut, gut«, antwortete er, »ich hätte da auch noch so einen Gedanken. Wissen Sie, in meiner Jugend habe ich gerne Gedichte geschrieben, und da dachte ich, so ein Reim wäre doch ganz hübsch.«

Einmal im Leben möchte ich einen Kunden haben, der sich nicht bemüßigt fühlt, seine lyrischen Einfälle in die große weite Welt der Reklame zu importieren.

»Was schwebt Ihnen denn für Ihre Margarine vor?« fragte ich vorsichtig.

»Also passen Sie auf: Eins, zwei, drei, und fertig ist die Leckerei. Und im Bild sehen wir dann, wie die Hausfrau dem Sohn die streichfeine Margarine aufs Brot schmiert, na?« fragte er erwartungsvoll.

Ich brach innerlich zusammen. Nichts anmerken lassen, beschloß ich.

»Ich hab's gleich mitgeschrieben, Herr Domann. Wir sollten am Freitag alle Vorschläge diskutieren und dann die Entscheidung gemeinsam fällen.«

»Gut, gut«, beglückte er mich mit seiner Standardantwort.

Fünf Minuten später lag Texter Tom, dem ich gleich den neuesten poetischen Erguß von Domännchen erzählt hatte, förmlich unterm Schreibtisch.

»...und fertig ist die Leckerei. Blöder geht's ja schon kaum noch«, prustete er. »Ich hätte da auch noch eine alte Großtante zu bieten. Die dichtet auch so gern.«

Ich fragte ihn: »Wann sehe ich eigentlich deine Vorschläge? Du willst mich doch nicht wieder auf den allerletzten Drücker mit deinen Slogans versorgen, oder?«

Tom streichelte erst seinen Kopf und dann seinen Computer, auf dessen Bildschirm gerade das Spiel »Solitär« flimmerte.

»Also hier oben rumort es schon ganz toll. Und in Kürze werden meine Autorenhände über die Tastatur dieses Computers gleiten und genial einen Buchstaben an den anderen reihen.«

Ich verdrehte die Augen und schaute meine Textprimadonna an: »Was willst du für mich sein, Tom? Der erste Sargnagel? Die Garantiekarte für mein erstes Magengeschwür?«

Tom lachte nur, legte im Computer die Karte mit der Herzdame auf den Pikkönig und antwortete: »Du weißt doch, Linda, gut Ding will Weile haben.«

Hans gesellte sich zu uns und tippte mir auf die Schulter. »Du bist bestimmt die netteste Frau, die ich kenne. Auf dich ist auch immer irgendwie Verlaß, und in harten Zeiten wie heutzutage kann man nur froh sein, gute Freunde zu haben. Solche, mit denen man Pferde stehlen kann und…«

Ich unterbrach sein Gesülze: »Du willst doch was von mir. Spuck's schon aus.«

»Weißt du, mein Kater Paulchen verträgt das Fliegen nicht. Und ich will doch in Kürze Urlaub machen. Da habe ich überlegt, wem ich dieses zauberhafte Tier anvertrauen könnte. Du warst die einzige, die mir einfiel«, sagte er treuherzig mit großem Augenaufschlag.

»Wohin geht's denn?« versuchte ich Zeit zu gewinnen.

»Bali«, antwortete er stolz, »ich bring dir Paulchen auch eigenhändig vorbei mit Futter und allem drum und dran.«

Das Katzenklo, mit dem ich mich ebenfalls unweigerlich würde auseinandersetzen müssen, erwähnte er natürlich nicht. Und ich konnte wieder mal nicht nein sagen. Tja, Bali für Hänschen, Katzenkloputzen für Linda. Ich liebe meine Kollegen.

Stadtplan

Der Filmdreh nahte. Hans und ich kontrollierten unsere Checkliste, und der alte Karl hatte nun auch endlich den Kostenvoranschlag für das gesamte Projekt bewilligt bekommen.
»Ich hab mir unser Model vorhin angeschaut. Superhaut, sag ich dir. Sie heißt Anita«, schwärmte Hans.
Gierig betrachtete Karl zum zehntenmal die Fotos von ihr. Ich konnte mir schon vorstellen, daß ihm bei soviel Jugend das Wasser im Munde zusammenlief, dem alten Lüstling.
Ich nickte nur, denn ich mußte Mike Badon anrufen, um mit ihm zu klären, wann er dabeisein wollte. Kurz entschlossen wählte ich seine Nummer.
»Hallo, Herr Badon, hier spricht Lano. Wir haben alles organisiert, am Dienstag ist der erste Drehtag. Wann möchten Sie nun dazukommen?« fragte ich.
»Ich fliege gleich morgens mit der ersten Maschine. Dann können wir zum einen den Dreh beobachten und zum anderen vielleicht zwischendurch noch sämtliche Messevorbereitungen besprechen«, schlug er vor.
Ich nickte und antwortete: »Selbstverständlich gerne. Jemand von der Agentur wird Sie am Flughafen abholen. Wir sehen uns dann in jedem Fall am Dienstag.«
»Sehr schön, ich freu mich schon darauf«, antwortete er.
Täuschte ich mich, oder konnte er tatsächlich charmant sein? Während ich noch darüber nachgrübelte, kam Boß Peter auf mich zu.
»Hast du schon mit Badon besprochen, daß du ihn abholst?« fragte er.
»Ich?« fragte ich entgeistert und sah ziemlich plastisch die Rostflecken an meinem alten Autochen vor mir.
»Klar du. Kundenbetreuung nennt man das«, meinte er in ironischem Ton.

»Stellen Sie sich vor, davon habe ich auch schon mal was gehört. Aber ich bin kein Chauffeur. Und außerdem: Kennen Sie eigentlich die Rostlaube, die man mein Auto nennt?« konterte ich.

»Du kannst auch den großen BMW von Karl haben«, schlug Peter vor.

Das hatte mir gerade noch gefehlt. Karl hatte einen Schaltwagen. Meine Freunde lachten sich immer schief, wenn ich angsterfüllt das Wort ›Schaltwagen‹ aussprach, denn trotz meiner ausgereiften Managerfähigkeiten gehörte ich zu der Minderheit der Bevölkerung, die froh war, wenigstens mit einem Automatikgetriebe fertig zu werden. Von dem Komplex würde ich selbstredend meinem Boß nie im Leben etwas verraten.

»Ach, der hat sich immer so mit seiner Karre«, moserte ich, »da nehm ich doch lieber meinen eigenen Wagen.«

Für Peter war damit das Thema erledigt, und für mich begann der Alptraum. Schlecht Auto fahren zu können war das eine, permanent die Orientierung zu verlieren das andere Handicap, mit dem ich geschlagen war. Ulrike verdrehte immer die Augen, wenn sie mich zielsicher in die falsche Richtung laufen sah. Egal, ob in Gebäuden, in der Stadt oder gar in fremden Wohnungen. Wie oft hatte ich schon bei Freunden verdutzt die Tür zu einer Besenkammer geöffnet, statt den mir eigentlich bekannten Weg zum Badezimmer einzuschlagen. Die Frage »Wo willst du denn hin?« war mir inzwischen schon genauso vertraut wie der Ratschlag meiner Schwester, in einer Gegend, die mehr als hundert Meter von meinem Apartment entfernt war, doch besser Reis zu streuen, um eine kleine Chance für den richtigen Rückweg zu haben. Peter würde mich bestimmt erschlagen, wenn ich Mike Badon in unerschlossene Randbezirke entführte, statt ihn zielsicher zu den richtigen Orten zu kutschieren. Und wer ist schon scharf darauf, erschlagen zu werden?

So stand ich nun am Freitag abend vorm Fotokopierer und quälte mich damit ab, Teile des unhandlichen Stadtplans zu vergrößern. Ich hatte nämlich beschlossen, meine ausgeprägte Schwäche mit dem Intellekt zu besiegen. Eifrig beugte ich mich

über die Kopien und holte meine Leuchtstifte aus dem Schreibtisch. Zuerst suchte ich die neuralgischen Punkte heraus: Ich markierte meine Wohnung, denn das war schließlich der Start, den Flughafen, die Agentur und das Filmstudio. Als Hans um die Ecke kam, verdeckte ich schnell meine geheime Vorbereitung.
»Und vergiß nicht, am Sonntag bringe ich dir Paulchen. Dann hast du eine Woche lang jeden Tag 'nen Kater«, grinste er. Sehr witzig, der Herr Kollege.

Nach einem herrlich verfaulenzten Samstag erwachte ich am Sonntag mit einem flauen Gefühl im Magen. Heute war der Tag, um Hamburgs Straßen zu erobern. Mit meiner Schrottkarre und einem irgendwie schmerzenden Nacken. Ob ich mir wohl was verrenkt hatte?
Ein Indianer kennt keinen Schmerz, dachte ich und wimmerte, als ich feststellte, daß aus mir nie eine anständige Squaw geworden wäre. Vielleicht half ja Wärme, hoffte ich, als ich einen besonders dicken Schal um meinen Hals schlang.
Und nun volle Konzentration: zuerst also zum Flughafen. Müßte wirklich ganz easy sein, denn diesen Weg hatte ich schon ein dutzendmal mit dem Taxi zurückgelegt. Autofahren machte am Sonntag richtig Spaß, bei den leeren Straßen. Stolz kam ich am Flughafen an und beschloß, nun direkt zur Agentur zu fahren. Neben mir lag die Kopie mit der entsprechend markierten Strecke.
Genau, jetzt rechts. Mist, die Verkehrspolitik spielte mir einen Streich: Abbiegen verboten. Egal, dann also die nächste rechts. Auch nicht? Herrje, wo war ich inzwischen?
»Typisch«, fluchte ich laut. Wenn ich so dürfte, wie ich wollte, wäre ich jetzt bestimmt schon da. Also noch weiter geradeaus. Die Straße wurde immer breiter. Fünf Spuren mitten in der Stadt. Ganz schöne Verschwendung, fand ich, als ich ein blaues Hinweisschild mit dem Aufdruck »Lübeck« erblickte. Panik ergriff mich.
Bloß nicht auf die Autobahn fahren, erst mal orientieren, schwirrte mir durch den Kopf, als ich mich rumpelnd in vollem

Tempo auf den Bürgersteig rettete. Entnervt zückte ich den Stadtplan. Wenden war die einzige Chance. Brav setzte ich den Blinker, wollte gerade mein Autochen zum Herumdrehen bewegen, als mir ein LKW entgegenkam. Au Backe, jetzt wäre ich doch fast noch zum Geisterfahrer avanciert. Irgendwie fand ich dann eine Abbiegemöglichkeit und nach einigem Umherirren schließlich doch noch die Agentur. Das war unter Garantie das erste Mal seit zwei Jahren, daß mich ein Glücksgefühl beim Anblick des Gebäudes überkam.

Von der Agentur zum Filmstudio, vom Studio zurück in die Agentur, von der Agentur zum Flughafen und noch mal vom Flughafen zur Agentur unter konzentrierter Umgehung der Autobahnzubringerstraße nach Lübeck. Es wurde schon dunkel, als ich nach Hause kam. Der Tank war leer und ich völlig groggy. Ich hatte tatsächlich sämtliche Kombinationsmöglichkeiten geübt und nicht lockergelassen, bis ich jede Strecke fehlerfrei bewältigt hatte.

Das war echter Arbeitseinsatz, dachte ich stolz. Am meisten hatte mein Nacken unter dem hektischen Herumwerfen meines Kopfes gelitten, denn schließlich muß man ja alle Spiegel ständig kontrollieren, darf den Radfahrerblick über die rechte Schulter nicht vergessen und so. Jede Drehung meines Kopfes war eine Qual. Als es an der Tür klingelte, lief ich steif wie ein Stock durch den Korridor.

Hans kam. Mit dem Tier. Der Kater hatte Mordsausmaße, stellte ich fest, als Hans Paulchen aus dem Korb zerrte. Paulchen sträubte sich und fauchte mich erst mal wild an.

»Bist du sicher, daß er nicht eigentlich Paul heißt und ein Panther ist?« fragte ich Hans mißtrauisch, als sich der pechschwarze Riesenkater mit einem gewaltigen Sprung aus seinen Armen befreit hatte, um sofort unter mein Sofa zu kriechen.

»Nur keine Angst«, meinte Hans, »der ist sogar schüchtern, wie du siehst. Und merke dir, so ein empfindsames Tier hat mehr Furcht vor dir als du vor ihm«, belehrte er mich und fuchtelte auch noch mit seinem ausgestreckten Zeigefinger vor meiner Nase herum.

»Ach, was für ein schönes Rot«, sagte ich ironisch, als Hans das

von mir bereits erwartete Katzenklo in mein kleines Badezimmer stellte.
»Mußt du auch nur alle zwei Tage saubermachen«, versuchte Hans meinen Mißmut zu dämpfen. »Und vergiß nicht, immer die Tür zum Bad offenzulassen. Sonst gibt's ein Unglück.«
Ich konnte mir schon lebhaft vorstellen, wie Paulchen und ich in trauter Eintracht unsere beiden Klos benutzen würden; schließlich soll man ja alles mit Humor sehen. So versuchte ich auch, die ansehnliche Pyramide mit Katzenfutterdosen entsprechend humorvoll-gelassen zu betrachten, die Hans, ganz Grafiker, geometrisch auf meinem Küchentisch anordnete.
»Thunfisch stinkt ein bißchen«, meinte er, »ist aber gut für Paulchens Fell.«
»Ah ja, und wie sieht's mit meiner Gesichtsfarbe aus, wenn ich morgens auf nüchternen Magen so 'ne Dose öffne?« fragte ich.
»Och, Grün steht dir doch ganz gut«, grinste Hans. »Ich bring dir auch was aus Bali mit. Und viel Spaß beim Filmdreh. Ach, und gib Paulchen keine Milch, nur Wasser zum Trinken«, verabschiedete er sich.
Vorsichtig legte ich mich auf den Teppichboden und linste unter das Sofa. Ein Paar funkelnder Augen starrte mich an. Ganz schön unheimlich. Ich traute mich nicht, mich aufs Sofa zu setzen. Sich mit Futter einzuschmeicheln, das müßte doch gut funktionieren, dachte ich und klapperte mit Paulchens Napf.
»Paulchen, komm, mein Süßer. Lecker Fressi-Fressi.«
Ob das wohl die gewohnte Ansprache war? Die Sorte ›Rind mit Gemüse‹ war angesagt und blieb unberührt.
Ein letzter Versuch: »Paule, setz die Pfoten in Bewegung. Dinner for one. Extra vom Katzenkoch zubereitet.«
Nichts zu machen.

Am nächsten Morgen trieb mir der Schmerz, der sich auf Hals und Rücken ausgedehnt hatte, die Tränen in die Augen. Verzweifelt schnappte ich mir das Branchenfernsprechbuch und guckte mir die wenig vertrauenerweckenden Namen diverser Orthopäden an. Einer hatte seine Praxis um die Ecke und wurde damit zum Favoriten.

Wie üblich, wenn ich es mit Arztterminen eilig hatte, erzählte ich der Sprechstundenhilfe blumenreich von meinen unmenschlichen Qualen: »Ich weiß, es ist sehr kurzfristig. Aber ich kann mich überhaupt nicht mehr bewegen. Die Schmerzen bringen mich fast um. Unerträglich. Wissen Sie, ich bin nur noch am Heulen. Und Sie sind meine letzte Rettung!«

Schließlich »ermöglichte« sie, daß mich der Herr Doktor noch am Vormittag anschauen würde. Dem Himmel sei Dank. Ich sagte meiner Sekretärin Bescheid, daß es bei mir später werden würde. Danach öffnete ich den Kleiderschrank, holte Jeans und ein Sweatshirt hervor und machte mich schnell fertig. Schrank zu, Küchentür auf.

Mein Blick fiel auf den Futternapf, der noch gefüllt war. Allerdings hatten die Fleischbröckchen über Nacht eine wenig attraktive Kruste bekommen. Ob er das wohl noch frißt? fragte ich mich. Wo war der Bursche überhaupt? Langsam auf die Knie, autsch, und unters Sofa geschaut. Fehlanzeige. Hinter dem Sessel? Auch nicht. Katzenklo, fiel mir ein. Ebenfalls ein Irrtum. Tja, viel mehr Möglichkeiten gab's bei zwei Zimmern und fünfzig Quadratmetern wohl nicht. Grübelnd lief ich umher. Die Balkontür war nicht richtig offen, nur oben angekippt. Und da Katzen bekanntlich nicht fliegen können...Langsam wurde ich unruhig. »Miez, miez, miez«, lockte ich ohne Erfolg. Unterm Bett war er auch nicht. Mir wurde heiß und heißer. Entweder war das die erste Katze mit Tarnkappe, oder das Tier hatte sich irgendwie dünn gemacht. O Gott, wie soll ich das Hans bloß erklären? dachte ich.

Schweiß trat mir auf die Stirn. Völlig fertig setzte ich mich aufs Sofa und zwang mich, noch mal den ganzen Morgen mit all meinen Aktivitäten systematisch nachzuvollziehen. Plötzlich sprang ich auf, was mir mein Rücken nie verzeihen würde. Schmerz laß nach. Schnell ging ich ins Schlafzimmer und riß die Tür des Kleiderschrankes auf. Ich griff ins Dunkle. Als ich meine Hand mit den blutigen Kratzspuren wieder herauszog, wußte ich endlich, wo es sich Paulchen gemütlich gemacht hatte.

»Blödes Vieh«, rief ich in die Tiefen meines Kleiderschrankes und beschloß, ihn vorerst einfach zu ignorieren.

Bei Dr. Cramer mußte ich nur eine lächerliche Stunde warten. Auf die Art und Weise war ich nach der Lektüre diverser Zeitschriften wieder über sämtliche Skandale in allen Königshäusern und über Liebschaften, Pleiten und frischgeborene Babys von Popstars, Sportlern und Schauspielern informiert. Ich grübelte gerade noch, warum dieser Moderator wohl seine entzückende Frau so überraschend verlassen hatte, als ich endlich aufgerufen wurde. Dr. Cramer war so Mitte Vierzig und sah für einen Arzt leider ganz attraktiv aus. Gutaussehende Ärzte mochte ich nicht, da fühlte ich mich immer um so hilfloser. Schnell schilderte ich mein Problem.

»Dann machen Sie sich bitte frei«, sagte Dr. Cramer.

»Ganz?« fragte ich entgeistert.

»Nein, bitte Hose und Pullover ausziehen«, entgegnete er.

Na prima, das war so gut wie alles. Den BH hatte ich mir ausgerechnet heute früh gespart. So stand ich nun in meinem französischen Spitzenslip vor ihm und fühlte mich nicht nur krank, sondern auch noch reichlich entblößt.

»Jetzt drehen Sie sich um, und laufen Sie langsam geradeaus«, wies er mich an.

Meinen Busen konnte er so glücklicherweise nicht betrachten, dafür aber meine gesamte Rückseite. Ich spürte förmlich seine Blicke an mir heruntergleiten und stellte mir vor, wie er heimlich meine Zellulitis beobachtete. Ist ja auch nur ein Mann, also in diesem Fall ein Voyeur, ging es mir durch den Kopf. Als ich an der gegenüberliegenden Wand angekommen war, blieb mir nichts anderes übrig, als mich zu ihm umzudrehen.

»Hmm, Sie sitzen wohl viel?« fragte er mich, und ich bewegte mich auf mein Sweatshirt zu, das mir als Rettung erschien.

»Ja, das liegt an meinem Job«, antwortete ich leise.

Er stellte sich mir in den Weg. Fast hätte ich mein Sweatshirt schon in der Hand gehabt. »Ihre Wirbelsäule ist leicht verbogen, Frau Lano. Es könnte sein, daß Sie auf Dauer noch mehr Schwierigkeiten bekommen. Dann müßten wir überlegen, ob wir regelmäßig Krankengymnastik machen«, erklärte er.

Ich sah förmlich, daß in seinen Augen das Signal für fette Privatpatientenrechnungen aufleuchtete.

»Ja, aber was tut mir denn im Moment so weh?« fragte ich verzweifelt.
»Bei den Schmerzen, die Sie haben, müssen Sie sich wohl etwas verrenkt haben. Ich kann das aber nur richten, nachdem ich Sie geröntgt habe. Gleich nebenan, bitte«, sagte er und schob mich in den Nebenraum.
Immer noch nackt stand ich nun im Dunkeln. Seine Assistentin übernahm das Röntgen und schaute sich als erste mein knochiges Innenleben an.
»Einen Moment, bitte. Nehmen Sie doch ruhig Platz«, lächelte sie mir zu.
So saß ich einsam, barbusig und mit kalten Füßen auf dem Holzhocker. Fünf Minuten können in diesem Zustand wirklich ziemlich lang sein. Ich schlug die Beine übereinander, schaute betrübt auf eine Sommersprosse neben meinem Bauchnabel und dachte sehnsüchtig an eine Zigarette.
Dr. Cramer holte mich mit einem »Alles in Ordnung« wieder in sein Zimmer. Meine nackten Füße platschten auf dem kalten Linoleum, als ich ihm folgte.
»Ganz gerade stehen, ganz locker bleiben«, forderte er als nächstes.
Inzwischen stand er hinter mir. Was war denn nun? Ich spürte seinen Kittel an meinem Rücken und fühlte mich überraschend umarmt, während er mich von hinten umklammerte. Entgeistert wurde ich ganz starr, als ich ihn dicht an meinem Ohr hörte: »Locker bleiben.«
Ich dachte gerade an Vergewaltigung und daß ich eigentlich schreien müßte. Just in der Sekunde hob er mich blitzartig hoch, um mich dann mit heftigem Ruck kurz über dem Fußboden wieder fallen zu lassen. Nun schrie ich wirklich. Sämtliche Wirbel knackten empört über dieses unerwartete Attentat, und mir blieb vor Schreck der Mund offen stehen.
»Gleich noch mal«, meinte er, während ich schon wieder hilflos in seinen Armen in der Luft zappelte. Dann drehte er mich zu sich herum und nahm nun mein Gesicht in seine großen Hände. Mit aufgerissenen Augen starrte ich ihn an, als er offensichtlich versuchte, mir ruckartig den Kopf zu verdrehen. Wieder

krachte es, diesmal dort, wo ich meine Halswirbel vermutete. Das Ganze wiederholte er noch mal in der Gegenrichtung, bis er mich endlich losließ.
»So, das war's«, sagte Dr. Cramer.
Fragend blickte ich ihn an. Ah, ertappt, er schaute mir nicht in die Pupille, sondern auf meine Brustwarzen.
Nach einem kurzen Räuspern meinte er: »Verhalten Sie sich heute bitte ganz ruhig, dann müßten die Schmerzen bis morgen früh deutlich nachgelassen haben. Ansonsten müssen Sie in ein paar Tagen wiederkommen.«
O nein, ich würde mich völlig ruhig verhalten, bewegungslos und stumm sozusagen, dachte ich. Erleichtert zog ich mich endlich wieder an.
»Schönen Tag noch«, grinste Dr. Cramer und überreichte mir einen Bonbon.
Lutschend traf ich zu Hause ein. Schnell zum Telefon: »Peter, mir hat gerade ein Knochenbrecher mein gesamtes Skelett neu sortiert. Ich bin nur froh, daß ich keine Giraffe bin. Momentan habe ich das Gefühl, meine Bandscheiben haben enormen Streit mit den Knochen drumherum. Muß mich sofort hinlegen. Morgen ist hoffentlich wieder alles o.k. Ich hole in der Früh dann gleich den Badon ab und bring ihn mit in die Agentur, ja?« informierte ich ihn.
Danach ging ich in die Küche und beschloß, meine Kaffeeleidenschaft zurückzustellen. Wenn man krank ist, trinkt man schließlich Tee. Mit einem großen Becher beruhigendem Kamillentee bewaffnet packte ich mich ins Bett. Ich fühlte mich irgendwie beobachtet, als ich Paulchen entdeckte, der einer wunderschönen Statue gleich im Schlafzimmereingang saß.
»Hi, Kater«, begrüßte ich ihn. Während mich der Schlaf überkam, spürte ich, daß er sich schnurrend auf meinen Füßen niederließ. Sehr gemütlich, mein Paulchen.

Filmdreh

Igitt, irgend etwas Klatschnasses zog in meinem Gesicht seine Bahnen und kitzelte auch noch. Schläfrig drehte ich mich auf die andere Seite. Da, da war es schon wieder.

»Mensch, Paulchen«, schaute ich verwundert mein Pflegetier an, das offenbar beschlossen hatte, mit einem fröhlichen Über-die-Nase-Lecken Wecker zu spielen. Paulchen hatte wahrscheinlich nur darauf gewartet, daß ich ihn ansprach, und betrachtete das als Spieleröffnung. Mit einem kräftigen Satz sprang er auf meinen Bauch. Ich schoß hoch wie von der Tarantel gestochen. O Gott, auf Hans' starken Bauchmuskeln konnte er das ja machen, aber bei mir? Nee, das war mir zuviel auf nüchternen Magen.

»Verschwinde«, zischte ich mit einem Blick auf den Wecker, der gerade erst sechs Uhr anzeigte. Mindestens fünfzehn Minuten zu früh fürs Aufstehen. Leider, leider verstand Paulchen wohl momentan die Menschensprache nicht mehr, denn er machte sich quietschvergnügt balgend über meine Zehen her.

»Na gut, dann stehe ich eben auf. Wenn du jetzt ganz lieb bist, gibt's heute auch ausnahmsweise Thunfisch«, plauderte ich mit ihm. »Ah, das haste kapiert, wa?« berlinerte ich.

Paulchen folgte mir in die Küche, sprang auf die Spüle und beobachtete gierig meine Quälerei mit dem Dosenöffner.

»Puh, stinkt das. Genieße es bloß, das wird unter Garantie die einzige Thunfischorgie in dieser Woche bleiben.« Angeekelt ließ ich das schmatzende Tier allein und startete mein allmorgendliches Schönheitsprogramm.

Mein kleiner Striptease gestern hatte sich tatsächlich gelohnt, registrierte ich. Nur noch ein leichtes Ziehen im Nacken, ansonsten keine Beschwerden mehr. Der viele Schlaf ließ mich heute fast faltenfrei aussehen, der Hosenanzug saß exzellent. Beim Kaffee legte ich mir noch mal die Stadtplankopien auf den

Tisch und schickte schnell mit geschlossenen Augen ein Autofahrergebet Richtung Himmel.
Nachdem ich am Flughafen geparkt hatte, marschierte ich in die Ankunftshalle und erwartete Mike Badon. Ich merkte, daß ich ziemlich nervös war. Ihn hier so ganz allein zu treffen, dann mit ihm in meinem Auto zu sitzen...oje, oje. Gerade hatte ich eine fix eingesogene Zigarette ausgedrückt, als er auch schon vor mir stand.
»Sie persönlich, Frau Lano? Das ist ja eine reizende Überraschung!« begrüßte er mich superfreundlich. Ich hatte mich neulich nicht geirrt, er konnte wirklich richtig charmant sein.
»Ist mir doch eine Ehre«, lächelte ich. »Mein Auto steht gleich dort drüben«, wies ich den Weg. Emsig schloß ich zuerst für ihn die Beifahrertür auf.
»Danke«, sagte er und rutschte beim Einsteigen mit dem gesamten Sitz plötzlich ruckartig nach hinten.
»Oh, tut mir leid, der Sitz war wohl nicht eingerastet«, entschuldigte ich mich hastig. Wie peinlich.
Beide nestelten wir an diversen Hebelchen herum, um diese Panne zu beheben. Er schaffte es schließlich. »Wissen Sie, ich habe ein Faible für so individuelle Kutschen«, lachte er. Und auf einmal war gar nichts mehr peinlich.
»Na ja, also das hier ist mein ›Baxi‹«, klärte ich ihn auf, während ich uns konzentriert durch die Gegend fuhr.
»Baxi?« fragte er.
»Ja, das ist mein Autokennzeichen B-AX, und das ›i‹ habe ich einfach dazuerfunden. Ich bin kein besonderer Autofreak, aber zu dem guten Stück habe ich eben ein besonders inniges Verhältnis.« Ich streichelte demonstrativ das Lenkrad.
Er fragte mich, ob ich aus Berlin sei, während ich geschickt das Autobahnschild nach Lübeck umging.
»Klar«, antwortete ich, »das ist meine Heimat. Ich bin eine echte Berliner Pflanze.«
»Haben Sie eigentlich südländische Vorfahren?« wollte er wissen. Diese Vermutung war ich gewöhnt. Italiener, Spanier und Türken quatschten mich immer wieder entzückt in ihrer Lan-

dessprache an. Aber nicht alles, was dunkle Haare hat, ist unter heißer Sonne geboren.
»Nein«, schüttelte ich den Kopf, »eher nordländische. Leider. Im Winter wäre ich nämlich wirklich lieber in warmen Regionen.«
Und da waren wir schon vorm Studio.
»Wollten wir nicht zuerst in die Agentur?« fragte Mike Badon, und ich belegte mich innerlich mit einer ganzen Palette freundlicher Bezeichnungen: von Esel über Depp bis Vollidiot. Jetzt bloß die Nerven behalten.
»Sicher, sofort. Ich wollte nur mal eben gucken, ob's hier irgendein Problem gibt«, antwortete ich.
Der Produktionsleiter, auch etwas verwundert, mich so früh schon zu sehen, beruhigte mich, nein, keine Probleme. Wenn ich jetzt die Route nach Hause statt in die Agentur einschlage, bin ich geliefert, überlegte ich. Aber ich schaffte es.

Peter präsentierte unsere Entwürfe für die Messedekoration, und ich beobachtete, wie die beiden Männer Layout für Layout abhakten. Ab und zu hatte Mike Badon einige Verbesserungsvorschläge, die ich notierte, weil ich sie in der nächsten Woche mit Hans besprechen mußte.
Ich blickte von meinem Block hoch, als ich Mike lachen hörte. Schöne Zähne, dachte ich und blieb mit meinem Blick an seinen Lippen hängen. Ob nun Kinski oder Belmondo, interessanter Mund, ging mir durch den Kopf. Ziemlich großer Mund, konstatierte ich.
Aus weiter Ferne hörte ich Peters Stimme: »Linda, träumst du? Was du dazu meinst, will ich wissen!«
Au Backe. Null zugehört. Und dieser Badon grinste nur, als ich linkisch eine nicht vorhandene Haarsträhne aus meiner Stirn wischte.
»Äh, sorry«, sagte ich und zog fragend die Augenbrauen hoch.
»Ja, brauchen wir für den Druck nun zwei oder drei Wochen?« fragte Peter ungeduldig.
Keine Ahnung, worum's ging, aber im Zweifelsfall: »Drei Wochen, denke ich«, antwortete ich bestimmt.

Peter nickte zufrieden und schaffte auf wundersame Weise den Schlenker zu seinem Lieblingsthema, seiner journalistischen Karriere vor rund dreißig Jahren. Das kriegte er bei jedem hin, der seine Anekdötchen noch nicht kannte. Und allen, denen sie schon zu den Ohren herauskamen, wurden sie gnadenlos bis zum Auswendiglernen serviert. Ich hatte schon des öfteren das Vergnügen und konnte mich wieder unauffällig meinen optischen Studien zum Thema Mike Badon widmen. Seine Hände, im übrigen auch recht ansehnlich, spielten gelassen mit einem Kugelschreiber, während er Peter zuhörte. Als mein Boß wild gestikulierend von seinen geheimen Recherchen über einen längst verjährten Mordfall erzählte, steckte Karl sein graues Haupt zur Tür herein und erinnerte an den nahenden Drehbeginn.

»Findest du denn ins Studio?« fragte Peter zweifelnd.

Ich hoffte, Badon würde unsere Tour am frühen Morgen nicht erwähnen, und antwortete schnell: »Klar, null problemo« und schwenkte lässig meinen Autoschlüssel.

Im Studio probte der Regisseur mit unserem Model gerade das aufreizende Hochziehen eines hauchzarten weißen Seidenstrumpfes. »Baby, geschmeidig muß das aussehen. So, als wäre es die einfachste Sache von der Welt«, erklärte er, »und nicht so langsam«, nach einem Blick auf die Stoppuhr.

Anita streckte ihr Bein. Eins von den himmlisch langen. Neidisch starrte ich auf ihr Figürchen. Jeder, bestimmt jeder mußte sie doch einfach göttlich finden. »Ratsch«, machte es, als Anita mit einem Fingernagel den ersten Strumpf killte.

»Macht mal Musik«, brüllte der Regisseur.

Sofort ertönte eine aufreizende Saxophonmelodie. Neben mir stand Mike Badon, und ich konnte sein After-shave riechen. Er schaute wortlos auf mich herunter. Braune Augen, dichte Wimpern. Kaum auszuhalten. Das muß an der Musik liegen, dachte ich, als ich seinem Blick auswich.

Ich hielt Ausschau nach dem Buffettisch, meistens das Tollste bei einem Filmdreh. Nur leckere Schweinereien. Die Schokoküsse ließ ich links liegen, auch die duftenden Croissants strafte ich mit Verachtung. Ich griff zum Rohkostteller und leistete mir eine frische Möhre, allerdings ohne Dip, weil die Kräuter immer so zwischen den Zähnen hängenbleiben. Mike trank nur einen Kaffee und lobte mich für die gute Organisation des Drehs.

»Wann kommen denn unsere Uhren ins Spiel?« fragte er.

»In der nächsten Szene, sobald Anita es geschafft hat, den Strumpf anständig hochzuziehen. Und dann machen wir eine wunderbare Großaufnahme des Zifferblattes«, erklärte ich.

»Sehr schön«, kommentierte er und schaute mir wieder so undefinierbar in die Augen.

Peter erschien auf der Bildfläche und warf sich so in Pose, als ob ihm das gesamte Studio gehörte. »Laßt uns zum Lunch verschwinden«, sagte er und entführte uns zu seinem kleinen Lieblingsitaliener.

Zwar hatte ich mir geschworen, keinen Tropfen Wein zu trinken, konnte aber doch nicht widerstehen. Nach dem ersten Glas lenkte Peter die Aufmerksamkeit auf mich: »Unser Lindachen kriegt schon ganz glänzende Augen«, lachte er.

Mike Badon blickte mich an und sagte zu Peter: »Die hat Frau Lano doch immer!«

Unsicher fixierte ich meinen Spaghettiteller. Das war wohl ein richtiges Kompliment. Mein Magen war wie zugeschnürt, die Nudeln wollten nicht mehr richtig rutschen.

Nachmittags saßen wir nebeneinander auf den obligaten Regiestühlen.

»Ja, heiß, heiß, das ist es.« Der Regisseur flippte fast aus, als Anita zartfingerig mit den Strapsen hantierte.

Erotik knisterte in der Luft, ich fühlte mich elektrisiert. »Tragen Sie so was auch?« fragte Mike Badon.

»Nö, äh, ich meine, eher selten«, stotterte ich und dachte an meine nicht sehr üppige Kollektion schwarzer, unerotischer Strumpfhosen.

Er lachte und wandte sich Karl zu, der sichtlich die Filmatmosphäre genoß. Karl schaute auf die Uhr und meinte: »In einer halben Stunde müssen Sie ja schon wieder zum Flieger, da trinken wir jetzt noch ein Abschiedssektchen, ja?«

Der alte Spritter fand doch immer einen Grund zum Saufen. Der Korken knallte, und wir prosteten uns zu: »Auf den Erfolg«, sagte er.
»Und auf die Liebe und das Leben«, rutschte mir mein üblicher Trinkspruch heraus.
»Das gefällt mir«, nickte Mike Badon und gab mir damit für den heutigen Tag den Rest.
»Ich komm dann gleich wieder. So gegen zwanzig Uhr dreißig bin ich sicher zurück«, sagte ich zu Karl und entschwebte betont locker mit Badon zu meinem Baxi.
»Sehr nett von Ihnen, mich zu fahren«, sagte er, als wir schon fast am Flughafen waren.
»So bin ich eben«, scherzte ich.
Endlich am Ziel, stiegen wir aus, und ich holte seine Aktenmappe aus dem Kofferraum. Bei der Übergabe berührten sich unsere Finger. Schweigend standen wir voreinander. Er schaute ernst auf mich herunter. Ich fühlte mich wacklig und hatte so das komische Gefühl, daß die Zeit stehenblieb.
»Ja dann…« sagte er.
»Ja dann…« wiederholte ich und fand ihn beunruhigend vertraut.
Mit einem leisen Lächeln drückte er ganz kurz meinen Arm und verabschiedete sich: »Bis bald, wir sehen uns.«
Ich lächelte zurück und schaute ihm hinterher. Mit hängenden Schultern kletterte ich wieder hinters Steuer und atmete tief durch. Der winterliche Sternenhimmel über mir, das merkwürdige Prickeln und der Duft seines After-shaves, der immer noch im Auto hing, brachten mich ganz durcheinander. Nachdenklich fuhr ich los und fühlte mich wie nicht ganz von dieser Welt.
Eine Stunde später hielt ich ein Taxi an. In meiner merkwürdigen Stimmung war ich so ziellos durch die Gegend gegondelt, daß ich mich komplett verirrt hatte. Kurz vor dem Studio zahlte ich das Taxi, das mir den Rückweg gewiesen hatte, und trottete auf Karl zu.
»Mensch, Linda, ich dachte schon, dir wäre was passiert«, begrüßte er mich sichtbar erleichtert.

»So ungefähr«, murmelte ich und beobachtete Anita, die geduldig für die letzte Einstellung probte.

Um kurz vor Mitternacht trudelte ich erschöpft wieder zu Hause ein. Ich traute meinen Augen kaum. Paulchen hatte den Tag gut genutzt. Nicht nur, daß er meinen einzigen Blumentopf von der schönen römischen Säule geschmissen hatte. Nein, es hatte ihm offensichtlich auch diebisches Vergnügen bereitet, die Yucca-Palme fein säuberlich auszubuddeln und überall Tatzenspuren mit feuchter schwarzer Blumenerde zu verbreiten. Das türkisfarbene Sofa war ruiniert, der Topf zerbrochen und ich voller Haß.
»Du verfluchtes Mistvieh«, brüllte ich Paulchen an, der gerade die Schlafzimmergardine hochkletterte.
Empört schaute er mich an und krallte sich ins Gardinenband. Mit festem Griff riß ich ihn zurück und warf ihn aufs Bett. Er trollte sich in die Küche, wo er vorwurfsvoll in den leeren Napf guckte. Ich konnte ihn schlecht verhungern lassen und gab ihm gnädig die Reste aus der Thunfischdose. Als ich auch noch die Wasserschüssel nachgefüllt hatte, stellte ich sie auf den Boden und sagte versonnen: »Hier, Paulchen, Prost. Auf die Liebe und das Leben.«

Rendezvous

Am nächsten Tag kam ich nicht mehr dazu, über meinen Seelenzustand nachzudenken. Peter wollte eine neue Kampagnenidee aus meinem überlasteten Kopf herauszwingen, Mike Badon schickte vierzehn Seiten Telefax mit weiteren Aufgaben für die Messe, und zu allem Übel hatte sich Herr Domann nun dazu entschieden, die kalorienarme Variante seiner streichfeinen Margarine gewinnbringend auf den Markt zu werfen. »Wissen Sie, für die Zielgruppe der Diätwütigen und Körperbewußten«, hatte er mir erklärt, und ich sah plastisch meinen gesamten Freundinnenkreis vor mir.
Prompt rief Simone an: »Was hältst du von einem Wochenende auf Sylt? Zum Relaxen, Unsinn machen, Spazierengehen.«
»Ich bin dabei«, antwortete ich, »ein bißchen Abstand von diesem Chaos hier ist genau das, was ich brauche.«

Abends verschnaufte ich auf meinem lädierten Sofa, als das Telefon klingelte.
Eine fremde Männerstimme sprach: »Guten Abend, Frau Lano. Hier Schilling. Sie waren so freundlich, mir einen Brief zu schreiben.«
Ich schwieg und ging gedanklich meine Geschäftskorrespondenz der letzten Tage durch. Und dann fiel der Groschen.
»Oh, guten Abend«, sagte ich leicht atemlos, »Sie müssen der Mann mit Pep und Kultur sein.«
Er lachte und räusperte sich. »Genau. Und Ihr Brief hat mir so gut gefallen, daß ich Sie jetzt einfach mal anrufen mußte«, sagte Herr Schilling und räusperte sich erneut.
Klang ziemlich nervös, woraufhin ich nun völlig locker wurde: »Na prima, haben Sie denn viel Post gekriegt? Ich meine, der Köder mit der Karibikreise hat sicherlich reichlich Damen inspiriert, oder?« fragte ich ihn.

»In der Tat«, wieder ein Räuspern, »im Grunde ganz schrecklich. Ich habe Offenbarungen aller Art gelesen, die mich teilweise richtig schockiert haben. Nur Ihr Brief klang intelligent und irgendwie sehr individuell. Das hat mich neugierig gemacht«, sagte er, sich noch mal schnell räuspernd.
Nun wollte ich aber mal wissen, mit wem ich es hier zu tun hatte, und fragte: »Was machen Sie denn eigentlich so, Herr Schilling? Ich weiß, das ist eine komische Frage, aber man muß ja irgendwo anfangen.«
Herr Schilling räusperte sich und erklärte schwammig: »Ja, so dies und das. Geschäfte eben. Import, Export, ein Autohaus in Bremen, mehr so zum Spaß. Und, äh, eine Unternehmensberatung. Na ja, so Diverses eben.«
Na prima, nun wußte ich es ganz genau. Frech fragte ich: »Seriöse Geschäfte?«
»Selbstverständlich«, antwortete er bestimmt. Und räusperte sich.
Freimütig erzählte ich: »Ich arbeite in einer Werbeagentur. Denke mir neue Kampagnen aus, betreue unsere Kunden, organisiere so alles mögliche. Und das mit Vorliebe rund um die Uhr. Wissen Sie, ein ziemlich auslaugender Job. Deshalb hatte ich bisher auch wenig Zeit, mich um mein Privatleben zu kümmern. Das wollte ich aber nun bald mal ändern«, fügte ich vielversprechend hinzu.
»Tja, was hielten Sie davon, wenn ich Sie zum Essen einladen würde?« fragte Herr Schilling vorsichtig.
»Na klar, gute Idee«, reagierte ich.
Er räusperte sich und dachte offensichtlich nach. »Wie machen wir das denn? Treffen wir uns im Restaurant, oder soll ich Sie abholen, oder wie?«
Ich stellte mir vor, wie ich ein nobles Restaurant betrat und lauter fremde Männer anstarrte.
»Ich glaube, es wäre am besten, wenn Sie mich abholen. Sich mit dem Kennzeichen ›rote Rose‹ im Restaurant zu treffen, kann ja nur ausgesprochen schrecklich sein. Das müssen wir uns wohl nicht antun, oder?«
»Nein, das ist richtig. Ich habe so was noch nie gemacht, des-

halb wußte ich eben auch nicht, was ich vorschlagen sollte. Haben Sie morgen abend Zeit?«
»Ja, morgen paßt mir gut«, stimmte ich zu.
»Dann reserviere ich uns einen Tisch im ›Paolo‹ und hole Sie um zwanzig Uhr ab, ja?« schlug er vor.
Mit einem Blick auf mein Blumenerdesofa sagte ich schnell: »Einverstanden. Klingeln Sie doch bitte, ich komme dann sofort runter.«
Mit einem letzten Räuspern und einem »Bis morgen dann« beendete Herr Schilling das Telefonat.
Ich wirbelte aufgeregt in der Wohnung herum, knutschte herzhaft das erschrockene Paulchen und rief meine Mutter an, um ihr die ganze Geschichte zu erzählen.
»Aber Kind, du kannst doch nicht zu einem wildfremden Mann ins Auto steigen«, entrüstete sie sich sorgenvoll.
Darüber hatte ich nun gar nicht nachgedacht und verbannte ärgerlich die Vorstellung von Sittenstrolchen aus meinem Kopf. Rundrufartig setzte ich auch meine beiden Freundinnen von den unglaublichen Ereignissen in Kenntnis.
»Sieg, Sieg«, trompete Simone ins Telefon und klatschte sich begeistert auf die Schenkel.
Ulrike wollte gleich wissen: »Was ziehst du denn an?«, worauf ich mit ihr beratschlagte, daß der blaue Hosenanzug wohl das richtige wäre.
»Aber mit ’nem T-Shirt, bloß nicht mit weißem Blüschen. Sonst siehst du aus wie bei der Konfirmation«, riet sie mir.
O Gott, wie aufregend.

Durch und durch aufgehübscht saß ich am nächsten Abend im Wohnzimmer und harrte der Dinge, die da kommen würden. Ich stellte mir die ersten Momente im Restaurant vor, in denen unter Garantie die Frage nach dem Aperitif auftauchen würde. Sollte ich darauf verzichten? Oder einen trockenen Sherry verlangen? Ja, das hatte Stil, aber auch den Nachteil, daß ich gar keinen Sherry mochte. Campari Soda vielleicht? Nee, das ist eher etwas für den Sommer, dachte ich. Ein Glas Sekt? Zu spießig. Nein, ich sollte an dieses Thema ganz ladylike herangehen, beschloß ich und übte vorm Spiegel die Bestellung: »Ein Glas Champagner, bitte.«

Das hatte doch was, nickte ich mir zu und zog den Lippenkonturenstift noch etwas nach. Puh, mir war ganz schlecht. Wie konnte ich nur in eine so unmögliche Situation geraten?

Leider hatte meine Wohnung kein Fenster zur Straße. Das war natürlich ausgesprochen ungünstig. Also schnappte ich mir kurz vor acht meine Wohnungsschlüssel und ging in den Hausflur. Vorsichtig schaute ich durch ein Fenster auf die Straße und beobachtete die vorbeifahrenden Autos. Ein Golf fuhr zügig weiter. Da, ein großer Mercedes. Der würde doch zu Herrn Schilling passen. Weg war er. BMW vielleicht? Auch nicht. Plötzlich näherte sich etwas Futuristisches. War das ein Maserati? O Gott, er fuhr langsamer. Ich schaute auf das schwarze Geschoß herunter und zog schnell den Kopf weg, als es hielt. Sekunden später hörte ich meine Türklingel.

»Paulchen, drück mir bloß die Pfötchen. Hoffentlich werde ich nicht entführt«, rief ich ihm im Vorbeieilen zu und betrat den Lift. Noch ein schneller Blick in den Taschenspiegel. Perfekt, dachte ich beruhigt und verließ den Fahrstuhl mit klopfendem Herzen.

Ich öffnete die Haustür und schaute auf den Rücken eines hochgewachsenen Mannes, der sich umdrehte – und räusperte. Kein Zweifel, das war er.

»Guten Abend, Herr Schilling«, begrüßte ich ihn, ganz Dame, und streckte meine Hand aus.

»Guten Abend«, antwortete er und schaute mich unsicher an. »Mein Wagen steht gleich hier«, sagte er und lief tatsächlich auf das Luxusmodell zu, das ich bisher nur von oben gesehen hatte. Oh, der Maserati lag so flach auf der Straße, daß ich beim Einsteigen so meine Mühe hatte. Herr Schilling schwieg sich aus und fuhr los. Von der Seite musterte ich ihn. Ein richtiger Herr, dachte ich ehrfürchtig. Anzug, Krawatte, Kaschmirmantel, sehr hanseatisch. Irgendwie steif und zugeknöpft. Mit vollem Speed raste er auf die rote Ampel zu, um erst kurz vorher abzubremsen. Ich krallte mich ängstlich am Sitz fest. Der hatte einen Fahrstil, ein Rennfahrer war nichts dagegen.

»Wenn ich Ihnen zu schnell fahre, sagen Sie mir einfach Bescheid«, meinte er.

»Nein«, antwortete ich lässig, »man sollte ja auch in der Stadt ruhig zügig vorankommen« und kontrollierte unauffällig noch mal meinen Sicherheitsgurt.

Gekonnt legte er den falschen Gang ein, woraufhin der Maserati deutlich vernehmbare Protestgeräusche von sich gab. Fast wäre mir ein impulsives »Schönen Gruß ans Getriebe« herausgerutscht. Ich atmete auf, als wir endlich vor dem Restaurant ›Paolo‹ eintrafen, und kletterte aus dem gefährlichen Vehikel, während Herrn Schilling die Autoschlüssel aus der Hand fielen.

»Ich weiß ja auch nicht, was heute los ist«, hörte ich ihn murmeln.

Als wir an unseren Tisch geführt wurden, traute ich kaum meinen Augen: Simone und Ulrike saßen einige Tische weiter entfernt und grinsten mich frech an. Auch das noch. Glücklicherweise rückte Herr Schilling mir den Stuhl zurecht, der mich mit dem Rücken zu den beiden sitzen ließ. Wir schauten uns über die Kerze hinweg an, und Herr Schilling räusperte sich.

»Einen Aperitif?« hörte ich die Kellnerin fragen.

Graziös, wie es so meine Art ist, hob ich den Kopf und bestellte: »Ein Glas Champagner, bitte.« Übung macht eben doch die Meisterin.

Beharrlich schwieg sich Herr Schilling aus und nestelte aus seinem Jackett eine Schachtel Zigaretten hervor. Entschuldigend erklärte er: »Leider gehöre ich zu der Minderzahl der Raucher. Ich hoffe, es stört sie nicht.«

Ich beschloß, ihn ein bißchen zum Auftauen zu bringen: »Absolut nicht. Sie können mir gleich eine anbieten. Zum Champagner muß ich auch unbedingt rauchen.«

So qualmten wir zufrieden unsere Nervosität in die Luft. Herr Schilling erzählte von sich. Sehr nett, sehr bescheiden. Mir schwante allmählich, daß mir gegenüber ein Millionärs-Junggeselle saß. Der erste, den ich jemals kennengelernt hatte. Beim Dinner kam ich auf die Anzeige zu sprechen, und wir mußten beide über unser merkwürdiges Rendezvous lachen.

Herr Schilling erklärte: »Wissen Sie, ich wollte mit meiner Freundin in die Karibik fahren. Mein erster Urlaub seit drei Jahren, weil ich immer nur am Arbeiten bin. Nun haben wir uns aber vor zwei Wochen getrennt, und ein Freund setzte mir den Floh mit der Anzeige ins Ohr. Was meinen Sie, wie peinlich mir allein schon das Aufgeben der Annonce bei der Zeitung war.«

Bei der Vorstellung, daß der korrekte Herr Schilling diesen Text bei der Anzeigenannahme abgegeben hatte, prustete ich los: »Herrlich, einfach herrlich. Abgesehen davon – es ist eine ausgesprochene Schnapsidee, daß zwei völlig fremde Menschen zusammen in den Urlaub fahren, oder?«

Er nickte und meinte: »In der Tat, das kommt mir inzwischen allerdings auch völlig absurd vor.«

»Ist es auch. Ich sitze zwar jetzt hier, aber ich denke, wir sollten uns einfach einen netten Abend machen und das Thema Urlaub abhaken«, schlug ich vor.

Und endlich waren wir beide entspannt. Herr Schilling räusperte sich nur noch einmal pro Stunde, und wir erzählten uns gegenseitig unser halbes Leben, philosophierten über die Liebe, diskutierten über Arbeit, Kunst und die Menschheit im allgemeinen. Meine Freundinnen hatten um Mitternacht wohl endlich genug gesehen und liefen grinsend an unserem Tisch vorbei. Simone drehte sich noch mal um und hob zwinkernd den Daumen. Offensiv bot ich Herrn Schilling das »Du« an. Herr Schilling hieß Gerhard.

In einer nahegelegenen Bar ließen wir uns bis morgens um halb vier den Champagner schmecken. Gerhard fuhr mich dann im Sausetempo heim, und ich bedankte mich für die nette Einladung.

»Du bist noch viel hübscher, als es in deinem Brief beschrieben war«, sagte er nach einem galanten Handkuß zum Abschied.

Ich besprach das Ganze mit Paulchen, der mich begeistert begrüßte.

»Siehste, bin doch nicht entführt worden. Habe einen richtigen Herrn kennengelernt, seines Zeichens Rennfahrer und Millionär, weißt du. Aber der ist es einfach nicht. Hat nicht annähernd einen so schönen Mund wie der Badon, verstehst du. Ob der mich wohl auch so hübsch findet?« fragte ich den Kater. Paulchen schnurrte.

Am nächsten Tag kam Hans vorbei.
»Pfui, bist du braun«, begrüßte ich ihn.
Hans schwärmte von Bali und überreichte mir etwas Großes in wildgemustertem Papier. »Hier, als Dankeschön für die Katzenpflege. War Paulchen auch brav?« fragte er.
Während ich beim Auswickeln war, erzählte ich ihm, daß Paulchen zwar meinen Pflanzenbestand auf Null reduziert und meine Schlafzimmergardine zerstört habe, mir aber ansonsten reichlich ans Herz gewachsen sei. Entgeistert starrte ich auf eine exotische Figur, die aus den Hüllen des Papiers aufgetaucht war.
»Was ist denn das?« fragte ich, das merkwürdige Etwas musternd.
Hans lachte: »Ein Fruchtbarkeitsgott. Ich dachte mir schon, daß er dir gefallen würde«, und er zog mit Paulchen von dannen.

Ich rief Simone an, die mich eingehend nach meinem Rendezvous ausfragte. Als ich ihre Neugier befriedigt hatte, fragte sie: »Und morgen nach der Arbeit treffen wir uns am Hauptbahnhof, o.k.? Der Zug nach Sylt-Westerland fährt um siebzehn Uhr ab. Wir sollten uns so fünfzehn Minuten vorher in der Mitte des Bahnsteigs treffen.«
»Toll«, antwortete ich und freute mich wirklich auf unseren kleinen Wochenendausflug. Unter den wachsamen Augen des Fruchtbarkeitsgottes packte ich mein Reisetäschchen.

—

Sylt

Hektisch schaute ich auf meine Uhr. Oh, oh, ich war verdammt spät dran. Peter erklärte mir endlos seine neuesten Erkenntnisse über den Diätmargarinemarkt, und mir rannte die Zeit davon. Entschlossen stand ich auf.

»Toll, wirklich sehr interessant. Am Montag hauen wir dann so richtig rein, ja? Jetzt muß ich aber unbedingt weg«, und ich stürmte in mein Büro.

Schnell mit der Reisetasche ins wartende Taxi. Am Bahnhof ging ich zu der Tafel mit den Abfahrtsterminen und fand heraus, daß unser Zug auf Gleis zehn zu erwarten war. Hastig lief ich die Treppe hinab und hielt Ausschau nach Simone. Ich entdeckte sie vor der Übersicht, die Auskunft über die Waggonverteilung gab.

Simone meinte fröhlich: »Guck mal, der Speisewagen ist genau in der Mitte. Da können wir doch bequem noch einen Wein trinken und eine Kleinigkeit essen. Ulrike hat uns zwar für einundzwanzig Uhr einen Tisch bestellt, aber bis dahin verhungere ich. Was hältst du davon?«

Ich nickte begeistert. Reisen mit kleinem Imbiß war gerade nach meinem Geschmack. Wir ließen uns auf einer Bank nieder und rauchten erst mal eine. Angeregt plaudernd warteten wir auf unseren Zug.

»Da, hör mal«, unterbrach ich Simones Redefluß. Eine Ansage erklärte, daß der Zug nach Sylt-Westerland einige Minuten Verspätung haben würde. Uns egal. Was machten schon einige Minuten in Anbetracht eines freien Wochenendes? Genau um sieben Minuten nach fünf rollte der Riesenzug ein, und wir sicherten uns sofort einen netten Tisch im Speisewagen. Quietschvergnügt bestellte Simone eine Käseplatte und trockenen Weißwein.

»Freiheit, wir kommen«, prostete ich ihr zu.

»Göttlich«, strahlte Simone und knabberte an einem Stück Camembert. Sie unterhielt mich mit dem aktuellsten Klatsch aus unserem Freundeskreis. Gerade war sie bei einer besonders interessanten Story, als sich der Fahrscheinkontrolleur vor uns aufbaute.
»Guten Tag«, sagte ich höflich, »wir haben leider noch keine Tickets und möchten hier im Zug lösen. Zweimal Westerland und zurück, bitte.«
Wir nestelten unsere Portemonnaies hervor.
Der Mann fragte: »Über Karlsruhe?«
Undeutlich tauchte die Deutschlandkarte vor meinem geistigen Auge auf. Wo um alles in der Welt lag Karlsruhe?
»Karlsruhe?« fragte ich irritiert.
»Oder über Frankfurt?« fragte er geduldig.
Na, wo das lag wußte ich. So ungefähr sechshundert Kilometer südlich von unserem Reiseziel. O Gott, war der Typ dumm.
»Natürlich nicht«, antwortete ich, »direkt, bitte!«
Aufmerksam guckte er zwischen Simone und mir hin und her. Simone wollte ihre Erzählung fortsetzen und wurde ungehalten.
»Also zweimal Westerland«, wiederholte sie energisch.
Der Mann grinste uns aus seiner Uniform an und rückte sein lächerliches Käppi zurecht. »Meine Damen, sie sitzen aber im Zug nach Frankfurt.«
Nun wurde Simone richtig sauer, während unsere Mitreisenden neugierig unsere Auseinandersetzung verfolgten. Stille im Speisewagen. Nur Simones empörte Stimme war zu hören: »Nun machen Sie aber keine blöden Witze!«
Auf die Ansprache war der Kontrolleur wohl nicht gefaßt. Unsicher trat er von einem Fuß auf den anderen. Am Nebentisch lachte ein pubertierender Teenager. Und nun fiel bei mir der Groschen. Ich packte Simone am Arm.
»Du, ganz ruhig. Die wollen uns reinlegen. Das ist bestimmt für diese komische Sendung ›Versteckte Kamera‹«, sagte ich voller Überzeugung.
Beide schauten wir nun nach oben und versuchten, die Kamera ausfindig zu machen.

»Nein, ganz bestimmt nicht. Sie sitzen im falschen Zug«, unterbrach der Kontrolleur unsere Suche.
Ich konnte es nicht fassen. Simone stierte ihn sprachlos an. Selbst ihr hatte es nun die Sprache verschlagen.
Eifrig zückte der Kontrolleur sein Kursbuch. »Lassen Sie mich mal sehen. In einer halben Stunde sind wir in Hannover. Dort können Sie den Zug zurück nehmen. Um zwanzig Uhr dreißig sind Sie dann wieder in Hamburg-Altona. Und Sie haben Glück. Da geht heute nacht noch ein Bummelzug nach Westerland. Ankunft ein Uhr fünfundzwanzig. Na?« fragte er stolz.
»Na, entzückend«, antwortete Simone trocken, »und wir bestellen noch die kleine Käseplatte.«
In mir kroch unaufhaltsam ein Glucksen hoch. Während ich auf die miese Salzstangendekoration und die Möhrenscheiben in Blümchenform schaute, fing ich an zu lachen. Simone blickte mich an und prustete nun auch los. Wir lachten, lachten und bogen uns in den Sitzen. Auch die Umsitzenden konnten sich nicht mehr halten. Mir kullerten schon die Tränen vor Lachen herunter.
»Über Karlsruhe?« fiel mir die erste Frage des Kontrolleurs ein, und Simone fiel fast unter den Tisch.
Japsend wandte sie sich an den Nebentisch: »Sind Sie auch falsch?«
Allgemeines Kopfschütteln.
»Peinlich«, kicherte ich. »Ich schaffe es sogar, pünktlich zu einem Termin in Los Angeles aufzukreuzen. Aber zu blöd, um in den richtigen Zug einzusteigen!«
»Unfaßbar, das liegt daran, daß wir gleich in den Speisewagen geklettert sind. Da gab's kein Streckenschild, nur das Zeichen mit Messer und Gabel«, erinnerte sich Simone.
»Wir zwei sind einfach in den ersten Zug eingestiegen, der nach der Verspätungsansage kam«, kringelte ich mich.
Aus Hannover riefen wir Ulrike an, die es kaum glauben konnte, wie unbeschreiblich klug ihre Freundinnen wieder mal waren. »Tja, dann bis heute nacht«, meinte sie ironisch.

Welche Freude, als wir nach einer kleinen Ewigkeit endlich wieder in Hamburg waren. An einem Kiosk deckten wir uns mit Sandwiches, Schokoriegeln und Sekt ein. Simone stöhnte »Bummelzug«, als wir wartend auf dem dunklen Bahnsteig saßen. Wir kuschelten uns in unser Abteil und aßen vor lauter Verzweiflung unseren gesamten Reiseproviant fein säuberlich auf, samt dem warmen Sekt aus der Pulle.
»Ihr zwei Doofen braucht länger nach Sylt als andere Leute nach New York«, begrüßte uns Ulrike. »Hier ist übrigens tierisch was los. Tolle Leute. Aber das werdet ihr ja morgen sehen«, sagte sie und fuhr uns zu unserem Hotel.
Erschöpft ließ ich mich in die rot-weiß karierte Bettwäsche sinken und beschloß, nie wieder Zug zu fahren.
Am nächsten Morgen beglückte uns ein strahlendblauer Himmel, und wir ließen uns ein deftiges Frühstück schmecken. Es war überraschend warm für diese Jahreszeit.
»Frühling auf Sylt«, schwärmte Simone und setzte ihre Designer-Sonnenbrille auf. In Jeans und Sweatshirt machten wir uns auf den Weg zum Strand. Der Pflichtspaziergang wurde jäh beendet, als wir die ersten Strandkörbe erblickten. Wir stellten sie der Sonne entgegen und genossen die sanfte Wärme.
»Und da sprießen sie wieder, unsere kleinen Freunde«, ärgerte mich Ulrike nach einer Weile und deutete auf die Sommersprossen, die unbarmherzig mein Gesicht überzogen.
»Besser als Pickel«, antwortete ich träge. Nichts, absolut nichts konnte mich heute aus der Ruhe bringen.
Ulrike fummelte in meinen Haaren herum. Ich ahnte ihren nächsten Angriff bereits.
»Spliß«, kommentierte sie vernichtend. »Aber du hast Glück, Linda. Ich habe meine Superschere dabei und werde dir heute abend die Haare schneiden.«
»Aber nur die Spitzen«, protestierte ich.
Simone nahm die Kopfhörer ihres Walkmans ab. »Was ist spitze?« fragte sie.
»Alles«, jubelte ich entspannt.

»Heute abend gehen wir aus. Und niemand wird uns kennen. Das wird eine Gaudi«, fiel Ulrike ein.
»Oh, Schatzi, wenn die blöden Hormone nicht wären, würde ich dich sofort heiraten«, sagte ich zu Ulrike.
Gekonnt verpaßte sie mir die herrlichste Nackenmassage aller Zeiten. Ich legte meinen Kopf zurück und schloß die Augen. Ulrike schnippelte an meinen langen Haaren herum und sagte dann stolz: »So, fertig.« Langsam öffnete ich die Augen wieder.
»Bist du verrückt?« schrie ich sie entgeistert an. »Das sind ja mindestens zehn Zentimeter«, empörte ich mich und hob betrübt eine abgeschnittene schwarze Locke hoch. »Und wer hat hier überhaupt was von Ponyfransen gesagt?« fragte ich böse.
»Nun krieg dich mal wieder ein. So schön war dein Mona Lisa Look auch nicht. Jetzt hast du endlich mal ein wenig Pep.«
Mißtrauisch schaute ich in den Spiegel und kämmte meine Haare mit allen zehn Fingern.
»Davon werden sie auch nicht länger«, meinte Simone und versuchte, mich damit zu besänftigen, daß meine Haare jetzt viel gesünder aussähen.
»Na toll«, murmelte ich.
Ulrike, meine wandelnde Modeberaterin, suchte aus meinen Klamotten mein Abendoutfit heraus, nachdem meine Wahl wieder mal ihre Mißbilligung gefunden hatte. »Schließlich wollen wir heute schick ausgehen«, meinte sie und tauschte meinen Lieblingskuschelpulli gegen ein enganliegendes Stretchoberteil aus.
Es dauerte insgesamt eine kleine Ewigkeit, bis wir drei Grazien fertig waren. Eine schöner als die andere machten wir uns auf den Weg zum Dinner. Beim Essen registrierten wir, daß reichlich Typen auf Baggertour unterwegs waren. Wir waren kaum mit der Vorspeise fertig, als uns bereits von einer Herrenrunde eine Flasche Wein ausgegeben wurde. Übermütig flirteten wir über zwei Tische hinweg mit den spendablen Männern. Einer kam mutig zu uns und fragte, ob wir Lust hätten, ins legendäre ›Rote Kliff‹ mitzukommen.

»Warum nicht«, meinte Simone schnippisch und schnappte sich gleich den Bestaussehendsten der drei.
In Hochstimmung trafen wir in Sylts bekanntester Disco ein. Die Jungs orderten Champagner, und wir belagerten übermütig die Tanzfläche. Als meine neuen Pumps sich schmerzhaft bemerkbar machten, ging ich zu einer kleinen Verschnaufpause an die Bar. Eins mußte man diesem Laden lassen, die Musik war ausgesucht toll.
Ich wiegte mich leicht in den Hüften und sang verzückt den laufenden Song mit: »If you love somebody…«
Jemand tippte mir auf die Schulter, und ich drehte mich singend um. Mir blieb förmlich der Refrain im Halse stecken.
»Neue Frisur?« fragte mich Mike Badon.
»Ja«, antwortete ich und starrte ihn ungläubig an. War er es wirklich, oder spielte meine Phantasie mir gerade einen kleinen Streich?
»Hübsch«, kommentierte er und lehnte sich lässig an den Tresen.
»Wo kommen Sie denn her?« fragte ich verwirrt und hatte damit garantiert einen dicken Intelligenzpunkt gesammelt. Ein heftiges Prickeln stieg in mir hoch.
»Von draußen«, lachte er und zeigte auf die Tür.
In meinem Magen wurden Heerscharen von Schmetterlingen aktiv, als er mich so betrachtete. Ich hoffte, mein Make-up verdeckte noch ausreichend den Sonnenbrand auf meiner Nase.
»Wir sind nur übers Wochenende hier«, erklärte er nun. Neben ihm war eine junge Frau aufgetaucht, die sich in unser Gespräch mischte.
»Hast du jemanden getroffen, den du kennst, Mike?« fragte sie mit sanfter Stimme.
Er legte einen Arm um ihre Schulter und sagte: »Ja, Frau Lano. Sie arbeitet in unserer Agentur in Hamburg.«
Freundlich stellte sie sich vor: »Guten Abend, ich bin Susanne Badon.«
Ich nickte ihr zu. Mike Badon ist verheiratet, hämmerte es in meinem Kopf. Natürlich war sie wunderbar blond und wenn auch kleiner, so doch bestimmt genauso attraktiv wie unser

Filmmodell Anita. Ich betrachtete sie immer noch total perplex und versuchte, mich halbwegs zusammenzureißen. »Angenehm«, stotterte ich.
Simone tanzte auf mich zu und schwenkte ihr Champagnerglas. »Wer is'n das?« fragte sie keß.
Schnell stellte ich ihr Susanne und Mike Badon vor. Simone legte den Kopf etwas zur Seite und meinte zu allem Übel auch noch: »Ich habe schon viel von Ihnen gehört«, begleitet von leichtem Kichern. Ich boxte ihr unauffällig in die Seite.
Mike Badon fragte interessiert: »Ach ja?«
Simone ließ sich von mir nicht beirren und flüsterte für alle deutlich hörbar: »Mensch, der sieht ja richtig gut aus.«
Verlegen schaute ich Mike Badon an und schob Simone zur Seite. »Tja, äh, schönen Abend noch«, rief ich über die Schulter dem glücklichen Paar zu.
Simone kicherte, als wir wieder an unserem Tisch angelangt waren. »Echt toller Typ«, sagte sie.
»Und echt verheiratet«, sagte ich traurig.
»Jetzt blas keine Trübsal. Andere Mütter haben auch schöne Söhne«, tröstete sie mich.
Aber mir war die Petersilie absolut verhagelt. Von weitem sah ich Mike Badon in angeregter Unterhaltung mit seiner Frau, die mir von Minute zu Minute schöner erschien. Nun konnte ich mich wirklich nur noch betrinken.
Stunden später, als er längst weg war, setzte ich mich wieder an die Bar, um ungestört mit meinem Schicksal zu hadern. Neben mir machte es sich ein Mann bequem, der tatsächlich komplett geschminkt war. Durch eine dicke Puderschicht hindurch konnte ich seine Bartstoppeln ausmachen.
»Mit Männern hat man nichts als Ärger«, blubberte ich ihn vorwurfsvoll an, nun schon reichlich beschwipst.
»Ja«, stöhnte er und spreizte den kleinen Finger, als er sein Glas erhob. »Mich hat heute abend mein Freund verlassen«, gestand er mit Grabesstimme.
Prima, er war vom anderen Ufer. So sprachen wir zwei Enttäuschten ungehemmt über unsere verletzten Seelen, schließlich ähnelten sich unsere Probleme .

»Die Männer sind alle Verbrecher«, grölte er lautstark, und dem konnte ich nur zustimmen.
»Ja, die Männer sind alle Verbrecher«, wiederholte ich.
»Alle Männer sind Mistkerle«, resümierte er.
»Sie ausgenommen«, nickte ich. Und Prost.
»Keinem Mann kann man vertrauen«, schimpfte er.
»Nein, keinem«, fand ich ebenfalls.
»Schon gar keinem Mann«, folgerte er völlig logisch.
»Einem Mann schon überhaupt nicht«, stimmte ich lallend ein.
»Trau niemals einem Mann«, setzte er nuschelnd seine Tirade fort.
»Niemals«, sagte ich, schüttelte heftig mit dem Kopf und fuchtelte mit einer weitausholenden Armbewegung in der Luft herum.
Es muß für meine Freundinnen ziemlich kompliziert gewesen sein, mich aus diesem tiefsinnigen Gespräch loszueisen. Ich konnte mich nicht mehr daran erinnern, wie sie es schließlich doch geschafft hatten.
Untergehakt wanderten wir durch die Nacht.
Ulrike kicherte: »Na, da hat unser Lindachen es doch immerhin geschafft, einen reizenden Schwulen aufzureißen.«
»Sehr witzig. Der versteht mich wenigstens«, gab ich zurück.
Simone drückte meinen Arm. »Wir dich doch auch, Süße. Du wirst sehen, morgen früh sieht das Leben schon wieder weniger tragisch aus.«
Polternd fielen wir in unser Hotel ein. Ich ließ mich sofort auf die karierte Bettwäsche plumpsen. »Kann eine mal die Rundoptik ausschalten?« stöhnte ich, als sich alles wie wild drehte.
Ulrike zerrte an meinem linken Bein und empfahl: »Stell einen Fuß auf die Erde, dann hört die Karussellfahrt auf.«
Hilflos folgte ich ihrer Anweisung. Ein paar Sekunden später schubste ich Simone aus dem Badezimmer, um zumindest die letzten fünf Glas Champagner von mir zu geben. »Mir ist so schlecht«, preßte ich zwischen zusammengebissenen Zähnen hervor, als ich aus den Tiefen des Klos wieder auftauchte.
Ich wurde nicht beachtet. Die Mädels saßen lauschend auf ihren Betten.

»Da, hör mal«, grinste Simone.
Mein lieber Schwan, im Nachbarzimmer ging gewaltig die Post ab.
»Ja, ja, mehr«, hörten wir eine grelle Frauenstimme. Es folgte ein gewaltiges Rumpeln.
»Der stöhnt sich ja einen ab«, lachte Ulrike und zündete sich eine Zigarette an.
»Is ja wie im Kino, nur ohne Bild«, schüttelte ich den Kopf.
»Jetzt, jetzt, jetzt«, brüllte die unsichtbare Männerstimme.
»Na hoffentlich schafft er das heute noch«, meinte Simone lakonisch.
Mich überkam das heulende Elend. »Alle haben ihren Spaß. Nur mich liebt niemand«, ergoß ich mich in Selbstmitleid.
Der Geruch von Ulrikes Zigarette kam mir in die Nase, und ich rannte wieder ins Bad, um erneut die Kloschüssel zu umarmen.
»Jetzt, jetzt, jetzt«, wiederholte Simone und löschte das Licht.

Am nächsten Vormittag legte ich den heiligen Eid ab, nie wieder, wirklich nie wieder Alkohol zu trinken. Mein rumorender Magen stimmte lautstark zu, meine Freundinnen auch. In trauter Dreisamkeit flößten wir uns eine Handvoll Kopfschmerztabletten ein, sorgfältig aufgelöst in Wasser. Mit Hilfe von Fischbrötchen und Frischluft erholten wir uns so langsam.
Am Hafen trafen wir meinen Tresengefährten. Strahlend und mit beneidenswertem Hüftschwung. »Bei mir ist wieder alles in Ordnung. Rudi ist heute morgen zurückgekommen.«
Na bravo. Es sei ihm gegönnt.

Frust

Selbsthypnose war angesagt. Auf meinem Wohnzimmertischchen baute ich meinen Schminkspiegel auf. Und jetzt volle Konzentration! Ich schaute mir in die Augen und begann meinen Monolog: »Also gut, Linda. Du hast dich offensichtlich in diesen Mike Badon verknallt. Aber das kannst du vergessen. Erstens ist dieser Mann dein Kunde. Und das reicht eigentlich schon. Ein schlimmeres Klischee gibt's ja kaum noch, Kundenberaterin und Kunde; das ist fast noch schlimmer als Chef und Sekretärin. So weit, so gut. Außerdem, Linda, du hast es selbst klar und deutlich gesehen: Mike Badon ist verheiratet. Damit sind sämtliche Träume anyway beendet.«

Entschlossen nickte ich meinem Spiegelbild zu. Die grauen Zellen arbeiteten auf Hochtouren. Leider erinnerte mich das kleine Teufelchen in meinem Hinterkopf brutal an Mike Badons Vorzüge. Wenn er doch nicht diese warmen Augen, diesen ausdrucksvollen Knutschmund, diese männliche Stimme und diese verfluchte Lässigkeit hätte...

Wieder fixierte ich meine Augen: »Jetzt ist aber Schluß. Bleib cool. Abgehakt.«

Wer hat eigentlich behauptet, daß man sich selbst hypnotisieren kann? Wütend auf mich selbst schob ich den Spiegel zur Seite. Ich mußte mir nun definitiv etwas Gutes tun! Nur was? In der Agentur übergab mir Anni erst mal einen dicken Umschlag. Heraus fielen mindestens zwanzig Polaroids, und auf allen war mein Schwesterherz zu sehen. Ich wählte ihre Telefonnummer in der Klinik.

»Was soll denn diese reizende Fotosammlung?« fragte ich sie.

Babs erklärte eifrig: »Ich war mit Bernd in den besten Boutiquen der Stadt. Ich brauche doch für die Hochzeit etwas Sensationelles zum Anziehen. Bernd hat die Polaroids gemacht. Schau doch mal, was dir am besten für mich gefällt.«

Sorgfältig breitete ich die unglaubliche Serie auf meinem Schreibtisch aus und betrachtete die vielen Variationen.
Babs strahlend im schwarzen Hosenanzug. »Nee, Schwarz finde ich nicht gut«, kommentierte ich.
Babs kokett im roten Kleid. »Das beißt sich mit deiner Haarfarbe.«
Babs hoffnungsfroh im grünen Kostüm, Babs niedlich im Pünktchen-Ensemble, Babs als Walküre im Rüschenlook. »Schrecklich«, lachte ich und betrachtete interessiert Foto Nummer zwölf, das eierschalfarbene, schlichte Kostüm in körpernaher Ausprägung.
»Das ist es doch«, sagte ich begeistert. »Schick fürs Standesamt, passend für die Kirche und außerdem auch später noch tragbar.«
»Genau«, jubelte Babs. »Und weißt du, selbst der Rock sitzt perfekt. Also gib dir Mühe, Schwesterchen, damit du neben mir nicht wie eine graue Maus daherkommst«, ärgerte sie mich freundlicherweise.
Genau, ich fühlte mich gegenwärtig wie eine graue Maus. ›Shopping‹ war eindeutig die Idee des Tages! Ich schaute in meinen Terminkalender. Die abendliche Theatereinladung meines Heiratsannoncenkavaliers Gerhard kam mir gerade recht. Noch ein weiteres Argument für eine kleine Einkaufsrunde.
Den Nachmittag nahm ich mir frei und machte erst mal eine Kontokontrolle bei der Bank. Das satte Minus vor der Endsumme des Kontoauszuges war wahrhaft nicht zu übersehen. Schulden gehörten doch heutzutage zum guten Ton, und mein Dispo würde immerhin noch für ein paar Klamotten reichen, beruhigte ich mein Gewissen.
Aufgeregt betrat ich eines dieser Geschäfte, das für die schönsten Sünden der Saison bekannt war.
»Ich brauche ein kleines Schwarzes und außerdem noch was anderes Hübsches«, informierte ich die herannahende Verkäuferin.
Sie musterte mich kritisch von oben bis unten. Dem hielt ich tapfer stand. Schließlich verdiente ich mindestens das Dreifache ihres Gehaltes und war zumindest ausgesprochen zahlungswil-

lig. Mit Kreditkarte, versteht sich. Trotzdem behandelte sie mich nicht gerade so, als würde sie das vorerst glauben.
»Größe vierzig?« fragte sie mit hochgezogenen, dünn gezupften Augenbrauen.
Ich protestierte: »Nein, achtunddreißig, bitte.«
»Wenn Sie meinen«, setzte sie sich nun endlich langsam in Gang. Ich folgte ihr unsicher und betrachtete ihre blondierte Haartracht.
»Hier der letzte Schrei aus Paris«, legte sie mir ein kleines Schwarzes vor.
Meine Finger glitten über den unteren Teil des Kleides, der nur aus Fransen bestand. Ich stellte mir vor, wie man, wenn ich darin herumliefe, nur noch auf meine Oberschenkel starren würde, und sagte zweifelnd: »Na ja, sicher zum Schreien. Aber ich hatte an etwas weniger Gewagtes gedacht.«
Wieder dieses Hochziehen der Augenbrauen. Ich war als Modemuffel abgestempelt, und sie hielt mir nun ein hochgeschlossenes, phantasieloses Nonnenmodell vor. Dabei wußte ich nicht mal, wohin ich meine Konfirmationsbibel verbannt hatte.
Das Telefon klingelte, und meine Verkäuferin rief einer Kollegin zu: »Heike, übernimmst du mal bitte.« Ich atmete auf.
Kollegin Heike entpuppte sich als ausgesprochen einfühlsam: »Für einen Theaterabend? Schlicht, aber nicht spießig? Kein Problem.«
Wir kamen der Sache nun näher. In der Kabine schlüpfte ich in ein zauberhaftes Etwas aus fließendem Georgettestoff. Gemeinsam beratschlagten wir vor dem großen Spiegel. »Sitzt sehr gut. Und mit dem richtigen Strumpf...«, meinte Heike.
Ich betrachtete meine schwarzen Wollsocken, die das Gesamtergebnis böse verfälschten. Schnell schaute ich wieder aufwärts. Mein weißer BH schimmerte unbarmherzig durch den zarten Stoff, aber auch das konnte ja reguliert werden. Begeistert nickte ich und drehte mich ein wenig. Das Preisschild verursachte mir zwar leichte Schluckbeschwerden, aber was sollte der Geiz.
»Nun noch etwas für jeden Tag«, bat ich Heike, die gewandt die Kleiderständer drehte. Sie war einfach großartig. Minuten spä-

ter stellten wir fest, daß der raffinierte Japanlook wie gemacht für mich war.
»Toll zu Ihren schwarzen Haaren. Jeder Mann wird Ihnen zu Füßen liegen«, lobte Heike.
Genau, da gehörten die Kerle auch hin. Auf den Knien sollten sie über den Boden rutschen, dachte ich. Ich zupfte an dem kastenförmigen Jäckchen und fragte mich, warum ich nicht schon früher auf die japanischen Designer gekommen war. Als ich die Rechnung präsentiert bekam, wußte ich es.

Genial, meine einzige goldene Kette paßte ausgezeichnet zu meinem Kleidchen. Selbstsicher stieg ich in Gerhards Maserati.
»Du siehst ausgesprochen anbetungswürdig aus, meine Liebe«, begrüßte er mich.
Fand ich auch.
Im Schauspielhaus genoß ich die wunderbare Theateratmosphäre. Riesenfotos alter und junger Schauspieler hingen an den Wänden und wurden von blitzblank geputzten Leuchten angestrahlt. Der Geruch verschiedenster Parfums lag in der Luft, und ich betrachtete die Menschen, die sich mit Programmheften bewaffnet durch die Gänge schoben. Neben meinem Gentleman stolzierte ich auf unsere Loge zu.
»Magst du Shakespeare?« fragte Gerhard.
»O sicher«, antwortete ich, »es tut immer wieder gut, den Worten der großen Meister zu lauschen.«
Wenn der wüßte, daß ich noch nie eine Zeile von Shakespeare gelesen hatte. Ich setzte mein intelligentestes Gesicht auf: »Weißt du, ich finde die moderne Literatur in Teilen auch sehr interessant. Nur mir fehlt oft der tiefere Sinn darin. Alles wird irgendwie immer oberflächlicher. Deshalb sollte man sich doch ab und zu wieder auf die Werte von Shakespeare, Goethe oder Lessing besinnen«, erläuterte ich.
Na ja, Lessing hatte ich tatsächlich mal im Deutschunterricht. Stundenlang hatten wir die arme ›Emilia Galotti‹ totinterpretiert. Gerhard nickte, ganz hingerissen von seiner gebildeten Begleiterin. Glücklicherweise ging das Licht aus, der Vorhang öffnete sich.

Komische Sprache, dachte ich, als ich mühsam versuchte, dem Geschehen auf der Bühne zu folgen. So gestelzt, völlig übertrieben. Nach der ersten halben Stunde wußte ich nicht mehr, wie ich sitzen sollte. Puh, war das langweilig. Gähnend ließ ich meinen Blick über den Zuschauerraum schweifen. Oh, der dicke Herr in der fünften Reihe schlief doch nicht etwa? Die Damen der Schöpfung hatten sich besser im Griff. Fast alle saßen gerade in ihren Sitzen. Vorsichtig schaute ich Gerhard von der Seite an. Seine Fliege war perfekt gebunden. Männer mit Fliege sahen immer ein wenig albern aus, fand ich. Er schaute mich kurz mit glänzenden Augen an und saugte dann das Geschehen auf der Bühne weiter in sich auf. Was er wohl daran fand? Unauffällig schaute ich auf die Uhr. Gab's hier vielleicht endlich mal eine Pause? Inzwischen hatte ich endgültig den Faden verloren und betrachtete mich insgeheim als hoffnungslosen Fall. Natürlich fiel ich in den frenetischen Applaus nach dem zweiten Akt ein und klatschte, was das Zeug hielt. Endlich Pause. Gerhard schwärmte und schwelgte, während ich verzweifelt Ausschau nach einem anderen bekannten Gesicht hielt. Erfolglos natürlich. Irgendwie überlebte ich auch die zweite Halbzeit nach der Pause und genoß erleichtert die Frischluft vor dem Theater.

»Hat es dir gefallen?« fragte Gerhard.

Ich nickte: »Weißt du, eine absolut gelungene Inszenierung. Das bereichert richtig.«

Igitt, ich konnte wahrhaft scheinheilig sein.

»Da stimme ich dir zu. Wie schön, daß du auch so genießen kannst. Wir werden noch viel Gelegenheit haben, diese Dinge gemeinsam zu erleben«, sagte Gerhard und legte einen Arm um meine Taille. »Was hältst du davon, wenn wir bei mir zu Hause noch ein Glas Champagner auf den gelungenen Abend trinken?«

»Klar, warum nicht«, stimmte ich zu. Mein kleines Schwarzes wollte schließlich noch ein bißchen ausgeführt werden.

»Ganz schön schick bei dir«, bewunderte ich Gerhards Einrichtung.
Schon das Anwesen rund ums Haus hatte mir fast die Sprache verschlagen. Garten, soweit das Auge reichte, und mittendrin diese weiße Prachtvilla, die mich lebhaft an das Weiße Haus in Washington erinnerte.
»Ja, ich fühle mich sehr wohl hier«, meinte Gerhard bescheiden.
»Das Bild dort an der Wand ist wahrscheinlich mehr wert als meine gesamte Wohnungseinrichtung«, staunte ich, als ich einen Picasso entdeckte. »Ist der auch echt?« fragte ich ihn.
Gerhard lachte: »Klar. Komm, ich zeig dir mal meine Sammlung. Hier ein Miro, den habe ich im letzten Jahr in London ersteigert. Und mein Liebling ist der Monet.« Er zeigte auf ein prachtvolles Gemälde in herrlichem Goldrahmen.
Ich wanderte innerlich seufzend an seinen Schätzen vorbei und mußte an das Blumenbild im Schlafzimmer meiner Eltern denken. ›Mohnblumen in Vase‹ hieß es und zeigte halt Mohnblumen in einer Vase. Mein Vater, der es bei einem rheinländischen Kunstmaler vor Jahren erstanden hatte, präsentierte es immer stolz als »das Original«, denn schließlich war es mit Ölfarben gemalt und nicht nur ein Kunstdruck. Aber das hier hatte ja Museumsanspruch.
Gerhard öffnete gekonnt die Champagnerflasche, und wir ließen uns auf einem alten Sofa nieder.
»Empire«, deutete er fachmännisch auf die Armlehnen. Klar, hatte ich es mir doch gleich gedacht. Selbst mein Popo saß hier auf einer Kostbarkeit.
Gerhard schaute mir tief in die Augen. »Weißt du eigentlich, daß du eine wunderbare Frau bist?«
»Danke«, lächelte ich ihn charmant an und schlug das rechte Bein über das linke.
Er nahm meine Hand. »Du hast so sensible Hände. Hat dir das schon mal jemand gesagt?«
Den Spruch hatte ich bestimmt schon ein dutzendmal gehört. »Findest du?« fragte ich höflich und versuchte, ihm meine Linke zu entziehen. Erfolglos, er hielt sie mit eisernem Griff fest.

»Welches Parfum benutzt du eigentlich?« erkundigte er sich und rutschte immer näher an mich heran.
»Chanel«, antwortete ich und beobachtete mißtrauisch die sich verkleinernde Distanz zwischen uns. Ich klemmte mich in die äußerste Empireecke.
»Prost, auf den alten Shakespeare«, lenkte ich salopp ab.
»Nein, auf dich, du Zauberwesen«, flüsterte er.
Ganz Zauberwesen erhob ich mich mal lieber ganz schnell. Er würde doch wohl nicht? Doch, er folgte mir sofort. Ich hielt mich krampfhaft an meinem Champagnerglas fest, das er mir wegnehmen wollte.
»Soll das ein Tauziehen werden?« fragte ich.
»Nein, ich will dir nur noch eine Statue im Flur zeigen«, sagte er mit Unschuldsmiene.
Bis in den Flur kam ich aber gar nicht. Kaum stand mein Glas auf dem Tisch – wahrscheinlich Biedermeier oder auch Rokoko –, zog er mich an sich.
»Linda, o Linda«, raunte er mir ins Ohr.
Nun hatte ich aber die Nase voll.
»Ich weiß, wie ich heiße, laß mich bitte sofort los, Gerhard«, wehrte ich mich lautstark und versuchte, ihn wegzustemmen. Gnadenlos riß er mich wieder zurück in seine Arme.
»Du willst es doch auch, laß dich doch einfach fallen«, meinte er und litt ganz offensichtlich unter unglaublicher Selbstüberschätzung.
»Einen Teufel will ich, laß mich gefälligst los, du Grobian«, schrie ich ihn an.
Seine Riesenhände versuchten nun, mir den Unterkiefer auszurenken. Er zog an meinem Kinn und kam mit seinem Gesicht immer näher.
»Nur einen Kuß, nur einen einzigen«, stöhnte er erregt. Vom Küssen kriegt man zwar keine Kinder, aber reiche einem Mann die Lippen, und er will gleich den ganzen Körper. Verzweifelt überlegte ich, ob ich ihm zwischen die Beine treten oder ihm ein Auge auspieksen sollte, während er mir lüstern an den Busen grabschte. Wutentbrannt schlug ich zu. Zufrieden betrachtete ich mein Werk. Die fünf Finger meiner Rechten glühten rot

auf seiner Wange. »Langt das, oder willst du noch eine?« fragte ich kampflustig.

Keine Spur mehr von Angst. Zornbebend tänzelte ich mit erhobenen Fäusten in meinem kleinen Schwarzen vor ihm herum. Entsetzt schaute er mich an. Und räusperte sich. Betreten sagte Gerhard: »Linda, es tut mir leid. Ich wollte dir nicht zu nahe treten.«

»Bist du aber. Glaubst du, ein Theaterbesuch rechtfertigt gleich so einen Krakenangriff? Wie viele Hände hast du überhaupt?« schimpfte ich, während ich zu seinem Telefon griff. »Ich bestell mir ein Taxi.«

»Ich kann dich doch fahren«, versuchte Gerhard mir den Hörer zu entreißen.

»Ja klar, erst Überschallgeschwindigkeit und dann ein Abschiedsküßchen, was? Nein, ein Taxi ist mir lieber.«

In der Haustür drehte ich mich noch mal um.

»Ich muß dir noch ein süßes Geheimnis verraten«, sagte ich mit lockender Stimme. Und dann genußvoll jede Silbe einzeln akzentuierend: »Den alten Shakespeare kann ich nicht ausstehen. Und übrigens – deine Fliege sitzt schief.«

Herrlich, so ein Abgang, dachte ich zu Hause. Ich war immer noch sauer. Diese blöden Männer. Mein balinesischer Fruchtbarkeitsgott kam mir ins Visier.

»Du bist auch keine große Hilfe«, schimpfte ich ihn aus und drehte ihn mit seinem grinsenden Gesicht zur Wand. »Schäm dich, und laß dir gefälligst was einfallen!«

Hochzeit

Trommelschläge. Gleichmäßig ertönten sie im Rhythmus meines Herzschlages. Dazu eine Melodie, so sanft und wunderschön, daß die Klänge alles zum Vibrieren brachten. Ich atmete den Duft, den der Jasmin verströmte. Süß und benebelnd. Mein Kleid wehte leicht im Nachtwind. Es war eher ein geschlungenes Tuch, das sanft meinen Körper umschmeichelte. Jede Bewegung in der Seide wurde zum überirdischen Genuß. Heiß und lodernd leuchtete das Feuer am Strand. Ich konnte die Holzscheite knacken und knistern hören.

Langsam drehte ich mich zusammen mit allen anderen, die die verschiedensten Masken trugen. Ein Mann mit wilder Gesichtsbemalung umrundete mich, ohne mich zu berühren. Die Trommelschläge wurden lauter. Mit einer schwarzen Maske, die einer verzerrten Fratze glich, kam ein Tänzer in großen Sprüngen auf mich zu. Ihm stellte sich ein anderer in den Weg. Er war verhüllt mit einem nachtblauen Umhang. Sein Gesicht konnte ich in der Dunkelheit nicht erkennen. Geschmeidig folgte er, mich sorgfältig abschirmend, den eher abgehackten Bewegungen des schwarzen Mannes. Angstvoll beobachtete ich das Geschehen.

Der schwarze Maskenmann zückte ein Schwert, das er nun auf meinen Beschützer richtete. Dabei stieß er einen gurgelnden Laut aus. Als er sich mit blitzender Klinge vorwärts stürzte, sprang der Mann mit dem Umhang behende zur Seite und riß dem Angreifer die Maske vom Gesicht. Im Feuerschein erkannte ich Gerhards Züge. Entsetzt starrte ich ihn an und spürte, daß mir die Sinne schwanden. Ich fiel, fast wie in Zeitlupe, bis ich mich von starken Armen aufgefangen fühlte. Mike Badons Augen glitten liebevoll über mein Gesicht.

»Träumst du, Linda?« schreckte mich Hans hoch.

»Quatsch«, protestierte ich, »so ein bißchen autogenes Training

zwischendurch würde dir sicher auch ganz guttun«, und nahm die Füße vom Schreibtisch.
»Hast du schon von Badon gehört, ob die Anzeigenlayouts nun genehm sind?« fragte Hans.
»Nö, aber ich rufe ihn gleich mal an«, antwortete ich und griff zum Telefon. Mit keiner Silbe würde ich auf Sylt eingehen, beschloß ich. Hier ging es um den Job und um Fakten. Alles Private würde ich professionell ausklammern, jawohl!
Süßholzraspelnd machte ich ihm die Layouts schmackhaft: »Und Sie haben es ja selbst gesagt, Herr Badon. Die Schrift für den Textblock sollte besser lesbar sein, der Slogan prägnanter. Ich muß zugeben, das hat den Entwürfen sehr gutgetan.«
Klar, daß er daraufhin seine Einwilligung erteilte: »Prima, ich danke Ihnen, Frau Lano. Es macht immer mehr Spaß, mit Ihnen zusammenzuarbeiten. Und Sie haben eine wunderbare Art, mir immer noch mal kurz den letzten Step zu erklären und mich auf den folgenden vorzubereiten.«
Genau, dachte ich. Dann kann ich auf so viel Liebenswürdigkeit meines Kunden ja noch mal supersüß reagieren.
»Nett, daß Sie das sagen. Ich arbeite auch sehr gerne für Sie. Ich bin übrigens erst wieder am Montag zu erreichen. Also wünsche ich Ihnen jetzt schon mal ein schönes Wochenende. Und – schönen Gruß an Ihre Frau.«
Schnell legte ich den Hörer auf. Ha, das hatte gesessen. Der brauchte sich nicht einzubilden, daß ich schmachtend auf seine Komplimente wartete. Oder gar von ihm träumte. Nein, das würde mir nie einfallen, schließlich war er verheiratet.
Ein Blick auf die Uhr zeigte mir, daß es für mein Tennistraining Zeit wurde. Das kam mir nun gerade recht. Im Trainingszentrum zog ich meinen teuren Tennisdress an. Modell Steffi Graf. Wenn man schon nicht gerade wie ein Weltmeister spielt, kann man wenigstens genauso gut aussehen. Nur noch das Stirnband aus Frottee zurechtgerückt, um etwaige peinliche Schweißtropfen aufzufangen – und los.
»Linda, Tennis ist ein Laufsport«, rief mein Trainer Rolf von der anderen Seite des Platzes.
Ich keuchte. »Scheuch mich gefälligst nicht so. Du könntest ja

mal in die Mitte spielen statt immer nur in die äußersten Ecken«, maulte ich.
»In die Knie«, brüllte er als nächstes, »und locker in der Hüfte.«
Beides zusammen muß wohl auch nicht optimal ausgesehen haben.
»Hey, du bist hier nicht beim Lambada-Kurs. Fühl dich elastisch und leicht, aber tanz hier nicht rum«, kritisierte Rolf lautstark.
Federnd hüpfte ich über den Platz und war so damit beschäftigt, seine Anweisungen für die Beinarbeit zu beherzigen, daß ich wohl den Schläger nicht richtig festgehalten hatte. Sehnsüchtig schaute ich hinter ihm her, als er hoch in die Luft flog, um auf der anderen Seite des Netzes herabzuknallen.
Rolf schüttelte den Kopf. »Wo bist du mit deinen Gedanken? Du wirst es doch wohl schaffen, deine Beine und Arme zu koordinieren. Das Ziel ist der Ball. Dahin tragen dich deine Füße.«
Ich nickte artig zu diesen überaus interessanten Erkenntnissen und deutete auf meine schicken Tennisschuhe. »Meinste die da?« grinste ich ihn an.
»In der Tat«, sagte er streng, »und den Schläger mußt du mit der rechten Hand festhalten. Mit dem Arm holst du aus und schlägst den Ball. Das wirst du ja wohl noch irgendwie hinkriegen, oder?«
»Wenn ich mich konzentriere, dann könnte es klappen«, meinte ich und hob den Schläger auf.
»Und nicht so leger, wenn ich bitten darf. Hol doch mal richtig aus und hau drauf. Dir wird bestimmt jemand einfallen, auf den du sauer bist. Stell ihn dir vor und zeig mir dein Temperament«, feuerte mich Rolf an.
Das brauchte er mir nicht zweimal zu sagen. Ich knallte ihm die Bälle um die Ohren, was das Zeug hielt.
»Einer für Mike Badon«, rief ich bei der besten Vorhand meines Lebens.
»Und hier für Gerhard«, und es folgte der nächste Kanonenschlag.

»König Peter«, schrie ich und holte zu einem flachen Rückhandschlag aus.
Es folgte eine Mike-Serie par excellence. Ich flog förmlich über den Platz und hatte nur noch den ausgeprägten Tennisball-Killerinstinkt.
»Weiter«, brüllte ich Rolf an, der kopfschüttelnd dem Ball nachschaute, den ich mit vollem Karacho gegen die Hallendecke geschmettert hatte.
»Kontrolliere dich besser«, gab er zurück.
O nein, nicht heute, dachte ich und schlug wild weiter. Jeder dieser kleinen gelben Bälle hatte ein Gesicht, das geschlagen werden wollte. Meinen Schläger hielt ich umklammert, denn der war nun mein absoluter Verbündeter. Gemeinsam machten wir die lebenden Bälle nieder und erteilten ihnen eine gelungene Lektion. Klatschnaß geschwitzt lief ich auf Rolf zu.
»Na, wie war ich?« fragte ich triumphierend.
»Wenn ich gewußt hätte, daß du einen kleinen Aggressionsstau mit dir herumträgst, hätte ich dir nicht den Tip gegeben, dir jemanden vorzustellen«, antwortete er und rieb sich den Oberschenkel. Dahin hatte ihn nämlich mein letzter rasanter Gerhard-Ball getroffen und einen beachtlichen roten Fleck hinterlassen.
»Oh, tut mir leid«, lachte ich und umarmte ihn ausgelassen.

Ich schaffte gerade noch den letzten Flieger nach Berlin. Um zweiundzwanzig Uhr traf ich Babs in ihrer Wohnung.
»Hallo, Schwesterchen. Wie geht's dir so an deinem letzten Junggesellinnenabend?« begrüßte ich sie.
Sie schaute mich ernst an: »Tja, wenn ich nur wüßte, ob das alles so richtig ist. Stell dir vor, vielleicht betrügt er mich eines Tages. Oder er sucht sich eine Jüngere. Oder wir werden ein Paar, das sich in zwei Jahren nichts mehr zu sagen hat. Oder er findet mich irgendwann nicht mehr schön. Oder…«
»Panik, was? Das ist ganz normal. Jetzt hör auf, dir am Hemd zu drehen und deine Stirn in angestrengte Dackelfalten zu werfen. Sieht nur blöd aus und macht alt«, unterbrach ich ihren angstvollen Vortrag.

Ich zündete die Kerze auf dem Tisch an, löschte die Deckenbeleuchtung und setzte eine verschwörerische Miene auf.
»Wir werden uns gegen diese Eventualitäten vorsichtshalber absichern. Also paß auf«, sagte ich, während ich aus meiner Reisetasche diverse Utensilien herauszauberte. »Als erstes die Prüfung seiner Gefühle«, sagte ich bedeutungsvoll und überreichte Babs eine große Margerite. »Du kennst doch das alte Spiel: Er liebt mich, er liebt mich nicht. Dann zupf mal schön die Blütenblätter aus!«
Logisch, daß ich vorher schon mal sorgfältig geprüft hatte, ob dieses Spiel gut ausgehen würde. Angespannt zupfte Babs.
Als nur noch ein Blütenblatt übrig war, seufzte sie auf: »Er liebt mich.«
»Na prima«, antwortete ich, »und nun kochen wir Mokka.«
Aufgeregt saßen wir vor Babs' Tasse, die sie gemäß meiner fachfraulichen Anweisung nach dem Trinken umgestülpt hatte.
»Konzentriere dich ganz intensiv auf die Frage: Was wird aus meiner Liebe? Und streiche dabei dreimal mit der flachen Hand über den Tassenboden«, sagte ich in ernstem Tonfall. Amüsiert beobachtete ich Babs, die mit geschlossenen Augen das Täßchen streichelte. Ich nahm die Tasse in die Hand und betrachtete die verschiedenen Linien im Kaffeesatz.
»Seit wann kannst du eigentlich aus dem Kaffeesatz lesen?« fragte Babs skeptisch.
»Du kennst doch das griechische Lokal bei mir nebenan. Die Wirtin hat es mir beigebracht. War ein hartes Stück Arbeit, aber sie meint, ich hätte auch diese seherischen Kräfte«, erklärte ich. Genaugenommen hatte ich ihr einfach nur oft zugesehen, aber egal. Schließlich wollte ich meine Schwester mit dem besten Gefühl in die Ehe führen. Wichtig legte ich eine Hand auf die Stirn und fixierte die Tasse.
»Es war ein langer Weg, bis der erste Glücksschimmer am Horizont zu erkennen war. Im rechten Moment führte dich eine große Kraft auf den Weg der Erkenntnis.«
Ich fand mich ziemlich gut in der Rolle der Weissagerin. Wenn jetzt noch Kater Paulchen auf meiner Schulter säße, wäre ich geradezu hinreißend perfekt.

Nach einem tiefen Atemzug fuhr ich fort: »Hier, diese Linie, siehst du?«
Eifrig nickte Babs.
»Sie ist sehr klar, sehr breit. Nur einige kleine Kurven. Ansonsten gradlinig. Das bedeutet, selbst wenn Schwierigkeiten auftauchen, verlierst du nie deinen Liebespfad und wirst sicher weiterwandeln. Es kann keine Brüche geben. Und daneben, das kann nur die Linie deines Gefährten sein. Sie verläuft harmonisch mit deiner. Und am Ende«, ich deutete auf den dicken Klecks am Tassenrand, »sind beide vereint. Ihr werdet also miteinander dem Leben die Stirn bieten und gemeinsam das große Ganze finden.«
Bedeutungsvoll nickte ich gleich ein paarmal hintereinander in die Tasse.
Babs starrte auch in die Tasse und fragte leise: »Und Kinder?«
Ich grinste innerlich in mich hinein. Wenn ich jetzt auch noch eine Babyprognose stellte, würde sie bestimmt mißtrauisch werden. Man muß immer wissen, wann es Zeit ist, aufzuhören.
Ernst betrachtete ich das angetrocknete Mokkapulver. »Weißt du, das kann ich hier nicht deuten. Wir haben uns ja auch auf die Frage nach dem Verlauf eurer Liebe konzentriert. Die Antwort ist sehr deutlich. Und alles andere können wir zu einem späteren Zeitpunkt prüfen.«
Babs schaute mich zufrieden an und kniff mir zärtlich in die Wange. Sie war sichtlich entspannter und ich mit meinen kleinen Hexenausführungen hochgradig zufrieden.
»So, nun noch der Blick in die Sterne. Du weißt, wie oben, so unten. Die Sternzeichenkonstellationen sind ein Spiegelbild des Irdischen.«
Die Kerze flackerte ein wenig, und ich beugte mich zu ihrem Licht. ›Partnerschaftshoroskop‹ hieß das Buch, das ich mitgebracht hatte. Ich pickte die wichtigsten Informationen heraus: »Also, du darfst Bernd nicht einengen. Andererseits gehört er glücklicherweise nicht zu den total freiheitsliebenden Sternzeichen, sondern zu den bodenständigen, verläßlichen. Für jedes Problem wird er ein offenes Ohr haben. Deinen Verrücktheiten kann er gelassen begegnen, er wird sie teilweise einfach nicht

ernst nehmen und warten, bis der Anfall wieder vorbei ist. Er braucht Anerkennung. Also lob ihn ab und zu und nimm nicht alles als selbstverständlich hin. Oh, hier steht ja was ganz Interessantes. Er ist ein einfühlsamer, zärtlicher Liebhaber. Stimmt das?«

Babs kicherte und nickte. »Ja, ist er in der Tat.«

Ich lehnte mich zurück und streichelte ihre Hand. »Du Glückspilz. Dann trenn dich von deinem Single-Dasein und laß dir einen Ring verpassen. Scheint alles in allem der Richtige zu sein.«

Ich verließ mein Schwesterchen und schlich mich leise in die Wohnung unserer Eltern. Am nächsten Morgen erzählte ich Mama von der nächtlichen Liebesbeschwörung.

»Aber Kind, du hast immer komische Ideen«, schüttelte sie lachend den Kopf. Auf dem Badewannenrand sitzend, beobachtete ich, wie sie sich ihre wundervolle rötliche Haarpracht toupierte.

»O Mama, hättest du mir statt der Sommersprossen nicht deine Mähne vererben können?« fragte ich sie bewundernd.

»Aber, aber, du hast doch auch schöne Haare.« Sie streichelte mir über meine dunklen Seidenhärchen.

»Klar«, lachte ich, »was meinst du, sollen wir meine Spaghettis einfach hängen lassen oder sie zur Feier des Tages hochstecken?«

»Hochstecken«, nickte Mama und öffnete die Schublade mit den Haarklammern. Gemeinsam mühten wir uns ab, bis Mama mir schließlich einen Dutt hingebastelt hatte.

»Nee, das sieht ja aus wie 'ne Berliner Portiersknolle«, protestierte ich. Mit einigen Rundbürsten bewaffnet, versuchte ich nun, so etwas wie lässige Wellen zu zaubern, was zumindest so halbwegs gelang. Mama sprühte mir noch ein wenig Spray in die Tolle, und wir waren beide mit unseren Frisürchen leidlich zufrieden.

Papa hatte es da einfacher, quälte sich aber dafür um so mehr mit dem obersten Hemdenknopf. Die Krawatte, die er sich ausgesucht hatte, verschwand mit einem empörten »Aber Heinz!« von Mama wieder im Schrank. Sie suchte ihm ein dezenteres

Modell heraus, das er glücklicherweise widerspruchslos umband. Mein Papa. Er wußte, wann es besser war, sich zu fügen. Ziemlich erleichtert stiegen wir ins Taxi. Wir hatten es trotz der angespannten Atmosphäre – schließlich heiraten wir ja nicht jeden Tag – geschafft, ohne Streit die ersten Stunden des Tages zu bewältigen.

In kleiner Runde trafen wir uns vorm Standesamt. Babs sah einfach großartig aus. Kaffeesatzgestärkt vom Vorabend und figurbetont im eierschalfarbenen Kostüm stand sie strahlend vor dem Standesbeamten. Mama riß sich wunderbar zusammen, und Papa hatte einen würdevollen Gesichtsausdruck.

Ziemlich unromantisch, diese kleine Staatszeremonie, dachte ich, nachdem Babs und Bernd sich gegenseitig das Jawort gegeben hatten. Knutschend standen sie nun vor uns. Papa schaute zu Boden, Mama dafür ganz genau hin.

Aber nun sollte es richtig zur Sache gehen. Vor der Kirche warteten bereits alle anderen Verwandten und viele Freunde der beiden. Ehrfurcht ergriff mich, als der Hochzeitsmarsch ertönte. Die Orgelklänge rührten meine ganze Seele auf. In der Kühle der Kapelle rutschten wir auf die harten Bänke und warteten auf die Braut.

Babs marschierte an Papas Arm zum Altar, wo er sie Bernd übergab. O Gott, mir stiegen unaufhaltsam die Tränen hoch. Meine Schwester heiratet, dachte ich rührselig, obwohl sie ja eigentlich seit einer Stunde bereits verheiratet war. Neben mir saß Mama, die in ihrer Handtasche kramte und ein echtes Spitzentaschentuch herauszog. Mein Leben lang hatte ich sie ausschließlich mit Papiertaschentücherpäckchen gesehen. Und nun das!

»Wie schön…« schluchzte sie und hielt sich die kostbare Spitze unter die Nase. Nun war es endgültig um meine Selbstbeherrschung geschehen.

»Jahaha«, wimmerte ich und fing an zu heulen.

Während der Pfarrer die Hände von Babs und Bernd aufeinander legte, krallte ich mich an Mamas Arm fest und konnte vor lauter Tränen kaum noch etwas sehen. Ich schielte zu Papa, der unnatürlich gerade saß und nach vorn starrte.

»Taschentuch«, flüsterte ich Mama zu, die gerade versuchte, lautlos in ihre Spitze zu schnauben.
Hatte ich es doch gewußt, Papiertaschentücher hatte sie auch dabei. Dann ging die allgemeine Singerei los. Hallelujah und so. Gleichzeitig heulen und singen erwies sich als problematisch und endete in einem heftigen Schluckauf. Hicksend sang ich die letzten Zeilen und erntete einen strafenden Blick von Papa. Untergehakt folgten Mama und ich dem jungen Paar aus der Kirche. Ich fühlte mich total entkräftet und warf mich Babs fast um den Hals, um ihr zu gratulieren. »Herzlichen Glückwunsch«, preßte ich mit zitternder Stimme hervor. »Und alles Liebe dieser Welt. Und...äh«, hickste ich hilflos.
»Wie siehst du denn aus?« fragte sie mich lachend.
Ein Zombie war wahrscheinlich nichts gegen mich. Lidstrich und Wimperntusche waren mir in kleinen Sturzbächen über das Gesicht geflossen und hatten mein zartrosafarbenes Wangenrouge mit dunklen Linien durchzogen. Mama sah allerdings auch nicht viel besser aus, und so restaurierten wir uns gegenseitig, während Babs und Bernd mit Reis überschüttet wurden. Bernd nahm mich zur Seite und fragte fröhlich, sich die Reiskörner aus den Haaren schüttelnd: »Na, Schwägerin. Und wann bist du dran?«
Trotzig schüttelte ich den Kopf: »Nie vermutlich. Weißt du, ich mag auch überhaupt keinen Reis. Lieber Nudeln.«

Schokolade

So, nun hatte ich also einen echten Schwager. Das war doch auch schon mal was. Zurück in meiner kleinen Wohnung ließ ich noch mal den schönsten Tag im Leben meiner Schwester Revue passieren.

Eines war sicher: Demnächst war ich auf jeden Fall mit einer wasserfesten Wimperntusche besser beraten. Wenn ich nun schon zu Tränenausbrüchen in der Öffentlichkeit neigte, so sollte doch wenigstens der letzte Rest meiner Würde nicht zerfließen.

»Würde«, murmelte ich vor mich hin. Die meisten Kerle waren eindeutig unter der meinen. Babs hatte glücklicherweise eine Ausnahmeerscheinung erwischt. Ja, der Bernd war wirklich erste Sahne.

»Überhaupt – Männer sind wie Schokolade«, sinnierte ich. Lockende Versuchungen in Variationen ohne Ende. Einige hatten es gut drauf, sich zu Anfang zuckersüß zu geben – so wie Gerhard, der Krakenarmige –, um sich dann leider allzuoft als dunkle Sorte mit bitterem Nachgeschmack zu entpuppen. Wo ich doch so auf wahre Köstlichkeiten stand.

Apropos. Angestrengt wühlte ich in meinem Küchenschrank. Wo war sie nur? Hinter der Fünf-Minuten-Terrine? Nein, aber vielleicht versteckte sie sich ja hinter dem Instant-Flockenpürree, das man praktischerweise nur noch mit Wasser aufzugießen braucht.

Ha, tatsächlich. Schokolade. Sorte Nougat. Bestens. Die hielt wenigstens, was sie versprach. Gierig öffnete ich die Verpackung. Gerade Nougatschokolade hatte etwas unglaublich Tröstliches an sich. Ihr süßer Schmelz war einfach das Größte, hatte schon ausgesprochene Balsamqualitäten. Vor allem, wenn man sie abwechselnd mit Nudeln in Tomatensauce aß.

Entschlossen knallte ich einen Topf mit Wasser auf den Herd.

Heute abend blieb die Küche nicht kalt. Meine Seele brauchte Futter.

Genüßlich streute ich Berge von Parmesan auf den ungeheuren Nudel-Mount-Everest. Herrlich. Jetzt noch ein Riegel Schokolade. Hmm, das Leben konnte wirklich schön sein. Und alles läßt sich optimieren. Also schnell her mit der Fernbedienung. Genau, eine Liebesschnulze im Fernsehen. Bösen Blickes verfolgte ich, wie der eifersüchtige Chef gegen die ihm unterstellte begnadete Modedesignerin eine hochgradig heimtückische Intrige schmiedete, um sie ihrem Geliebten auszuspannen. Meine Hose zwickte nun schon etwas, und ich tauschte sie gegen den wunderbar weiten Pyjama aus. Über den Bildschirm flackerte das traurige Gesicht der Hauptdarstellerin, die nun tatsächlich an ihrer großen Liebe zweifelte. Gern hätte ich ihr zum Trost etwas von meinen Kartoffelchips abgegeben, die ich mir inzwischen geangelt hatte. Gebannt verfolgte ich das Geschehen, während ich mit Cola versuchte, die Schärfe der Chips zu mildern.
Nein, jetzt weinte diese arme Frau auch noch. Wie entsetzlich ungerecht und traurig! Gerührt verfolgte ich ihren Kummer und aß noch ein Stück Schokolade. Unglaublich, was sich Männer so für Gemeinheiten ausdenken können. Ich schüttelte den Kopf. Und noch ein Gang zum Kühlschrank. Käse zum Abschluß wäre auch nicht schlecht. Vielleicht noch das leckere Erdbeer-Rhabarber-Dessert mit dieser köstlichen Vanillesauce hinterher? Genau.
Beim Löffeln beobachtete ich zufrieden, wie meine Protagonistin im Papierkorb, man stelle sich vor, im Papierkorb den Beweis für die üblen Machenschaften ihres Chefs fand. Begeistert rieb ich mir meine inzwischen leicht fettigen Hände. Ha, gleich würde sie alles verstehen und alles regeln, meine Heldin.
Ziemlich lecker, der Schafskäse. Oh, da fielen mir die Oliven ein, die hervorragend dazu passen würden. Schon landete der erste Stein der schwarzen Köstlichkeit im Aschenbecher, als sie ihrem Chef nun temperamentvoll die Leviten las. Hervorragend, dachte ich, die hat's drauf. Hochachtung, besonders nach

dem letzten heftigen Türknallen, gepaart mit dem rassigen Werfen ihrer prächtigen Locken. Auch die Schokolade schmeckte noch. Gebannt sah ich, daß die Heldin nun vor der Wohnungstür ihres Angebeteten stand.
»Nun zögere nicht«, feuerte ich sie an und biß in die Mini-Salami. Na ja, sie hörte mich zwar nicht, drückte nun aber doch endlich auf die Klingel. Gemeinsam warteten wir. Da, er öffnete. Sah ganz schön fertig aus, der arme Kerl, dachte ich, während ich mir ein Stück Marzipan in den Mund schob. Beide standen wie erstarrt voreinander. Ich fühlte ihren Herzschmerz. Gequält schaute ich, hoffte ich, bangte ich, aß ich noch ein paar Chips.
Endlich – sie lagen sich in den Armen. Was für ein Kuß! Da verging mir direkt für einen Moment das Kauen. Gibt es was Schöneres als ein Happy-End? Zufrieden knipste ich den Fernseher aus und verbannte die Reste meiner Freßorgie.

Etwas schwerfällig, aber mit den Sorten ›Traube-Nuß‹ und ›Vollmilch-Praliné‹ bewaffnet, lief ich im Büro ein.
»Liebeskummer?« fragte Anni fachmännisch.
»Ach, woher denn?« verneinte ich.
Kaiser Peter hatte ein Meeting angesetzt. Kauend nahm ich am Konferenztisch Platz.
»Alleine essen macht fett«, kommentierte Tom und stibitzte einen Riegel.
»Also, Kinder«, begann Peter, ganz Vater der Nation. »Wir müssen mal wieder was für unseren Schuhcremekunden tun.«
»Wieso mal wieder? Der ist doch in der Pflicht, sich endlich zu seinen neuesten Erfindungen zu äußern«, meinte Hans, der wie üblich irgend etwas versteckt auf seinen Block malte.
»Hat er ja. Hier sind die Kopien für euch mit der aktuellsten Marktforschung und der Beschreibung der neuen Produkte. Schwerpunkt ist Veloursleder«, erklärte Peter.
»Was für'n Leder?« fragte Tom mißtrauisch.
Ich mußte lachen. Männer und Mode, pah.
»Tom, das ist keine Schweinerei, sondern so was wie Wildleder«, klärte ich ihn auf.

»Wild ist gut«, nickte er eifrig.
Peter schaute resigniert zur Decke. Er zückte einen Ordner, der Ledermuster enthielt, und zeigte unserem Texttalent den Unterschied zwischen Lackleder, Glattleder und Veloursleder.
Anni steckte ihren Kopf zur Tür herein: »Linda, kommst du bitte mal eben. Der Badon ist am Telefon und besteht darauf, dich kurz zu sprechen.«
Schnell noch ein Stück Traube-Nuß, und ich folgte ihr. »Ja, hier Lano?«
»Tut mir leid, wenn ich Sie störe, aber ich muß wissen, ob Sie die Anzeigen-Druckvorlage für die ›Freundin‹ schon abgeschickt haben«, hörte ich Mike Badon fragen.
»Doch, die ist rausgegangen«, antwortete ich kauend.
»Na, dann ist ja alles in Ordnung«, sagte er. »Übrigens, was haben Sie denn eigentlich letzte Woche mit den Grüßen an meine Frau gemeint?« fragte er.
Entsetzt starrte ich aus dem Fenster. Das schlug doch dem Faß den Boden aus. Jetzt machte er sich auch noch über mich lustig! Warum hatte ich nur die Schokolade im Konferenzraum liegengelassen?
Ich holte tief Luft: »Was soll ich schon damit gemeint haben. Grüßen heißt eben grüßen. Ich hatte doch schließlich das Vergnügen, Ihre reizende Gattin auf Sylt kennenlernen zu dürfen.«
Er lachte. Unverschämtheit. So langsam war ich auf hundertachtzig.
»Liebe Frau Lano, Sie haben auf Sylt Susanne Badon kennengelernt. Das ist meine Schwester.«
Schwester, Schwester, rauschte es in meinem überforderten Kopf. »Schwester?« fragte ich gedehnt.
»Klar«, sagte er, »haben Sie auch eine?«
»Babs«, stammelte ich, »äh, ich meine, meine Schwester heißt Barbara.«
»Hübscher Vorname«, sagte er, »o.k., dann bis bald. Und vielen Dank für die Auskunft«, verabschiedete er sich.
Langsam ließ ich den Hörer auf die Gabel sinken. Ich schlug mir mit der flachen Hand gegen die Stirn. »Schwester«, sagte ich vor mich hin.

»Krankenschwester?« fragte Anni abwesend und tippte heftig weiter.
»Nein, einfach nur Schwester«, hüpfte ich um sie herum und gab ihr einen dicken Kuß auf die Stirn.
Ungläubig starrte sie mich an: »Verrückt geworden oder was?«
Kopfschüttelnd tänzelte ich zurück in den Konferenzraum. Hans sprühte gerade etwas Velourslederspray in die Luft. »Ohne FCKW«, tönte er, als hätte er es gerade selbst erfunden.
»Interessant«, nickte ich.
»Und ziemlich übel riechend«, sagte Tom und riß das Fenster auf. »Es reicht schon, wenn man vierundzwanzig Stunden am Tag arbeitet und das als Glückseligkeit empfinden soll. Da muß man jetzt nicht noch an so einem blöden wilden Lederspray ersticken.«
»Tom, Wildlederspray, Velourslederspray. Aufrauhend, wasserabweisend, pflegend«, brüllte Peter, wieder mal hochcholerisch.
»Schokolade?« bot ich Peter die Reste der Tafel an, die sofort in seinem Mund verschwanden.
»Apropos...«, grinste Hans und riß das oberste Blatt seines Skizzenblocks ab. Alle stürzten sich sofort darauf. Es trug den Titel ›Schoko-Linda‹ und zeigte mich als Tonne, aus der mein Gesicht mit überdimensionalen Pausbacken herausschaute. Rechts und links meine ausgestreckten Hände, völlig schokoladenverschmiert.
»Du Miststück«, kreischte ich und versuchte, das Blatt zu erhaschen. Als ich es schließlich erwischt hatte, mußte ich selbst schmunzeln. »Wißt ihr, macht euch keine falschen Hoffnungen. Ich bleibe gertenschlank. Und mit der Schokolade ist jetzt Schluß. Geraspelte Möhren schmecken viel köstlicher und sind gut für die Augen.«
Tom stöhnte: »Igitt, Rohkost. Bist du jetzt so ein Müsli-Grünkern-Apostel, oder was?«
»Keine Sorge«, prustete ich. »Schon unserem Schuhcremekunden könnte ich es nicht antun, plötzlich Alternativsandalen zu tragen und ›Militantes-Barfußlaufen-ist-sowieso-das-Dollste‹ zu vertreten. Aber Jungs, ein bißchen können wir doch alle auf unsere Gesundheit achten.«

Peter fragte: »Hat dir das am Wochenende deine Schwester, die Ärztin, eingebleut?«
»Ja, genau«, strahlte ich, »und Schwestern sind ausgesprochen wichtig, findet ihr nicht?«

Telefonate

Meine schwarzen Wildlederpumps sahen einfach phantastisch aus. Perfekt aufgerauht, morgens noch kräftig mit dem neuen Veloursléderspray besprüht – auf dem Balkon natürlich –, hatten sie mich in das Kundenmeeting getragen. Ziemlich groggy, aber dafür sehr von unserer Arbeit überzeugt, präsentierten Peter und ich unsere Kampagnenvorschläge. Herr Friedrichs, der Geschäftsführer dieses Schuhcremeimperiums, war auch überaus angetan.

»Du mußt zum Flughafen«, erinnerte mich Peter an die fortgeschrittene Zeit.

Schnell raffte ich meine Unterlagen zusammen. Gut, die Herren würden sich noch über weitere neue Projekte unterhalten. Ich dagegen sollte in der Agentur für die Messe von Mike Badon weiterschuften.

»Mein Fahrer bringt Sie«, bot Herr Friedrichs an, und Minuten später rutschte ich in die bequeme Limousine.

Beim Einchecken am Düsseldorfer Flughafen zückte ich mein Flugticket. Irgendwie kam mir meine Handtasche so leicht vor. Kleine Kontrolle: Mein Schminkbeutel war drin, das Abhörgerät für den Anrufbeantworter auch, Kugelschreiber, Taschentücher, Handcreme, Terminkalender…

Siedendheiß durchfuhr es mich. Die Brieftasche war weg – mit meinem ganzen Leben darin, sprich Ausweis, Führerschein, Kreditkarten und Bargeld. Ich haßte diese unkontrollierten Adrenalinschübe. Mein Herz fing an, heftig zu klopfen, die Finger zitterten.

Fieberhaft überlegte ich. Natürlich, um meinen Terminkalender aus der Tasche zu ziehen, hatte ich den halben Inhalt ausgeräumt. Und nun lag mein Leben auf dem Konferenztisch des Schuhcremeherstellers. Verdammt.

Aber die Rettung war greifbar. Peter würde morgen früh wie-

der zurückfliegen und konnte meine Brieftasche mitbringen. Ich mußte ihn nur schnell anrufen.
»O nein«, stöhnte ich. Ohne Geld war nun mal auch kein Telefonieren möglich.
Unsicher schaute ich mich im Flughafenwartesaal um. Keine Frau in Sicht, nur die üblichen schlechtangezogenen Businesstypen. Vorrangig auch noch mit miesgelauntem Gesichtsausdruck. Erst mal eine rauchen. Hektisch sog ich den Qualm ein. Mir fielen die merkwürdigen Gestalten in Bahnhofsnähe und in Hauptgeschäftsstraßen ein, mit ihrem »Haste mal 'ne Mark«. Und genau das müßte ich nun auch tun. Wie ausgesprochen schrecklich.
»Linda, du mußt dich konzentrieren«, sprach ich mir innerlich Mut zu. »Du bist nicht du. Du bist einfach ein Wesen. Irgendeins. Nett anzuschauen und mit ehrlichem Blick. Und du brauchst einfach nur 'ne Mark, um dein Leben in Ordnung zu bringen.«
Ich schloß die Augen und malte mir aus, daß gleich eine junge Frau, die zufällig so aussah wie ich, einen Herrn ansprechen würde. Was könnte diese Frau denn wohl sagen? Sie sollte schnell ihre Misere schildern. Ein bißchen Augenaufschlag dazu, und der Rubel könnte rollen. Was war schon heutzutage 'ne Mark? Ich schluckte.
Zwei Sitze weiter las ein Unsympathling Zeitung. Dabei rauchte er eine Zigarette. Na ja, es soll ja so was wie Solidarität unter Rauchern geben. Er wurde das Objekt meiner Beobachtung. Ich fühlte, wie ich langsam ins Schwitzen kam. Die Minute der Wahrheit nahte.
Leise sagte ich: »Entschuldigung.«
Keine Reaktion. Verdammt, die nette junge Frau sollte eben besser nicht flüstern.
Laut stieß ich hervor: »Entschuldigung, daß ich Sie einfach so anspreche.«
Mein Nachbar blickte auf und schaute mich irritiert durch dicke Brillengläser an.
Lächeln, lächeln, sprach ich mir Mut zu. Breit grinsend stotterte ich: »Mir ist ein schreckliches Malheur passiert, wissen Sie.«

Er starrte, keine sonstige Reaktion.
»Ich komme gerade aus einer Besprechung und habe dort mein Portemonnaie liegengelassen. Nun muß ich unbedingt anrufen, damit mein Chef es mir morgen nach Hamburg mitbringt.«
»Ja?« fragte er und zog die buschigen Augenbrauen hoch.
»Ja«, nickte ich, »nur – eben in diesem Portemonnaie steckt mein gesamtes Geld. Ich bin im Moment sozusagen mittellos.«
Und nun schnell der unschuldige Augenaufschlag. Sein Gesichtsausdruck änderte sich urplötzlich. Er öffnete seinen abgewetzten Aktenkoffer und – zog ein Funktelefon heraus. Meine Schutzengelchen waren ganz offensichtlich bei mir.
»Das ist ja toll«, rief ich begeistert.
Er wählte für mich die Nummer, und ich schilderte Peter schnell mein Unglück.
»Darf ich noch mal?« fragte ich den Unbekannten.
»Klar doch«, warf er sich großzügig in die Brust.
»Anni, bitte bleib noch in der Agentur, bis ich wieder da bin«, sagte ich zu meiner Sekretärin. »Du mußt mich auslösen, wenn ich mit dem Taxi vom Flughafen komme. Mein Geld habe ich nämlich leider in Düsseldorf vergessen.«
Ha, das war erledigt, und ich war es vor lauter Anspannung auch.
»Müller, Alfred Müller«, stellte sich mein Telefonspender vor.
Genauso sah er auch aus. Im Flieger tauschte er geschickt die Sitzplätze und nutzte die fünfzig Minuten in der Luft, um mich mit seiner gesamten Heizungsverlegerproblematik gnadenlos vollzuquatschen. War klar, daß ich so leicht nicht davonkommen durfte. Zwei Telefonate, und ich mußte dafür fast eine Stunde lang einem Top-Langweiler zuhören.

Anni lachte, nachdem sie mein Taxi bezahlt hatte. »Linda, alle Briefe und Faxe habe ich dir auf den Tisch gelegt. Und Mike Badon rief an. Ich soll dir ausrichten, er braucht dich.«
Ich horchte auf. Hörte sich gut an.
Das drohte nun die sechste Nachtschicht in Folge zu werden. Dem Badon ging es auch nicht viel besser, wie oft hatten wir in den letzten Nächten wichtige Details für die Messe abgespro-

chen. Meine Augen brannten schon etwas. Müde und doch ein bißchen aufgeregt wählte ich Mike Badons Telefonnummer.
»Badon«, meldete sich die inzwischen vertraute Stimme.
»Ich habe gehört, Sie brauchen mich«, antwortete ich.
Er lachte. »Das stimmt. Ich träume ja schon fast von Ihnen.«
»Wenn Sie nicht mehr nur fast von mir träumen, können Sie mir ja Bescheid sagen.«
Um Gottes willen, war das gerade meine Stimme gewesen? Welches Teufelchen hatte mir bloß diese idiotische Antwort auf die Lippen gelegt? Schweigen. Mir wurde fast schlecht vor Verwirrung. Wie konnte ich nur? Voller Entsetzen lauschte ich auf seine Reaktion.
»Was haben Sie eben gesagt? Könnten Sie das noch mal wiederholen?« fragte Badon.
Nicht auch das noch. Wie eine Maschine stotterte ich tatsächlich denselben Satz noch mal: »Na ja, ich sagte, wenn Sie nicht mehr nur fast von mir träumen, können Sie ja Bescheid sagen.«
Ich war wirklich nicht mehr zu retten. Und der weidete sich unter Garantie auch noch an meinen Qualen.
»Jetzt habe ich völlig den Faden verloren«, sagte er.
Ich blickte auf Spinnweben an der Decke. Haltung, Fassung, Linda!
»Scherz beiseite«, reagierte ich, wahrscheinlich eine Spur zu locker. »Wir müssen noch die Textplakate für die verschiedenen Dekorationen durchgehen.«
Das taten wir nun endlich auch.
»Ist mit der TV-Monitorwand alles geregelt?« fragte er.
»Sicher, ich habe neun Großmonitore bestellt. Das sieht bestimmt toll aus«, versicherte ich eilig.
»Sie kommen mit Ihrem Team doch auch bald nach München, Frau Lano. Wir haben in einem Hotel Zimmer zu einem extra ausgehandelten Preis reservieren lassen. Es sind noch einige frei. Sie können sich uns gern anschließen. Unser Herr Fischer regelt alles. Rufen Sie ihn einfach an, wenn Sie Zimmer buchen möchten.«
»Ja, prima«, nickte ich und nahm mir vor, am nächsten Tag gleich alles zu organisieren.

»Dann wünsche ich noch eine gute Nacht«, verabschiedete er sich, und ich gab den Gruß zurück.
Nachdem ich aufgelegt hatte, lehnte ich den Kopf an meinen Computer. »Linda, du bist und bleibst eine dumme Kuh. Wie konntest du ihm nur so einen Schwachsinn sagen.« Mir trieb das Telefonat noch nachträglich die Röte in die Wangen. Es geht doch nichts über eine ausgeprägte Widder-Impulsivität. Eines Tages würde ich mich noch um Kopf und Kragen telefonieren. Vielleicht sollte ich mich beizeiten aufs Briefeschreiben verlegen. Da klappte das mit dem Gehirn-Einschalten besser.

Geburtstag

»Sag mal, Hänschen, du hast doch Freunde in München. Willst du während der Messe dort wohnen oder lieber im Hotel?« fragte ich den eifrig malenden Kollegen.

Er schaute auf. »Nee, bloß nicht im Hotel. Meine Freunde wohnen direkt dort, wo das Leben tobt. Da werde ich mich einquartieren. Tom übrigens auch.«

Gut, also brauchte ich nur Zimmerreservierungen für Peter und mich. Badons Kollege, der Herr Fischer, war trotz Hektik ausgesprochen nett: »Kein Problem, Frau Lano. Ich buche Sie dann bei uns im Hotel Annabella ein.«

So, das war geregelt. Wenigstens im Job klappte alles. Ich blätterte in meinem Terminkalender. Prima, für übermorgen hatte ich achtzehn Leute eingeladen, zwecks rauschendem Geburtstagsfest. Wie bekam ich nur Essen und Trinken an Land? Da fiel mir Nick ein, einer meiner Verflossenen.

»Nicks Partyservice«, meldete sich eine Frauenstimme.

»Lano, guten Tag. Den Nick möchte ich gerne sprechen.«

»Gerne, einen Moment, bitte.«

Nicks Machostimme ertönte: »Nick Kern, hallo?«

»Oh, hallo Nick. Hier spricht Linda. Ich möchte dich gern übermorgen zu meinem Geburtstag einladen«, schmetterte ich ihm fröhlich entgegen.

»Und da brauchst du nicht zufällig auch meine leckeren Häppchenplatten, oder?« fragte er mißtrauisch.

Na gut, ich hatte mich lockere zehn Monate nicht mehr gemeldet. Aber er sich ja schließlich auch nicht.

»Ach, da du es gerade erwähnst, keine schlechte Idee. Vermutlich werde ich keine Zeit haben, selbst zu bruzzeln.«

Nick lachte: »Würde ich dir auch nicht raten, meine Liebe. Über die zweite Seite im Kochbuch bist du doch sicher immer noch nicht hinausgekommen, oder?«

»Ich habe eben andere Qualitäten«, gab ich zurück. »Aber ehrlich. Ich brauche für achtzehn Leute Vino, Wasser und was zu essen. Zum absoluten Super-Sonder-Exfreundinnen-Preis. Geht das?«
»Sicher doch. Wie sieht's aus mit Gläsern, Tellern und so weiter?« fragte er professionell.
Gedanklich ging ich meine Glaskollektion durch. Mehr als vier Weingläser, drei Wassergläser – wobei das mit dem Sprung eigentlich nicht zählte – und zwei Kristallkelche von Oma kamen da wohl nicht zusammen.
»Schlecht«, gab ich zurück, »hast du so was auch leihweise?«
»Für dich immer. Wann soll's denn losgehen?«
Ich überlegte: »Die Party beginnt um zwanzig Uhr. Also Anlieferung so gegen neunzehn Uhr?«
»Gebongt. Dann bis übermorgen.«
Erleichtert sank ich in meinen Bürostuhl zurück. Was machten nur Frauen in meiner Situation ohne einen Ehemaligen in der Gastronomie?

An meinem Geburtstagsmorgen weckte mich das Telefon. »Happy birthday to you, happy birthday to you. Happy birthday, dear Linda. Happy birthday to you«, trällerte mir ein hübsches Stimmchen entgegen.
Das konnte nur Ulrike sein. Ich lauschte ihrem Lied, während mich eine ungeheure Rührung überkam.
»Ich fang gleich an zu heulen. Wie lieb von dir. Kann man das als Weckdienst bei dir abonnieren?« fragte ich lächelnd.
Sie sagte fröhlich: »Sicher. Laß mich dein persönlicher Discjockey sein. Ich freu mich übrigens schon auf heute abend. Wen hast du eigentlich so alles eingeladen?«
Ich zählte zuerst die Mädels auf, dann die Herren der Schöpfung: »Also, meine Leib- und Magenkollegen Hans und Tom, dann Nick, Andreas, Harald, Steven und Lars. Außerdem noch Michael und Jan. Die kennst du noch nicht. Mit denen habe ich bei unserer letzten Fotoproduktion zusammengearbeitet.«
»Dann machen wir uns heute schön, ja?« fragte sie. Es folgte der übliche Klamottentip für mich, den ich artig benickte.

Pünktlich eine halbe Stunde zu spät lief ich in der Agentur ein. Das war unser sogenanntes Geburtstagskinderprivileg. Anni war die erste, die mir um den Hals fiel.
»Herzlichen Glückwunsch, Lindachen. Auf daß all deine Wünsche in Erfüllung gehen«, sagte sie ernst.
»Vielen Dank, Anni«, antwortete ich, während sie mich in mein Büro zog. Verwundert schaute ich auf meinen komplett veränderten Arbeitsplatz. Auf dem Schreibtisch thronte eine Riesentorte mit brennenden Kerzen. Annis Werk. Ansonsten ähnelte alles einem wilden Papierdschungel: Eine Wäscheleine war kreuz und quer durch das Büro gespannt. Mit Büroklammern waren lauter einzelne Seiten aus einem Terminkalender daran befestigt. Jeder hatte darauf seine Glückwünsche verewigt.
Aufgeregt las ich vor, während sich die Kollegen um mich herum versammelten: »›Bleib, wie du bist. Dein Karl.‹ Danke, Karl, das ist eine meiner leichtesten Übungen. Und was steht hier? ›Ein traumhaft neues Lebensjahr für die zauberhafteste Werberin der Welt. Tom.‹ Hey, das ist ja mal ein richtiges Kompliment. Danke. ›Kopf hoch, altes Haus. Auch du kommst durch. Hans.‹ Sehr nett, Hänschen. Darauf kannst du wetten«, kommentierte ich seine kleine Frechheit. Kaisergattin Suse hatte geschrieben ›Alles Gute‹, was einmal mehr für ihren unglaublichen Einfallsreichtum sprach. Der Boß tauchte auf. Mit einer Flasche im Arm. Er streckte mir den Champagner entgegen und umarmte mich kräftig. »Glückwunsch. Und hier ein edles Tröpfchen. Laß es dir schmecken.«
Ich war völlig aufgedreht. »Ihr seid einfach toll. Ich danke euch allen so sehr.«
»Wir haben auch ein Geschenk für dich«, sagte Hans und überreichte mir einen Riesenkarton.
Ein sattes Grinsen machte sich auf den Gesichtern der lieben Kollegen breit, als ich mit dem Auspacken begann. In dem Riesenkarton war ein großer Karton. In dem großen ein mittelgroßer, in dem wiederum ein weniger großer und dann ein kleiner. Ich liebte solche Mogelpackungen und war inzwischen ungeheuer neugierig. Vorsichtig hob ich den Deckel ab. Zartes Seidenpapier. Anni kicherte. Ich schlug es beiseite. Hätte ich

mir eigentlich denken können. Unter dem grölenden Gelächter der liebreizenden Kollegen zog ich einen Strumpfhalter hervor. Ein Straps war ausgetauscht gegen die Flippy-Uhr aus unserer Kampagne.
Tom feixte: »Nun zieh das mal schön an, Geburtstagskind.«
Vor lauter Lachen konnte ich gar nicht antworten und schüttelte nur den Kopf. Ich knüpfte die Uhr ab und band sie mir um das Handgelenk. »Tut mir leid, Tom. In dem Outfit werden mich nur wenige auserwählte Fans erleben.«
Abends half mir Karl, mein Auto vollzuladen. Er trug den bombastischen Präsentkorb von Herrn Margarine-Domann. Außer der neuen Diätvariante versteckten sich darin köstliche Leckereien, von Gänseleberpastete über eingelegte Artischokkenherzen bis hin zu einem Kaviardöschen. Ja, von Essen verstand Herr Domann was. Ich hatte den Agenturblumenstrauß im Arm und legte ihn behutsam auf den Rücksitz. Jetzt aber schnell heim.
Aufmerksam beäugte ich die Aktivitäten von Nicks Partyservicemitarbeitern, die gewandt mein Apartment in ein intimes Restaurant verwandelten. Ich brauchte tatsächlich keinen Handschlag zu tun. Sogar die erste Flasche Wein wurde für mich entkorkt.
»Sehr gut«, nickte ich hochzufrieden und gab den beiden fleißigen Geistern ein dickes Trinkgeld. Versonnen schaute ich aus dem Fenster. Ich genoß die Ruhe vor dem Sturm. Ganz für mich allein. Sanfte Musik erklang aus der Stereoanlage, ich wiegte mich im Rhythmus. Mhm, der Wein war wirklich exzellent.
Mike Badon fiel mir ein. »Frau Lano, ich wünsche Ihnen von Herzen alles Liebe«, hatte er mir telefonisch gratuliert. Wer ihm wohl verraten hatte, daß ich Geburtstag hatte? »Von Herzen«, murmelte ich. Schön hatte er das gesagt. »Das war nur ein Geburtstagsglückwunsch, Linda«, versuchte ich mich wieder auf den Teppich zu holen. Da, die Türklingel riß mich aus meinen Gedanken.
Alle waren gekommen. Die Geschenke häuften sich, der Wein leerte sich. Und alle amüsieren sich gut, dachte ich zufrieden.

Ulrike zog mich in die Küche: »Sag mal, dieser Jan ist ja ein total scharfer Typ. Hat der 'ne Freundin?«
»Glaube ich nicht. Aber Vorsicht, der hat's faustdick hinter den Ohren.«
Sie kicherte: »Ich doch auch, oder?« und wippte wieder zu ihrer neuesten Errungenschaft zurück.
»Hey, Baby«, umarmte mich Nick, »wie wär's mit einer kleinen Privatparty nur für uns beide, wenn die hier alle verschwunden sind, hä?«
Ich schaute zu ihm hoch: »Ach Nick, es gibt Fehler, die muß man nicht unbedingt wiederholen.«
Beleidigt zuckte er mit den Schultern. Simone flirtete mit Hans, Tom baggerte Gabi an, Ulrike hypnotisierte Jan, und ich fotografierte emsig alles um mich herum. Klick, da hatte sich Simone schnell noch eins von den französischen Küchlein gegönnt. Und – klick – Steven linste Gabi gierig in den Ausschnitt. Klick auch für Nick, der sich inzwischen mit Anni tröstete und ihr irgend etwas Weltmännisches mit weitausholender Handbewegung schilderte. »O sorry«, sagte er, als er dabei ein Glas zerdepperte.
Mir egal, das war sowieso eins von seinen. Ich stürzte zum wohl schon länger bimmelnden Telefon.
»Herzlichen Glückwunsch zum Geburtstag, mein Kind. Weißt du, wo wir heute vor dreißig Jahren waren?« flötete Mamachen.
»Klar, Mama, im Krankenhaus. Und ich konnte um die Uhrzeit sicher auch schon schreien. Muß ich jetzt leider auch, ich habe nämlich full house«, erklärte ich.
In Erinnerungen schwelgend fuhr Mama fort: »Du warst sooo klein. Mit sooo winzigen Fingern. Und du hattest gar keine Haare.«
Ich lachte. »Das hat sich segensreicherweise geändert.«
Auch Papa wollte mir nun gratulieren – ausgesprochen rührend, wie er mir seine vielen guten Wünsche aufzählte. Klick – machte es, als ich in den Telefonhörer kleine, alberne Küßchen an meine süßen Eltern schmatzte.
Morgens um drei hatte ich endlich alle rauskomplimentiert. Ich

kratzte noch ein wenig Kerzenwachs vom Teppich, löste einen angetrockneten Lachshappen vom Sofakissen und legte erschöpft die Füße hoch. Nun fühlte ich mich tatsächlich um ein Jahr gealtert.

Vorbereitungen

»Morgen gibt's erst mal ein anständiges Weißwurschtfrühstück«, freute sich Tom ein paar Tage später, als wir über unseren Ausflug zur Messe nach München sprachen. Mir wurde etwas übel bei dieser Vorstellung, aber ich war sowieso schrecklich nervös.

»Mit Kaffee dazu?« fragte ich vorsichtig.

Hans krümmte sich vor Lachen: »Mit 'ner Maß, natürlich!«

»Bier schon morgens?« Komisches Völkchen, diese Bayern.

»Aber sicher doch. So richtig zünftig!« erklärte Tom.

Warum eigentlich nicht? Manchmal war die Welt wirklich nur im Rausch zu ertragen. Konzentriert packte ich noch ein paar Kostenvoranschläge zusammen, die ich unbedingt in München mit Mike Badon besprechen mußte, und verabschiedete mich von den beiden.

Zu Hause überlegte ich, was nun alles zu tun war. Sämtliche Vorbereitungen mußten sorgfältig koordiniert werden, damit mein geplantes Pflegeprogramm auch den gewünschten Effekt hatte.

Also zuerst mal in die Dusche. Ein Ganzkörper-Peeling war angesagt. Ich schrubbte mit den kleinen Rubbelkörnchen auf mir herum, bis ich ziemlich krebsrot aussah. Egal, wer schön sein will, muß leiden. Meine Hautoberfläche fühlte sich schon ziemlich taub an, als ich das sanfte Balsamduschgel darauf verteilte.

Die Füße, fiel mir ein. Ich fischte nach dem Bimsstein und attackierte meine Fußsohlen. Zart wie ein Babypopo sollten sie sich anfühlen. Meine Haare verwöhnte ich mit der Seidenproteinspülung in der Hoffnung auf einen unwiderstehlichen Brillantglanz. Erschöpft kletterte ich aus der Duschkabine und schlang mir ein dickes Frotteehandtuch um den Kopf. Her mit der reichhaltigen Körpercreme. Die brauchte meine geschundene Haut jetzt auch. Dick und fett schmierte ich sie überall hin, mit einer Extraportion für Ellenbogen und Knie. Nun zum Gesicht. Sorgfältig klatschte ich es mit einer Reinigungsmaske voll. Ich grübelte noch, warum Reinigungsmasken immer so mies grün sein mußten, als es dreimal klingelte. Simone oder Ulrike? Simone stürmte zur Tür herein. »Wie siehst du denn aus?« lachte sie.

»Noch wie ein Monster. Aber das gibt sich. Erzähl mir was, die Maske muß noch zehn Minuten draufbleiben. Außerdem kann ich so langsam mein Gesicht nicht mehr bewegen, weil sie steinhart wird.«

Grün und starr saß ich in meinem Bademantel vor ihr.

Simone legte den Kopf auf die Seite und schaute mich aufmerksam an. »Du fährst morgen nach München, nicht wahr?«

Ein Nicken von mir.

»Mhm... für Peter, Tom oder Hans machst du dieses Beauty-Programm wahrscheinlich nicht, oder?«

Ich zuckte unschuldig mit den Schultern.

»Also mir kannst du nichts erzählen. Du hast doch immer noch deinen Kunden, diesen Badon, im Kopf.«

Inzwischen war meine Maske so fest, daß ich beim besten Willen keine Miene mehr verziehen konnte. Ich deutete auf mein Gesicht und eilte ins Bad. Gar nicht so einfach, die Klebeschicht wieder abzukriegen. Als ich es endlich geschafft hatte, trug ich messerdick, ganz nach Anleitung, die entspannende Feuchtigkeitsmaske auf. Welch Genuß. Nun zur Abwechslung mit einer rosa Schicht im Gesicht gesellte ich mich wieder zu Simone.

»Wo waren wir stehengeblieben?« fragte sie scheinheilig. Emsig feilte ich an meinen Fingernägeln herum.

»Also Mike Badon«, bohrte Simone weiter.

»Ja?« blickte ich kurz fragend auf, um mich sofort wieder dem Daumennagel zu widmen.

»Wohnst du in demselben Hotel wie er?« fragte meine Freundin.

»Ja. Da wohnen alle von seiner Firma. Peter Riegener und ich natürlich auch.«

»Natürlich«, meinte Simone in ironischem Tonfall.
»Gibst du mir bitte mal den Nagellack rüber?« lenkte ich ab.
»Und was hast du nun vor?« fragte Simone.
Ich schüttelte die Nagellackflasche. »Na, ich lackiere mir jetzt die Fingernägel.«
»Das sehe ich. Nein, ich meine in München. Du willst doch was von ihm. Mir kannst du nichts vormachen, Linda.«
Entnervt blickte ich sie an. »Offengestanden, ich habe keine Ahnung. Ja, du hast recht. Ich wäre schon gern mit ihm mal wenigstens für fünf Minuten allein. Aber ich weiß gar nicht, wie ich das einfädeln soll.«
Simone kicherte: »Dann wollen wir uns doch schon mal eine kleine Strategie ausdenken. Also erst mal zum Thema Zeitpunkt. Du mußt es irgendwie abends schaffen. Werdet ihr alle zusammen essen gehen?«
Ich überlegte laut: »Na ja, am zweiten Abend, wenn der erste Messetag vorbei ist, könnte Peter eigentlich seinen Kunden und Hans und Tom und mich einladen. Hans und Tom wohnen nicht im Hotel, die werde ich schon los. Aber was mache ich mit Peter?«
Nun grübelten wir beide. Mein Magen rumorte schon wieder vor Aufregung.
»Bitte gib mir eine Zigarette. Sonst fange ich gleich an, auf den Nägeln zu kauen«, stöhnte ich.
»Dein Boß ist doch schon ein älteres Semester. Wird er früh müde?« erkundigte sich Simone, die, angesteckt von meiner Nervosität, auch vor sich hin qualmte.
»Früh müde? Ja, wahrscheinlich. Nach einem kräftigen Abendessen wird er vielleicht wirklich ins Bett wollen«, antwortete ich.
»Dann mach doch nach dem Dinner den Vorschlag, die Lokalität zu wechseln. Am besten, du sprichst von einer tollen Disco oder so. Da müßte dem alten Peter doch alles vergehen.«
»Mensch, keine üble Idee«, fand ich. »Und wenn der Badon dann auch zurück ins Hotel will?«
Simone schüttelte den Kopf: »Na, dann kannst du es sowieso vergessen. Aber nur Mut, versuch es einfach.«

Ich atmete tief durch.
Simone verabschiedete sich kichernd: »Viel Glück, Süße.«
Während ich die Reste der Feuchtigkeitsmaske abnahm, durchdachte ich noch mal unseren Plan. Ich ließ mich auf den Klodeckel sinken und betrachtete die frisch geschnittenen Fußnägel.
Was machst du hier eigentlich, Linda? Allen Ernstes Vorbereitungen für Mike Badon? Meine Hände zitterten, als ich mir die Nachtcreme und den Inhalt einer Anti-Augenfalten-Ampulle einklopfte.

In München schien die Sonne. König Peter war bester Laune und ließ sich nach dem Einchecken im Hotel bereitwillig zum verspäteten Frühstück entführen. Hans übernahm die Bestellung. Vor mir lagen sie nun. Blasse Würstel. Tom gab uns Instruktionen für das Entfernen der Pelle. Leicht angeekelt säbelte ich an dem wabbeligen Gebilde herum.
»Lecker«, fand ich überrascht und ließ mir auch noch einen Schluck Bier schmecken.
Peter wandte sich an mich: »Linda, laß uns mal ein wenig planen. Heute nacht ist noch Messeaufbau, morgen der erste Tag. Ich glaube, wir müssen den Badon zum Essen einladen. Kannst du das regeln?«
Mit vollem Mund nickte ich. »Ja, guter Gedanke. Wir müssen gleich mal zur Messe gehen und abchecken, ob alles klappt. Dann lade ich ihn in Ihrem Namen für morgen abend ein.« So, der Anfang war gemacht. Schnell noch einen kräftigen Schluck Bier.
Im Taxi stopfte ich mir zwei Pfefferminz in den Mund, um die Fahne zu überdecken. Zu viert passierten wir die Kontrolle am Messeeingang und liefen in die riesige Halle, die unsere Kunden gebucht hatten. Hektisches Treiben ringsum. Arbeiter schleppten Dekorationswände, verlegten Kabel, bohrten Löcher und montierten helle Hochleistungsstrahler. Wir fanden Mike Badon, der den Aufbau der TV-Monitore beobachtete.
Peter streckte ihm fröhlich seine Hand entgegen. »Hallo, Herr Badon. Na, klappt alles?«

Badon sah reichlich müde aus, aber trotzdem sehr zufrieden. »Ja, wir haben noch eine lange Nacht vor uns, aber es scheint tatsächlich zu funktionieren. Guten Tag, Frau Lano. Schauen Sie, die Monitorwand sieht wirklich klasse aus. Das haben Sie prima organisiert.«

Ich lächelte ihn an. »Vielen Dank. Ich freue mich, daß es vor allem auch noch zeitlich geklappt hat. Sind die Dekorationsposter auch eingetroffen?«

»Ja«, nickte er, »kommen Sie doch bitte mal mit.«

Er führte mich in den hinteren Teil der Halle. Die ersten Uhren- und Schmuck-Ausstellungsteile blinkten mir schon entgegen. Darüber wurden gerade die Poster befestigt. »Schön, oder?« fragte Mike Badon.

Ich nickte begeistert. »Wissen Sie, nach den letzten anstrengenden Wochen bin ich jetzt richtig erleichtert. Das wird hoffentlich eine sehr erfolgreiche Messe für Sie.«

»Hoffe ich auch«, gab er zurück.

Er sah einfach verdammt gut aus. Bluejeans und Sweatshirt, das hatte ich noch nie an ihm gesehen. Stand ihm einfach göttlich. Ich mußte unbedingt das Gespräch auf den morgigen Abend bringen.

»Ach, Herr Badon«, setzte ich vorsichtig an.

Er schaute mir in die Augen. Herzschlag laß nach.

»Wir würden Sie gerne morgen abend zum Essen einladen. Äh, wenn Sie Lust und Zeit haben.«

Zustimmend sagte er: »Das ist sehr nett. Ja, gerne. Und tagsüber sind Sie doch bestimmt auf der Messe, nicht wahr?«

»Klar«, strahlte ich. »Dann hoffe ich, daß Sie heute nacht noch ein wenig Schlaf bekommen. Und bis morgen also.«

Abends im Hotel machte ich es mir in einer hübschen Sofaecke in meinem Zimmer bequem. Immer wieder mußte ich an dieses kleine Grübchen denken. Direkt neben seinem rechten Mundwinkel kam es ab und zu zum Vorschein. Hoffentlich konnte ich überhaupt schlafen. Beim Room Service orderte ich eine halbe Flasche Rotwein. Ich genoß ihn in kleinen Schlückchen und qualmte dazu Zigaretten. Vor lauter, lauter... ich weiß nicht was, hatte ich auf das Abendessen verzichtet, denn Essen war das letzte, wonach mir der Sinn stand. So konnte der Rotwein seine Wirkung tun. Angeduselt kuschelte ich mich ins Bett und ließ mich in wirre Grübchenträume gleiten.

Glöckl

»Guten Morgen, Frau Lano. Acht Uhr«, weckte mich am nächsten Morgen telefonisch die Rezeption.
Ich schaute auf den vollen Aschenbecher vom Vorabend und folgte dem dringenden Bedürfnis, mir gründlich die Zähne zu schrubben. Draußen tobte graues Aprilwetter. Nein, das konnte mich heute nicht erschüttern. Ein spannender Tag lag vor mir, mit dem ich es in meinem schicksten Hosenanzug aufnehmen wollte.
Hans und Tom holten uns im Hotel ab. Als wir gemeinsam die Messehalle betraten, verschlug es uns den Atem. Ein Schmuck-Zauberland hatte hier über Nacht Einzug gehalten.
»Gigantisch«, meinte Peter selbstzufrieden.
Klar, er verbuchte auch das mal wieder als sein Werk. Der Vorstandsvorsitzende, den wir seit unserer ersten Präsentation nicht mehr gesehen hatten, kam auf uns zu. Kräftig schüttelte er Peters Hand. »Herr Riegener, ich muß schon sagen. Sie haben großartige Arbeit geleistet. So eine tolle Ausstattung hatten wir überhaupt noch nie. Gratulation.«
Prompt reagierte Peter: »Aber ich bitte Sie. Das war für uns eine wundervolle Aufgabe und hat uns viel Spaß gemacht.«
Hans warf mir einen bedeutungsvollen Blick zu, den ich aus vollem Herzen erwiderte. Ja, auch ich hätte in diesem Moment dem tollen Peter am liebsten einen Mordstritt versetzt. Wir waren die armen Arbeitssklaven gewesen, die ihre Freizeit geopfert hatten, und er erntete die Lorbeeren. Blödmann.
Ich schlenderte mit Tom auf die Monitorwand zu. Anita zog sich auf den Bildschirmen gleich in neunfacher Ausfertigung den weißen Seidenstrumpf hoch. Um uns herum hörten wir die ersten Kommentare der Einkäufer zu unserem Film.
Ein dicker Mann, wahrscheinlich Juwelier aus Hintertupfingen, grummelte: »Oh, oh, oh.«

Daneben ein jüngeres, ebenfalls bebauchtes Exemplar: »Echt geil!«
Die Frau an seiner Seite – die Gattin vermutlich – meinte: »Ganz schön frivol, Bert, oder?«
Bert nickte enthusiastisch.
Tom mischte sich ein: »Und die Uhren gibt's da drüben.« Folgsam ging das Paar auf den Verkaufsstand zu.
»Bingo«, jubelte Tom und hielt mir seine Hand entgegen.
»First price«, schlug ich ein. Das drohte wirklich, ein Erfolg zu werden.
Peter folgte mir bei der Begutachtung der verschiedenen Kollektionen. »Schau mal«, deutete er auf eine Goldkette mit Saphiranhänger, »wäre das wohl was für Suse?«
»Bißchen zu schlicht«, antwortete ich hinterhältig und zeigte auf das danebenliegende Ausstellungsstück. Eine dicke Panzerkette mit Rubinen, prachtvollen Brillanten und gedrehten Weißgoldschnüren daran. »Das wär's doch.«
»Schweineteuer«, gab Peter zurück.
Ich lachte und sagte provokativ: »Aber Peter, für Suse ist das Beste ja wohl gerade gut genug.«
Schließlich gelangten wir zur Showbühne und nahmen auf den davor bereitgestellten Stühlen Platz. Gespannt wartete ich auf den Beginn der Schmuck-Modenschau. Der Vorhang öffnete sich, und mit einem Mikrophon in der Hand erschien Mike Badon. Im schwarzen Anzug, groß und schlank, schaute er ins Publikum und blieb mit seinem Blick kurz an mir hängen. Ich starrte ihn an.
Lässig begrüßte er seine Zuhörer und erklärte die sorgfältige Auswahl der ersten Diamantenkollektion. Hinter ihm tauchten zwei Models auf. Blond. Ich zupfte unsicher an einer meiner dunklen Haarsträhnen.
Hans raunte: »Heiße Mädels«, während die beiden, behängt mit traumhaft schönen Ketten und Armbändern, über den Laufsteg tanzten.
Es folgten drei weitere Mannequins im Perlenlook. Mit zarten Fingern schwenkten sie die Perlenschnüre und stellten sich im Halbkreis zu Mike Badon. Er nahm einem der Mädchen vor-

sichtig eine Kette ab, in die schwarze Perlen eingeknüpft waren, und gab einen kleinen Vortrag über ihre Erlesenheit zum besten. Nach Vorführung der eleganten Abenduhren wurde frenetisch geklatscht. Tom und Hans tauschten sich flüsternd über die Mädels aus, und ich fühlte mich irgendwie etwas elend. Ihn da oben mit diesen Schönheiten zu beobachten dämpfte meine Hoffnungen reichlich.

»Und nun, meine Damen und Herren, Deborah aus New York. Sie wird für uns ›Diamonds are a girl's best friends‹ singen«, kündigte er die nächste Nummer an.

O Gott, ich hatte es ganz genau gesehen. Als er die Bühne verließ, stöckelte die dunkelhäutige Sängerin an ihm vorbei und gab ihm dabei einen Kuß auf die Wange. Eifersüchtig lauschte ich ihrer heißen Stimme und verfolgte ihre geschmeidigen, erotischen Bewegungen.

Neben mir stöhnte Hans: »Oh, ist die ein Knaller.«

Na toll. Zum Abschluß kam Mike mit allen Models auf die Bühne. Deborah umarmte ihn.

»Hat der ein Glück«, seufzte Hans.

Mir zog sich schmerzhaft der Magen zusammen. Ich haßte alle Männer, besonders den da oben auf seiner Bühne.

»Gefällt es Ihnen?« fragte Mike Badon ein paar Minuten später.

»Sehr. Ganz ausgezeichnet«, antwortete ich distanziert. Und setzte mein ernstes Berufsgesicht auf. Schließlich war ich wer, und zwar mehr als diese blöden Models.

»Wir müssen heute vorm Essen auch noch über die Druckkosten der Broschüren reden. Wie machen wir das am besten?« fragte ich.

»Ich melde mich bei Ihnen, wenn ich wieder im Hotel bin. Bis später dann.«

Und schwups, war er wieder hinter der Bühne verschwunden. Ich schaute ihm hinterher. Ob er jetzt wohl mit Deborah...?

»Komm, wir sehen uns noch die Konkurrenzhallen an.« Peter zog mich am Ärmel.

Auch das noch. Nachdem wir so circa siebenhundertfünfundneunzig verschiedene Uhren, Silber-, Gold- und Platinteile und kitschige Dekorationen der anderen Hersteller bis zum

Schwindeligwerden begutachtet hatten, schmerzten uns allen die Füße. Wir hatten gründlich die Nase voll von blitzenden Luxusgütern.

»Übrigens, ich habe den Tisch im ›Glöckl‹ um zwanzig Uhr reserviert«, informierte uns Hans.

»Eine halbe Stunde vorher treffen wir uns in der Hotellobby, o.k.?« fragte er.

»Gut, bis später«, nickte ich und zog mich in mein Zimmer zurück.

So harrte ich der Dinge, die da kommen würden. Nun statt im Pulli in abendlicher Seidenbluse. Mein Telefon klingelte.

»Hallo, ich bin wieder im Hotel. Wollen wir eben über die Kostenvoranschläge sprechen?« fragte Mike Badon.

»Meinetwegen«, gab ich zurück.

»Dann komme ich zu Ihnen. Zimmer 805, nicht wahr?«

»Genau.«

Schnell noch einen Blick in den Spiegel. Es klopfte. Er würde jetzt in mein Zimmer kommen. Ich fühlte mich ängstlich wie ein Teenager vor dem ersten Rendezvous. Ich öffnete die Tür, und er setzte sich lässig in die Sofaecke.

»Puh, das war ein Tag. Die Verkaufszahlen sehen übrigens ausgesprochen gut aus«, berichtete Mike Badon.

Unsicher nahm ich auch Platz. Es war so ruhig im Raum. Draußen fiel die Dunkelheit ein, hier brannte nur die kleine Schreibtischlampe. Eigentlich wollte ich ihm die Kalkulation genau erklären.

Ich begann: »Also, wir haben verschiedene Auflagen rechnen lassen. Je höher die Auflage, desto geringer natürlich der Einzelstückpreis, äh…«, nun ging mir auch noch die Luft aus. Mein Herz raste, ich atmete viel zu schnell und bekam trotzdem nicht ausreichend Sauerstoff. Mike Badon schaute mir intensiv in die Augen. Schweigen.

Hilflos reichte ich ihm die Formulare rüber: »Hier«, preßte ich gerade noch hervor und tat so, als ob ich mich selbst in meine Kopie vertiefte.

Schnell las er und entschied: »Gut, wir drucken erst mal 500 000 Broschüren. War's das?«

Ich nickte, sprachlos wie ich immer noch war.
Er schaute auf die Uhr: »Dann sehen wir uns in Kürze in der Hotelhalle.«
Ich stapfte hinter ihm her zur Tür. Er drehte sich um, schaute mich wieder so an und schenkte mir sein Grübchenlächeln.
»Tschüs«, flüsterte ich.
Als er draußen war, lehnte ich mich mit dem Rücken gegen die Tür und ließ mich auf den Boden gleiten. »Ausgesprochen souverän, du Super-Werberin«, sagte ich zu mir selbst. Ich packte die Kostenvoranschläge wieder weg. Wie viele Broschüren sollte ich drucken lassen?

»Ach Linda, du setzt dich am besten neben Herrn Badon«, dirigierte Peter uns im Restaurant.
Sehnsüchtig blickte ich zum Nachbartisch. Es gab kein Entrinnen.
Die Männer bestellten sich Bier, ich entschied mich für Wein. Der wirkte schneller, und das war genau das, was ich zum Auftauen brauchte. Ziemlich zügig zog ich mir das erste Glas schon vorm Essen rein. Langsam wich die Sprachlähmung, meine übermütigen Lebensgeister erwachten. Beim Essen lenkte ich das Gespräch endlich auch weg von der Messe.
»Was für ein Sternzeichen sind Sie eigentlich?« fragte ich Mike Badon charmant.
»Löwe«, antwortete er lachend.
Auch das noch. Die wenigen Löwe-Männer, die ich bisher kennengelernt hatte, faszinierten mich immer mit ihrer unbeschreiblichen Ausstrahlung. Was in diesem Spezialfall ja auch leider nicht abzustreiten war.
»Sie sind doch Widder, oder?« fragte er, was ich benickte.
»Deshalb verstehen wir uns also so gut«, stellte er grinsend fest.
»Genau. Prost«, antwortete ich.
»Wieso, was is'n mit Widdern und Löwen?« fragte Hans, der Ahnungslose.
»Guter Energieaustausch«, reagierte ich blitzartig.
»Mhm, schmeckt das gut«, schwärmte Peter, der sich genüßlich mit einer gewaltigen Kalbshaxe beschäftigte.

Iß nur schön. Noch ein Häppchen, beschwor ich ihn innerlich. Essen macht wunderbar schläfrig.
»Werden Sie davon überhaupt satt?« fragte Mike Badon zweifelnd, der mich dabei beobachtete, wie ich völlig appetitlos in meinem bayerischen Wurstsalat herumpickte.
Ich nickte. Die urige Atmosphäre des ›Glöckl‹ hüllte uns ein. Bier, Wein und das gute Essen taten ihre Wirkung. Wir fünf waren ausgelassener Stimmung und unterhielten uns prächtig.
»Zum Abschluß noch Obstler«, orderte Peter.
Vorsichtig nippte ich. Schnaps hob mich immer aus den Pumps, und schließlich durfte ich meine Abendgestaltungsstrategie nicht aus den Augen verlieren. Ich konzentrierte mich und dachte an Simones Ratschläge.
»Hey, Jungs. Und jetzt geht's erst mal richtig los«, wandte ich mich betont munter an Hans und Tom. Mit kleinem Seitenblick zu Mike Badon. »Wie wär's mit Disco. Oder mit einer schnuckeligen Cocktailbar?«
»Na logisch«, fiel Hans sofort ein.
Angespannt beobachtete ich Peter. »Sie kommen doch auch mit, Peter? Die Nacht ist noch jung, das flotte Leben wartet. Dann bringe ich Ihnen heute mal das Reggae-Tanzen bei.«
Hatte das gesessen? Jawoll, Peter schüttelte sich. »Nee, verschont mich bloß. Ich will ins Bett.«
Ich atmete auf. »Aber Sie kommen doch mit, oder?« fragte ich Badon und bemühte mich, meine Augen verführerisch blitzen zu lassen.
»Im Grunde bin ich hundemüde. Eigentlich müßte ich mal wieder schlafen«, zögerte er.
Unerwartet half mir Tom: »Schlafen ist reine Zeitverschwendung.«
»Auch wahr. Ach egal, klar, ich komme noch mit.«
Uff, das war schon mal geschafft. Peter wurde in ein Taxi verfrachtet, Hans, Tom, Mike Badon und ich fuhren in eine neue Champagnerbar im Zentrum.
Die Herren Kollegen beschäftigten sich wie üblich damit, die verschiedenen Mädels zu begutachten. Damit hatte ich gerechnet und konnte mich so mit Mike Badon ungestört unterhalten.

»Wissen Sie, ich komme mir im Moment vor, als wäre ich auf einem anderen Stern«, sagte er und fuhr fort: »Das ist so eine Mischung aus völliger Übermüdung und Aufgekratztsein. Dazu diese Fantasy-Bar, die Drinks, alles ist so unwirklich.«
»Ich verstehe das gut. Manchmal, wenn ich erst nachts aus der Agentur komme, kann ich noch nicht heimgehen. Ich fühle mich dann so überwach, daß ich mich am liebsten noch mit Freunden treffe. Einfach nur zum Reden und Philosophieren, bis ich diese innere Anspannung lösen kann.«
Er lächelte mich verständnisvoll an. Ich konnte kleine dunkelgrüne Sprenkel in seinen braunen Augen sehen. Die waren mir bisher noch nie aufgefallen. »Ein schöner Abend«, sagte er und blickte mich immer noch an.
»Gehen wir jetzt in die Disco?« unterbrach uns Tom.
»Beim besten Willen nicht«, schüttelte Mike Badon den Kopf.
»Ich kann auch nicht mehr und fahre dann mit ins Hotel«, antwortete ich schnell.
»Schlaf schön, Süße«, verabschiedete sich Tom.
Nichts lag mir im Moment ferner. Meine Aufregung stieg.

Mini-Bar

Im Taxi fing ich an zu zittern. Espenlaub im Sturm war nichts dagegen.
Mike Badon fragte: »Ist Ihnen kalt, Frau Lano?«
»Ja«, nickte ich.
Er beugte sich vor: »Würden Sie die Heizung bitte etwas aufdrehen?« fragte er den Taxifahrer.
»Bitte auf fünfundzwanzig Grad. Das ist für mich die Mindesttemperatur«, erklärte ich.
Schweigend fuhren wir durch die Nacht. Gleich würden wir am Hotel ankommen. Er wird sich bestimmt höflich verabschieden. Ich sah mich schon als einsames Häufchen Elend in meinem Zimmer hocken. Randvoll mit Selbstzweifeln und überhaupt...
Unsicher schaute ich ihn kurz an. Er blickte seitlich aus dem Autofenster. Wenn ich doch nur wüßte, was in seinem Kopf vorgeht, quälte ich mich weiter. Krampfhaft versuchte ich, die dummerweise aufsteigenden Tränen zu unterdrücken. Was war nur mit mir los?
Unbarmherzig bremste der Taxifahrer vor dem erleuchteten Hoteleingang, und Mike Badon bezahlte. Ich stieg aus und traute mich nicht mehr, ihm in die Augen zu sehen. Er deutete auf die Hotelbar.
»Wie wär's mit einem allerletzten Drink?« hörte ich ihn wie durch Watte.
Lieber Gott, vielen Dank. Ich nickte, während er mir galant meinen Mantel abnahm.
»Ich glaube, die Hotelbar lebt nur von meiner Firma«, scherzte er.
Nun endlich nahm auch ich die vielen Männer um uns herum wahr. Er grüßte nach rechts und links. Wir ließen uns in der einzigen noch freien Ecke nieder.

Mike Badon erklärte mir die Anwesenden: »Der da drüben mit der roten Krawatte ist der Verkaufsleiter. Die anderen sechs gehören zum Außendienst. Herrn Häuser, unseren Messemanager, kennen Sie bereits. Und die Runde da hinten, das sind die Uhren- und Schmuck-Product-Manager.«
Einige erkannte ich von der Präsentation wieder. In jedem Fall war unser Auftauchen nicht unbeobachtet geblieben. Die Männer waren dabei, uns auffällig unauffällig zu mustern. Mir war das im Moment so egal.
»Champagner?« fragte Mike Badon.
»Gerne. Zum Abschluß und zur Feier des Tages genau das Richtige.«
»Erzählen Sie doch mal ein bißchen von sich selbst«, forderte er mich auf.
Ich schluckte. Was wohl am besten? »Na ja, so einiges wissen Sie ja schon.«
»Na gut«, half er mir, »mit wem waren Sie eigentlich neulich auf Sylt?«
Ich erzählte von meinen Freundinnen, dem Genuß der guten Seeluft und verschwieg selbstredend meinen morgendlichen Kater. Die Geschichte mit dem falschen Zug brachte ihn zum Lachen, und wir gerieten in immer lockerere Stimmung. Der Klang seiner Stimme war so wohltuend. Alles, was er sagte, gefiel mir. Wenn doch diese Nacht niemals, nie enden würde! Ich betrachtete wieder seinen schönen Mund. Als ich ihn anschaute, blickte er ernst zurück.
»Das können wir nicht machen, Linda«, sagte er in ruhigem Tonfall.
Hatte er gerade Linda gesagt?
Mit pochendem Herzen schaute ich ihn an. Ich nahm um mich herum gar nichts mehr wahr und fühlte mich wie unter einer riesengroßen Glocke, als wären wir völlig allein oder auf einem ganz anderen Planeten.
»Was?« fragte ich verwirrt.
»Merkst du nicht, daß alle über uns reden? Die warten doch nur darauf, daß wir jetzt hier zusammen verschwinden und ihren Spekulationen recht geben.«

Das ›Du‹ war plötzlich ganz selbstverständlich.
»Glaubst du?« fragte ich und nahm aufgeregt noch einen Schluck Champagner.
»Hi, Baby«, hörte ich und sah erschrocken hoch.
Vor uns baute sich Deborah, das Stimmwunder aus New York, auf. Zwar war sie angezogen, aber mit einem so durchsichtigen Stöffchen, daß sie wie eine nackte, ebenmäßige Statue wirkte. Sie warf mir einen langen Blick zu und beugte sich zu Mike herunter. Flüsternd sprach sie ihm etwas ins Ohr, woraufhin er aufstand.
»Ich komme gleich wieder«, entschuldigte er sich und ging mit ihr zum Tresen.
Ich traute meinen Augen kaum. Erst stürzte er mich mit seiner unerwarteten vertraulichen Ansprache endgültig ins Gefühlschaos. Und nun stand dieser Mann mit der exotischen Gesangspflanze in gebührender Entfernung von mir und lachte sie an. Nervös knipste ich an meinen Fingernägeln herum. Es war zum Heulen. Neben Deborah kam ich mir plötzlich vor wie eine unscheinbare Landpomeranze. Er kam zurück. Böse fixierte ich mein Glas.
»Das war Deborah«, meinte er, immer noch lachend.
»Wie schön für dich«, gab ich schnippisch zurück.
»Auch sie hat uns beobachtet«, sagte er.
»Ach ja?« fragend zog ich die Augenbrauen hoch.
»Ich war vor Jahren mit ihr befreundet. Da spielte ich in einer Band in Frankfurt, sie war die Sängerin und eine Zeitlang meine Freundin.«
»Klasse.«
Er legte kurz seine Hand auf meinen Arm. »Ja, und jetzt hat sie gerade gesagt, daß sie in dem Moment, als wir hier zusammen aufkreuzten, wußte, warum ich so reserviert zu ihr bin.«
Erstaunt schüttelte ich den Kopf. »Ach, und warum?«
»Kannst du dir das nicht denken?« gab er zurück.
Ich wollte mir nichts mehr denken, ich wollte lieber hören. Fragend blickte ich ihn an.
Leise sagte er: »Da gibt es diese Frau mit den großen blauen Augen und einigen kleinen Sommersprossen im Gesicht.«

Ich hörte mein Blut rauschen. Am liebsten hätte ich mich selbst gekniffen, um sicher zu sein, daß ich nicht träumte. So saßen wir und tauschten Blicke aus. Aufregende, vielsagende Blicke.
Mike sagte langsam: »Linda, es ist schon wahnsinnig spät. Ich muß morgen wieder ganz früh raus. Ich glaube, wir beenden diesen Abend jetzt.«
Er zahlte und holte meinen Mantel. Mit süffisantem Grinsen verabschiedeten sich seine Kollegen von uns. Ich lief wie eine aufgezogene Puppe hinter ihm her. Im Fahrstuhl drückte er auf den Knopf mit der Acht.
»Ich wohne auch im achten Stock«, erklärte er.
Nervös spielte ich mit meinem Zimmerschlüssel und verfolgte die Leuchtanzeige im Lift. Wir stiegen aus und schauten uns an.
»Ja dann...«, begann er.
O nein, das konnte es nicht gewesen sein. Glücklicherweise fiel vor Verzweiflung mal wieder mein Gehirn aus, und ich hörte mich sagen: »Was hältst du noch von einem Abstecher an meine Mini-Bar?«
Kaum ausgesprochen, erschien mir diese Einladung schrecklich unpassend. Mike schwieg. Ich auch.
Schließlich fragte er: »Meinst du, das ist wirklich eine gute Idee?«
Bloß nicht nachdenken. »Ja«, sagte ich einfach und lief ganz langsam rückwärts auf mein Zimmer zu. Ich ließ ihn nicht aus den Augen, und er folgte zögernd.
Da standen wir nun. Hektisch hatte ich einen Sektpikkolo aus der Mini-Bar geholt und zwei Gläser vollgegossen. Die warteten unberührt auf dem Tisch, und wir standen uns wie unsichere Kinder gegenüber. In meinem Inneren machte sich ein merkwürdiges Vibrieren breit. Ich hatte schreckliche Angst und schreckliche Sehnsucht nach diesem Mann. Mike blickte auf mich herunter. »Darf ich dich jetzt endlich küssen?« fragte er.
Ich streckte ihm zur Antwort einfach mein Gesicht entgegen. Zum erstenmal spürte ich seine wunderbaren Lippen auf den meinen. Es war nicht der Mund von Kinski oder Belmondo. Es war Mikes Mund, der mich küßte. Ich schloß die Augen und

gab mich ganz diesem berauschenden Gefühl hin. Nun war alles zu spät. Da sank sie hin, da schmolz sie hin, die liebe Linda.

»Wo wärst du jetzt am liebsten, Linda?«
Ich mußte lächeln und sagte schwärmerisch: »Ich denke, hier, hier mit dir. Und davon ganz abgesehen wäre ich mit dir jetzt gerne in der Sonne.«
Er küßte mich. »Ja«, sagte er und setzte meinen poetischen Anfall fort, »wandelnd in einem Sonnenblumenfeld. Magst du eigentlich Sonnenblumen? Sonnenblumen sind wunderbare Pflanzen, die sich der Sonne entgegenstrecken. Sonnenblumen haben etwas mit Wärme und Liebe zu tun.«
Andächtig wiederholte ich: »... mit Wärme und Liebe.«
Er sagte lachend: »Wenn uns jetzt jemand zuhören würde, Linda, hätten wir im Nu den Stempel ›hoffnungslos romantisch‹ auf der Stirn.«
Mike spielte mit meinen Haaren.
»Stehst du eigentlich auf Blond?« fragte ich übermütig.
Er lachte nur und verwuschelte meine einstmalige Frisur endgültig.
Der Sekt blieb unberührt. Aus einem Glas tranken wir kühlen Kirschsaft. Die Nacht verabschiedete sich, und draußen wurde es immer heller.
»Es ist schon sieben Uhr«, sagte er, und ich folgte seinem Blick zum Wecker. »Ich muß aufstehen.«
Gesagt, getan. Er zog sich an und umarmte mich. »Kommst du nachher wieder zur Messe?«
»Ja«, nickte ich, »zusammen mit Peter. Der wohnt übrigens genau im Zimmer gegenüber. Also Vorsicht beim Rausschleichen.«
»Gut, daß du mir das jetzt erst erzählst«, grinste Mike.
Ein letzter Kuß, er öffnete leise die Tür und war entschwunden.
Ich kuschelte mich noch mal verträumt in die Kissen. Mike. Mike. Mike.
Linda auf dem Romantiktrip.

Fragen

Ich traf Peter beim Frühstück. »Na, gut geschlafen?« begrüßte er mich laut.
Wenn der wüßte, schoß es mir durch den Kopf.
»Ja, und Sie?«
»Prima, prima«, freute er sich.
Ich rührte in meiner Kaffeetasse.
»Ißt du gar nichts?« wunderte sich der große Meister. Kopfschüttelnd zündete ich mir eine Zigarette an.
»Igitt, und das am frühen Morgen«, protestierte er.
Lächelnd pustete ich in die andere Richtung.
Wir checkten aus und trafen die Kollegen am Messe-Entrée. Ganz offensichtlich hatten Hans und Tom durchgemacht. Aber hallo.
»Ihr stinkt ja wie 'ne ganze Kneipe«, rügte Peter die beiden.
»Hoffentlich werdet ihr mal so alt, wie ihr heute ausseht«, neckte ich und zog Hänschen am Ohr.
Der sagte nur verschämt: »Na ja, man ist ja schließlich nicht jeden Tag in München.«
Wie recht er doch hatte. Und wie froh ich war, meine komplette Schminkausrüstung dabeizuhaben. Sorgfältig hatte ich damit meine Übermüdungsspuren zugekleistert. Beim Betreten der Messehalle, in der wir nun unsere Verabschiedungstour absolvieren mußten, versteckte ich mich hinter den breiten Rücken der Männer. Mir war schwindlig vor Aufregung. Wie Mike sich wohl verhalten würde?
Peter erblickte ihn als erster und steuerte direkt auf ihn zu. Die zwei unterhielten sich, und ich stellte mich zögernd daneben.
»Hallo«, sagte mein Geliebter der letzten Nacht.
»Guten Morgen«, gab ich zurück.
Wir tauschten Höflichkeiten aus. Oh, er war wirklich sehr nett – zu uns allen. Begierig wartete ich auf irgendein Zeichen von

ihm. Eine Geste, ein Wort, eine versteckte Bemerkung. Nichts. Ehe ich in meinem desolaten Zustand richtig registrierte, was vor sich ging, hatten wir uns alle verabschiedet und standen auf der Straße. Bedrückt stieg ich ins Taxi und hüllte mich in Schweigen. Ein langes Wochenende in Hamburg lag vor mir.

Zu Hause zog ich erst mal meinen dicken Kuschelpulli an. Mir war durch und durch kalt.

Ob er nur mal ausprobieren wollte, wie weit er gehen konnte? Würde er die Nacht als Eroberung verbuchen und sich daran erfreuen, daß er mich gehabt hatte? Was sollte ich nur tun, wenn er irgendwann anrief, um ein Projekt mit mir zu besprechen, so, als wäre nie etwas gewesen?

Mir wurde übel vor lauter Fragen und Zweifeln. Ich rief Simone an.

»Na, wie war's?« fragte sie neugierig.

»Ich bin ja soo unglücklich«, heulte ich ins Telefon.

»Ach herrje, soll ich mal eben rumkommen?«

»Ja«, wimmerte ich.

Als sie endlich eintrudelte, empfing ich sie als das perfekte Häufchen Elend. Simone umarmte mich und holte sich ein Glas Saft aus der Küche.

»Hat unsere Strategie nicht funktioniert? Bist du deinen Boß nicht losgeworden?« versuchte sie, mein Verhalten zu interpretieren.

»Doch«, preßte ich unter Tränen hervor. »Wir haben nur vergessen, die Fortsetzung zu besprechen.«

»Fortsetzung?« fragte sie gedehnt.

Kräftig schnaubte ich in mein Taschentuch und versuchte zu erklären. »Ja, ich war mit ihm allein. Fast jedenfalls. Also wir saßen für einen letzten Drink in der Hotelbar. Das war übrigens seine Idee. Und dann sind wir in den Fahrstuhl gestiegen.« Eine weitere Träne tropfte herunter.

Simone beugte sich vor: »Und dann? Hat er versucht, dich zu verführen?«

»Nein«, heulte ich, »viel schlimmer!«

»War er gewalttätig?« fragte sie entrüstet.

Ich starrte vor mich hin. »Überhaupt nicht.«

Ungeduldig sagte Simone: »Nun laß dir doch nicht jedes Wort aus der Nase ziehen. Was ist denn nur passiert?«
Unsicher schaute ich sie an: »Na ja, ich habe ihn in mein Zimmer eingeladen. Genauer gesagt, an meine Mini-Bar.«
Simone ließ sich zurückplumpsen. »In dein Zimmer?« fragte sie entgeistert. »Bist du denn des Wahnsinns?«
»Offensichtlich«, sagte ich trocken.
»Und weiter«, forderte sie.
»Dann hat er mich geküßt«, antwortete ich trotzig.
»Sonst noch was?« erkundigte sie sich.
»Schließlich sind wir irgendwie im Bett gelandet.«
»Na prächtig«, war ihr einziger Kommentar.
»Er war einfach wunderbar. So aufregend, so sanft, so, na ja, du weißt schon. Traumhaft eben.«
Nachdenklich folgte sie meinen Schilderungen. »Kannst du mir dann mal bitte erklären, warum du dir jetzt die Augen aus dem Kopf heulst?«
Ich nickte: »Zum einen bin ich total übermüdet. Aber das schlimmste war, ihn vorhin auf der Messe wiederzusehen. Kein persönliches Wort, gar nichts. Ich habe einfach Angst, daß es das nun war, daß er sich nicht mehr meldet.« Hilfesuchend schaute ich sie an.
»Ihr wart doch bestimmt nicht allein auf der Messe, oder?« meinte meine Freundin.
»Stimmt«, gab ich zurück.
»Na, wie sollte er denn dann reagieren? Er kann dich doch nicht vor deinen Kollegen kompromittieren. Hat er denn nach deiner Telefonnummer gefragt?«
Ich starrte sie an und brach wieder in Tränen aus. »Nein«, wimmerte ich.
Simone atmete tief durch. »Tja, Linda. Bleibt dir nur abwarten und Tee trinken.«
»Wie schrecklich.« Ich stellte mir die nächsten Stunden vor.
»Am besten, du legst dich erst mal ein bißchen hin und ruhst dich aus. Du bist ja völlig überdreht.«
Ich nickte. Simone packte mich ins Bett, gab mir einen Kuß auf die Stirn und ließ mich in meinem Unglück allein.

Meine dunkelblaue Schlafzimmergardine wehte sanft hin und her. Ich verfolgte ihre Bewegungen und war völlig außerstande, einen klaren Gedanken zu fassen. Die letzte Nacht erlebte ich in allen Einzelheiten noch einmal und fühlte mich immer einsamer. Irgendwann half mir der Schlaf.

Der Sonntag zog sich zäh wie Kaugummi in die Länge. Lustlos schmökerte ich ein wenig vor mich hin und warf irgendwann das Buch in die Ecke.
»Mike«, flüsterte ich. Gedankenversunken berührte ich meine Lippen. »Hoffentlich denkst du auch an mich«, setzte ich meine Selbstgespräche fort.
Mir fiel das Sternzeichenbuch ein, das ich für Babs' Junggesellinnenabschied gekauft hatte, und ich setzte mich aufgeregt aufs Sofa. Ich schlug das Kapitel ›Widder-Frau, Löwe-Mann‹ auf. Das klang alles ganz gut. Allerdings stand da nichts von Widder-Frauen, die Löwe-Männer verführten und dann hilflos in ihrer Wohnung auf ein Zeichen warteten. Voller Fragen und Zweifel überstand ich auch diesen Abend und eine unruhige Nacht.

»Du siehst müde aus«, begrüßte mich Anni am nächsten Morgen in der Agentur.
Ich murmelte etwas von ›lange ferngesehen‹ und zog mich in mein Office zurück. Gedankenverloren blätterte ich einige Unterlagen durch, ohne auch nur annähernd etwas von dem Gelesenen zu begreifen. Das Telefon schreckte mich auf. Ich fixierte es und schickte schnell noch ein Stoßgebet zum Himmel. Atemlos nahm ich den Hörer ab.
»Domann, hallo.«
Verflucht. Definitiv der Falsche.
Höflich fertigte ich ihn ab und beschloß, noch einen Kaffee zu trinken. Während ich die schwarze Brühe schlürfte, traten mir wieder die Tränen in die Augen.
Man sollte eben nicht mit einem Mann ins Bett gehen, von dem man nicht einmal weiß, ob er Milch oder Zucker in seinen Kaffee tut.

Meine Phantasie schlug Purzelbäume. Alle Möglichkeiten für die nächsten Kundenmeetings mit Mike Badon tauchten in den grauenhaftesten Variationen vor mir auf. Ich sah mich stotternd, rot werdend, verwirrt, out of order in unserem Konferenzraum. Warum meldete er sich nicht? Er war doch sicherlich auch wieder in seinem Frankfurter Büro. Alle Gedanken kreisten nur um ihn. Hätte ich nicht bei meinem ersten Gefühl nach unserer ersten Präsentation bleiben können? Da fand ich ihn so schrecklich. Vielleicht war er das auch. Andererseits, wenn ich so an unsere Nacht dachte...

Wieder dieses blöde Telefon. »Linda, kommst du bitte mal zum Empfang«, bat mich unsere Rezeptionistin.

Auch noch Aufstehen. Lustlos lief ich den Gang hinab. »Ja, was ist?« fragte ich knapp.

Sie deutete auf die blinkenden roten Knöpfe vor sich, die ankommende Telefonate signalisierten. Ich lehnte mich gegen die Wand und wartete gleichgültig, bis sie fünfmal hintereinander ihr routinemäßiges Begrüßungssprüchlein aufgesagt und die entsprechenden Verbindungsknöpfe gedrückt hatte. Nun wandte sie sich mir zu.

»Geh doch mal in die Küche.«

»Danke, ich hatte schon genug Kaffee«, schüttelte ich den Kopf.

»Nein, da ist etwas für dich abgegeben worden. Und ich wußte nicht, wohin damit.«

Wahrscheinlich wieder langweilige Riesenkartons mit neuen Produktmustern. Ich fragte mich, ob es neue Velourslederspraydosen oder Margarinetöpfe waren, und schlenderte wenig begeistert in die Küche.

Fassungslos schlug ich mir die Hände vor den Mund. Träumte ich? Das war ja wohl die größte Pracht, die ich je in meinem Leben gesehen hatte.

Sonnenblumen. Meterhoch. Und mindestens zwanzig Riesenexemplare in einem Riesenwassereimer.

Unser Telefonmädel steckte den Kopf zur Tür herein. »Die haben zwei Männer gebracht. Hoffentlich kriegst du die wenigstens allein nach Hause.«

Überglücklich stand ich immer noch sprachlos vor den goldgelben Pflanzen. Hans drängelte mich beiseite.
»Laß mich doch mal durch. Ich brauch einen Kaffee.« Er schaute auf die gigantischen Blumen. »Für dich?« fragte er neugierig.
Ich nickte.
»Warum?« wollte er wissen.
Ich streichelte vorsichtig über die Blütenblätter und antwortete verklärt: »Weil Sonnenblumen etwas mit Wärme und Liebe zu tun haben.«
Hänschen grinste kräftig und über das ganze Gesicht. »Daß ich das noch erleben darf. Bist verknallt, oder?«
Nee, darauf wollte ich besser nicht antworten.
»Nun sag schon«, bohrte Hans sensationslüstern weiter.
Ich zog – ganz schweigende Lady – eine Sonnenblume aus dem Mammutgebinde.
Hans kniff mich frech in die Seite. »Oje, oje, die Abteilung Kundenkontakt auf Wolke sieben.«
Ich ließ ihn einfach in der Küche stehen und entschwebte mit meiner Blume bewaffnet in mein Büro.

Da lag sie nun, die Botschaft eines Mannes. Eines ziemlich weit entfernten Mannes. Lockere fünfhundert Kilometer lagen zwischen uns. Per Luftlinie gerechnet und mal ganz abgesehen von einem ganzen Strauß an Fragen.
Aber – du hast es ja so gewollt, sinnierte ich. Immer auf der Suche nach neuen Herausforderungen. So, wie es sich für mich als Erfolgswesen gehörte.
Das Blumenwasser tropfte mir auf den linken Fuß.
Tja, wie lange wird die Stimmung wohl sonnig bleiben? überlegte ich.
Tropf, tropf machte es nun zur Abwechslung auf den rechten.
Ich streckte meine Beine aus und betrachtete ausgiebig meine Füße. Emsige Begleiter auf all meinen Wegen.
»Was meint ihr denn dazu? Ihr wart schließlich auch dabei.«
Keine Antwort von unten.
»So ein Paarlauf würde euch sicher mal ganz guttun.«
Ich nickte in die betropfte Richtung und beschloß, die einsame

Pflanze auf meinem Tisch erst mal wieder mit frischem Wasser zu versorgen. Schließlich – auch Sonnenblumen wollen gepflegt sein. Dann halten sie länger.

Happy-End?!

Ich pfeif auf schöne Männer

Inhalt

Dinner for two

Nun waren sie also hin. Endgültig hin. Meine Sonnenblumen ließen demonstrativ die Köpfe hängen, und die Blätter hatten sich von saftigem Grün in mieses Dunkelbraun verwandelt. Der edle Spender namens Mike, mein immerhin bereits Liebhaber für eine Nacht, mußte sich nun etwas Neues einfallen lassen. Jawoll, mußte! Fand ich jedenfalls.

Busenfreundin Simone, die meine Versuche beobachtete, die ruinierten Mammutpflanzen in eine viel zu kleine Mülltüte zu stopfen, startete ihr Interview: »Sag mal, Linda, hat dein Mike nun schon gesagt, wann er hier aufkreuzt? Frankfurt ist zwar nicht direkt um die Ecke von uns hier in Hamburg. Aber er wird doch wohl den Weg in den Norden mal schaffen, oder?«

Ich zuckte mit den Schultern. »Ja, also…«, antwortete ich vage.

»Wie seid ihr denn verblieben?« bohrte Simone weiter.

»Och, eigentlich gar nicht. Jedenfalls nicht konkret. In den letzten Tagen haben wir auch nur im Job telefoniert. Und da muß ich verdammt vorsichtig sein. Meine liebreizenden Kollegen in der Agentur müssen ja nicht unbedingt mitkriegen, daß ich ausgerechnet eine Affäre mit einem Kunden des Hauses habe. Also warte ich mal ganz gelassen.«

Simone lachte. »Vor allem gelassen. Übrigens kriegst du die Blumen nie in die Tüte, wenn du nicht endlich die Zigarette aus der Hand legst. Ist bestimmt schon der zwölfte Glimmstengel, seitdem ich hier bin.«

Das Telefon klingelte. Vor lauter Schreck ließ ich gleich alles fallen. Alles. Fluchend hechtete ich dem glühenden Zigarettenende hinterher.

»Linda Lano«, meldete ich mich atemlos.

»Hier ist Mike, hallo«, hörte ich seine Stimme.

Endlich.

»Oh, hallo«, antwortete ich mit spontaner Blutleere im Hirn.

Ich fand mich nicht besonders originell an diesem Donnerstagabend.
»Was machst du eigentlich am Wochenende?« fragte er.
Ich hatte keinen blassen Schimmer. Aber das gibt frau natürlich nicht zu.
»Na ja, ich habe so einiges geplant«, begann ich schon mal. Ich polkte an dem Brandloch-Neuzugang auf dem Teppich herum. »Aber ich lege mich nie gerne lange im voraus fest«, schloß ich. Klang doch fein. Ziemlich lässig oder so.
»Gut«, meinte Mike, »ich habe morgen einen Termin in Hamburg. Soll ich dich abends vielleicht besuchen?«
Ich schluckte. Jetzt bloß nicht zu freudig erregt sein.
»Warum eigentlich nicht. Ich könnte uns eine Kleinigkeit zum Essen zaubern, und wir plaudern ein bißchen, oder?«
»Prima. Dann gib mir doch bitte deine Adresse. Ich denke, ich schaffe es so gegen zwanzig Uhr.«
Ich nickte. »Gute Zeit«, antwortete ich und beschrieb ihm den Weg zu mir nach Hause.
»Ich freu mich auf dich«, verabschiedete sich Mike.
Leicht betäubt starrte ich Simone an. »Er kommt. Hierher.«
Simone rieb sich die Hände. »Gut, Süße, dann auf zur zweiten Runde. Bißchen Aufräumen wäre nicht schlecht«, meinte sie, während sie mein chaotisches Wohnzimmer begutachtete.
Mir schwante, daß dieses Rendezvous im Vorfeld eines bedeuten würde: harte körperliche Arbeit.
»Ja, ich mache morgen früher Feierabend. Das schaffe ich schon«, entgegnete ich.

Am Freitag in der Werbeagentur war ich konzentriert. Hochkonzentriert. Checklisten waren angesagt. Die Margarinekampagne mußte warten. Auch die Schuhcremeanzeigen schob ich weg.
»Strategische Planung ist das halbe Leben«, brüllte Boß Peter schon wieder cholerisch im Gang herum. Zum Glück meinte er nicht mich, sondern das holde Kreativteam Hans und Tom, die sich wieder mal mit schönen Bildern und Texten vergnügt hatten. Offensichtlich aber recht erfolglos. Aber ich, ich wollte heu-

te erfolgreich sein. Meine strategische Planung trug die Überschriften ›Wohnung‹, ›Essen und Trinken‹ und ›Linda persönlich‹. Mein Gott, woran man so alles denken mußte. Ich grübelte gerade angestrengt darüber nach, ob ich lieber französischen oder italienischen Weißwein besorgen sollte, als Hänschen den Kopf zur Tür reinstreckte. Der kam mir gerade recht.
»Welchen Wein trinkst du am liebsten?« fragte ich ihn.
»Roten. Aus Kalifornien.«
Oje, oje.
»Und was ißt du immer zum Frühstück?«
Eifrig erklärte Hans: »Ja, also morgens brauche ich immer eine Energiebombe. Müsli. Schön geschrotet und gemahlen in meiner Getreidemühle. Warum fragst du, hast du was mit mir vor?«
Schon stand er hinter mir und kraulte mir den Nacken.
»Pfoten weg, du Casanova. Iß du dein Müsli mal schön allein. Und jetzt brauche ich Ruhe. Hab zu tun«, versuchte ich ihn loszuwerden.
Er schaute auf meinen Schreibtisch und landete prompt in der Kategorie ›Linda persönlich‹. »Ich seh schon. Parfum ist alle. Und die Bluse ist noch in der Reinigung. Überarbeite dich mal nicht, Lindachen.«
Jetzt half wirklich nur noch Rausschmeißen.
Pünktlich, wie ich nun mal bin, ließ ich entgegen allen Werbeagenturspielregeln um vier Uhr den Griffel fallen und warf mich ins Auto. Erste Station war der Supermarkt. Alles Gute fürs Frühstück. Er hatte ja schließlich vom Wochenende gesprochen. Und genau dafür würde ich meinen Kühlschrank perfekt, einfach perfekt ausstatten. Für den Fall, daß er Käsefan war, mußten schon mal vier Käsesorten her. Das gleiche Spiel folgte an der Wursttheke. Fischsalat für den Brunch? Mußte sein, wir waren ja schließlich in Hamburg, und da gehörte leckerer frischer Fisch eben dazu. Marmelade vom Feinsten und vorsichtshalber noch den dreifach geschleuderten Honig vom besten Imker der Nation. Beim Kaffee natürlich nur der, der für besondere Tage vorgesehen ist. Filtertüten mit extra feinen Aromaporen und – fast wäre ich samt Einkaufswagen daran vorbeigeschlittert – die leichte Milch zum Aufschäumen. Beim Orangensaft setzte der

übliche Prozeß der heftigen Entscheidungsschwierigkeiten ein, bis ich endlich wußte, daß nur frisch gepreßter angebracht war für so eine Frühstückspremiere. Der Beutel mit den zwölf Saftorangen vertrug sich beim Schleppen nicht so gut mit dem anderen Beutel, den ich in der rechten Hand hatte. Unsanft attackierten sie beim Gegeneinanderstoßen meine Beine.
»Bloß nicht noch blaue Flecke«, dachte ich, während ich ächzend die kulinarischen Genüsse die Treppen hinaufschleppte.
Schnell noch zum Italiener. Ein Dinner ohne Essen sollte es ja nun nicht gerade werden. Und die selbstgemachten Antipasti beim Gemüsemann Adriano schmeckten eben einfach – wie selbstgemacht. Von wem, war ja wohl egal.
»Vino? Kein Problemo«, grinste mich Adriano an. »Probare?« fragte er und schob mir auch schon ein Gläschen rüber.
»Bißchen trockener«, kommentierte ich nach dem Nippen.
Der dritte Wein war's dann. Hochzufrieden und wieder packeselsgleich trabte ich die Treppen hinauf. Leider war mir mein Organisationspapier inzwischen abhanden gekommen. Aber Parfum und Bluse hatte ich noch im Kopf. Nach diesem dritten Kurzausflug, diesmal in die Drogerie und die Reinigung, packte ich erst mal aus.
Und jetzt – Ärmel hoch und Großputz. Die jüngst gewaschene Bettwäsche duftete mir herrlich entgegen. Ich drapierte geschickt Kissen und neu bezogene Daunendecken so, daß man die nicht herausgebügelten Falten wirklich kaum noch erkennen konnte.
»Und nun wir zwei«, sprach ich zum Staubsauger. Nur – die kleine Ermunterung wirkte nicht. Er verweigerte seinen Dienst. Kein Wunder. Das rote Kontrollfenster schrie ja schon nach einem neuen Staubbeutel. Also war ein schneller Wechsel angesagt. Ich zerrte an dem alten hochprallen Teil und konnte es nicht aus der Verankerung lösen.
»O nein«, stöhnte ich, »wie kann denn so ein Ding einfach platzen?«
Staub in Haufen lag auf dem Teppich. Couragiert griff ich mit beiden Händen hinein und versuchte, Herrin der Lage zu werden. Die Aktion warf mich in meinem Zeitplan um einiges

zurück. Als ich schließlich auch noch den Küchen- und Badezimmerboden gewischt hatte, betrachtete ich andächtig mein Werk. Welch Blitzen. Alle Meister Proper dieser Welt wären stolz auf mich.

»Linda, du hast einen Vogel«, schalt ich mich und zeigte mir denselben. Aufwand wie für ’nen Staatsempfang. Mein doofer Perfektionismus hatte mich doch tatsächlich kurzfristig zur Superhausfrau werden lassen.

Kurz vor halb sieben. Da blieb mir noch Zeit zum Duschen, Putzhände in Zartfinger verwandeln und so weiter. Ein Schreck durchfuhr mich.

»Die Kerzen«, fiel mir ein. O nein, ich würde nicht das erste Candlelightdinner mit neuem Lover ohne Kerzen zelebrieren.

Also wieder rein in die Hose und raus auf die Straße. Im Haushaltswarenladen wurde gerade abgeschlossen. Flehend klopfte ich gegen die Glastür. Die ältere Dame dahinter schüttelte den Kopf und tippte demonstrativ auf ihre Uhr. Nun half nur noch Beten. Ich hob gleich beide Hände und machte ihr heftige Zeichen. Genervt schloß sie wieder auf.

»Was ist denn so dringend?« fragte sie unwirsch.

»Ich brauche Kerzen. Bitte. Unbedingt. Blaue. Bitte, bitte«, drängelte ich.

»Wir haben geschlossen«, gab sie zur Antwort.

»Und ich bin frisch verliebt. Und brauche Kerzen. Das müssen Sie doch verstehen«, erklärte ich hektisch.

»Blaue? Habe ich sowieso nicht.«

Aber ich hatte etwas. Nämlich meinen Fuß in ihrer Tür. Kurz vorm Frontalangriff. Wildentschlossen ging ich noch einen Schritt auf sie zu. Sie wich zurück.

»Dann weiße, gelbe, rote, völlig Wurscht«, sagte ich.

Nun hatte sie keine Chance mehr. Mit vier weißen Kerzen in der Hand verließ ich den Laden.

»Sie sind großartig. Ich werde Sie weiterempfehlen«, verabschiedete ich mich.

»Von zehn bis achtzehn Uhr dreißig«, brummelte sie mir hinterher.

Oh, Glanz in meiner Hütte. Kerzenglanz. Augenstrahlen. Blitzende Kacheln. Ein bißchen Frischluft gegen die aufgeregte Qualmerei der letzten zehn Minuten und schnell noch einen dieser atemfrischen Kaugummis. Der Prinz konnte kommen. Mike stand tatsächlich zur vereinbarten Zeit vor mir.

»Du siehst wunderschön aus«, lächelte er mich an, als ich noch versuchte, mich von der Langfassung des Begrüßungskusses zu erholen. »Und was hast du dir für Mühe gemacht«, staunte er, als er den prachtvoll gedeckten Tisch entdeckte.

»Ach, gar nicht, leichte Übung«, gab ich nonchalant zurück. Kleine Lügen werden kleinen Sünderlein hoffentlich verziehen.

»Willst du meine Schallplattensammlung mal sehen?« fragte ich ihn augenzwinkernd.

»Aber sicher«, lachte er.

Wir suchten zusammen die Tischmusik aus. Italienische Klänge zu italienischem Wein. Kauend schaute sich Mike um. »Hübsch hast du es hier. Was ist denn das da drüben?«

Oje, seine Frage galt dem balinesischen Fruchtbarkeitsgott, den mir Kollege Hans mal geschenkt hatte.

»So'n asiatischer Gott«, antwortete ich hastig.

Mike nickte und gönnte meinem Wohnzimmer noch einen ausführlichen Rundblick.

»Ist es bei dir immer so aufgeräumt?«

Nee, Linda, nun ist Schluß. Zum weiblichen Pinocchio wollte ich wirklich nicht avancieren.

»Nicht immer. Also – meistens eher nicht. So ein bißchen Herumschlampen kann doch auch ganz gemütlich sein, oder?«

Mike grinste. Ganz langsam verabschiedete sich das anfängliche Fremdeln.

Bis in der Früh um vier erzählten wir uns die brisantesten Teile unserer Lebensgeschichte. Dann zeigte ich ihm meine Lieblingsbettwäsche. Ungewohnter Anblick, mein schlafender Agenturkunde. Auf meinem Kopfkissen. Er war wirklich ein toller Mann. Mike öffnete die Augen.

»Du guckst mich wach«, lächelte er. »Du bist wirklich eine tolle Frau.«

Na, da hatten sich ja zwei Tolle gefunden.

Paranoia

Es geht doch nichts über einen Samstag-Kuschel-Vormittag. Aber so langsam stieg die Sehnsucht nach einem dampfenden Kaffeebecher in mir auf. Dazu ein Zigarettchen. Ich küßte Mikes Arm. Und strich die Zigarette wieder. Einen schlechten Eindruck könnte ich auch noch etwas später machen.

»Was hältst du von einem kleinen Frühstück?« fragte ich.

Mike biß mir sanft in den Hals. »Hatten wir doch gerade«, meinte er.

»Klar. Aber bevor du jetzt auch noch zum Vampir wirst, koche ich uns lieber einen Kaffee.«

Schwungvoll setzte ich mich auf und krabbelte aus dem Bett.

In der Tat, mein Frühstückstisch schlug sogar noch das vorabendliche Dinner-Gelage.

»Wer kommt denn noch?« fragte Mike irritiert.

»Na, niemand. Ich neige eben zu Übertreibungen. Muß von meinem Beruf kommen«, kommentierte ich die üppige Ausstattung. Ich knabberte an meinem Käsebrötchen und schielte schon wieder auf die verlockende Zigarettenschachtel.

»Und so in der Woche, wenn du arbeitest, was frühstückst du dann?« wollte Mike wissen.

»Äh«, versuchte ich Zeit zu gewinnen. »Na ja, morgens habe ich irgendwie nie so richtig Hunger«, versuchte ich, mich aus der Affäre zu ziehen.

»Und was heißt das im Klartext?« Mike nahm einen Schluck von dem guten Frischgepreßten und schaute mich über den Rand des Saftglases aufmerksam an.

»Du willst es aber genau wissen«, antwortete ich. »Na gut. Also Kaffee mit viel Milch. Und, äh, ja, eine Zigarette, bevor ich das Haus verlasse.«

Ich senkte den Blick. Geständnisse am Vormittag waren mir absolut verhaßt.

Mike lachte. »So ähnlich habe ich mir das schon vorgestellt. Ich finde Rauchen zwar blöd, aber meinetwegen mußt du nicht darauf verzichten.«
Wirklich großzügig.
»Würde ich auch nicht«, pampte ich zurück.
Also her mit den ungesunden morgendlichen Begleitern. Genüßlich sog ich den Rauch ein. Und mußte leider husten. Mike klopfte mir fürsorglich auf den Rücken.
»So was kommt von so was«, kommentierte er meine Versuche, wieder zu Atem zu kommen.
»Ja, im Grunde will ich schon seit Monaten aufhören. Aber ich kriege den Absprung nicht. Ehe ich im Job vor lauter Streßwut meinen Stuhl durchs geschlossene Fenster schmeiße, greife ich eben zur Beruhigung immer wieder zu den Zigaretten.«
»Macht dir denn dein Job keinen Spaß?« fragte Mike.
Ich überlegte laut: »Weißt du, vor Jahren war es mein Traumberuf. Zielsetzung: verantwortungsvoller Posten in einer Werbeagentur. Und nun – kaum Zeit für Freunde, ich bin meistens völlig überarbeitet. Und der Glamour ist auf der Strecke geblieben. Ist eben ein Knochenjob. Mir ist nur noch nichts anderes eingefallen, was ich tun könnte. Im Grunde reichen zehn Jahre Werbung.«
»Allerdings nicht, um mit dreißig in Rente zu gehen«, meinte Mike lakonisch.
»Eben. Das ist das Problem. Aber laß uns lieber überlegen, was wir aus diesem herrlich faulen Tag machen. Wie wär's mit einem Ausflug in die City? Heute ist langer Samstag«, schlug ich vor.
Mike nickte, und wir machten uns stadtfein.
Das hatte die Welt lange nicht mehr gesehen. Linda, Hand in Hand mit einem Kerl. Fühlte sich richtig gut an. Wir bummelten durch die Einkaufspassagen. Ich schaute mehr auf die Leute als in die verlockenden Auslagen.
Jetzt bloß keine Kollegen treffen, dachte ich.
»Sag mal, Mike«, ich zupfte an seinem Ärmel, »was machen wir eigentlich, wenn plötzlich mein Boß vor uns steht? Du bist schließlich sein und mein Kunde. Wenn ich mir das vorstelle, wird mir sozusagen ganz blümerant.«

Mike zuckte mit den Schultern. »Wir sagen höflich guten Tag, was soll denn schon passieren?«
Na, der war gut.
»Och, ich könnte mal eben meinen Job verlieren. Sonst kann eigentlich wirklich nichts passieren«, gab ich ironisch zurück.
»Du meinst, ich schade deinem Ruf, was?« lachte Mike.
Unsicher schaute ich mich um. »Das ist gar nicht witzig, sondern Tatsache«, gab ich böse zurück.
»Nun beruhige dich mal, wird schon schiefgehen«, neckte Mike.
Na, Mahlzeit. Mein Nervenkostüm wurde dünner.
Da, da vorne, war das etwa der Kollege Hans aus der Graphik? Instinktiv zog ich den Kopf ein und versteckte ihn hinter Mikes Schulter. Mike schaute mich an.
»Was ist los?«
»Oh, nichts, nichts«, antwortete ich.
Uff, Schwein gehabt. Hans oder auch nicht Hans war abgebogen und außer Sichtweite.
»Kleine Paranoia?« erkundigte sich Mike.
»Paranoia?« fragte ich gedehnt.
»Verfolgungswahn«, gab er trocken zurück.
»Verdammt, ich weiß sehr wohl, was Paranoia bedeutet. Hab auch ein Fremdwörterlexikon zu Hause«, konterte ich.
Mike blieb stehen, faßte mich bei den Schultern. Und küßte mich. Vor allen Leuten. Paranoia wollte ich nicht auf mir sitzen lassen und küßte also zurück. Als ich die Augen wieder aufschlug, lachten mir seine braunen entgegen.
»Alles klar?« fragte er.
Brav nickte ich. Vor einem Reisebüro blieb Mike stehen.
»Was hältst du eigentlich von einem hübschen Kurzurlaub?« meinte er.
»Willst du mich loswerden oder mit mir zusammen wegfahren?« neckte ich.
Kopfschüttelnd schaute Mike auf mich herunter. »Also, junge Frau. Mein bester Freund und seine Frau haben ein Häuschen auf Mallorca. Sie haben mich eingeladen, eine Woche hinunterzufliegen. Kommst du mit?«
»Na, das ist ja nun besonders unauffällig. Kunde Mike Badon

und Werbeagenturkontakterin Linda Lano fahren gleichzeitig ein Wöchelchen weg.«

»Jetzt langt's aber. Du glaubst doch nicht im Ernst, daß da jemand einen Zusammenhang vermutet.«

»Ich weiß nicht«, sagte ich zögernd.

Im Geiste tauchten lockend ein paar Palmen vor mir auf. Und zu allem Übel – ein paar Meter von uns entfernt – mein Boß Peter samt Gattin, die lässig eine Designer-Einkaufstüte schwenkte. Hastig machte ich mich von Mike los und lief ziellos in die entgegengesetzte Richtung. Da, eine Säule. Rettungspfosten für unmoralische Kontakterinnen. Dicht preßte ich mich mit dem Rücken dahinter. Nun stand ich da, stocksteif wie ein Brett, und traute mich kaum zu atmen. Mein Herz klopfte mir bis zum Hals, als ich vorsichtig links an der Säule vorbeilugte. Aha, da waren sie. Gut, daß ich in meinem Leben schon so viele schöne Verfolgungsfilme im Fernsehen konsumiert hatte. Ich mußte die beiden vorsichtig im Auge behalten und mich gleichzeitig langsam um die Säule drehen. Dann würden Peter und Gattin auf der einen Seite vorbeilaufen, während ich genau an der Rundung der anderen Seite klebte. Schlaue Linda. Mit starrem, auf die Feinde gerichteten Blick bewegte ich mich rückwärts.

»Autsch«, schrie ich auf. Etwas Hartes bohrte sich in meinen Rücken, prallte gegen meine Beine und ließ mich durch die Gegend taumeln. Um mich herum hörte ich es scheppern und knallen. Verdutzt schaute ich auf den Boden. Denn direkt vor mir lag – eine leblose Hand. Ich blinzelte. Nette Halluzinationen an diesem wunderbaren Samstag? Nee, es war wirklich eine einzelne Hand, man sehe und staune. Der Fuß, der wohl dazugehörte, lag einen Meter daneben. Herrje, was für eine Bescherung.

Mike baute sich vor mir auf. Er hielt einen Frauenkopf im Arm und betrachtete mich amüsiert. Tja, da hatte ich es doch tatsächlich geschafft, einen armen Dekorateur inklusive Schaufensterpuppe umzuhauen.

Der Dekorateur war von unserem Zusammenstoß noch völlig zerzaust. »Schöne Scheiße, Sie haben sie gekillt«, fluchte er und

deutete auf die verstreut herumliegenden Einzelteile des einstmals sicher sexy anmutenden Großpüppchens.
»Tut mir so leid, tut mir so furchtbar leid«, stammelte ich und schaute mich suchend nach dem Torso um. Aha, Mike versuchte gerade, den Kopf daraufzudrehen.
»Schätzchen, der Busen ist vorne«, half ich ihm auf die Sprünge, während ich dem Dekorateur das zweite Bein in die Hand drückte.
Schließlich hatten wir es mit vereinten Kräften geschafft. Die flachbäuchige Puppe war wieder komplett, der Dekorateur getröstet und ich nach wie vor etwas beschämt. Vorsichtig schaute ich Mike an.
»Oje, Mike, guck mal, jetzt habe ich auch noch 'ne Laufmasche.« Dick und fett verunzierte sie mein Knie, doch ohne meinen liebsten Begleiter ernsthaft zu beeindrucken.
Mike schüttelte nur lachend den Kopf. »Schön spannend mit dir, Lindachen. Ein Krimi ist absolut nichts dagegen.«
Krimi. Genau. Schlagartig fielen mir wieder Peter und seine Gattin ein. Ich peilte die Lage, aber beide waren spurlos verschwunden.
»Wollen wir nach Hause gehen? Es fängt sowieso an zu regnen«, fragte ich immer noch schuldbewußt.
In der Tat kam mir heute der üble Hamburger Nieselregen gerade recht. Glücklicherweise war der Herr Prinz einverstanden.
»Frollein Ungestüm«, grinste er und küßte mich zärtlich. Er war schon ein toller Kerl. Nicht jeder wäre so souverän mit einer aus Versehen fast ermordeten Schaufensterpuppe zurechtgekommen!
So lebten wir fröhlich von Lust, Liebe und bestellter Pizza.
»Lotterleben«, würde Mama sagen.
»Wunderschönes Lotterleben«, schmuste ich in Mikes Ohr.
Bis zum Sonntag. Dann wurde ich verlassen. Mike mußte nach Frankfurt zurück.
»Kommste mal wieder?« fragte ich beim Abschied.
»Kann passieren«, grinste er und entschwand.
»Ansonsten finde ich dich. Spätestens auf Mallorca«, rief ich ihm hinterher.

Mike drehte sich um. »Ist das ein Versprechen oder eine Drohung?«
»Schaun mer mal«.
So eine Beckenbauer-Antwort paßt wirklich ziemlich oft im Leben.

Müllabfuhr

Da lag sie nun vor mir. Die ganze lange Woche, auf sicher eine Streßwoche. Während ich in meinem Autochen in Richtung Agentur kutschierte, gingen mir die Termine durch den Kopf. Mist, nun saß ich auch noch fest. Typische Montagmorgensituation: Mitten in einer engen Einbahnstraße wurde mein Fahr-Elan gestoppt. Durch einen Müllwagen, der groß und breit alles versperrte.

Ich beobachtete, wie die Müllmänner Tonne für Tonne aufluden und entleerten. Nervös schaute ich auf die Armbanduhr. Aber die Jungs ließen sich durch nichts irritieren. Stoisch fügte ich mich in mein Warteschicksal. Endlich – der Fahrer, der mich keines Blickes würdigte, kletterte in sein Riesenauto und ließ den Motor an. Puh, Abgasgestank vom Übelsten.

Warum fuhr der Kerl nicht?

Ungeduldig knetete ich am Lenkrad herum. Ha, gleich konnte es weitergehen, der Müllwagen vor mir kam in Gang. Merkwürdig, er fuhr rückwärts. Ganz langsam.

Er würde doch nicht?

»Quatsch, du alter Angsthase«, beruhigte ich mich, »der muß mich doch im Spiegel sehen.«

Der Trumm kam näher.

Gleich würde er anhalten, den Vorwärtsgang einschmeißen und von dannen fahren. Noch ein Stück rückwärts. Ich wußte plötzlich, wie sich ein Mäuschen fühlen mußte, das Bekanntschaft mit einer Schlange machte. Vollkommen paralysiert. Genauso erging es mir.

»Jetzt«, dachte ich, »jetzt sieht er mich. Jetzt hält er, jetzt...«

Da knallte es. Ein Ruck ging durch die alte Karosse. Ich wackelte in meinem kleinen Auto hilflos hin und her.

»O nein«, stöhnte ich, unter Garantie schreckensbleich, »jetzt hat der Idiot mich aufgespießt.«

Das Unglaubliche war wahr. Die Mülltonnenhalterung hatte sich knirschend in meinen Kühlergrill geschoben.
Wie konnte das nur wieder passieren?
Warum immer ich?
Ob das wohl die Rache der Schaufensterpuppenschutzengel war? Nee, nicht möglich. Die hatten bestimmt keine Verbindung zur Müllabfuhr.
Wütend stieg ich aus, gleichzeitig auch der Müllwagenfahrer. Im Nu hatten sie mich alle umringt.
»Sie haben wohl keine Augen im Kopf«, dröhnte mir der Fahrer entgegen.
Komisch, ich hätte schwören können, das wäre eher mein Satz gewesen.
»Ich schon, aber Sie sind wohl mit Blindheit geschlagen«, schimpfte ich zurück.
Grinsend betrachteten seine Kollegen die wütende junge Frau in ihrem feinen Zwirn.
»Nich mehr alle beisammen, hä? Sie sind mir reingefahren!« grölte der Chauffeur der städtischen Müllbeseitigung. Das schlug doch dem Faß den Boden aus. Gut, diese Sprache hatte ich zur Not auch noch drauf.
»Sie haben wohl nicht mehr alle Tassen im Schrank. Erst mich aufspießen und dann noch lügen. Wie heißen Sie überhaupt?«
»Geht Sie gar nichts an«, kam prompt zurück.
Verdammt. Hier bahnte sich eine heftige Verschwörung an. Ich schaute mich hilfesuchend um. Ein dünnes Männlein mit Brille beobachtete die Szenerie. Mein Müllwagenfeind hatte zwar mindestens den dreifachen Brustumfang, aber der zarte Beobachter kam mir trotzdem gerade recht.
»Sie«, rief ich zu ihm hinüber, »kommen Sie doch bitte mal her.«
Zögernd trabte er auf mich zu.
»Sie haben doch alles gesehen, oder?« fragte ich flehend.
Stumm nickte er und blinzelte hektisch mit den Augen. Leise antwortete er: »Sie haben da gestanden, der Müllwagen setzte zurück und hat Sie gerammt.«
Dem Himmel sei Dank, eine ehrliche Seele war bei mir. »Genau«, wiederholte ich inbrünstig, »gerammt.«

Herausfordernd schaute ich die Müllmänner an. Die guckten nun lieber weg. Ihr Komplott war durchbrochen. Ha, wer sagt's denn.
»So, jetzt her mit Ihrem Namen.«
Widerspruchslos gab der Müllfahrer auf. Er hieß übrigens Schulze. Nein, ich konnte mir nicht verkneifen, ihm noch einen guten Rat mit auf den Weg zu geben: »So, Herr Schulze. Und Sie wissen ja: Augen auf im Straßenverkehr.«
Mein lädiertes Auto fuhr ich vorsichtig zur nächsten Tankstelle.
»Wie haben Sie denn das geschafft?« fragte der Werkstattmeister.
Typisch männliche Fehlinterpretation.
»Das hat einer Ihrer Geschlechtsgenossen geschafft«, gab ich zurück. »Mit 'nem Riesenmüllwagen nämlich, stellen Sie sich mal vor.«
Er stellte sich's vor und lachte.

In der Agentur wurde ich heute besonders freundlich begrüßt.
»Na, Frollein«, scholl es mir von Reklamekaiser Peter entgegen, »willste neue Arbeitszeiten einführen, während uns hier ein Projekt nach dem anderen anbrennt?«
Mein Gott, heute war aber wirklich der Tag der Verteidigung.
»Ich hatte einen Autounfall«, gab ich zurück.
Merkte denn keiner, daß hier eine junge Frau mal ein bißchen Schutz und Zuspruch brauchte?
Texter Tom tauchte aus seinem Büro auf. »Ist dir ein schicker Jaguarfahrer reingefahren, der zur Entschuldigung nachher Rosen schickt und dich zum Essen ins teuerste Lokal Hamburgs einlädt?«
»So ungefähr«, nickte ich und war beruhigt, daß ich so ein schickes Image hatte. Das würde ich mir durch die Müll-Story jetzt nicht versauen.
Lustlos las ich das Briefing für die neue Diätmargarine durch. Wie üblich hätte die Kampagne dafür schon viel weiter gediehen sein müssen.
»Wissen Sie, Frau Lano, Termin war eigentlich schon vorgestern«, hatte Kunde Domann an dem ersten Projektbesprechungstag getönt.

Das waren mir immer die liebsten. Saßen ewig auf ihren Produktneuentwicklungen, um dann die Agentur im letzten Moment ins Boot zu ziehen. Es half ja alles nichts, her mit den Zigaretten und dann die grauen Zellen ankurbeln. Weg mit der Familienstrategie für Vollfettmargarine, hin zu den lustigen jungen Leuten, die frisch, fromm, fröhlich, frei statt köstlicher Butter die leichte Diätmargarine auf den Toast schmierten. Nee, besser auf ein Croissant. Das war moderner. Mit Marmelade oder pur? Ich entschied mich für pur, wegen des tollen Geschmacks und so weiter.

Das Telefon riß mich aus meinen Gedanken.

»Frau Lano, können Sie sprechen?« fragte mich ein Mann ohne Namen.

»Ja, sicher, meine Stimmbänder sind in Ordnung.«

»Ich meine, hört Ihnen jemand zu?«

»Außer Ihnen im Moment niemand«, gab ich zurück.

»Gut«, sagte er, »mein Name ist Lassen. Ich bin Unternehmensberater und Headhunter, Sie wissen schon.«

Ja, in der Tat, ich wußte. Die Headhunter, Kopfjäger der Industrie- und Werbeszene, vermittelten Jobs. Meistens die gut bezahlten, die sehr gut bezahlten, die phantastisch bezahlten. Neugierig setzte ich mich gerade hin und lächelte. Das hatte ich mal in einer Zeitschrift gelesen. Ein leichtes Lächeln beim Telefonieren macht nämlich die Stimme so schön freundlich.

Also flötete ich lächelnd: »Sehr angenehm, Herr Lassen. Was verschafft mir die Ehre Ihres Anrufs?«

»Frau Lano, ich suche eine Frau mit Feingefühl und natürlich Professionalität für einen sehr interessanten vakanten Posten.«

Der war wirklich vornehm. Redete nicht von einem freien Job, nein, von einem vakanten Posten. Klang schon mal gut. »Aha«, lächelte ich ins Telefon, »um welche Position handelt es sich denn?«

»Das, Frau Lano, würde ich gerne persönlich mit Ihnen besprechen. Hätten Sie heute nachmittag Zeit für ein Treffen?«

Hatte ich definitiv nicht.

»Sehr gerne«, stimmte ich zu.

Wir verabredeten uns in der Lobby eines Hamburger Hotels.

Auf dem Agentur-Damenklo schminkte ich mich sorgfältig nach und betrachtete mein Spiegelbild. Ich übte noch ein paar Lächler. Freundlich, aber distanziert. Verbindlich, aber nicht zu sehr. Auf ging's.

Der dicke Hotelteppich schluckte meine Schritte und einen Teil meiner Absätze. Etwas eingesunken stand ich vor der Rezeption und erkundigte mich nach Herrn Lassen. Hinter mir sprang jemand aus einem breiten Sessel auf und verbeugte sich vor mir.
»Lassen, guten Tag.«
Aufmerksam betrachtete ich den gepflegten Herrn. Im Western sind Headhunter ja immer so rauhe Kerle mit bösem Blick. Das reale Exemplar hier und heute hatte eine teure Seidenkrawatte mit diskretem Muster um den Hals. Und statt Colts eine Designer-Aktenmappe. Höflich führte er mich in eine ruhige Ecke des Hotelcafés. Genau die Behandlung, die mich für mein Morgenerlebnis entschädigte. Ich war wieder ganz Dame und sprach in gedämpftem Tonfall. Im Film machen das Damen in Luxushotels auch immer.
»Ja, Frau Lano, wir sollten eingangs etwas über Ihr Leben plaudern«, begann Herr Lassen.
Schade, beim Kaffeetrinken schlürfte er ein wenig. Minuspunkt.
»Was möchten Sie denn wissen?« lächelte ich.
»Wissen Sie, ich habe bereits einige Angaben über Ihr Curriculum vitae.«
Verschwommen tauchte meine Lateinlehrerin in meiner Vorstellung auf. Vita – das Leben, fiel mir ein. Aha, er sprach von meinem Lebenslauf.
»Sehr schön.« Ich lehnte mich zurück.
»Vor einigen Jahren waren Sie in einer Agentur, die einen Kosmetikkunden betreut hat, stimmt's?« fragte der gut informierte Herr Lassen.
»Genau«, nickte ich, »das hat mir viel Freude gemacht. Immer wieder neue Cremes zum Ausprobieren, neue sensible Kampagnen. Sehr spannend«, ließ ich dezent meine Begeisterung heraus.
»Kann ich mir vorstellen. Deshalb dachte ich nun bei dem

vakanten Posten in einer sehr etablierten Agentur an Sie. Diese Agentur hat einen großen japanischen Konzern, der Kosmetik- und Hygieneprodukte herstellt, als neuen Kunden gewonnen. Und nun soll ein Team aufgebaut werden, das Erfahrungen in diesen Bereichen hat.«

Klang gut. Ich hatte Mike zwar von meiner zunehmenden Werbeunlust erzählt, aber vielleicht reichte es ja schon, mal wieder die Agentur zu wechseln. Margarine ade – Kosmetik, ich komme.

Der seriöse Herr Lassen und die lächelnde Frau Lano tauschten noch diverse Informationen über das Leben der Frau Lano und die Jobdotierung – sprich Kohle – aus. Mir wurde ganz schwindelig. Money lachte im Überfluß, und ich kämpfte angestrengt damit, nicht allzu gierig auszusehen.

Schließlich bat Herr Lassen: »Bitte schauen Sie doch mal in Ihren Terminkalender. Ich würde gerne in der nächsten Woche für Sie ein Vorstellungsgespräch in der Agentur organisieren. Paßt Ihnen das?«

Man muß das Unmögliche einfach möglich machen, beschloß ich nach einem Blick in den knallvollen Kalender.

»Ja, ich werde es einrichten«, nickte ich.

»Dann melden Sie sich bitte am Dienstag um sechzehn Uhr bei Frau Schneider. Sie ist Geschäftsführerin und wird sich persönlich um Sie kümmern.«

Das war geritzt.

Ladylike verabschiedete ich mich und überließ es Herrn Lassen, sich für unser Gespräch zu bedanken. Hocherhobenen Hauptes stieg ich wieder ins Taxi. Unkontrollierbar breit lächelnd. Mit dicken Dollarzeichen vor der Pupille. Reich werden schändet ja schließlich nicht.

Japanisch

Euphorisch lief ich wieder in der Agentur ein. Die Hälfte meines – möglicherweise – zukünftigen Jahreseinkommens hatte ich bereits erfolgreich während der Taxifahrt verplant. Als erstes mußte Omas alter Ohrensessel daran glauben. Bevor ich noch nähere Bekanntschaft mit den Sprungfedern machte, sollte ein neues Prachtstück mein Junggesellinnenheim schmücken. In knallblauem Leder. Und so bequem, daß man beim Fernsehen auch mal ein kleines Nickerchen einschieben konnte, ohne gleich mit einem steifen Nacken aufzuwachen. Ja, und dann der Fernseher als solcher. Mein jetziges Exemplar schneite inzwischen nach dem Einschalten fröhlich zehn Minuten lang vor sich hin, bis endlich aus dem quirligen Schwarzweißmuster die ersten verschwommenen Gesichter auftauchten. Dann noch das Problem mit dem ewig verdrehten Telefonkabel. So ein drahtloses Kommunikationsobjekt würde mir sicher gut stehen.

Oh, schnöder Mammon, ich werde ein sich selbst finanzierendes Luxusgeschöpf.

Tom riß mich aus meinen Träumen. »Hey, Zeit fürs Brainstorming«, rief er mir zu.

Schnell alle Unterlagen gerafft und ab in den Konferenzraum. Hans tauchte mit seinem großen Malblock auf, Tom hatte seinen Block vorsichtshalber vergessen. Mütterlich schob ich ihm ein paar Zettel hin und den Zweitkugelschreiber, den ich in Kenntnis der Kollegenschlamperei vorsichtshalber immer dabeihatte. Und es erschien Boß Peter.

»So, jetzt wollen wir mal Nägel mit Köpfen machen«, tönte er.

»Oder besser Brötchen mit Margarine«, gab Tom frech zurück.

Ich ergriff das Wort: »Laßt uns gemeinsam überlegen, welche Situationen uns so einfallen, in denen unsere Zielgruppe Diätmargarine essen könnte. Und ihr wißt ja: Spielregel beim Brainstorming ist, daß wir erst mal alle Ideen sammeln. Und

zwar, ohne sie zu bewerten. Nur Assoziationen, auswählen werden wir später.«
Prima, nun konnte es losgehen. Ich liebte Brainstormings, die schön bekloppten Hirnstürme, bei denen jeder mal alles sagen konnte, was ihm so einfiel.
Ein peinliches Schweigen machte sich breit.
Hans malte ein Blümchen auf seinen Block, Tom knipste an seinem – meinem – Kugelschreiber herum, und Peter machte ein wichtiges Gesicht. Das klappte ja wie verrückt. Alle drei schauten mich plötzlich wie verabredet erwartungsvoll an.
»O.k., also zum Beispiel morgens nach dem Jogging«, gab ich schon mal in die Runde.
»Joggst du morgens?« fragte Tom neugierig.
»Sieht man doch, oder?« erwiderte ich.
Würde mir im Traume nicht einfallen. Viel zu anstrengend. Der nächste Anlauf.
»Oder stellt euch vor, so eine gesunde Vollkornschnitte mit Diätmargarine als kleiner Zwischendurchsnack am Nachmittag.«
»Streuselkuchen ist mir lieber«, kam prompt von Hans.
Die Jungs wurden für mich zum persönlichen Härtetest.
Peter atmete schwer. »Kennt ihr diesen amerikanischen Spielfilm, wo sie, na, wie heißt diese Schauspielerin noch?«
»Ist doch egal«, antwortete ich ungeduldig.
»Gar nicht«, protestierte Peter, »die wäre die Idealbesetzung für den Margarinefilm. Schön, schlank, sinnlich…«
Ich schüttelte den Kopf. »Hervorragend. Wir wissen zwar nicht, was wir drehen sollen. Aber die Schauspielerin haben wir schon. Was macht sie nun in diesem Film?«
Triumph pur machte sich in Peters Antlitz breit. »Sie geht an den Kühlschrank, mitten in der Nacht, und nascht ein Stück Huhn.«
Ich führte den Gedanken weiter. »Gut, und in unserem Fall ein Stück Brot mit Diätmargarine, ja?«
»Igitt«, meinte Tom.
Peter schlug donnernd seine Faust auf den Tisch. »Du sollst nichts bewerten, Tom. Es geht nun mal um Margarine und nicht um ’nen Hummersnack oder Schokotorte.«

»Ich war gestern bei Freunden. Da hat der kleine Sohn Vaters Pfeife unter dem Sofa versteckt. Wäre doch auch ganz lustig, das mit der Margarine zu tun«, gab Hans zum besten.
Krampfhaft bemühte ich mich, den Mund zu halten. Warme, zerflossene Diätmargarine, 'ne Woche später von Mama beim Putzen unterm Sofa entdeckt, fand ich ziemlich abartig. Beim Thema Putzen kam mir meine unglaubliche Aktion für das Wochenende mit Mike in den Sinn. Kleine romantische Gedanken kündigten sich an.
»Wir können ja auch ein bißchen Liebe mit ins Spiel bringen«, begann ich spontan. Zu spontan. Alle starrten neugierig zu mir rüber.
»Aha«, grinste Hänschen. »Linda plaudert aus der Schule. Was machst du denn immer mit der Margarine?«
»Blödmann, seit wann geht's hier um mich?« versuchte ich, mich aus der Affäre zu ziehen.
Peter wurde ungeduldig. »Jetzt sag schon, was du gerade im Kopf hattest.«
Ich überlegte. »Na ja, jeder will doch, daß man selbst, aber auch der Partner schön fit und gesund bleibt. Dafür ist unsere Diätmargarine doch bestens geeignet. Ich hatte gerade eine Szene vor Augen, in der sie, zum Beispiel diese tolle Schauspielerin...«
Peter unterbrach mich. »Wenn mir doch nur der Name einfallen würde. Muß was mit ›S‹ gewesen sein. Oder ›F‹?«
Gleich würde ich endgültig den Faden verlieren. Konzentration, hier drehte es sich schließlich um etwas wirklich Wichtiges. »Also diese tolle Schauspielerin sitzt mit diesem tollen Mann an einem Tisch.«
»Mit welchem?« erkundigte sich Tom.
»Na mit irgendeinem«, gab ich genervt zurück. Weiter im Text. »Und sie nimmt ein Croissant und fährt damit über die Margarine. Dabei malt sie mit dem Croissant ein Herz oder so was hinein und schiebt ihm den Pott rüber.«
Hans malte bereits eifrig auf seinen Block. »So etwa?« präsentierte er stolz sein Werk.
Er war wirklich ein herausragendes, kreatives Talent. Ein leicht windschiefes Herz wurde uns gezeigt. Inzwischen hatte sich

Tom einen der leeren Diätmargarinebehälter vom Tisch geangelt und – setzte den Topf auf den Kopf.
»Man könnte auch einen sportlichen Balanceakt daraus machen«, schlug er vor.
»Ja, und für den Sommer produzieren wir dann Sonnenhüte im Margarinedesign«, setzte Hans begeistert ein.
Ich sandte ein Stoßgebet zum Himmel. Lieber Gott, bitte hilf mir mit dem neuen Job. Möglichst, bevor ich auf der Straße einen Schreikrampf bekomme, weil mir jemand mit Margarinehut entgegenkommt.
Peter erlöste uns. »Werde mich mal erkundigen, wie die Schauspielerin heißt. Macht mal mit der Herz-Idee weiter. Nächstes Meeting übermorgen.«
Erleichtert stand ich auf.

Es war schon spät, und mein Magen knurrte. Ich rief Freundin Ulrike an. »Schatzi, sehen wir uns heute abend? Ich habe einen Riesenhunger.«
Ulrike glücklicherweise auch. »Wo gehen wir hin?« fragte sie.
»Weißt du, ich habe mich heute über einen neuen Job für einen japanischen Konzern unterhalten. Also, wie wär's mit Stäbchenessen?«
»Kann ich zwar nicht, soll mir aber recht sein. Ich rufe auch noch Simone an. Vielleicht hat die auch Lust.«
»Klasse. Dann treffen wir uns in einer halben Stunde im Japanstübchen.«
Ulrike und Simone lasen schon die Speisekarte, als ich dazukam. Skeptisch schaute Simone mich an: »Hier gibt's nur rohen Fisch. Kann man davon nicht Salmonellen kriegen?«
Ulrike verzog auch schon ganz angeekelt das Gesicht.
»Wann habt ihr denn zum letztenmal Japaner gesehen?« fragte ich.
»Im Urlaub mit 'ner Nikon vor der Brust«, antwortete Ulrike.
»Gestern im Fernsehen«, nickte Simone.
»Und die leben auch noch. Also, nun habt euch nicht so«, munterte ich die beiden auf.
Ich übernahm die Bestellung in Form einer bunten Mischung

aus Sushi und Sashimi. Roher Fisch gerollt, roher Fisch auf Reis, roher Fisch total. Dazu warmen Sake, den köstlichen japanischen Reiswein. Der kam als erstes in kleinen, vasenähnlichen Gefäßen mit Minibecherchen dazu. Ulrike nahm einen kräftigen Schluck, das Becherchen war sofort leer.
»Nicht so hastig, der haut ganz schön rein«, warnte ich.
»Ist aber lecker«, meinte Ulrike, schon wieder leicht versöhnt.
Simone probte derweil eifrigst mit den Stäbchen. Ihre zarten Finger mit den frischlackierten Nägeln kämpften einen verbissenen Kampf. Als sie wieder unter dem Tisch hervorkam, unter den sie abgetaucht war, um den einen heruntergefallenen Schlingel aufzuheben, stöhnte sie: »Könnte sein, daß ich heute verhungere. Darf man hier auch mit den Händen essen?«
Ulrike piekte mich aus Versehen bei ihren ersten Versuchen in den Arm. »Oh, entschuldige, gleich hab ich's.«
Die Trockenversuche sahen nun schon etwas besser aus. Wir prosteten uns zu, und ich erzählte von meinem Headhunter-Gespräch und den neuen Reichtumsperspektiven.
Ulrike grinste: »Typisch Linda. Immer schön auf Erfolg programmiert. Aber weißt du, was mich im Moment viel mehr interessiert?«
»Mehr als meine unglaublichen Karriereaussichten?« neckte ich sie.
»Klar, Süße. Was macht denn dein Privatleben? Wie war es mit dem Herrn aus Frankfurt?«
Entspannt lehnte ich mich zurück. »Wunder-wunderbar. Mike ist ein Mann, mit dem ich mich stundenlang unterhalten kann. Er ist klug, interessant, liebevoll...«
Simone unterbrach mich. »Und sieht gut aus, hört dir zu, ist ehrlich...«
Ich nickte begeistert. »Genau. Eben genau so, wie es sein sollte.«
Ulrike und Simone schauten sich vielsagend an.
»Wenn du den Vortrag in einem Jahr noch guten Gewissens wiederholen kannst, hast du in den Glückstopf gegriffen. Aber warte erst mal ab«, bekam ich als Rat serviert.
Ich stöhnte: »Wußte gar nicht, daß ich mich mit zwei Pessimistinnen verabredet habe, ihr kleinen Miesmacher.«

Versöhnlich tätschelte Simone meine Hand. »Ist ja schon gut. Aber paß ein bißchen auf dein Herz auf.«
Ergeben nickte ich. »Im Moment mache ich mir mehr Gedanken um mein Bäuchlein. Ich bin nämlich kurz vor dem Verhungern.«
Endlich kam das Essen. Es sah aus wie gemalt. Von Design, selbst beim Dinner, verstanden die Japaner 'ne ganze Menge. Schnell noch einen Schluck Sake. Ulrike ließ die letzten Tropfen in den Becher kleckern.
»Nix drin in so einem Väschen«, sagte sie kopfschüttelnd und bestellte noch mal nach.
Ich beugte mich vor, um die verschiedenen Fischsorten zu erklären. »Der dunkle Fisch ist Thunfisch. Schmeckt mir immer am besten. Lachs erkennt ihr sicher selbst. Und das hier muß Tintenfisch sein.« Ich deutete auf die weißen Scheibchen.
Die japanische Kellnerin goß uns Sojasauce in flache Tellerchen.
»Zum Reinstippen«, erklärte ich.
Gerade wollte ich ansetzen, die Vorzüge und Gefahren des dicken grünen Meerrettichklumpens zu kommentieren – denn ein Hauch davon im Sojasößchen ist der Hit, aber zuviel die Hölle –, als ich Simone aus den Augenwinkeln schon mit den Stäbchen hantieren sah. Begeistert hatte sie inzwischen den Geheimmechanismus durchschaut, nahm etwas von ihrem Teller und schob es voller Stolz blitzartig in den Mund.
Irrte ich mich, oder war es etwas Grünes gewesen?
Ich irrte mich nicht.
Simone, jüngster Neuzugang zur japanischen Eßkultur, hatte das einzig nicht so ohne weiteres Genießbare erwischt.
»Hilfe«, gurgelte sie.
Von einer Sekunde zur anderen lief sie puterrot an. Ächzlaute erfüllten den Raum.
»Ha, hu, ooohh«, gab Simone von sich.
»Du Arme, das war der grüne Meerrettich. Schärfer ist kaum möglich.« Ich tätschelte Simones erstarrte Hand, in der noch die Stäbchen wie festgeklebt steckten.
Rasch schob ich ihr mein Wasserglas hin: »Du mußt löschen, schnell.«

Japsend versuchte Simone zu trinken, während ihr die Tränen herunterliefen. Langsam fand sie ihre Sprache wieder, allerdings leicht krächzend. Aber die akute Erstickungsgefahr schien gebannt.

»Ich dachte, ich sterbe«, stöhnte sie.

»Geht's wieder?« erkundigte sich Ulrike besorgt.

Noch ein paar Seufzer, und es ging.

»Das war die Strafe für mangelndes Vertrauen in die Liebe, Simonchen«, witzelte ich.

Gemeinsam rückten wir dem toten Fisch zu Leibe und ließen es uns trotz aller Anfangsschwierigkeiten schmecken. Beim Abschied schaute ich mir das japanische Personal noch mal ausgiebig und wohlwollend an. So ungefähr könnten meine zukünftigen Kunden aussehen. Ausgesprochen sympathische Menschen, diese Japaner. Das schwärmte ich auch Mike vor, der mich zwecks Gutenachtkuß anrief. Müde, saketrunken und immer noch verknallt nuschelte ich ihm noch ein paar Nettigkeiten in den Hörer.

Und zum Abschied »Sajonara«.

Nadeln

»Dieser Husten geht mir langsam auf den Keks«, dachte ich und zog an der Zigarette.
Beim Japaner hatte ich mir schon eine heftige Nikotinimpfung gegeben. Und auch heute gab es kein Halten. Der Aschenbecher quoll fast über. Tom wedelte mit Manuskriptseiten heftig die Rauchschwaden zur Seite.
»Du bist vielleicht süchtig«, beschwerte er sich.
»Nicht nur vielleicht, sondern ganz bestimmt. Ich hasse mich schon selber«, sagte ich kläglich und voller Reue.
Und hüstelte erneut.
»Weißt du, daß du schon Raucherhusten hast?« mischte sich Hans ein.
Beklommen betrachtete ich die widerlichen Zigarettenkippen.
»Meinst du?« fragte ich, auf Widerspruch von Tom hoffend.
Der aber nickte bedächtig. Verräter.
»Hier, lies mal. Wir haben ein paar neue Ideen zur Diätmargarine-Herzchen-Idee.«
Ich vertiefte mich in seinen Text. Ob Tom wohl auch gerade verliebt war? Gefühlvolles vom Schönsten lasen meine müden Augen. Gerührt schaute ich ihn an.
»Schön«, sagte ich andächtig. »Wunderschön.«
Auch Hans' Entwürfe dazu zeugten von Klasse.
»Da, sie tut es schon wieder!« machte Tom seinem Unmut Luft.
Stimmt, ich hatte eine neue Zigarette im Mund und paffte hüstelnd vor mich hin. Genervt überhörte ich ihn und diskutierte mit Hans über die Layouts.
»Kannst du die Headline hier noch etwas höher setzen?«
Hans nickte.
»Und hier vielleicht den Hintergrund noch etwas leuchtender machen?«
»Ich werd's versuchen«, stimmte Hans zu.

»Autsch«, meine Hand zuckte zurück.
Kopfschüttelnd betrachtete Tom meinen Zeigefinger. Leicht, nur ganz leicht hatte ich mir die Fingerkuppe angekokelt. Und den Fingernagel. Der bog sich nun etwas nach oben und hatte einen verbrannten bräunlichen Rand.
»Ich fasse es nicht«, entfuhr es Hans. »Du bist echt ein Fall für eine Therapie!«
Ich war entrüstet. »Na hör mal, nur weil ich rauche, bin ich doch noch kein Fall für den Psychiater.«
»Nee, ich meine ja auch nicht einen Psychiater, sondern ›Osambo‹.«
Tom fragte mißtrauisch: »Soll das 'ne neue Anti-Nikotin-Wunderdroge sein, oder was?«
Hans rollte mit den Augen. »Viel besser. Osambo ist Akupunkteur. Nicht einer von denen, die dir drei Nadeln ins Ohr setzen und meinen, nun wäre Schluß mit dem Rauchen. Der hat das richtig im Kloster gelernt. Von Mönchen. In Tibet, glaube ich.«
Entschieden schüttelte ich den Kopf. »Verschon mich nur damit. Wenn ich aufhören will, dann höre ich einfach auf. Von einem Tag auf den anderen.«
Schließlich war ich stark und konsequent, jawoll. Hüstel, hüstel.
»Wer's glaubt, wird selig. Zeig uns doch einfach, wie du so lässig von heute auf morgen auf die Lungentorpedos verzichtest«, lockte Hänschen der Gemeine.
Dem würde ich es zeigen.
»Gut«, nickte ich, »ihr seid meine auserwählten Zeugen bei meiner letzten, aller-allerletzten Zigarette.«
Selbstsicher zündete ich mir noch eine an. Geduldig warteten die beiden.
»Nun rauch aber nicht auch noch den Filter mit«, grinste Hans.
Die Abschiedszeremonie war vollbracht. Hans nahm mir Zigaretten und Feuerzeug ab, Tom griff nach dem Aschenbecher. Und da verließen sie mich. Allein saß ich nun da. Klar, das würde schon klappen.

»Ich habe aufgehört zu rauchen«, verkündete ich Mike voller Stolz. Allmählich gewöhnte ich mich an seine abendlichen Anrufe bei mir zu Hause.
»Na super«, war sein einziger Kommentar.
Also, ein bißchen mehr könnte er mich schon feiern.
»Übrigens, wir haben am Freitag einen Termin bei euch in Hamburg. Leider kann ich am Wochenende nicht bleiben. Aber was hältst du davon, wenn ich am Abend vorher schon anreise?«
Die Vorstellung, ihn wieder bei mir zu haben, verschaffte mir ein angenehmes Prickeln. Ich blickte im Wohnzimmer umher und suchte, suchte, suchte – nach Zigaretten. Quatsch, ich war ja Nichtraucherin. Ich knipste an meinen Fingernägeln herum. Durchhalten, durchhalten.
»Willst du etwa bei deiner Kontakterin übernachten?« fragte ich meinen Liebhaber.
»Hatte ich vor«, lachte Mike. Dieses tiefe, männliche Lachen. Warum hatte ich nur mit dem Rauchen aufgehört?
»Dann beeile dich, damit bald Donnerstagabend ist«, flirtete ich.

Am nächsten Morgen erwachte ich mit einem sehnsüchtigen Ziehen im Magen. Meine Sehnsucht hatte einen Namen und hieß Zigarette. Fahrig schlürfte ich meinen Kaffee. Den ersten ohne seit drei Jahren. Bloß das Wort nicht denken.
»Na, wie geht's?« begrüßte mich Hans hämisch.
»Gut, gut, wie immer.« Auf blöde Anspielungen reagiert man nicht.
Besessen stürzte ich mich in die Arbeit. Scheußliche Abrechnungen, schier undurchschaubare Anzeigenschaltpläne mit Eilterminen, Telefaxe voller Fragen, für die ich erst mal Antworten finden mußte – und die bösen Kollegen.
»Guck mal«, stieß Hans Tom in die Seite, »da nuckelt sie verzweifelt, unsere Kleine.«
Tatsächlich. Ich kaute allen Ernstes an einem bitteren Bleistiftende herum.
»Haut bloß ab«, kreischte ich.
Am Nachmittag überwältigten mich heftige Kündigungsgedan-

ken, am Abend wurde die kleine Hexe im Hinterkopf laut. »Unten ist doch ein Zigarettenautomat«, flüsterte sie mir lokkend zu. »Sieht doch keiner«, flüsterte die Hexe weiter, »du brauchst nur runterzugehen. Mit dem Fünfer aus deinem Portemonnaie.«

»Halt den Mund«, wehrte ich mich. »Wenn ich mir die Lunge aus dem Hals huste, lebst du auch nicht mehr lange.«

Nachts machte ich die bittere Erfahrung, daß Schlafstörungen zum Entzug gehörten. Wälzen nach rechts, Wälzen nach links. Dazu ein bißchen Schwitzen. Und dann noch ein bißchen mehr Schwitzen. Ziemlich bleichgesichtig und schweißglänzend stand ich morgens im Bad. Ich schleppte mich in die Agentur. Interessanterweise begann dann auch noch ein diffuses Zittern. Nicht richtig sichtbar, aber leider durch und durch fühlbar. Mit letzter Kraft schleppte ich mich in Hans' Zimmer.

»Osambo«, stöhnte ich leise.

»Wie bitte?« fragte Hans.

»Osambo«, wiederholte ich. »Seine Telefonnummer, gib sie mir. Sofort.«

»Geht's dir so beschissen?« fragte Hans nicht besonders besorgt.

»Beschissen sagt man nicht. Aber wenn du es ganz genau wissen willst: noch beschissener, als du es dir überhaupt vorstellen kannst.«

Hektisch wählte ich Osambos Nummer.

»Guten Tag, hier spricht Osambo«, meldete er sich. Wie wunderbar sanft und beruhigend er sich doch anhörte.

»Ich brauche Ihre Hilfe, und zwar ganz, ganz dringend«, verkündete ich dem, so hoffte ich, Retter in der Not.

»Wie heißt du denn?« erkundigte er sich sanft. Sein Akzent, welcher es auch immer war, klang auch sehr angenehm.

»Linda, Linda Lano. Mein Kollege Hans hat mir Ihre Telefonnummer gegeben. Ich habe aufgehört zu rauchen.«

So, da war sie nun draußen, meine heroische Botschaft.

»Ach, Hans. Grüße ihn schön von mir.«

Also wenn der mich duzt, dann duze ich doch zurück. »Hilfst du mir? Mit deinen Nadeln?« setzte ich erneut mit meinem Pro-

blem an. Mein Hörer war inzwischen klatschnaß von Entzugs-Schweißpfötchen.
»Willst du wirklich ganz ehrlich aufhören zu rauchen? Bist du dir ganz sicher, hast du deine Seele erforscht?«
Seele erforscht war vielleicht etwas übertrieben, eigentlich war's eher der Husten und…
»Ja. Habe ich erforscht. Die will auch aufhören.«
Osambo war zufrieden mit seiner zukünftigen Patientin. »Dann komm einfach vorbei. Ich erwarte dich.«
»Danke, vielen Dank, ich fahre so schnell wie möglich los.«
»Ruhe«, sagte Osambo sanft, »Ruhe ist wichtig. Komm langsam und bewußt.«
»Auch das«, sagte ich und düste in mein Büro. Tasche, Taxi, weil Auto noch in der Werkstatt, und los.
Bestimmt war Osambo ein zarter Mann voller Sanftmut. So stellte ich mir den mönchsgeschulten Meister vor. Und klingelte. Ein schwarzhäutiger Riese mit glühenden dunklen Augen öffnete. Er hatte lange schwarze Haare und die Statur eines Titanen. Schüchtern blickte ich in das Wohnungsinnere.
»Ich suche Osambo«, erklärte ich und versuchte, hinter dem Titanen meinen Akupunkteur zu erspähen.
Der Riese sagte nichts und ging einen Schritt zur Seite. Zögernd trat ich in den Korridor. Eine große schwarze Hand kam auf mich zu und berührte mein Kinn. Goliath oder Herkules oder wie auch immer er hieß hob mein Gesicht an und schaute mir in die Augen. Hilflos stand ich einfach da und starrte zurück.
»Linda«, sagte er sanft.
Diese Stimme kannte ich doch?
»Osambo?« fragte ich ungläubig.
Ich hätte Hans erschlagen können. Der Mistkerl saß unter Garantie feixend in der Agentur und malte sich aus, wie blöd ich gerade aus der Wäsche guckte.
Herkules nickte. Wie aufgezogen marschierte ich dem gigantischen Zwei-Meter-Wunder hinterher. Und stand in einem Zimmer. Es war fast leer, nur in der Mitte war eine Liege aufgestellt. Wonach roch es hier nur? Ich entdecke einige glimmende Räucherstäbchen.

»Bitte setz dich«, bot mir Osambo die Liege an.
Ich kletterte darauf. Er blieb einfach vor mir stehen.
»Wie viele Zigaretten hast du denn pro Tag geraucht?«
»Och, so eine Schachtel war es sicher«, gab ich vage Auskunft.
»Ja?« fragte Osambo gedehnt.
Mist, er traute dem Braten nicht. Ich blickte ihn unsicher an. Herrje, das waren richtige Guru-Augen. Ob er mich jetzt wohl hypnotisierte?
»Oder auch zwei«, setzte ich nach.
Osambo nickte. Und legte mir seine Riesenhand auf den Bauch. Erschrocken hielt ich den Atem an.
»Atmen, ruhig atmen«, sagte er sanft.
Ich gab mir alle Mühe und hechelte mit Blick auf die Hand vor mich hin.
»Ruhiger, leg dich hin, laß dich einfach fallen.«
Platsch, da lag ich nun. Im Duft der Räucherstäbchen, mit einer fremden Hand auf dem Bauch, und das alles am hellichten Tage.
»Stell dir vor, du atmest weißes Licht ein. Es zieht in deinen Körper und bindet alles Böse. Das atmest du dann als etwas Tiefviolettes einfach wieder aus.«
Das hatte ich verstanden. Hell rein, dunkel raus.
»Weitermachen, weitermachen, so ist es gut. Ich lasse dir jetzt Zeit zur Entspannung.«
Die Hand verschwand, Osambo verschwand. Von irgendwoher ertönte eine Musik, die sphärischen Klängen glich. So atmete ich und ließ mich von Duft und melodiösem Pling-Plang ganz und gar einlullen.
Es vergingen so ungefähr drei Jahre oder Stunden oder Minuten, keine Ahnung. Sanft strich mir jemand über die Stirn. Osambo war wieder da und hatte ein Kästchen bei sich, das er nun öffnete. Blinkende Nadeln lagen darin, eine spitzer als die andere. Mißtrauisch lugte ich hinein. Eine einzelne Spritze beim Arzt langte mir schon, aber hier versprach eine ganze Serie auf mich zuzukommen.
»Ich werde nun beginnen, deine Energieströme in Ordnung zu bringen«, behauptete Osambo.

Konzentriert fingerte er an meinen Ohren herum. Wo man so überall Energieströme haben kann, wunderte ich mich. Pieks, machte es.
»Aua«, ich war empört.
»Atme bitte ganz ruhig weiter, es tut nicht weh«, folgte die nächste Osambo-Anweisung.
Drei weitere Piekser in mein armes Ohr. Links nur zwei. Ob das wohl seine Richtigkeit hatte?
»In den Kopf etwa auch?« fragte ich entsetzt, als Osambo meine Schädelstruktur erforschte.
Der Sadist nickte. Den Einstich spürte ich dann auch, aber der Mann konnte gar nicht genug kriegen. Nun reizten ihn meine Handgelenke, die auch ihre Nadelportion abbekamen. Zufrieden betrachtete er sein Werk, die gespickte Linda, und verließ lächelnd den Raum. Eine weitere Ewigkeit später gesellte er sich netterweise wieder zu seinem Opfer und drehte fröhlich an allen Nadeln in meinem Körper herum. Schließlich befreite er mich davon und hieß mich mich aufsetzen.
»Das war heute nur der Anfang. Du solltest vorerst einmal pro Woche kommen. Bei dir ist alles ganz schön durcheinandergeraten. Du mußt dir vorstellen, jeder Körper hat sein eigenes Kühlsystem. Der Zigarettenrauch verwirrt dieses Kühlsystem komplett und schafft große Irritationen.«
Ich nickte brav. »Gut. Was kriegst du eigentlich an Geld?« Sein Honorar hielt sich in Grenzen.
Herkules führte mich zur Tür, hob noch mal mein Kinn und fragte: »Wie geht es dir jetzt?«
»Hmm.« Ich schaute in mich. »Ruhiger«, mußte ich zugeben.
»Das weiß ich. Bis bald«, verabschiedete er sich.

Stolz zeigte ich Hans meine kleinen Einstichstellen.
»Wie findest du denn Osambo?« fragte Hans vorsichtig.
»Er ist genau, wie ich ihn mir vorgestellt hatte, mein neuer Guru«, log ich. »Er hat gesagt, mein innerer Kühlschrank ist hin. Was hattest du denn bei ihm für eine Akupunktur, Hänschen?«
»Akupunktur?« sagte Hänschen entsetzt. »Ich kenne ihn nur

aus der Kneipe vom Biertrinken, das heißt, er trinkt immer grünen Tee und malt dort Heilpflanzen. Ich laß mich doch nicht pieken!«

Nun war ich nicht nur rauch-, sondern auch noch sprachlos. Und Hänschen kassierte den bösesten Blick, den ich in meinem Repertoire hatte.

Haken

Die Wirkung von Osambos Erstbehandlung hielt an. Auch den Donnerstag überstand ich so einigermaßen, beflügelt von der Freude auf einen romantischen Abend mit Mike.

»Hast du alles für unser Meeting morgen mit Mike Badon vorbereitet?« fragte Peter, als ich mich aus der Agentur schleichen wollte.

»Yes, Sir. Ich muß jetzt schnell weg, weil mein Auto in der Werkstatt abholbereit ist.«

Der Werkstattmeister begrüßte mich grinsend. Offensichtlich entzückte ihn die Schadensübernahmeerklärung der städtischen Müllabfuhr immer noch, in der der Unfallablauf unmißverständlich und ausführlich geschildert war.

»Wir haben es auch gewaschen. Hatte Ihr Auto dringend nötig!« warf er sich in die Brust.

Gute Idee, daß Kerle mal für mich putzten. Fröhlich fuhr ich mit meiner Hochglanzkiste heim.

Das schönste Türklingeln der Woche. Nikotinfrei schwebte ich Mike entgegen. Er hatte etwas müde Augen von der langen Autofahrt und ließ sich erschöpft auf dem Sofa nieder. »War das ein Verkehr heute. Allein, um aus Frankfurt herauszukommen, habe ich schon fast eine Stunde gebraucht.«

Klarer Fall, dieser Held wollte nun etwas verwöhnt werden. Ich fühlte mich wie ein Burgfräulein, das ihren Ritter für ausgestandene Qualen entschädigen und betütteln sollte. Allerdings war ich auch ziemlich groggy und beschloß, die erste Runde in Richtung Arbeitsteilung einzuläuten.

»Kleiner Cocktail gefällig?« fragte ich.

Mike nickte.

»Dann hol doch schon mal die Eiswürfel aus dem Kühlschrank«, forderte ich ihn auf.

Na, das ging doch ganz gut. Mike ließ die Eiswürfel in die Glä-

ser klickern, und ich mischte eine leckere Campari-Sekt-Orangensaft-Kombination.
»Mhm«, schwärmte Mike, »daran könnte ich mich gewöhnen.«
Ich genoß seine bewundernden Blicke und seine Streicheleinheiten. Dieser Mann war wirklich ein absoluter Glückstreffer.
»Bin ich gar nicht mehr gewöhnt, so regelmäßig einen Mann in meinem Schloß zu empfangen«, strahlte ich ihn an.
»Bist du so eine Einsiedlerin?« fragte mein Ritter.
»Na ja, ehe ich mich mit Langweilern oder Schurken umgebe, genieße ich lieber meine Freiheit. Aber das mit dir – ist wirklich nett.«
Mehr war vorerst nicht nötig, schließlich wollte ich ihm nicht gleich eine Liebeserklärung hinlegen. Mir fiel ein, daß er morgen nach dem Meeting schon wieder abreisen mußte.
Mitfühlend erkundigte ich mich: »Sag mal, mußt du am Wochenende arbeiten?«
Mike schüttelte den Kopf. »Nö, so kann man es nicht gerade nennen.«
War das das Ende der Durchsage?
Vorsichtig bohrte ich weiter, nun wollte ich es genau wissen. »Hast du denn etwas Hübsches vor?«
»Hübsch ist der richtige Ausdruck.«
Na, Mike war ja wirklich ausgesprochen mitteilungsbedürftig.
»Prost«, sagte ich und trank erst mal einen Schluck.
Mike, redefaul und ganz entspannt, spielte mit einer meiner Haarsträhnen.
»Ich heiße zwar Linda und nicht Sherlock Holmes, aber was treibst du denn nun?«
Er lächelte: »Ich besuche meine Tochter.«
Pause zum Sackenlassen.
»Wie – deine Tochter?«
Mike sagte lässig: »Ach, hab ich dir wohl noch nicht erzählt. Meine Tochter heißt Maria, ich nenne sie immer Mariechen.«
»Mariechen«, wiederholte ich blöd.
Mir dämmerte es so langsam. Mein Ritter hatte es ganz schön faustdick hinter den Ohren, der klassische Mann mit einem Haken. Wieso hatte ich mir eigentlich eingebildet, daß genau

dieses Prachtexemplar keinen haben würde? Ganz im Gegenteil, das war schon ein ausgeprägter Karabinerhaken.
»Wie alt ist denn das Mariechen?« fragte ich ironisch.
»Gerade fünf geworden«, sagte Mike. Unüberhörbar klang der tiefverwurzelte Erzeugerstolz durch.
»Hat Mariechen denn auch eine Mami?«
Oh, oh, ich mußte aufpassen, daß meine Stimme keine hysterischen Kiekser fabrizierte.
»Sicher doch. Brigitte. Wir haben ein paar Jahre zusammengelebt, sie wohnt jetzt mit Mariechen in Bremen.«
»Wie praktisch«, gab ich böse zurück, »da kannst du uns ja alle drei immer auf einer Tour besuchen.«
Ihm war nicht entgangen, daß es hier ein Problem gab. Ich wartete angespannt darauf, daß er sich Asche aufs Haupt streute und sich für dieses späte Geständnis entschuldigte.
»Du bist doch nicht etwa eifersüchtig?« scholl mir statt dessen entgegen.
»Auf eine Fünfjährige?« protestierte ich lautstark.
»Eben. Das wäre auch Quatsch«, nickte Mike beruhigt.
»Eben.«
Seifenblasen sind so schön, aber wenn sie zerplatzen, macht es einfach nur leise ›puff‹. Traurigkeit machte sich in mir breit. Mariechen war das eine, aber Brigitte, die Kindsmutter, machte mir zu schaffen. Was mußte das für eine Frau sein, mit der Mike ein Kind hatte? Nicht, daß ich jemals selbst Kinder haben wollte, bisher jedenfalls nicht, aber Kinder zu haben bindet Menschen doch. Meine Phantasie kam ins Schwingen und ließ eine Beauty der Extraklasse samt Baby auf dem Arm auftauchen. Aber ich stand unter Mikes aufmerksamer Beobachtung.
»Brigitte ist wirklich eine tolle Frau. Wie sie das so mit Mariechen regelt, ist einfach klasse.«
Diese überaus feinfühlige Bemerkung ließ unaufhaltsam die Tränen in mir aufsteigen. Ich schluckte. Nee, nicht heulen, der Mann gehörte bestraft. Am besten mit abruptem Liebesentzug. Mit einem Ruck stand ich auf und setzte mich auf das andere Sofa. Ich rieb mir die Handgelenke. Mike nahm meine Hand, die ich ihm sofort zu entziehen versuchte.

»Was hast du denn da?« fragte er stirnrunzelnd und zeigte auf die Akupunktur-Einstichstellen.
»Geht dich gar nichts an. Ich habe auch so meine Geheimnisse«, pampte ich zu ihm rüber.
Jetzt lachte der auch noch. Er stand auf, packte mich bei den Schultern und nahm mich fest in den Arm, obwohl ich ganz die Widerborstige war.
»Hör mal, das mit Brigitte ist vorbei. Nun beruhige dich mal wieder. Ich bin doch auch nicht auf deine Vergangenheit eifersüchtig.«
»Die ist auch nicht von heranwachsenden Kleinkindern geprägt«, wehrte ich mich.
Allzu schnelles Verzeihen wollte ich ihm wahrhaftig nicht gönnen. Er hielt mich etwas auf Abstand, um mir in die Augen zu schauen.
Da platzte ich kläglich mit der schlimmsten Frage heraus, die man Prinzen mit Haken nur stellen konnte: »Was empfindest du eigentlich für mich?«
»Viel, sehr viel. Mehr, als ich vorhatte«, entgegnete Mike.
»Ach, und weil du viel für mich empfindest, verschweigst du vorsichtshalber deinen Nachwuchs, oder was?«
»Ich wollte dich damit nicht so überfallen. Im Grunde betrifft das unsere Freundschaft ja auch nicht«, sagte Mike ruhig.
»Blöde Ausrede«, wütete ich.
Mike nickte. »Du hast ja recht, Linda. Ja, du hast recht.«
»Genau«, setzte ich im Brustton der Überzeugung nach.
»Und was sind das nun für Einstichstellen?« wollte Mike wissen.
»Och, ich habe einen Guru. Der macht mich ganz verrückt«, antwortete ich unschuldig.
»Was für einen Guru?«
»Ja, er ist so zwei Meter groß und hat sehr hypnotische Augen.«
Schien meinem Mann mit Haken nicht zu gefallen.
»Und was stellt er mit dir an?«
Ich mußte lachen. »Akupunktur, Mike. Er piekt mich gegen das Rauchen.«
»Ach so«, sagte Mike erleichtert.

»Hatten wir nun unseren ersten Streit?« fragte ich.
Mike nickte. »Wie wär's mit einer passenden Versöhnung?«
Besänftigtes Burgfräulein verdrängte erst mal, daß es immer noch ein wenig böse war. Erst mal.

Am nächsten Morgen machte ich mich besprechungsschick und weckte Mike, kurz bevor ich in die Agentur startete.
»Ich muß los. Wir sehen uns in zwei Stunden. Vergiß bloß nicht, mich zu siezen«, ermahnte ich ihn noch augenzwinkernd.
Meine Sekretärin Anni überfiel mich gleich mit ihren gesammelten Werken und redete voller Nachdruck auf mich ein. »Linda, auf diesen Brief mußt du noch antworten. Diese Rechnung mußt du noch korrigieren.«
Sie blätterte weiter, nicht ohne eifrig zwischendurch ein Fingerchen anzufeuchten. »Hast du dieses Projekt schon realisiert? Dafür mußt du noch eine Projektnummer einrichten. Und hier – die drei Angebote auf deine Fotoshooting-Anfrage sind eingetroffen. Da mußt du dich für einen der Fotografen entscheiden.«
Ich stöhnte. »Anni, weißt du nicht jemanden, an den ich meinen Job verschenken könnte? Warum muß ich das alles tun? Ich habe so überhaupt keine Lust.«
Anni zuckte mit den Schultern. »Du mußt nun mal«, kam als Erwiderung. Kein großer Trost.
Das Telefon klingelte, das ich nun sicherlich auch dringend abnehmen mußte.
»Hier ist Mike«, tönte mir meine Lieblingsstimme entgegen.
»Ja?« fragte ich mit Seitenblick auf Anni.
»Eigentlich wollte ich jetzt zu euch in die Agentur kommen. Aber – du hast mich eingeschlossen.«
Ich traute meinen Ohren kaum. Verdammt, in den letzten Jahren hatte ich nie einen meiner Liebhaber allein in meiner Wohnung gelassen. Gewohnheitsmäßig mußte ich wie jeden Morgen beim Gehen tatsächlich den Schlüssel im Schloß umgedreht haben.
»Herrje, das ist aber unangenehm«, sagte ich gestelzt, immer noch Anni im Blickfeld.
»In der Tat«, gab Mike ironisch zurück, »würdest du mich bitte befreien?«

»Sicher doch, sicher doch, kommt sofort«, versuchte ich die Fassung wiederzugewinnen und legte langsam den Hörer auf.
»Etwas Unangenehmes?« fragte Anni.
Ich lenkte ab und nahm ihr die Fotografenangebote aus der Hand. »Anni, ruf bitte Jo an. Der ist für den Job genau der Richtige. Zwar teuer, aber einen besseren Porträtfotografen gibt's zur Zeit kaum.«
Endlich verließ Anni wieder mein Büro, und ich überlegte fieberhaft, unter welchem Vorwand ich kurz vor dem Meeting nun noch aus der Agentur verschwinden konnte.
Meine Kaffeetasse kam mir ins Visier. Das war des Rätsels Lösung, fand ich – und goß mir vorsichtig das dunkle Gebräu auf das linke Hosenbein. Hoffentlich würde ich meine Reinigung damit nicht überfordern, aber egal, dieses Opfer mußte ich nun einfach bringen. Mit meinem unübersehbar ekligen Kaffeefleck stürmte ich Peters Office.
»Peter, mir ist etwas Schreckliches passiert. Schauen Sie mich bloß an. Meine Kaffeetasse ist umgefallen, und jetzt ist die ganze Hose hin. Badon hat gerade aus dem Auto angerufen. Er braucht noch so ungefähr eine Dreiviertelstunde. Ich fahre schnell nach Hause und ziehe mich um. Ist ja peinlich so. O.k.?«
Peter hatte prächtige Gönnerlaune und nickte zustimmend. Als ich die Wohnungstür aufschloß, hatte ich meinen Humor wieder.
»Na, du Knastbruder.« Ich küßte Mike. »Wirst du mir noch einmal verzeihen?«
Auch Mike grinste. »Ja, aber vergiß nicht, ich habe jetzt einen bei dir gut.«
»Irrtum«, erwiderte ich, »wir sind jetzt pari. Ich ziehe mir schnell etwas anderes an. Und dann husch, husch, zur Arbeit. Aber gib mir noch einige Minuten Vorsprung, damit wir nicht gleichzeitig in der Agentur eintrudeln.«

Mein Liebhaber überschüttete die Agentur und damit auch die charmante Frau Lano mit wahren Arbeitsmassen.
»Wir haben eine neue Uhr entwickelt, die wir in der nächsten Kollektion als Star-Produkt bewerben werden«, erklärte er uns,

während er seinen Aktenkoffer öffnete. »Das hier ist der handgearbeitete Prototyp. Sie funktioniert mit Solarzellen, ist bis zu hundert Meter Tiefe wasserdicht, hat Datumsfunktion und so weiter. Vom Design her ist sie sehr viel flacher als alle bisherigen Modelle.«

Peter griff sich die Neuheit als erster und legte sie um sein gewaltiges Handgelenk. »Das ist doch mal was«, nickte er anerkennend.

»Welche Maßnahmen schweben Ihnen denn so vor?« fragte ich mit gezücktem Kugelschreiber und notierte Mikes Angaben.

»Eine Anzeigenkampagne, eine Verkaufsbroschüre für den Außendienst, Dekorationsmaterial für die Schaufenster und einen besonders ausgefallenen Präsenterständer.«

Ich schaute Hans an, der lauter kleine Sonnen auf seinen Block malte und daher zumindest die Sache mit den Solarzellen verstanden zu haben schien.

»Ich fahre in Kürze eine Woche in den Urlaub. Können wir uns danach zur Präsentation sehen?« fragte Mike den Big Boß.

Der Sklaventreiber sagte sowieso jeden Termin zu, so auch diesen.

»Wo soll's denn hingehen, Herr Badon?« erkundigte sich Peter.

Mit einem kurzen Seitenblick zu mir antwortete Mike: »Kurztrip nach Mallorca mit – Freunden.«

Ich schluckte. Das stand ja auch immer noch im Raum.

Beim Abschied schaute er mir tief in die Augen. »Frau Lano, schönes Wochenende.«

»Ebenfalls«, gab ich zähneknirschend von mir.

Kaum war er weg, tauchte Jo auf.

»Hi, Linda, schön, dich zu sehen. Anni sagte mir, wir machen einen Fotojob zusammen?«

»Ja«, lächelte ich ihn an, »endlich mal etwas Erfreuliches. Das Projekt ist wie für dich geschnitzt, da kannst du dich richtig austoben.«

»Hast du ansonsten so viele unerfreuliche Sachen zu tun?« erkundigte sich Jo, während er konzentriert die letzten Layouts mit surreal angestrahlten Männerköpfen durchblätterte.

Jo konnte ich vertrauen, denn er war nicht nur diskret, sondern

für mich inzwischen ein guter Bekannter, mit dem ich auch in anderen Agenturen schon Fotoshootings abgewickelt hatte.
»Sagt dir null Bock etwas?«
Er schaute auf. »Du hast aber auch einen Horrorjob. Willst du nicht mal etwas anderes machen?«
Ich nickte. »Nichts lieber als das. Nur die Superpatentlösung ist mir noch nicht eingefallen.«
Nachdenklich betrachtete er meine nervösen Hände, die wie üblich fahrig auf der Suche nach nicht vorhandenen Zigaretten waren.
»Laß uns darüber mal in Ruhe sprechen. Vielleicht habe ich ja eine Idee, Baby.«
Merkwürdige Beendigung der Woche. Mike fuhr zu seinem Kindchen, Jo nannte mich zu allem Überfluß auch noch ungestraft Baby. So saß Linda-Baby mit nagender Eifersucht allein daheim.

Hygiene

Wenn frau sich schon klein fühlt, dann aber richtig. Also auf ans Telefon und die Großen anrufen.
»Hallo, ich bin's«, verkündete ich Mama.
»Hallo, meine Kleine«, sagte Mama.
Zufrieden lehnte ich mich zurück. Ja, diese Ansprache paßte in meine Stimmung.
»Wie geht es dir? Wie war deine Woche?« erkundigte sich die stets um ihre Kleine Besorgte.
»Schwer durchwachsen. Erst habe ich aufgehört zu rauchen, und das entpuppt sich als Superqual. Dann läßt mich auch noch meine neueste männliche Errungenschaft am Wochenende allein, um Exfreundin und Tochter zu besuchen.«
Mama war hochkonzentriert und bearbeitete meinen Kummer der Reihe nach. »Also, das mit dem Rauchen finde ich großartig. Stell dir nur vor, wie sich deine arme Lunge langsam wieder erholen wird. Das mußt du unbedingt durchhalten.«
Ergeben nickte ich artig.
»Und dieser Mann, Mike heißt er, nicht wahr? Also dieser Mann hat eine Tochter?«
»Ja«, antwortete ich, »die er mir bisher erfolgreich verschwiegen hat.«
»Oh, oh«, hatte Mama auch so ihre Bedenken. »Weißt du, das darf man nicht unterschätzen. Ein Kind bindet ungemein.«
»Ja, das fürchte ich ja auch«, stöhnte ich.
Mama überlegte laut: »Außerdem wohnt er in Frankfurt. So eine Fernbeziehung hat doch sowieso keine Zukunft. Vielleicht solltest du ihn besser vergessen.«
»Geht nicht, zu spät«, sagte ich voller Dramatik.
Mama wußte, daß Argumentieren im Moment zu rein gar nichts führen würde.

»Hast du dir denn auch genug zum Essen eingekauft?« erkundigte sie sich fürsorglich.
Ich verdrehte die Augen, weil sie wieder mal fürchtete, ihre Tochter könnte verhungern.
»Ja, und warme Socken habe ich auch an«, zog ich sie auf.
»Sei nicht so frech zu deiner Mutter. Willst du deinen Vater noch sprechen?«
Schon war er am Apparat: »Na, meine Kleine, was macht die Kunst?«
»Kunst? Schön wär's ja. Mein Job ist einfach schrecklich, Papa, ich halt's nicht mehr lange aus.«
Schweigen im Walde, denn jetzt hatte ich ihm einen Schrecken eingejagt. Bedächtig kam die Antwort: »Kind, tu nichts Übereiltes. Komm zu uns nach Berlin, dann können wir darüber mal in Ruhe reden.«
Na schön, am liebsten würde ich sofort meine kleine Welt komplett ändern. Anlauf im Galopp, mit dem Kopf durch die Wand – und ein neues Leben täte sich auf.
»Papa, ich überlege mir, wann ich dazu mal Zeit habe«, kürzte ich die Diskussion ab.
Meine Grübeleien über Fernbeziehungen, Kindsväter und mein neues Leben hielten mich in Schach. Ich beschloß, Mike vorerst auch ein wenig ins Grübeln zu bringen, nicht mehr ans Telefon zu gehen und nur den Anrufbeantworter laufen zu lassen. Sollte er sich doch fragen, was ich am Wochenende so machte. Am Montag leuchtete mir immer noch die nichtssagende Null auf dem Anrufbeantworter entgegen. Nicht sehr von Erfolg gekrönt, meine Taktik.

So lauerte ich auf den Vorstellungstermin, der mein armes Dasein in ein zumindest monetär reiches verwandeln könnte. Lieber Himmel, war ich aufgeregt. So entschied ich, daß ich besser ein Taxi nehmen sollte, um allen Widrigkeiten vorzubeugen, falls mein Auto zum Beispiel unterwegs streikte, ich keinen Parkplatz fände, mir wieder ein Müllwagen begegnete oder ähnlich Überflüssiges mich von meinem pünktlichen Erscheinen abhalten würde.

Ich staunte. War diese Agentur schick. Der Innenarchitekt hatte sicher mehr Honorar bekommen, als fünf Agenturknechte im ganzen Jahr verdienten.
»Lano«, stellte ich mich der Empfangsdame vor. »Ich habe einen Termin bei Frau Schneider.«
Sie nickte und führte mich in den Wartebereich.
Mein Gott, war das hier alles vornehm. Lautlos huschten zwei Männer mit ernstem Gesicht an mir vorbei. Ich beugte mich etwas vor und schaute in den angrenzenden Gang. Die vielen Glastüren flößten mir Unbehagen ein. Sie wirkten wie Einzelparzellen, in denen emsig geschuftet wurde. Ab und zu liefen Menschen von einem Raum in den nächsten. Alle schweigend und mit gesenkten Köpfen. Klassisches Phänomen von Denkfabrik. Erfolglos versuchte ich, mich in eine positive Stimmung zu schaukeln und das beklemmende Gefühl zu ignorieren.
Über einen unsichtbaren Lautsprecher hörte ich die säuselnde Stimme der Rezeptionistin: »Frau Schneider, bitte zum Empfang, Frau Schneider, bitte.«
Big Sister was calling her, und so kam eine Dame hektischen Schrittes auf mich zu.
»Schneider«, sagte sie etwas schrill, »schön, daß Sie hier sind, Frau Lano.«
Schnell erhob ich mich und erwiderte die Begrüßung.
Wir saßen einander gegenüber. Sie im dicken Chefsessel, ich auf einem unbequemen Designerstühlchen. Als Frau in der Geschäftsleitung hatte sie prima gelernt, wie man sich selbst in die exponiertere Stellung brachte.
Vor ihr lag eine Mappe, die den Aufdruck der Headhunter-Firma trug. Sie blätterte nervös darin herum, offensichtlich, um mein Curriculum vitae zu überfliegen. Geduldig wartete ich und schaute ihr ins Gesicht.
»Die Arme«, dachte ich mitleidig. Heftige Werbekämpfe der letzten Jahrzehnte hatten ihr ganz offensichtlich die Mundwinkel mit Bravour nach unten getrieben. Mit glanzlosem Blick fixierte sie mich nun.
»Schön, schön«, sagte sie fahrig und meinte wohl meinen Lebenslauf.

Verbindlich lächelte ich das Nervenbündel an.
»Ja, wir haben Ihnen eine überaus verantwortungsvolle Position anzubieten.«
Ich nickte und fragte: »Um welchen japanischen Kunden handelt es sich eigentlich?«
Frau Schneider schaute sich um, als befürchtete sie, von bösen Spionen beobachtet zu werden. »Das ist noch ganz geheim, wissen Sie.«
Ich konnte sehen, daß ihr linkes Augenlid zuckte.
Geduldig sagte ich: »Verstehe. Unser Gespräch ist natürlich vertraulich.«
Sie nannte mir den Namen des Konzerns. »Kennen Sie sicher. Die sind absolut auf dem Vormarsch mit teuren Kosmetika und sehr interessanten Hygieneprodukten.«
Natürlich kannte ich die Firma und war schwer beeindruckt. Ich sah mich bereits als Herrscherin über goldglänzende Cremetiegel und -tuben.
»Wir werden die ganzen Produkte in zwei Bereiche aufteilen. Und ich kann Ihnen das Angebot machen, daß Sie einen davon führen werden.«
Diese vor Anspannung vibrierende Person hatte meine Qualitäten glasklar erkannt.
Aufmerksam wartete ich auf weitere Erklärungen. Frau Schneider drehte sich in ihrem Sessel hin und her und knetete die beringten, flatternden Finger.
»Von der Kundenstruktur her ist es so, daß im Vorstand ausschließlich Japaner sitzen. Geschäftssprache ist Englisch. Ist das ein Problem für Sie?« fragte sie stirnrunzelnd.
»Besser als Japanisch«, gab ich vage zurück. Mir schwante, daß ich mein Schulenglisch um einige Managementvokabeln würde erweitern müssen. Das wollte ich der nervösen Frau Schneider aber nicht unbedingt aufs Näschen binden. Also ablenken.
»Arbeiten wir denn direkt mit den Vorständen zusammen oder mit der Ebene darunter? Marketing, Product Manager und so?«
Diese professionelle Frage schien Frau Schneider zu gefallen.
»Mit beiden Ebenen«, erklärte sie, »es sind übrigens alles ausschließlich... Männer.«

Innerlich mußte ich grinsen. Der Tonfall, den sie bei dem Wort Männer draufhatte, erinnerte mich an die Intonation bei Wörtern wie ›Schmeißfliegen‹, ›Kakerlaken‹ und anderen Widerlichkeiten.

»Och, kann ja ganz nett sein«, wollte ich sie etwas versöhnlicher stimmen.

Gequält versuchte sie ein verzerrtes Lächeln. »Wie gesagt, wir teilen den Werbeetat in zwei Bereiche. Ihr Bereich beträfe die Hygieneartikel.«

»Hygieneartikel?« fragte ich gedehnt.

Was meinte sie wohl damit? Würde meine Karriere in der Beschäftigung mit zwei- und dreilagigem Klopapier mit und ohne Blümchen enden?

Frau Schneider hatte nun endgültig kein Sitzfleisch mehr und drehte wie ein eingesperrter Tiger hinterm Schreibtisch ihre Runden.

»Der Konzern hat eine ganz tolle Entwicklungsabteilung, müssen Sie wissen«, holte sie aus.

Bestimmt voller wuselnder Japaner, die selbstredend auch ausschließlich männlichen Geschlechts waren.

»Es ist zu erwarten, daß er auf lange Sicht im Hygienebereich selbst in Deutschland Marktführer wird.«

Ihre Stimme wurde von Minute zu Minute schriller. Ich schwieg und folgte ihr mit meinen Blicken von rechts nach links. Ping, pong, wie bei einem Tennisspiel. Endlich setzte sie sich wieder.

»Ja, also – es geht um Produkte für die weibliche Monatshygiene.«

Die Worte standen überdeutlich im Raum und hallten in meinen Ohren nach. Sie hatte eindeutig meine Klopapier-Befürchtungen übertroffen.

»Für einen Profi sicher kein Problem. Und für Sie als aufgeklärte Frau bestimmt auch nicht. Sie betrachten sich doch als aufgeklärte Frau, oder nicht?«

Ich war immer noch baff. Selbstredend war ich eine aufgeklärte. Stufenweise hatte Mama mir erst die Story mit Blümchen und Bienchen erklärt. Dann gab es da noch diese Fernsehserie, bei der ich als Achtjährige staunend die mikroskopischen Aufnah-

men einer Eizellenbefruchtung verfolgt hatte. Schließlich die indiskreten Riesenbilder in der Schule, als unsere Lehrerin uns kichernden Schülern auf Packpapier einen nackten Jungen und ein nacktes Mädchen gemalt hatte. In allen Einzelheiten. Dazu die Erfahrungen der letzten Jahre…
Ich räusperte mich: »Natürlich bin ich aufgeklärt.«
Frau Schneider zückte einen Ordner mit Fotos. In den nächsten Minuten erklärte sie mir die Einzelheiten des Monatshygienesortiments. Ich glotzte auf Tampons in verschiedenen Größen, Binden, Slipeinlagen und bekam zu allem Überfluß noch ein Probepäckchen von ihr geschenkt. Unschlüssig schob ich den Karton auf ihrem Schreibtisch hin und her.
»Wie passend, daß die Kunden ausschließlich Männer sind«, machte ich meinem Herzen Luft.
Frau Schneider fixierte mich. Die Ironie in meiner Stimme schien ihr zu mißfallen. »Ja, wenn Sie meinen, daß Sie sich nicht durchsetzen können, dann sind Sie sowieso falsch in der Branche«, sagte sie schneidend, die liebe Frau Schneider.
Ich hielt die Luft an. Das war wohl gerade eine Backpfeife für Linda, aber eine ganz ungerechte! An mangelnde Durchsetzungskraft meinerseits hatte ich doch gar nicht gedacht. In meiner Phantasie sah ich mich allerdings bereits in peinlichen Diskussionen, in denen mich die Herren der Schöpfung fragen würden: ›Was halten Sie als Frau denn davon? Ist die Slipeinlage auch dünn genug?‹ Nee, was zuviel war, war zuviel.
»Sehe ich etwa so aus, als hätte ich Angst vor Männern?« fragte ich kampfeslustig mein weibliches Gegenüber. Schließlich mußte ich hier auf der Stelle erst mal meine Arbeitsehre verteidigen.
»Vielleicht sind Sie noch ein bißchen zu, wie soll ich sagen, tja, äh, also, zu jung«, quetschte sie hervor und schmiß mir einen kühlen Blick zu.
Aha, jetzt war alles klar. Es war Frau Schneider, die Angst vor Männern hatte. Und vor jungen Frauen. So wie sie mich momentan anstarrte, suchte sie offensichtlich verzweifelt nach Falten in meinem Gesicht oder wenigstens nach einem einzigen, winzigen Altersfleckchen auf meinen Handrücken. Tja, nichts da, liebe Geschlechtskollegin.

»Ich habe ausreichend Erfahrung, um einen solchen Job managen zu können«, gab ich zurück. Jetzt war ich aber gespannt, wie sie den verfahrenen Karren wieder zum Laufen bringen wollte.
Frau Schneider ließ die Augenlider flattern. Offensichtlich überlegte sie fieberhaft, und plötzlich beugte sie sich ruckartig vor.
»Der Job wird wegen der verantwortungsvollen Position sehr gut bezahlt«, lockte nun das Nervenbündel listig, listig.
»Geld stinkt«, dachte ich und strich den neuen Fernsehsessel entschieden. Der von Oma würde es sicherlich auch noch eine Weile tun.
Um die leidige Diskussion zu beenden, sagte ich höflich: »Ich werde darüber nachdenken. Wissen Sie, in meiner jetzigen Agentur fühle ich mich sehr wohl. Also, das ist keine leichte Entscheidung, verstehen Sie?«
Tat sie nicht, was ich an ihrem unwilligen Kopfschütteln erkennen konnte.
»Diese Chance sollten Sie sich nicht entgehen lassen«, schrillte sie, während ich mich schon erhob.
Bloß weg hier. Wir verabredeten ein Telefonat in den nächsten Tagen. Als ich endlich draußen die frische Luft einsog, schalt ich mich Feigling. Daß ich nicht scharf darauf war, mit japanischen Vorständen über Tamponkampagnen zu diskutieren, hätte ich ihr auch gleich sagen können. Und auf eine neurotische Chefin konnte ich ebenfalls dankend verzichten.
Ich beschloß, zu Osambo zu fahren, weil ich jetzt endgültig reif für eine pieksende Nachbehandlung war.

Massagen

Osambo überraschte mich an diesem Unglückstag mit einer rätselhaften Variante seines Guru-Könnens.

»Gib mir deine Beine«, lächelte er mir glutäugig entgegen.

Folgsam hob ich, wieder auf der Peinigerliege sitzend, beide ein wenig an.

»Ohne Stoff.« Er schüttelte den Kopf.

Aha, nun mußte ich auch noch die Hosen runterlassen.

»Zieh doch deine Jacke aus, sonst kommst du nie in einen relaxten Zustand«, folgte die nächste zwingende Anweisung.

So begab ich mich denn in meinem hautengen Body in die Waagerechte. Mir lag immer noch das nun leider doch nicht zukunftsverändernde Gespräch im Magen. Die aufkeimenden Entzugserscheinungen und der dunkle Maestro hier taten ihr Übriges. Ich fühlte mich schlecht, einfach schlecht.

Besorgt beugte sich Osambo über mich.

»Habe ich dir weh getan?« flüsterte er fragend.

Eine dicke Träne kullerte mir herunter.

»Du auch«, entgegnete ich. Die erste Nadel in die linke Wade war die fast größte Gemeinheit des Tages.

»Was ist nur los mit dir? Alles ist dermaßen angespannt, daß ich mir schon vorstellen kann, daß du Schmerzen hast. Tief im Inneren«, sagte der weise Mann.

»Ja«, heulte ich, »und nun auch noch in der Wade.«

»Schließe die Augen«, sagte er sanft, während er mir die Tränen aus dem Gesicht wischte. »Gleich wirst du dich besser fühlen.«

Osambo streichelte mir die Beine, und ich mußte kichern, weil ich doch so schrecklich kitzlig bin. Er wartete ab, bis ich mich wieder gefangen hatte.

»Ganz, ganz locker bleiben«, hörte ich ihn.

Eine Nadel jagte die nächste. Ich lag da wie ein modernes Kunstwerk mit Nadeln in den Zehen, den Fußgelenken, den Waden und mit dem üblichen Arm-, Kopf- und insbesondere Ohrenschmuck. Als er nacheinander alle Nadeln zu drehen begann, näherte ich mich einer Ohnmacht. Meinen Körper konnte ich plötzlich inwendig fühlen, Tausende von kleinen Blitzen schienen hin und her zu schießen. Unkontrolliert zuckten einzelne Muskelpartien, Ströme von Energie fluteten nadelgetrieben in Armen und Beinen.

»Merkst du, was alles in dir steckt?« fragte Osambo zufrieden.

»Wahnsinn, ich komme mir vor wie ein Elektrizitätswerk«, antwortete ich mit geschlossenen Augen.

Nachdem Osambo die Stromzufuhr wieder abgestellt hatte, sollte ich mich auf den Bauch legen. Nicht so einfach, dieses Unterfangen, auf der schmalen Liege die Drehung hinzubekommen. Unelegant wälzte ich mich zurecht.

»Schließe die Augen, alles wird gut«, tönte es vielversprechend über mir.

Hände hatte dieser Mann! Langsam begannen sie, mich zu kneten. Ich spürte sie am Hals, am Nacken und – nachdem Osambo den Body weiter heruntergezerrt hatte – auf meinem nackten Rücken. Seine Finger liebkosten meine Haut, um dann wieder kraftvoll Zentimeter für Zentimeter durchzuwalken.

»Mhm«, stöhnte ich.

Er schwieg und verteilte noch etwas Massageöl auf meiner Rückfront. Als er nach einer kleinen Ewigkeit innehielt, fühlte ich mich etwas wirr.

War das nun medizinisch zu sehen oder die Anmachtour eines Gurus? fragte ich mich.

»Das gehörte übrigens nicht zur Akupunkturbehandlung«, erklärte Osambo prompt und schaute mich mit der ganzen Glut seiner schwarzen Augen fest an.

Bleib jetzt bloß cool oder versuche wenigstens, es schnell zu werden, ermahnte ich mich.

»Nein?« fragte ich unschuldig und setzte hastig nach: »War aber klasse. Schön locker ist jetzt alles.«

Lässig hüpfte ich von der Liege und schlüpfte in meine Klamotten.

»Weißt du, woran du mich erinnerst?« fragte Osambo lächelnd.

Ich zuckte mit den entspannten Schultern.
»An einen Engel«, sagte Osambo sanft.
Recht hatte er. Und Engel machen keine Werbekampagnen für japanische Monatshygieneprodukte und brauchen überhaupt erst mal ein wenig Abstand von dem angeblich normalen Wahnsinn.

Mit diesen Gedanken rauschte ich zu Peter ins Office.
»Ich muß weg«, erklärte ich bestimmt.
Peter schaute unwillig auf. »Weg? Du bist ja gerade erst wieder hier. Wo kommst du jetzt überhaupt her? Ich warte schon die ganze Zeit auf dich«, herrschte er mich an.
»Von einer dringend notwendigen Rückenmassage. Und wie gesagt, ich muß weg. Ich will Urlaub!«
»Unmöglich«, blaffte er.
»Dann holen Sie schon mal die Fußfesseln und einen Knebel aus dem Schrank. Es ist nämlich so, daß ich mich mal um meine Familie in Berlin kümmern muß.«
Ich hätte ihm sonstwas erzählt, um mit Mike wegfahren zu können. Hauptsache, es wäre schön weit weg von Mallorca, wegen der Unauffälligkeit. Geschickter Engel, lobte ich mich innerlich. Kluger Gesprächsaufbau, besser als beim letzten Mal vor nun inzwischen anderthalb Jahren. Da mußte ich drei Tage lang betteln und dann auch noch mit Arbeitsverweigerung drohen. Na, ein bißchen Betteln würde ich mir wohl nicht ersparen können. Der Boß schwieg nämlich immer noch mit granitharten Gesichtszügen.
»Bitte, bitte, nur ein kleines, schnelles Wöchelchen. Sie sind doch da. Dann kann doch sowieso nichts passieren«, schleimte ich noch hinterher.
Er brummelte irgend etwas in seinen nicht vorhandenen Bart. Ich hatte zwar nichts verstanden, aber ich tätschelte seine Hand.
»Danke, Boß, Sie sind ein Schatz. Also ab nächsten Montag bin ich weg. Sie werden es fast gar nicht bemerken.«
Und nun schnell raus hier, bevor er es sich anders überlegte.
Mike hatte inzwischen fünfmal angerufen, ohne daß ich reagiert hatte. Zufrieden betrachtete ich den kleinen Stapel mit den Tele-

fon-Memos von Sekretärin Anni und beschloß, ihn noch ein wenig mehr zu ärgern.

»Guten Tag, Herr Badon, hier Lano. Was kann ich für Sie tun?« fragte ich formvollendet in den Hörer.

»Zum Beispiel endlich mal mit mir sprechen«, entgegnete er.

»Tut mir leid, keine Zeit. Am Wochenende hätte ich mich gerne mit dir unterhalten, aber das ging ja nun schlecht…«, sprach ich Engel vielsagend.

»Aha, da liegt der Hase im Pfeffer«, lachte der Prinz mit Haken.

»War's denn schön?« fragte ich säuerlich.

»Ja, aber das hat doch nichts mit uns zu tun. Eine Tochter liebt man ganz anders als seine Freundin.«

Ich streckte die Waffen. Freundin hatte er gesagt. Das klang direkt nach einer zweiten Massage, nach der für die kleine verletzte Seele.

»Willst du immer noch mit deiner Freundin nach Mallorca?« fragte ich schnell.

»Na klar doch. Klappt das bei dir?«

»Sicher, wenn ich Urlaub will, dann kriege ich ihn auch«, protzte ich ein bißchen. »Soll ich meinen Flug für Sonntag buchen?«

»Ja«, erwiderte Mike, »am besten so, daß du nachmittags landest. Meine Freunde aus München kommen so gegen fünfzehn Uhr an, ich eine halbe Stunde später. Vielleicht bekommst du das auch so in dem Dreh hin.«

Mein Reisebüro bewältigte diese Aufgabe spielend. Am frühen Abend war ich stolze Besitzerin eines Billig-Charterflugtickets nach Palma de Mallorca.

Der Rest der Woche bewirkte das Nachdunkeln meiner ohnehin schon respektablen Augenränder. Am letzten Arbeitstag führte nun kein Weg mehr daran vorbei, die nervöse Frau Schneider noch einen Tick nervöser zu machen.

»Frau Schneider, hier ist Linda Lano. Ich habe mir Ihr Angebot gut überlegt und möchte mich ganz herzlich für Ihr Vertrauen bedanken«, begann ich übertrieben höflich das Telefonat. Manchmal sieht man sich ja doch zweimal im Leben, also immer schön vorsichtig.

»Ja, Frau Lano, ja, ja«, hechelte sie flatterig zurück.
Ich holte tief Luft. »Leider kann ich Ihr reizvolles Angebot nicht annehmen.«
»Das ist ja gar nicht gut, nein, das ist ja jetzt ganz schrecklich.« Ihre Stimme überschlug sich. »Warum denn bloß nicht?«
Gerne würde ich ihr das erklären. Die genaue Formulierung für meine Absage wußte ich seit heute morgen unter der Dusche. Da war ich immer am kreativsten.
»Aus moralischen Gründen«, sagte ich voller Ernst.
»Moral?« krächzte Frau Schneider.
»Genau! Wissen Sie, ich bin nicht nur eine aufgeklärte, sondern auch eine sehr fortschrittliche Frau. Und ich kann es mit meinem Gewissen nicht vereinbaren, für ein unfortschrittliches Unternehmen zu arbeiten.«
»Aber«, stotterte Frau Schneider, »aber, aber, ich habe Ihnen doch von der Forschungsabteilung erzählt und ...«
Hemmungslos unterbrach ich sie: »Sicher, sicher. Ich meine aber den menschlichen Aspekt. Finden Sie es etwa besonders fortschrittlich, wenn die beiden obersten Etagen des Konzerns nur mit Männern besetzt sind, mit denen wir über so intime weibliche Produkte diskutieren sollen?«
Nun war sie hin. Moral kannte sie in diesem Job wahrscheinlich genausowenig wie die meisten, aber daß ich ihr auch noch meine feministischen Ansichten ins Ohr redete, würde sicher noch mehr Wasser auf ihre männerfeindlichen Mühlen gießen.
Sie stöhnte: »Ja, meinen Sie denn, ich sollte mir für den Agenturjob lieber einen Mann suchen?«
Ich amüsierte mich wieder über ihren angeekelten Tonfall und fürchtete, sie hatte mich nicht so recht verstanden. Aber egal.
»In jedem Falle einen Profi. Ich wünsche Ihnen dabei viel Erfolg, und wie gesagt, leider kann ich diese veralteten Kundenstrukturen nicht unterstützen.«
Frau Schneider erlöste mich mit einem gepreßten »Ihnen auch viel Erfolg. Auf Wiederhören«.
Sicher hatte ich sie mit meiner Absage dem Griff zu den Baldrianpillen um einiges näher gebracht. In mir tobten statt dessen die Glückshormone. Urlaub lockte.

Mallorca

Die Warteschlange am Check-in-Schalter konnte mir meine gute Laune nicht verderben.
»Egon, hast du auch die Pässe?« fragte die Gattin von Egon laut und unüberhörbar.
Egon war schlecht drauf. »Die brauchen wir doch gar nicht. Nur die Tickets«, brummelte er zurück.
»Aber vorsichtshalber, Egon. Hol sie doch schon mal raus«, drängte die Gattin.
Da Egon keine Anstalten machte, begann sie, das Innere seiner Joggingjacke zu durchsuchen. Unwillig wehrte Egon ihre grabbelnden Hände ab.
»Hör auf, die sind doch in der Reisetasche«, herrschte er sie an.
Ich fragte mich, warum Jogginganzüge in schlechten Farbkombinationen selbst für Kurzflüge immer noch der Deutschen liebste Kleidung waren, und blieb an den grauen Socken in den beigefarbenen Herrensandalen Marke Fußbequem hängen.
Endlich waren die zwei dran.
»Wir wollen nebeneinander sitzen. Im Nichtraucher«, verkündete die Gattin der Stewardeß.
»Kann ich bitte Ihre Pässe sehen?« fragte diese als erstes.
»Siehste!« sagte Egons Gattin triumphierend.
Egon verschwand in der Versenkung und durchwühlte die grellorange Reisetasche. Ich staunte. Für die Vollkornschnitten konnte ich ja noch ein gewisses Verständnis aufbringen, weil Egon ohnehin nach leichten Verdauungsproblemen aussah, die mit spanischem Weißbrot nur noch schlimmer werden könnten. Aber die Wurstkonserven fand ich nun doch etwas übertrieben.
Da, Egon hatte die Pässe gefunden und von der Bückerei jetzt einen roten Kopf mit Schweißperlen auf der Stirn.
»Ihr Koffer hat Übergewicht«, sagte die Stewardeß stirnrunzelnd mit Blick auf die Digitalanzeige der Gepäckwaage.

Endlich konnte Egon sich rächen. »Daß du auch immer soviel überflüssigen Kram einpacken mußt«, beschimpfte er die Gattin.
»Kostet dreißig Mark extra«, erklärte die Bodenpersonal-Fee, der solche Dialoge sicherlich vertraut waren.
Hatte ich es mir doch gedacht. Egon war perfektest für alle Diebstahl-Eventualitäten – man fuhr ja ins Ausland – ausgerüstet, wie ich an der Nestelei unter seinem T-Shirt ausmachen konnte. Ein leicht verschwitzter Brustbeutel kam zum Vorschein.
»Dreißig Mark«, schimpfte er noch, als beide endlich mit ihren Bordkarten den Schalter für mich freigaben.
Wunderbarerweise blieben mir Egon und Gattin noch länger erhalten, denn ich saß prompt neben ihnen.
»Wie siehst du denn wieder aus? Kämm dich mal«, meckerte die Gattin mit skeptischem Blick auf Egons Haupt.
Seine Frisur war ruiniert. Egon hatte offenbar die Angewohnheit, die fehlenden Haare in der Mitte damit auszugleichen, daß er schlicht und ergreifend die verbliebenen von rechts über die Kugelglatze nach links kämmte. Ich hätte ihm gerne mein Superhaarspray empfohlen, beschloß aber, mich aus dieser harmonischen Eheidylle besser herauszuhalten.
Egons Sardellenfrisur war wieder halbwegs in Ordnung, und laut Kapitän konnte es nun losgehen. Nachdem meine beiden Sitznachbarn gespannt den Bedienungsanleitungen für den eventuellen Schwimmwesteneinsatz gelauscht hatten, freute sich Egon jetzt auf den Flug-Service.
»Mann, hab ich ’nen Durst«, sagte er zur Gattin und bestellte sich ein Bier.
»Mußt du schon wieder Bier trinken?« kam es postwendend von seiner Holden.
Ich inspizierte derweil die Essensangelegenheit auf dem Plastiktablett. Gummibrötchen mit Schmelzkäseecke, ein paar Scheiben von einem leicht angetrockneten Braten und eine undefinierbare Creme als Dessert. Die beiden neben mir aßen gewissenhaft alles auf. War ja schließlich bezahlt.
»Zieh die Schuhe aus, Egon, ist doch viel bequemer.« Die Gattin wackelte bereits mit ihren entblößten rosalackierten Zehen.

Egon war im Redestreik und trank lieber noch ein Bier. Na, Prost.
Ich träumte von Mike und konnte es immer noch nicht fassen, daß eine ganze, lange Woche Liebesurlaub vor uns lag.
»Fahren Sie auch nach Arenal?« fragte mich nun die Gattin, die wohl auch von ihrem schweigsamen Männe die Nase voll hatte. Meine Antwort wartete sie vorsichtshalber gar nicht ab. »Wir schon zum drittenmal, müssen Sie wissen. Die kennen uns da schon«, kicherte sie.
Konnte ich mir denken, die zwei würden mir auch in ewiger Erinnerung bleiben. Höflich nickte ich und vertiefte mich demonstrativ in meine Zeitschrift. Egons Gattin kannte keine Gnade und berichtete mir ausführlich von dem Lokal mit den dünn geklopften Wiener Schnitzeln, dem Erdbeerkuchen mit Schlagsahne und anderen mallorquinischen Spezialitäten. Ich lernte, daß die Klischees der deutschen Urlauber keine waren.
Egon erwachte pünktlich zur Landung, weil alle um uns herum in wildes Klatschen ausbrachen. Bravo für den Piloten, der uns ins Urlaubsparadies gebracht hatte.
»Oh, Freiheit, die ich meine«, dachte ich, als ich die Gangway hinunterlief.
Hitze schlug mir entgegen, und die erste Palme wedelte mir freundlich zu. Mike erwartete mich bereits hinter der Gepäckabfertigung.
»Hallo, Urlaubsgefährtin«, begrüßte er mich.
»Buenos dias«, erwiderte ich und küßte ihn erst mal ausführlich. Gemeinsam machten wir uns auf die Suche nach seinen Freunden, die ziemlich gleichzeitig mit mir gelandet sein mußten.
»Da«, strahlte Mike und umarmte Sekunden später einen Mann, der glücklicherweise keinen Jogginganzug trug.
»Hallo, Alter!« Sein Freund klopfte ihm herzlich auf den Rücken.
Mike stellte uns einander vor. »Das ist die Linda. Und das sind Andy und Sabine.«
Ich reichte Andy die Hand, aber der zog mich auch gleich kräftig in die Arme.
»Nicht so förmlich, junge Frau.«

Hier gab es kein Eis, das hätte auftauen müssen. Sabine lächelte mich lieb an, und ich wußte, wir waren eine prima Truppe.
Andy und Sabine als Mallorca-Hausbesitzer und damit gewissermaßen Lokalmatadoren erklärten uns während der Autofahrt die Gegend.
»Wie schön«, schwärmte ich entrückt die alten Windmühlen an.
»Es gibt auch ätzende Ecken, und das reichlich«, erklärte Andy. »Zum Beispiel Arenal und andere Touri-Hochburgen.«
»Ich weiß«, gab ich zurück und verschwendete einen letzten Gedanken an Egon und Gattin.
»Wißt ihr eigentlich, wie der Küstenabschnitt heißt, wo unser Häuschen steht?« fragte Andy mit einem breiten Grinsen.
»Nein«, antwortete Mike.
»Playa Romantica«, sagte Andy genüßlich.
Mir wurde immer wärmer. Besonders ums Herz.
Schließlich hielten wir in einer kleinen Straße, in der lauter winzige Häuser mit schönen Gärten standen.
»So, da samma«, sagte Sabine melodisch bayerisch.
»Es ist sehr klein, aber urgemütlich«, erklärte Andy, während wir unser Gepäck zum Haus brachten. Große Hibiskusblüten säumten unseren Weg durch den wilden Garten, der tolle Sommernächte versprach.
»Schaut euch erst mal um«, meinte Sabine und schloß die Haustür auf.
Neugierig erforschte ich den großen Raum, der sich vor uns auftat. In der einen Ecke ein Doppelbett, eine kuschelige Sitzgruppe in der anderen, hinten das Bad, die Küche und eine Tür zum Nebenraum. Sabine schloß auch diese auf – und ich stand im hinteren Teil des Gartens.
War mir ein Zimmer entgangen? Ich schaute Mike mit hochgezogenen Augenbrauen an.
»Wo schlafen wir denn wohl?« fragte ich.
Andy lachte sein unbekümmertes Andy-Lachen und deutete auf die Couch. »Die kann man aufklappen. Ist sogar ganz bequem. Wird schon gehen, ihr werdet sehen.«
Entgeistert ließ ich mich auf das Sofa sinken. Liebesurlaub zu viert in einem Zimmer? Was sollte ich nur meinen Hormonen

sagen? Mit wenig verlockenden Vorstellungen wie ›Askese‹ oder ›Platon-hatte-ja-auch-seinen-Wert‹ würde ich sie kaum beruhigen können.

Sabine erwies sich als die Einfühlsamere der beiden. »Wir schlafen hier drüben, haben aber hier oben einen Vorhang, siehst du?«

Was ich sah, war eine Gardine mitten im Raum. Zwar blickdicht wie meine Winterstrumpfhosen, allerdings auch genausowenig schallschützend.

Andy riß mich aus meinen panischen Gedanken.

»So, jetzt packen wir schnell aus, und dann ab an den Strand!«

Ich ging ins Badezimmer, um mich umzuziehen. Zweifelnd betrachtete ich mein Spiegelbild. Die dunklen Augenränder paßten prima zum schwarzen Bikini. Kontrastvoll setzte sich allerdings meine weiße Haut davon ab.

»Ein Quark auf Urlaub«, dachte ich und beneidete Andy und Sabine um ihre Mallorca-Dauerbräune.

»Na, du Stadtmädel, wie findest du das?« Andy hatte mich freundschaftlich umarmt und präsentierte eine wunderschöne Bucht, in der sogar noch reichlich Platz für uns alle war.

»Klasse«, gab ich begeistert zurück.

Inzwischen war mir auch mein Schwarzweiß-Zebralook egal, und ich schlüpfte aus meinem Strandkleid.

»Gehen wir zusammen schwimmen?« fragte Mike und nahm bereits meine Hand.

Übermütig rannten wir ins Meer. Puh, war das kalt. Mike umarmte mich im Wasser und drückte mir einen kräftigen Kuß auf die Nase.

»Ist das nicht traumhaft hier?«

»Ja«, nickte ich, »nur – die Nächte könnten ein kleiner Alptraum werden.«

Mein Liebhaber grinste. »Ach, wird schon irgendwie gehen. Leise eben.«

Ich mußte lachen. Zwei Seelen, ein Gedanke.

Olé

»Und in Deutschland brauchen sie jetzt wahrscheinlich einen Regenschirm«, frohlockte ich und schaute sonnenbebrillt in den strahlenden Glutball über uns. Wir lagen alle vier faul und genießerisch auf unseren Handtüchern herum und ließen die Seele baumeln.
»Ich glaube, ich schmiere mich besser ein bißchen ein«, verkündete ich und suchte nach meinem Sonnenschutzmittel. Emsig verrieb ich die Creme auf der weißen Haut und fühlte mich so richtig schön klebrig. Neidvoll betrachtete ich Sabines unempfindlichere Haut.
»Mike, soll ich dich auch einschmieren?« bot ich meine Dienste an.
Der schüttelte den Kopf. »Nö, brauche ich nicht. Ich kriege nie einen Sonnenbrand.«
»Typisch Mann«, entfuhr es mir. Auch Mike gehörte offenbar zu der Kategorie, die sich als unverletzbar betrachtete. Na, wir würden sehen.
Andy richtete sich auf. »Schaut mal, da drüben spielen sie Strand-Volleyball. Wollen wir mitmachen?«
»In der Hitze auch noch bewegen«, protestierte ich.
»Komm, Linda, sei kein Spielverderber«, meinte Mike und zog mich auch schon aus meiner gemütlichen Lage hoch.
So gesellten wir uns zu den anderen Spielern, einer Mischung aus geschmeidigen Spaniern und deutschen Männern, die mir alle wie Brüder meines Fluggefährten Egon vorkamen. Weißbäuchig wabbelten sie beim Heranspringen an den Ball vor mir herum. Nee, da lobte ich mir doch die feschen südländischen Strandgigolos.
»Ich kann nicht besonders gut Volleyball spielen«, sagte ich schon mal vorsichtshalber.
»Und ich kann's nicht besonders leiden«, stimmte Sabine ein.

Wunderbare Frauensolidarität, aber trotzdem standen wir zwei Überredeten nun im Feld, bereit, unser Bestes zu geben. Mein Bestes war nicht gerade beeindruckend.

»Linda, dein Ball«, rief Mike mir zu, als das runde Ungetüm sich unaufhaltsam näherte und auf mich aufzuprallen drohte.

Mechanisch streckte ich beide Arme vor, so wie ich es vorher bei den anderen beobachtet hatte. Der Ball traf mich klatschend und ging direkt ins Netz.

»Nun schau dir das mal an«, zeigte ich Mike vorwurfsvoll die knallroten Flecken auf meinen zarten Unterarmen.

Unbekümmert zuckte er mit den Schultern. »Da gewöhnst du dich dran.«

Weiter ging's. Und zwar schwitzend. Die Mischung aus Schweiß und Sonnencreme rann mir von der Stirn in die Augen und brannte höllisch. Einer von Egons Zwillingsbrüdern rammte mich voller Balleuphorie und stieß mich in den Sand.

»Jetzt bin ich auch noch paniert«, beschwerte ich mich.

»Wollen wir abhauen?« fragte Sabine verschwörerisch.

Auch sie hatte bereits gut gelitten, und so winkten wir zwei Auswechselspieler ins Feld. Abkühlung im Meer, noch mal Einschmieren und ein wenig Brutzeln auf dem Strandtuch. Das Leben konnte wirklich schön sein.

Als wir auf der Heimfahrt waren, schwärmte Andy: »Und nun kommt gleich das Größte. Wir haben eine Dusche im Garten, direkt neben den Oleanderbüschen. Nach dem Strand da zu duschen, ist der Hit überhaupt. Sabine und ich nehmen das Badezimmer, ihr könnt als unsere Gäste draußen die Dusche okkupieren.«

Das Alice-im-Wunderland-Gefühl, das sich in mir ausbreitete, stieg bei der Vorstellung noch an.

»Paradiesisch«, sagte ich zu Mike bei der Begutachtung der Duschvorrichtung. Ich schloß die Augen, stand in der Abendsonne und ließ das kühle Wasser an mir herunterrauschen. Genüßlich sog ich den Duft des Oleanders ein.

Ein entferntes Brummen drang an mein Ohr. Es kam näher und wurde lauter. Uns würde doch wohl kein Hubschrauber in dieser Idylle stören? Ich öffnete die Augen – und sah ein brummendes Etwas auf mich zufliegen. Riesengroß, dunkel und unter Garantie mit einem hochgradig gefährlichen Stachel bewaffnet.

»Hilfe, Mike, Hilfe, eine Hornisse«, brüllte ich und rannte mit fuchtelnden Armen ziellos an dem Verdutzten vorbei. Verfolgt von dem Vieh, wie ich an dem Brummen hörte. Ich schlug einen Haken und änderte die Richtung, um mich in Mikes Arme zu retten.

»Du bist ja ein richtiger Flitzer«, prustete Mike und bog sich vor Lachen.

»Besser schnell gerannt, als von dem Monstrum gestochen«, gab ich zurück.

»Sah ziemlich reizvoll aus, wie du da so nackt durch den Garten geschossen bist.« Mike lachte immer noch, und ich hatte nun genug vom Duschen.

»Na, war's toll?« fragte Andy, als wir in Handtücher gehüllt wieder ins Haus traten.

»Ausgesprochen toll. Linda hat nach dem Duschen sogar noch ein bißchen Jogging gemacht«, antwortete Mike.

Eine wahre Dame geht natürlich auf eine solche Bemerkung nicht ein.

»Sehr witzig«, entfuhr es mir. Na ja, das mit dem Damewerden könnte ich ja noch ein Weilchen verschieben.

»Heute nacht bleibt es ganz warm«, sagte Sabine, die bereits in kurzen Shorts und ärmellosem Blüschen vor uns stand. »Zieht euch nur etwas Leichtes an, sonst kommt ihr schon ins Schwitzen, wenn ihr nur die Gabel beim Essen anhebt.«

So gingen wir denn alle im Hochsommerlook zum Auto und freuten uns auf ein tolles spanisches Dinner. Andy fuhr uns direkt in den Sonnenuntergang hinein. Schließlich hielt er in einer Sackgasse. Wir schlenderten alte, verwitterte Treppen zu einem kleinen beleuchteten Häuschen hinab.

»Das ist unser absolutes Lieblingsrestaurant«, schwärmte Sabine und deutete auf einen schillernden Vogel, der sich uns näherte. »Hier leben ganz viele Pfauen.«

Das schöne Tier schlug zur Begrüßung erst mal ein Rad und versuchte erfolgreich, uns damit zu beeindrucken.

»Natürlich ein Männchen«, kicherte ich Sabine zu.
Andy palaverte bereits in fließendem Spanisch mit einem Kellner, der uns schließlich zu einem Tisch unter einem herrlich gewachsenen Blätterdach führte.
»Hier gibt es ganz tolle Meeresfrüchte. Soll ich uns einfach etwas zusammenstellen?« fragte Andy.
»Super«, sagte ich, »nur keinen Hummer. Den haben wir schon am Tisch, gell, Schätzchen?« neckte ich Mike.
In der Tat hatte Mikes Haut einen kräftigen Rotton angenommen.
»Bin ich rot?« fragte Mike unschuldig.
Ich nickte dem Verweigerer meiner Sonnencreme zu.
»Macht nichts, das ist morgen braun«, gab Mike mit der üblichen männlichen Logik zurück.
»Kostet mal den Wein.« Sabine erhob das Glas.
Ja, wir kosteten ihn, kosteten die ganze Urlaubsstimmung aus. Herrlich angeduselt lauschten wir den Klängen eines spanischen Gitarrenspielers, der uns an unserem lauschigen Tisch beehrte.
»Isso schön«, nuschelte ich an Mikes Schulter, trunken vom Leben und vom Wein.
»Isso schön, weil du da bist.« Mike zog mich noch ein wenig näher an sich heran.
»Und weil du auch da bist, isses besonders schön«, freute ich mich.
Andy verdrehte die Augen und küßte seine Sabine.
»Ganz schön verknallt, die beiden, was?« grinste er.

Die Nacht wurde eine harte Geduldsprobe. Ich starrte in der Dunkelheit auf den Vorhang, hinter dem Andy und Sabine im Bett lagen.
»Laß das«, raunte ich Mike zu, der seine Hände über meine warme Haut gleiten ließ. »Die hören uns doch.«
Mike hielt inne. Hand in Hand lagen wir auf dem Ausklappsofa nebeneinander und lauschten.
»Hörste?« flüsterte mir Mike zufrieden ins Ohr.
Dem Himmel sei Dank, Andy schnarchte.
»Wer schnarcht, der schläft auch ganz fest«, flüsterte ich zurück.

»Eben«, antwortete Mike und widmete sich ausführlich der noch nicht schlafenden Linda.

Ein Sonnentag folgte dem nächsten.
»Wir sind schon richtig verschlampt«, sagte Andy, der die Arme hinter dem Kopf verschränkt hatte.
In der Tat liefen wir immer in unseren leichtesten Klamotten herum, ganz gleich, ob sich hier und dort ein kleiner Teer- oder Grasfleck verewigt hatte.
»Und ganz toll braun«, sagte Mike träge, der unsere Beine betrachtete.
»Das wird noch ein Problem«, sinnierte ich.
Sabine fragte: »Warum denn?«
»Tja, in der Agentur habe ich erzählt, ich würde meine Familie in Berlin besuchen. Und nun habe ich mich von der Quarkschnitte in ein Nougattörtchen verwandelt.«
Andy fiel vor Lachen fast vom Gartenstuhl. »Ihr beiden Geheimniskrämer.«
»Und ich muß es ausbaden«, sagte ich hilfesuchend zu Mike.
»Dir wird schon etwas einfallen«, gab er zurück.
Aber ich hatte noch keine Lust, darüber nachzugrübeln. Kreativität mußte schließlich spontan sein, und im Moment fiel mir überhaupt nichts ein. Ausgelassen feierten wir unseren Abschiedsabend bei einem letzten Dinner im Freien, wo wir unsere Mückenstiche noch etwas vermehrten.

Bedrückt standen wir am nächsten Tag am Flughafen.
»Das machen wir bald wieder«, tröstete Andy.
Ich klammerte mich an diesen Gedanken und an den Arm meines Liebsten, von dem ich nun auch Abschied nehmen mußte.
Mike drückte mir ein kleines Päckchen in die Hand.
»Hier, das habe ich gestern mit Andy auf dem Markt gekauft. Als kleines Urlaubsandenken. Klappern gehört ja schließlich zu deinem Handwerk.«
Ich wickelte das Zeitungspapier aus und enthüllte zwei wunderbar kitschig bemalte Kastagnetten.
»Hat ganz schön Temperament, deine Freundin«, sagte Andy

anerkennend, als ich geschickt mit den Kastagnetten herumfuhrwerkte. Mein Flug wurde aufgerufen, letzte Küsse ausgetauscht, und begleitet von herzlichem Winken trennte ich mich schweren Herzens von meinen Lieben.

»Wer den Spruch erfunden hat, daß man aufhören sollte, wenn's am schönsten ist, müßte hart bestraft werden«, dachte ich. »Und zwar mit Karacho und Olé.«

Durchgedreht

»Na, wie war's in Berlin?« fragte Hänschen ohne aufzublicken, als er meine morgendliche Begrüßung gehört hatte.
»Schön«, gab ich zurück, begleitet von dem unguten Gefühl, das mich immer überfiel, wenn ich mir eine kleine Notlüge leistete. Als der Kollege mich schließlich doch anschaute, artete das eher in fassungsloses Starren aus. War ja auch kaum zu übersehen, meine dunkle Mallorca-Hauttönung.
»Berlin?« fragte Hans staunend und kriegte die Zähne nicht mehr zusammen.
»Mund zu, die Insektensaison ist noch nicht vorbei«, gab ich zurück.
»Na, du hast wohl eher einen Spontantrip in die Südsee gemacht, was?« staunte Hans weiter. Er erhob sich und rubbelte an meinem Arm herum. »Ist das alles echt?«
»So gut wie. Noch nie was von Turbobräunern gehört?« antwortete ich schnell.
»Du warst im Solarium?« fragte Hans ungläubig.
»Ja«, trumpfte ich auf, »und zwar täglich. Hat sich ganz schön gelohnt.«
»Kannst du laut sagen«, meinte er.
»Und wie war's bei euch so?« erkundigte ich mich, froh, daß mein Plan B gelungen war.
»Och«, Hans zuckte mit den Schultern, »wie immer. Mit der Uhrenkampagne haben wir übrigens auf dich gewartet.«
Nun war es an mir, die Fassung zu verlieren. »Seid ihr des Wahnsinns? Mike Badon kommt in vier Tagen, wie sollen wir das nur schaffen?«
»Na, mit ein paar Nachtschichten kriegen wir das schon hin.«
Ich sah meine Erholung bereits wieder schwinden.
Auf dem Weg in mein Office mußte ich neugierigen Kollegen noch dreimal die Vorzüge von künstlichen Bräunungsmaschinen

schildern. So langsam log ich mich gut ein. Und dann sah ich ihn, meinen Schreibtisch. Die Tischplatte als solche war nicht mehr zu erkennen. Stapel häuften sich, zwischendrin Produktmuster, Akten, Anzeigenbelege und andere Scheußlichkeiten. Ich ließ mich auf meinen Stuhl sinken. Kaum hatte ich mal für eine Woche meine Arbeitspein vergessen, holte sie mich auch schon wieder unübersehbar ein. Boß Peter tauchte im Türrahmen auf.
»Du siehst aber gut aus«, sagte er anerkennend.
»Nicht mehr lange. Sie haben mich ja ausgesprochen toll vertreten«, zeigte ich vorwurfsvoll auf das Chaos.
»War ja deine Idee, in den Urlaub zu fahren«, sagte er achselzuckend und trollte sich vorsichtshalber, nachdem er meinen bösen Blick bemerkt hatte.
Von aufkeimender Panik erfüllt lief ich in den Konferenzraum. Fotograf Jo war zur endgültigen Fotobesprechung für die Diätmargarine-Kampagne gekommen.
»Jo, rauchst du eigentlich?« fragte ich nervös.
»Ja, willst du eine?« hielt Jo mir eine Schachtel der guten Starken hin.
Für mich gab's kein Halten mehr. Osambo hakte ich als Teil meiner Vergangenheit ab, die Gegenwart hatte nichts mehr von Engelhaftem. Dazu war die kleine Hexe in meinem Hinterkopf viel zu laut mit ihrem Locken: »Rauch doch mal eine, das beruhigt.«
Jo gab mir Feuer, und ich zog den Rauch tief ein.
»Eigentlich bin ich ja Nichtraucherin«, sagte ich zu Jo.
»Sieht man«, sagte er, »und uneigentlich?«
»Ein schwaches, rückfälliges Weib mit Katastrophenjob.« So langsam wurde mir von der Zigarette schwindelig. Mein Kreislauf zeigte mir brachial den gestreckten Mittelfinger. Aber ich war bereit, diese Anfangsschwierigkeiten durchzustehen.
»Warum suchst du dir nicht etwas anderes?« fragte Jo mitfühlend.
»Nicht mal dazu habe ich die nötige Muße«, jammerte ich.
Jo betrachtete mich eingehend. »Ich glaube, ich hätte da eine Idee. Wir sollten darüber sprechen.«
»Ja, ja, aber laß uns vorerst unser gemeinsames Projekt in den

Griff kriegen. Das Shooting ist übermorgen, Hans wird dabeisein. Und der Kunde kommt übrigens auch.«
Jo nickte und schilderte mir alle Details seiner Vorbereitungen.

Hans, Tom und ich schlugen uns die folgenden Nächte um die Ohren. Mike Badon war momentan nicht mein entfernter Liebhaber, sondern der sich drohend nähernde Kunde, der eine professionelle Präsentation erwartete.
»Wir könnten eigentlich gleich eine WG aufmachen«, meinte Tom, der sich die Seele aus dem Leib textete.
Hans, der gerade dabei war, der wasserdichten Solaruhr ein lachendes Gesicht aufs Zifferblatt zu malen, nickte. »Aber eine Nichtraucher-WG. Und Linda kocht.«
»Blöder Macho«, protestierte ich qualmend. »Wenn ich gerade hinterm Herd stehen würde, gäb's auch keine neue Uhrenkampagne.«
»Auch wieder wahr«, sagte Hans und gähnte ausführlich.
»Jetzt aber Endspurt«, kommandierte ich, »laßt uns die gesammelten Werke mal auf dem Fußboden ausbreiten, um zu schauen, ob alles für morgen o.k. ist.«
Mir brannten die Augen, aber ich konnte trotzdem erkennen, daß wir, das Spitzentrio, gute Arbeit geleistet hatten.
Tom schaute auf die Solaruhr. »Und nun die Zeitansage, Lady und Nicht-Gentleman. Wir haben noch genau drei Stunden Zeit zum Schlafen. Dann wird's ernst.«
Am nächsten Morgen trennte ich mich mit größtem Bedauern von meinem zerknüllten Kopfkissen. Halb im Trancezustand statteten Hans, Tom und ich wortlos den Konferenzraum mit unseren Entwürfen aus. Wir setzten uns schon mal, und ich legte den Kopf auf den Tisch.
»Ich bin hundemüde«, stöhnte ich Peter entgegen, der unangenehm energiegeladen zu uns stieß. Kein Wunder, einmal mehr hatte unser Gehaltsüberweiser bei den nächtlichen Kampagnenentwicklungen durch schnöde Abwesenheit geglänzt.
»Schlecht geschlafen?« trompetete er munter.
»Nicht geschlafen«, zickte ich zurück.
»Ist aber ungesund«, kam sein väterlicher Tip.

Tom zuckte kurz hoch. »Ach nee.«
Ende des Protests, selbst dazu fehlte heute die Kraft. Mike betrat schwungvoll die Szenerie und setzte sich neben mich.
»Na, wie war Ihr Urlaub? Sie haben wohl besonders schönes Wetter gehabt?« fragte Boß Peter jovial und laut wie üblich.
Ich rutschte mit der Paranoia im Nacken unruhig auf meinem Stuhl hin und her. Wir zwei Braungesichter nebeneinander mußten doch mißtrauisch machen!
»Es war warm und sonnig«, hörte ich Mike durch meinen Müdigkeitsschleier. Er wandte sich mir zu. »Und wo waren Sie, Frau Lano?«
Darf man Agenturkunden unterm Tisch treten?
»Im Solarium«, gab ich kurz zurück und rettete mich in eine elegante Überleitung. »Solarium, Solarzellen, womit wir beim Thema wären.«
Peter präsentierte voller Inbrunst die Kampagne und beendete seinen Vortrag mit den Worten: »Wir haben, denke ich, eine tolle Lösung gefunden. Hat uns auch ein paar Nachtschichten gekostet.«
»Dieser unglaubliche Schlingel«, dachte ich und schaute Hans in die Augen. Der schmiß einen resignierten Blick zurück.
»Vielen Dank an alle«, sagte Mike, »ich habe am Wochenende einen Termin mit dem Vorstand und werde dort Ihre Vorschläge diskutieren.«
Aha, da war dann auch eine gemeinsame Samstags-, Sonntagsplanung hinfällig. So ein Elend aber auch. Blieb mir nur, mich ein wenig selbst zu pflegen. Am besten, ich würde mal wieder ins Reformhaus gehen und einen Rundumschlag in puncto Gesundheitskur inklusive Spezialnahrung für gestreßte Frauen machen.

Ich schaffte es gerade noch kurz vor Geschäftsschluß.
Genau, es muß ja nicht immer Schokolade sein. Fruchtriegel mit zerdrückten Datteln und hineingemanschten Aprikosenresten aus biologischem Anbau waren sicher auch süß. Und für die Haut kann man statt mit der teuren Spezialcreme aus der Parfümerie auch von innen etwas tun. Kefir, fiel mir ein. Sekretärin

Anni leistete jeden Eid, daß sie dank dieses merkwürdigen Milchgetränkes, in dem sich unheimliche Bakterienkulturen herumtrieben, seit Ewigkeiten keine Pickel mehr hatte. Ich griff also zum letzten Kefirbecher im Kühlregal. Stolz schaute ich ihn an. Groß starrte das Verfallsdatum zurück. Interessant, das mußte so in der vergangenen Woche gewesen sein. Der hochgewölbte Deckel sprach auch dafür, daß hier die Bakterien überhandgenommen hatten und bereit waren, explosionsartig loszumarschieren. Angeekelt stellte ich das Milchgetränk wieder zurück. Hatte sich eigentlich alles gegen mich verschworen? Meine Hände zitterten inzwischen ein wenig. Zur Nervosität gesellte sich nun auch noch eine kleine Wutanwandlung, begleitet von einem sich heranpirschenden Verzweiflungsgefühl.

»Kann ich Ihnen helfen?« fragte eine nette Verkäuferin.

»Hoffentlich«, antwortete ich, »wissen Sie, ich bin so nervös und überdreht. Haben Sie was Pflanzliches zur Beruhigung?«

»Baldrian«, nickte sie prompt.

Ich mußte an mein Vorstellungsgespräch bei der hektischen Frau Schneider denken und wußte mit zwingender Klarheit, daß ich auf dem besten Wege in böse Zeiten war. Ergeben nahm ich die Pillen mit dem Aufdruck »Extra stark« in Empfang. An der Kasse stand eine lange Feierabendschlange, in die ich mich einreihte. Plötzlich wurde ich zur Seite gestoßen.

»Jetzt bin ich erst mal dran«, behauptete eine Frau mit greller Stimme.

Hatte ich sie übersehen, oder drängelte sie sich verwegen vor? Auch das war mir inzwischen egal. Ganz offensichtlich war das nicht mein Tag. Ich beobachtete, wie sie zwei Saftflaschen auf den Tresen knallte.

Überlaut herrschte sie die junge Kassiererin an: »Zuerst will ich die Rechnung sehen, sonst zahle ich nicht.«

Was bahnte sich denn da an?

Die Kassiererin versuchte, die Flaschen näher an sich heranzuziehen, um die Preisetiketten lesen zu können, aber die Wilde vor mir ließ die Flaschen nicht aus der Hand.

»Ha, das haben Sie sich so gedacht, schnell noch das Preisschild austauschen, was?« gab sie zum besten.

Ängstlich schaute das junge Mädchen die Furie an und tippte die Zahlen in die Kasse. Mit einem Hechtsprung warf sich die unglaubliche Kundin schier auf den Bon, den sie aus der Addiermaschine riß.
»Ich habe doch gesagt, ohne Rechnung zahle ich nicht.«
Verzagt sagte die Kassiererin: »Sechs Mark zehn.«
»Alles gelogen«, kam es triumphierend von der Wilden, die sich dem Bon widmete. Leider hatte die Gute beim Herausreißen nur die Hälfte davon erwischt und fand natürlich die Summe nun nicht. Sie öffnete ihre Tasche, besser gesagt, den leicht verdreckten Beutel, und holte einen Kugelschreiber heraus. Ich hörte sie murmeln: »Und sieben und vier und eins im Sinn...«
Angst hatte die Kassiererin hinterm Tresen zur Salzsäule erstarren lassen.
Heroisch beschloß ich, die Aufmerksamkeit von ihr abzulenken, und sagte: »Mein Gott, geht's denn noch?«
Mit einer ruckartigen Bewegung drehte sich die Wilde zu mir um und trat dicht an mich heran. »Du hältst besser das Maul, sonst kriegste eine rein.«
So sah mein Leben also aus. Mike würde mich am Wochenende nicht besuchen. Mir flatterten die Nerven. Der ersehnte Kefir war bakterienverseucht. Und nun wurden mir auch noch öffentlich Prügel angedroht. Ich wünschte, ich hätte schon eine Riesenportion Baldrian intus.
Die Wilde kam noch näher und hob drohend die Hand. Fieberhaft überlegte ich, was ich zu meiner Verteidigung tun könnte. Bruce Lee in seinen Kung-Fu-Filmen tauchte blitzartig vor meinem geistigen Auge auf. Wenn die mich anrührte, würde ich treten, ja, selbst wenn die ungewohnte Bewegung mir einen Muskelriß einbringen würde. Besser, als zahnlos ein Reformhaus zu verlassen. Hilfesuchend schaute ich auf die Schlange hinter mir. Die Hälfte davon waren Männer, die aber offensichtlich alle Ohropax in den Ohren hatten. Feiglinge.
Glücklicherweise ließ die Saftflaschenträgerin von mir ab und konzentrierte sich wieder auf ihre Rechenübung. Endlich bezahlte sie, nicht ohne zu tönen: »Alles zu teuer, alles zu teuer.«
Die kleine Kassiererin traute sich kaum noch zu atmen.

Böse funkelte mich die Wilde an: »Siehste den Hund da draußen? Paß bloß auf, daß der dich nicht beißt.«
Ein wenig Restmut war noch in mir, und ich gab zurück: »Mich beißt? Na, die Gefahr blüht wohl eher Ihnen.«
Herausfordernd schaute ich die Wilde an, ganz konzentriert auf meinen Kung-Fu-Sprung. Die tat ein paar Schritte Richtung Ausgang und öffnete die Tür. Ich atmete auf, hatte mich aber zu früh gefreut.
»Du«, kreischte sie aus voller Kehle, »du, schmink dich erst mal ab.«
Ich klimperte mit meinen getuschten Wimpern. Hinter mir in der Reihe reagierten endlich nun doch die Männer. Mit Lachen. Offensichtlich hatten sich die Helden gut amüsiert.
Schüchtern sagte die Kassiererin: »Oh, war das schrecklich.«
Ich atmete tief durch und konnte ihr nur zustimmen.
Zu Hause überfiel mich dann das ganz große Zittern. Die Agentur ruinierte mein Nervenkostüm, und der Rest der Welt war voll von Durchgedrehten und Feiglingen. Ich gönnte mir gleich fünf Baldrianperlen auf einmal und überlegte, ob man mit dreißig schon Erschöpfungsdepressionen haben durfte.

Scheidung

Unruhig wälzte ich mich hin und her. Immer wieder dieses schreckliche Klingeln im Ohr, wo kam das nur her? Ich öffnete die Augen und starrte an die Decke. Irgendwie fühlte ich mich völlig zerschlagen. Und Klingeln im Ohr – da würde sich doch nicht etwa ein Hörsturz anbahnen? Das fehlte noch, so eine Streßkrankheit für überforderte Manager.

Da, jetzt auch noch nachdrückliches Klopfen. Langsam konnte ich die Geräusche orten. Sie ertönten eindeutig aus Richtung der Tür.

»Laßt mich doch alle in Ruhe«, stöhnte ich.

Aufs Klopfen folgte dreimaliges Klingeln. Unser Freundinnenklingelzeichen. Benommen schnappte ich mir meinen Bademantel und öffnete denn doch.

»Linda«, scholl es mir entgegen. Mit weit aufgerissenen Augen schaute Ulrike mir forschend ins Gesicht. Hinter ihr tauchte Simone auf.

»Geht's dir nicht gut?« fragte sie aufgeregt.

»Was is'n mit euch los?« nuschelte ich verschlafen.

Ulrike schob mich ins Wohnzimmer und drückte mich auf die Couch. Da saß ich nun und kapierte reinweg gar nichts mehr.

»Weißt du, daß du deine Mutter zu Tode erschreckt hast?« fragte Simone.

»Meine Mutter? Du sprichst in Rätseln. Was soll überhaupt dieser Überfall?« Ich versuchte, meine wirren Haare etwas zu glätten, und wurde allmählich ziemlich ungehalten.

»Hab ich dir gleich gesagt«, stieß Ulrike Simone an, »die ist völlig abgedreht.«

»Was man von euch natürlich überhaupt nicht behaupten kann«, erwiderte ich ironisch.

Simone schüttelte den Kopf. »Ich fasse es nicht. Kannst du dich etwa gar nicht daran erinnern, daß du vorhin mit deiner Mutter telefoniert hast?«

»So'n Quatsch.« Nun war ich aber wirklich entrüstet. »Geschlafen habe ich. Und zwar tief und fest, bevor ihr hier euren Klingel- und Klopfterror gestartet habt.«

»Schlimmer, als wir dachten«, sagte Ulrike besorgt zu Simone.

Ich stand auf. »Euch Spinnern koche ich jetzt einen Kaffee. Vielleicht rückt ihr dann endlich mit der Sprache raus.« Während ich in der Küche hantierte, hörte ich beide miteinander flüstern. Ich schlurfte retour.

»Also«, begann Simone mit aufgesetzt ruhiger Stimme, »deine Mutter hat dich vorhin angerufen.«

»Nee, das wüßte ich. Ich habe geschlafen.«

Geduldig sprach Simone weiter. »Wie dem auch sei, sie hat dich angerufen. Und du hast dich laut und deutlich gemeldet. Mit deinem Nachnamen und dem Namen der Agentur.«

Ich linste ins Schlafzimmer. Wie üblich stand das Telefon neben dem Bett, eine jahrelange Angewohnheit.

»Mhm, kann mich absolut nicht erinnern.«

Nun übernahm Ulrike das Wort. »Das ist ja das Schlimme. Aber es kommt noch viel besser. Deine Mutter hat zu dir gesagt, daß du nicht in der Agentur, sondern zu Hause bist.«

»Womit sie wieder mal recht gehabt hat«, nickte ich, immer noch voller Unglauben. »Sagt mal, ihr beiden Süßen, wollt ihr mich foppen? Habt ihr euch einen hübschen kleinen Streich ausgedacht, um mir endgültig meinen Seelenfrieden zu rauben?«

Ich hörte Simone tief durchatmen. »Einen Streich? Schön wär's ja. Niemand will dir einen Bären aufbinden. Aber deine Mutter hat mich nach eurem Telefonat angerufen. Völlig aufgeregt, mit der Bitte, daß wir gleich mal nach dir schauen.«

Offensichtlich ging es hier doch nicht um einen Scherz.

Ulrike nahm fürsorglich meine Hand. »Und dann hast du zu deiner Mutter gesagt, die Solarzellen funktionieren nicht richtig.«

»Ach ja?« staunte ich. »Was habe ich ihr noch erzählt?«

»Sie soll sofort neue Solarzellen einfliegen lassen. Und dann kam die Krönung«, kündigte Simone an.

Ulrike nickte. »Allerdings. Danach hast du gesagt, du läßt dich von niemandem schlagen. Von niemandem. Dann hast du, also so hat es deine Mutter beschrieben, so komische Laute von dir gegeben.«
Mir wurde langsam übel. Das nahm ja richtige Ausmaße an.
»Was denn für Laute?« erkundigte ich mich vorsichtig.
Stirnrunzelnd sagte Simone: »Na so was wie ›Hu, ha, hu, ha‹.«
»O nein, das kommt vom Kung Fu«, erklärte ich lahm.
»Seit wann kannst du denn Kung Fu?« fragte Ulrike entgeistert.
»Kann ich ja gar nicht, könnte sich doch aber so anhören, oder?«
Unwillig brach Simone diese Diskussion ab. »Jedenfalls hast du dann einfach aufgelegt.«
Leichte Hysterie stieg in mir auf, und ich mußte kichern. »Ich kann das gar nicht glauben. Daran habe ich überhaupt keine Erinnerung. Ich lag doch im Bett und habe geschlafen.«
»Und telefoniert«, nickte Ulrike.
Kichernd holte ich den inzwischen fertigen Kaffee.
»Hu, ha«, kommentierte ich beim Eingießen.
»So lustig kann ich das gar nicht finden.« Ich erntete einen strafenden Blick von Simone und kicherte weiter.
Ulrike packte mich bei den Schultern und versuchte es mit ein wenig Schütteln. So kicherte ich im Schütteltakt. Meine Freundinnen schauten sich vielsagend an.
»Hast du etwa Drogen genommen?« fragte Simone ernsthaft.
»Hihi, ja«, kicherte ich, »liegen neben der Kaffeemaschine.«
Sie sprang sofort auf und kam mit der Schachtel Baldrianpillen zurück.
»Die hat sie nicht mehr alle«, tippte sich Ulrike an die Stirn.
»Stimmt«, kicherte ich und stieß gegen die Kaffeetasse. Die fiel um, und der Inhalt ergoß sich auf den Teppich. Nun brach ich endgültig in haltloses Lachen aus und deutete auf den riesigen Kaffeefleck.
Klatsch, machte es.
Erschrocken hielt ich inne. Ulrike hatte mir allen Ernstes eine geknallt.
»Tut mir leid, aber du bist ja völlig hysterisch«, sagte sie und hielt mich fest.

Ich saß kerzengerade und starrte sie an. Prompt fing ich an zu heulen. Ein wimmernder Schloßhund, eingesperrt in einer alten schottischen Geisterburg, war dezent dagegen.
»Ich bin ja so unglücklich«, rotzte ich an Ulrikes Schulter.
Simone sprang auf und holte mir ein Stück von der saugstarken Küchenrolle. Geräuschvoll schnaubte ich hinein und erzählte stockend von der vergangenen Woche samt der Reformhausszene am Vorabend.
»Könnt ihr das verstehen? Dieses ganze Versteckspiel mit Mike und so Sachen wie mit der Aggressiven gestern sind nur noch das Tüpfelchen auf dem i. Der springende Punkt ist dieser blöde Job, der mich so auslaugt. Ich hasse ihn«, machte ich meinem Herzen Luft.
Nachdenklich sagte Simone: »Das höre ich von dir aber nicht zum erstenmal. Es kommt mir eher vor wie eine Schallplatte, die du seit mindestens zwei Jahren immer wieder auflegst.«
Auch Ulrike nickte. »Meinst du nicht, langsam ist die Zeit gekommen, mal etwas anderes zu machen?«
Tränenleer starrte ich vor mich hin. »Ja, aber was nur? Das ist auch immer dieselbe Frage, die ich mir stelle.«
»Also, bevor wir dich eines Tages in der Klapsmühle besuchen, solltest du wirklich einfach aussteigen. So schwer ist das nicht.«
»Aussteigen?« fragte ich gedehnt. Oh, dieses Wort hatte etwas unglaublich Tröstliches an sich.
»Ja, befrei dich doch von diesem Druck. Es findet sich immer etwas Neues. Und wenn alle Stricke reißen, gehst du für ein paar Monate einfach zum Arbeitsamt«, verkündete Simone ihre Botschaft.
Skeptisch fragte ich: »Arbeitsamt? Ich soll mich da in eine Schlange stellen und um Geld bitten?«
»Das ist doch keine Schande. Und außerdem ergibt sich sicher vor dem Ernstfall etwas anderes. Du wirst schon sehen. Kündige erst mal.«
Ulrike hatte mir einen neuen Kaffee geholt, den ich mir in langsamen Schlucken einflößte.
»Da wird Kaiser Peter aber Augen machen«, sagte ich genüßlich. Die Vorstellung gefiel mir ungemein. »Wenn alle Stricke reißen,

kann ich dann bei euch vorbeikommen zum Schmalzstullenessen?«
»Sicher«, lachte Ulrike, »wir füttern dich schon durch.«
Zufrieden betrachtete ich meine Freundinnen. »Klar, das ist es. Ich steige aus. Das klingt doch gut, oder?«
»Mein Gott, jetzt hat sie's«, zitierte Simone zufrieden.

Mama kriegte an diesem Samstag den zweiten Riesenschrecken, als ich ihr meine Zukunftspläne schilderte. Mama und Papa brauchten Beratungszeit und riefen mich am Sonntag wieder an.
»Also, wenn du es nicht mehr aushalten kannst, dann tu es«, verkündeten sie, wenn auch sicher widerwillig wegen ihrer Sorge ums Töchterchen.
»Ich werde nicht enterbt, ihr versteht mich und liebt mich immer noch?« fragte ich vorsichtig.
Beide wechselten sich am Telefon ab, um mir zu versichern, daß sie mir beistehen würden. Spitzeneltern.

Am Montag morgen erwachte ich mit einem heftigen Ziehen im Magen. Nun, da ich meinen engsten Lieben – Mike mal ausgenommen – meinen Entschluß, ein neues Leben zu beginnen, verkündet hatte, stand ein Gespräch mit dem Boß an. Ich malte mir alle möglichen Varianten aus und zwang mich, trotz aller Angst immer wieder an das Wort Freiheit zu denken. Schnell noch eine Baldrianpille, sonst würde ich vor Aufregung wahrscheinlich schon im Vorzimmer in Ohnmacht fallen.
»Puh, der Boß hat heute eine Saulaune«, verriet mir Sekretärin Anni, und mein Herz versank endgültig in der Hosentasche. »Und du sollst gleich mal zu ihm reinkommen.«
O Schreck, o Graus, es wurde ernst. Zittrig folgte ich Anni und machte mich auf in die Höhle des Löwen.
»Setz dich«, sagte Peter knapp.
Sein Blutdruck war wohl wieder mal an der Oberkante, wie ich aus seinem roten Gesicht schließen konnte.
»Zur Sache«, begann er, »ich habe mich mit Suse am Wochenende über die Agentur unterhalten, und sie hat mich auf einen interessanten Sachverhalt aufmerksam gemacht.«

Mir blieb auch nichts erspart. Gattin Suse, die auch auf der Gehaltsliste stand, war berühmt-berüchtigt für Klatsch und kleine Intrigenspielchen. Ich schwieg, während Peter seine Armlehnen knetend malträtierte. Er räusperte sich.
»Ja, also, und nun hätte ich da eine Frage an Sie.«
Ich traute meinen Ohren kaum. Der Mann, der mich seit Jahren duzte, während ich bei der förmlichen Anrede geblieben war, sprach mich mit ›Sie‹ an. Mein Herz bummerte, ich hatte schlichtweg Angst.
»Und welche?« fragte ich vorsichtig.
Suse konnte doch unmöglich meine Kündigungsabsichten bis ins feinste Blankenese erahnt haben. Peters Gesicht wurde noch eine bedrohliche Nuance dunkler.
»Hm, die Sache ist die. Suse hat Sie neulich in Begleitung in der Stadt gesehen. Und zwar mit Mike Badon.«
Scheiße, nun war ich geliefert. Dabei hatte ich mich so schön hinter der Säule versteckt. Es mußte mein Attentat auf die Schaufensterpuppe gewesen sein, das Suses Aufmerksamkeit auf uns gelenkt hatte. Wie dumm aber auch. Ich raffte mich innerlich zusammen. Mein Privatleben ging die Suses dieser Welt nichts an.
»Na und?« fragte ich herausfordernd.
»Und dann diese Bräune. Suse meint, ihr wart zusammen im Urlaub.«
»Ist ja interessant, was Suse so meint«, gab ich frech zurück. So einfach würde ich es ihm nicht machen, sollte er doch mal den Mut aufbringen zu sagen, was er meinte. Er brachte den Mut auf.
»Haben Sie nun ein Verhältnis mit ihm oder nicht?«
Sehr unangenehm, diese Frage.
»Verhältnis ist kein sehr schönes Wort«, philosophierte ich ins Blaue.
Peters Faust donnerte auf den Tisch. Ich zuckte erschrocken zusammen.
»Also hat Suse doch recht gehabt. Verdammt, bist du denn des Wahnsinns?« brüllte er.
Ich zog den Kopf ein. So hatte ich mir den Montag nicht vorgestellt.

»Das einzige, was mich wahnsinnig macht, ist diese Knochenarbeit hier«, brüllte ich zurück.
»Das muß sofort aufhören«, dröhnte Peter und meinte sicher meine Beziehung zu Mike.
»Finde ich auch«, sagte ich süffisant und holte tief Luft. »Ich kündige!«
Peter sprang auf. Ich sprang auf. Böse funkelten wir uns an. Hocherhobenen Hauptes lief ich hinaus und knallte die Tür hinter mir zu.
Wie betäubt ließ ich mich auf meinen Schreibtischstuhl fallen. Suse, die blöde Petze, hatte mir meinen Abgang versaut. Diese temperamentvolle Variante gefiel mir gar nicht. Eigentlich wollte ich an Peters Verständnis appellieren und ihm meine Nöte schildern. Nun war ich meinen Job los, mein Ruf war ruiniert, und die letzten Wochen in der Agentur würden die Pest werden. Ich war wirklich ein armes Hascherl, fand ich voller Selbstmitleid.
Meine Zimmertür öffnete sich, und es erschien – Boß Peter. Demonstrativ schaute ich aus dem Fenster. Er ging schweigend auf und ab.
»Sag mal, das mit deiner Kündigung hast du doch wohl nicht ernst gemeint?«
»Doch«, antwortete ich trotzig.
»Ich meine«, druckste er herum, »ich wollte mich nicht in dein Privatleben einmischen.«
»Doch«, wiederholte ich, »genau das wollten Sie.«
Wie Schuppen fiel es mir von den Augen, daß er diese Kündigung nicht akzeptieren konnte. Kein Wunder, schließlich war Mike Kunde des Hauses, und welcher Boß verliert schon gerne Kunden? Das Oberwasser nahte, und ich beschloß, flugs gleich die erste Welle zu nehmen.
»Ich lasse mir von niemandem Vorschriften machen. Job ist Job, und Schnaps ist Schnaps, verstehen Sie?«
Brav nickte Peter. »Na ja, ich war wohl etwas hitzig.«
»In der Tat«, weidete ich mich an seiner Reue.
»Also nimmst du die Kündigung zurück?« fragte er eifrig.
»Nein, das kann ich nicht. Aber, um ehrlich zu sein, unser

Gespräch eben ist nicht der Grund. Ich will einfach mal aussteigen, verstehen Sie? Was Neues machen. Austeigen eben.«
Skeptisch ruhte Peters Blick auf mir. »Ach was, du hast nur eine kleine Krise. Überleg dir das noch mal.«
Hart bleiben, Linda, hart bleiben.
»Die kleine Krise dauert nun schon zu lange, Peter. Ich will Sie wirklich nicht böswillig verlassen, aber ...« Schmeichelnd lächelte ich ihn an.
Er kannte mich gut, der alte Haudegen. Seufzend betrachtete er mich. »Sei doch mal realistisch, Linda. Agenturarbeit ist nun mal anstrengend. Aber du kommst doch mit Streß ganz gut zurecht.«
»Das glauben Sie vielleicht. Nach außen merkt man auch sicher nicht, wie mir das ans Nervenkostüm geht. Aber da drinnen ...«, heftig tippte ich mir auf die Herzgegend, »... sieht es reichlich turbulent aus. Vor ein paar Jahren war noch alles im Lot. Heute rege ich mich schon auf, wenn ein Kefir im Kühlregal sein Verfallsdatum überschritten hat. Verstehen Sie, wie ernst es ist? Ich bin fertig. Ich ärgere mich allen Ernstes über einen Becher Kefir.«
»Wußte gar nicht, daß du Kefir magst«, brummte Peter.
»Ich hasse Kefir«, kicherte ich. »Aber darum geht es gar nicht. Ich brauche eine Pause. Einfach Abstand, um zu sehen, ob ich vielleicht auch noch etwas anderes zum Brötchenverdienen machen kann als Werbung.«
Peter schüttelte unwillig den Kopf. »Ihr jungen Leute macht es euch ganz schön einfach.«
»Einfach? Nee, ganz bestimmt nicht. Ich habe nämlich weder den berühmten Goldesel im Keller noch den mit Geld gestopften Gönner an meiner Seite.«
Mein zukünftiger Exboß betrachtete mich nachdenklich. »Dafür aber 'ne Menge unausgegorener Rosinen im Kopf, Linda-Mädchen.«
»Könnte man auch Träume nennen«, protestierte ich.
Langsam, aber sicher begriff Peter. Hier saß eine erwachsene Frau, die wußte, was sie wollte. Oder zumindest, was sie nicht wollte.

»Du wirst mir verdammt fehlen«, brummelte er unwillig.
Rührung überkam mich.
»Sie mir auch, Sie Sklaventreiber.« Ich streichelte seinen Arm und er mir patschig mein Händchen.
Versöhnung trotz Scheidung, gut so.

Pommes frites

»Du bist wirklich eine Frau voller Überraschungen«, staunte Mike, als ich ihm von meiner Kündigung berichtete.

Und ich sonnte mich in dem Gefühl, mal wieder einen spektakulären Griff in die Wundertüte des Lebens getan zu haben.

»Ja, weißt du, ich habe mich auch erst vor zwei Tagen dafür entschieden, und dann habe ich es einfach getan«, erklärte ich großspurig.

»Warum hast du das eigentlich nicht mit mir besprochen?« fragte Mike forschend.

»Tja, äh, na ja, du hättest mir wahrscheinlich abgeraten, oder?« stotterte ich in den Telefonhörer.

»Im Gegensatz zu deinen Freundinnen, was?« gab Mike süffisant zurück.

»Habe ich jetzt deine männliche Eitelkeit angekratzt, mein Prinz?« ärgerte ich ihn.

Er lachte. »Wie man's nimmt. Ich wünschte mir nur, du würdest mich bei deinen Alleingängen auch ins Boot ziehen.«

»O.k., o.k., ich gelobe Besserung. Es war nur – ich mußte es sowieso letztendlich allein entscheiden. Und ich war mir ganz sicher, das Richtige zu tun.«

»Ganz schön mutig. Na ja, dann werden wir uns im Job nicht mehr sehen«, folgerte Mike.

»Stimmt, ich nehme keine Aufträge mehr von dir entgegen«, neckte ich ihn.

Mike, der Wunderbare, Verständnisvolle, lachte.

»Ich habe übrigens auch eine Überraschung für dich.«

Klang vielversprechend. Neugierig fragte ich: »Ist es etwas Schönes?«

»Ja, auf jeden Fall.«

»Etwas Großes oder etwas Kleines?«

»Mhm, etwas schönes Kleines, würde ich sagen.«

Seine warme Stimme ließ mich in eine kitschig-romantische Stimmung abgleiten. Ein schönes, kleines Geschenk könnte ja eine tiefe Bedeutung haben.
Interessiert fragte ich weiter: »Ist es etwas Persönliches?«
»Ausgesprochen persönlich, finde ich.«
Die Spannung stieg, ich rekelte mich wohlig mit dem Telefonhörer in der Hand. »Nun sag schon«, flötete ich erwartungsvoll.
»Ich bringe am Samstag Mariechen mit.«
Schlagartig verging mir das verliebte Telefonrekeln. Puff, machte das Bild des kleinen Liebesschmuckstücks, das ich bereits vor mir gesehen hatte.
»Du kommst mit deiner Tochter?« fragte ich fassungslos.
»Ja, Brigitte fährt zu einem Seminar und kann sich nicht um Mariechen kümmern. Außerdem wird es bestimmt ganz lustig werden, wenn du die Kleine mal kennenlernst.«
Meine Erfahrungen mit Kindern waren gleich Null. Mein Bekanntenkreis war noch auf dem Stand persönlicher Selbsterfahrungstrips und glänzte mit absoluter Nachwuchslosigkeit.
»Ja, sehr lustig«, gab ich zurück.
»Du wirst sehen, Mariechen ist ganz unkompliziert, eine wahre Wonne.«
Irgendwie gab's hier wohl keinen Ausweg, also fügte ich mich in mein Wochenendschicksal. Frau muß den Tatsachen ins Auge sehen. Der Kerl hatte nun mal Anhang.
»Na, dann bring deine Wonne mal mit«, nickte ich ergeben.

Ich stand auf und schaute an mir herunter. Mit der Hand nahm ich in Bauchhöhe Maß. Hans kam herein, und ich fragte ihn: »Sag mal, Hänschen, wie hoch ist eigentlich so 'ne Fünfjährige? So etwa?«
Hans schaute skeptisch. »Kann sein. So hoch wie 'n ausgewachsener Schäferhund, schätze ich mal.«
»Toller Vergleich, du Kinderkenner«, schüttelte ich den Kopf.
»Hängt auch von der Frisur ab, weißt du. Manche haben ja so einen Bürstenschnitt, da kannste noch mal einen Zentimeter zugeben.«
Ich winkte ab. »Vergiß es einfach. Ist Jo mit den Fotos da?«

»Ja, die sind ganz super geworden.«
Jo begrüßte mich herzlich und präsentierte die wirklich gelungene Fotoserie.
»Für das nächste Shooting habe ich auch schon eine gute Idee«, erklärte er.
Aufmerksam hörte ich zu, bis mir schlagartig einfiel, daß ich dann ja schon frei, frei, frei sein würde.
»Tja, Jo. Die Idee ist gut. Aber ich werde dann nicht mehr dabeisein. Weil – ich habe gekündigt.«
Jo staunte. »Hast du denn schon etwas Neues?«
»Nein«, sagte ich lässig, »das wird sich schon noch ergeben.«
»Was hältst du davon, wenn wir uns Anfang der Woche mal treffen, Linda? Mir schwebt da schon seit einiger Zeit eine Geschichte vor, die ich mit dir gerne besprechen würde«, meinte Jo nachdenklich.
»Klar, es gibt Schlimmeres im Leben als ein nettes Essen mit dir, du Fotogenie«, gab ich zurück, und wir machten ein Date aus.

Meine nahende Ersatzmutter-Verpflichtung trieb mich in die Ratlosigkeit. Und dann auf den Dachboden. Als allererstes mußte die alte Schmusepuppe aus meiner eigenen Kindheit her. Diese Übung nahm schon mal eine kostbare halbe Stunde meines Lebens in Anspruch, weil die vielen Kartons leider nicht beschriftet waren. Endlich hatte ich sie gefunden. Leicht verdreckt, aber das konnte man ja ändern. Eifrig schrubbte ich das Gesicht meiner Lieblingspuppe.
»Heidi, am Wochenende bekommen wir Besuch.«
Puppe Heidi klapperte mit ihren Plastikwimpern.
»Und da mußt du einfach toll aussehen, verstehst du? Dein Kleidchen habe ich schon gewaschen, und nun bist du dran.«
Die Ohren nicht vergessen und noch ein bißchen Seifenlauge für die angestaubten Beinchen – Heidi strahlte mir prachtvoll gereinigt entgegen. Ich kippte sie einmal nach hinten, dann wieder in die aufrechte Position.
»Mama«, ertönte es aus der kleinen eingebauten Membran in Heidis Bauch.

Ich verdrehte die Augen. »Alles, nur das nicht«, dachte ich und setzte die Abgetrocknete auf den Klodeckel.
Im Supermarkt zog ich ratlos meine Runden. Mit welchen leiblichen Genüssen ließ sich Mariechen wohl bestechen? Spinat nein, Spaghetti mit Tomatensauce schon möglich, Schokolade mit der Extraportion Milch? Ich versuchte, mich an alle Werbespots mit lachenden Kindergesichtern zu erinnern, und kaufte, was das Zeug hielt. So saßen Heidi und ich wohlgerüstet am Samstag auf dem Sofa und erwarteten die Dinge, die da kommen würden.
»Mariechen, das ist Linda«, stellte Mike mich seiner Tochter vor. Sie betrachtete mich kurz, aber ernst und sagte artig: »Guten Tag.«
Stolz streichelte Mike ihre Haare, die keinen Bürstenschnitt hatten, sondern zu einem schönen Pferdeschwanz gebunden waren. Ich bekam einen Kuß, der mir aber über meine Nervosität auch nicht hinweghalf.
»Na, Mariechen, wie geht's dir?« fragte ich betont munter.
Mariechen schaute mich aufmerksam an, offensichtlich war sie die übliche Erwachsenenkonversations-Eröffnungsfrage noch nicht gewöhnt. Also antwortete sie vorsichtshalber überhaupt nicht. Erster Schuß in den Ofen.
»Na, gut geht's ihr«, sprang Mike ein, »ist doch auch schön, mit Papa unterwegs zu sein, nicht?«
Mariechen strahlte Papa Mike an und schmiegte sich in seine Arme. Hätte ich eigentlich auch ganz gern getan, aber nun war leider schon besetzt.
»Wollt ihr vielleicht etwas trinken?« fragte ich.
Das Kind schwieg sich aus, und Mike interviewte sie: »Magst du einen Saft?«
Eifrig setzte ich hinzu: »O ja, Saft. Apfelsinensaft oder Apfelsaft oder Kirschsaft?« Eines Tages konnte ich mich wirklich als Einkaufskünstlerin ausstellen lassen.
Mariechen flüsterte Mike etwas ins Ohr, während ich schon erwartungsvoll aufgestanden war, um den Getränkeeinsatz zu organisieren. Mike lachte mich an.
»Sie möchte einen Kakao. Hast du so was überhaupt?«

»Sicher, sicher«, sagte ich souverän, und zu Mariechen gewandt, »ich trinke selber gerne ab und zu einen heißen Kakao.«
Wieder ein Flüstern in Mikes Ohr.
Mike soufflierte: »Kannst du auch kalten Kakao machen?«
Ich nickte und verschwand in der Küche, froh, eine Aufgabe gefunden zu haben. Die jüngst erstandene Nesquickbox wurde geöffnet, ein satter Löffel daraus in die kalte Milch geschüttet und dann gerührt, gerührt, gerührt. Vorsichtig probierte ich einen Schluck. Nee, das schmeckte noch gar nicht. Also noch 'nen Löffel rein und rühren, rühren, rühren. Skeptisch schaute ich auf die kleinen Klümpchen, die auf der Oberfläche herumschwammen. Sah eindeutig unlecker aus. Schnell durchs superfeine Sieb gegossen, und der Kinderdrink des Tages war fertig. Stolz servierte ich Mariechen ihr Wunschgetränk in der Hoffnung, daß Liebe durch den Magen ging. Die Ernte meiner Bemühungen war ein leises »Danke«. Gut erzogen war sie ja. Aber offensichtlich nicht besonders scharf auf fremde weibliche Wesen wie mich.
»Was wollen wir mit diesem angebrochenen Tag machen?« wandte ich mich an Mike.
»Ich habe Mariechen versprochen, ihr in der Stadt eine neue Märchenschallplatte zu kaufen. ›Schneewittchen‹ hat sie sich gewünscht.«
Konnte ich gut verstehen, das hatte ich auch immer sehr gemocht. Mariechen würde bei diesem Märchen lernen, was eine böse Stiefmutter war, und ich betete nur, daß sie mich damit nicht in Verbindung bringen würde.
Mariechen verzog die Mundwinkel. Na, so schlecht konnte der Kakao gar nicht sein, daß man davon heulen mußte.
»Ich will nicht in die Stadt. Ich will nach Hause«, wimmerte das Kind.
»Aber was ist denn los, Mariechen?« fragte sofort der besorgte Papa.
Mariechen flüsterte. Allerdings so wunderbar laut, daß es meinen gespitzten Öhrchen nicht entging. »Die sieht ja aus wie der schwarze Mann.«
Prima, und ich hatte schon Angst gehabt, sie würde mich für die

böse Stiefmutter halten. Ich schaute an mir herunter. Schwarzer Pullover, schwarze Hose, schwarze Schuhe. Schwarz, die praktischste Farbe überhaupt, weil man darauf fast nie Flecken sah. Und natürlich perfekt als Existentialistenlook für Künstler, Kreative und Werber aller Welten. War wohl heute keine gute Idee. Sicher trägt Mariechens Mutti nur rosa Blümchenblusen, um das sensible Kinderseelchen nicht zu verschrecken.
Mike schüttelte den Kopf und flüsterte zurück: »Nun sei aber nicht albern, Mariechen. Die Linda ist doch kein böser schwarzer Mann, sondern eine ganz liebe Frau.«
Ha, so schnell gab das Kind aber leider nicht auf. »Dann, dann, äh, dann ist sie eben eine Hexe.«
Nervös rieb ich mir mein Kinn. Nee, ganz eindeutig waren mir dort in den letzten fünf Minuten keine gräßlich-grausigen schwarzlila Hexenwarzen gewachsen. Schau mir in die Augen, Kleines, ich bin eigentlich ganz harmlos.
»So ein Unsinn«, diskutierte Mike tapfer weiter, »wie kommst du nur auf so etwas?«
Nun kam Bewegung in das süße Mädchen. Sie sprang auf, stand plötzlich vor mir, starrte mich an – und zog kräftig an einer meiner Haarsträhnen. Erschrocken fuhr ich zurück.
»Autsch«, entfuhr es mir, als ich mir die schmerzende Stelle auf der Kopfhaut rieb. Dieses reizende Kind würde es noch so weit treiben, daß ich mich in meinem zarten Alter unausweichlich der kreisrunden Glatzenbildung näherte. Perücken sollten zwar angeblich gerade auf modischem Vormarsch sein. Aber ich stand denn doch mehr auf das Haar, das mir der liebe Gott in der Linda-Originalversion zugedacht hatte.
Mike zog Mariechen weg von mir. Er blickte absolut nicht durch.
»Ich habe schwarze Haare«, erklärte ich.
Mariechen nickte heftig. Also weiter.
»Hast du ein Buch mit Hänsel und Gretel?« fragte ich.
Mariechen nickte noch heftiger.
»Laß mich raten. Die Hexe hat auch schwarze Haare.« Lindas Quizstunde am Wochenende. Und – Linda hatte hundert Punkte, denn das Mariechen nickte zum drittenmal.

»Verstehste jetzt?« wandte ich mich an Mike und zeigte auf meine Garderobe, die nun mal zugegebenermaßen nicht gerade von fröhlicher Farbigkeit à la Mami geprägt war.
Mike nickte. »Brigitte trägt meistens Pastellfarben.«
Da hatte ich doch mit meiner Vermutung gar nicht so falsch gelegen. Mein Quizpunktekonto stieg immer weiter. Schade nur, daß ich heute wohl nicht mal einen Blumentopf gewinnen konnte.
Oh, Mike ging nun in den vollen Erziehungseinsatz. Er hielt dem Mariechen ein spannendes Referat über Haarfarben, Kleidung und die Unterschiedlichkeit der Menschen. Als er dann zum Rundumschlag ausholte, um auch gleich noch einen Anti-Rassismus-Vortrag dranzuhängen, unterbrach ich ihn. Schließlich soll man Kinder ja nicht überfordern.
»Was haltet ihr davon, wenn wir jetzt endlich in die Stadt gehen?« fragte ich.
»Schneewittchen?« lockte Mike.
Die junge Lady war nun gütigst einverstanden.
Mike und Mariechen liefen, Minihand in großer, starker Männerhand, vor mir her, und ich betrachtete das Winz-Wesen. Sie sah Mike unglaublich ähnlich und war noch etwas kleiner als ein ausgewachsener Schäferhund. Mariechen zog Mike am Arm, der sich zu ihr hinunterbeugte. Die Weltmeisterin im Flüstern hatte wieder eine Geheimbotschaft für meinen Liebhaber.
Mike teilte mir mit: »Wir brauchen eine Toilette, Mariechen muß mal.«
Ich nickte ergeben und hielt Ausschau nach einem Café. Als wir endlich eines gefunden hatten, erkundigte sich Mike bei einer Bedienung nach den Räumen für die gewissen Bedürfnisse.
»Sie haben aber eine reizende Tochter«, sagte die Kellnerin und streichelte Marie über das Köpfchen.
Das Kind schaute sie fröhlich an. Kein Wunder, entweder war Mariechen völlig benebelt vom süßen Tortengeruch im Café, oder die dralle, selbstredend blonde Servicefee mit dem hellvanillegelben Schürzchen hatte es ihr angetan. Nachdem das »ganz entzückende kleine Wesen« auch noch einen Bonbon von der properen Kellnerin geschenkt bekommen hatte, standen wir schließlich vor dem gewünschten Örtchen.

»Da kann ich nicht mit rein, übernimmst du das?« Mike deutete auf die Aufschrift ›Damen‹.
So ging ich mit der kleinen Dame hinein und fragte verunsichert: »Soll ich dir helfen, oder kannst du das schon allein?«
Mariechen warf mir nur einen kurzen langwimprigen Blick zu und sagte: »Allein.«
Ich nickte und blieb vor der geschlossenen Tür stehen. Als sie endlich wieder auftauchte, war ich heilfroh. Man hatte ja schließlich schon die eine oder andere Horrormeldung von Kleinkindern, die ins Klo gefallen waren, gehört. Draußen ergriff sie sofort wieder Mikes Hand, und wir setzten unseren Weg fort.
»Da«, sagte Mariechen schmatzend, denn sie war intensiv mit dem Bonbon der drallen Bedienung beschäftigt. Sie zeigte auf ein Geschäft, vor dem Luftballons verteilt wurden. Andächtig nahm sie einen knallroten entgegen. Schließlich hatten wir den Plattenladen erreicht, und Mike vertiefte sich mit seiner Tochter in die üppige Auswahl. Ich konnte nicht so gut mitwühlen, weil ich nur noch eine Hand frei hatte, denn meine Aufgabe war es, den Luftballon zu halten und vor Angriffen, das heißt vor dem Platzen zu schützen.
Schneewittchen war gefunden, und Mariechen flüsterte Mike ins Ohr, daß sie Hunger habe. Auf was Richtiges. Pommes frites mit Ketchup gehörten wohl in diese Kategorie und damit in das kindgerechte Rahmenprogramm. Mike aß eine Bratwurst, während ich für Mariechen die Pommes-frites-Schale hielt. Immer noch mit dem Luftballon in der Hand, hätte ich Modell stehen können für eine neue Fernsehreihe à la glückliche Mutter mit Kind.
»Schmeckt's dir?« fragte ich vorsichtig und betete drei Abrakadabras, daß ich mit dem schönen roten Ballon endlich mein Hexenimage abbauen konnte.
Das Wunder geschah. Mariechen lächelte mich an. Mich, nicht Mike, und nickte begeistert mit dem hübschen Köpfchen. Vor einer Stunde hätte ich sie am liebsten noch in eine kleine, nur rückwärtshüpfende, schlammbekleckste Kröte verwandelt. Aber diesem Lächeln konnte selbst ich nicht mehr widerstehen.

Vielleicht war diese Beziehung ja ausbaufähig, und so fragte ich Mariechen testweise: »Schenkst du mir auch eins von deinen Pommes frites?«
»Ja, hier«, sagte sie und schmierte mir bei der Übergabe den Ketchup ans Kinn.
Aber egal, sie hatte mir eins von ihren Pommes frites geschenkt! Freiwillig, lächelnd und mit extra viel Tomatenketchup drauf. Das sollte mir erst mal jemand nachzaubern. Simsalabim.

Nebel

»Mhmm, das schmeckt. Eindeutig besser als Schlabberlimonade.« Genießerisch nippte ich an dem köstlichen Wein, den Jo ausgesucht hatte.

Jo lachte. »Seit wann trinkst du denn Limonade, Linda?«

Kopfschüttelnd dachte ich an das vergangene Wochenende. Das Restaurant, in dem Jo und ich uns getroffen hatten, füllte sich langsam.

»Ja weißt du, ich habe mich zur Abwechslung mal mit der ganz jungen Generation beschäftigt. Ich hatte Besuch von einem Freund mit Tochter. Mariechen heißt sie.«

Mike würde mir hoffentlich die Formulierung ›von einem Freund‹ verzeihen. Aber dies war kein rein privates Dinner. Außerdem hatte ich keine Lust, meinem Fotografenbekannten mein kompliziertes Liebesleben in aller Ausführlichkeit auf die Nase zu binden.

Jo hörte aufmerksam zu. »Und Mariechen hat dich sofort in ihr Herz geschlossen, was?«

»Sofort kann man nicht gerade behaupten. Anfangs hat sie mich erfolgreich ignoriert. Beim Pommes-frites-Essen in der Stadt ist dann irgendwie das Eis gebrochen. Da habe ich sie gefragt, ob sie mir etwas abgeben würde. Das fand sie so spektakulär, daß sie den Drang entwickelt hat, mich permanent zu füttern.«

»Wahrscheinlich, weil du einen so hungrigen Blick hast«, frotzelte Jo.

»Na, vielleicht hat sie mich eher als Riesenbaby betrachtet«, grinste ich zurück. »Jedenfalls waren wir am Sonntag in einer Pizzeria. Die kleine Dame wählte Spaghetti. Aber nicht etwa mit Tomatensauce, nein, mit Meeresfrüchten. Dazu gab's erst Orangenlimo. Später noch eine Zitronenlimo. Und ich hatte die Freude und Ehre zugleich, immer wieder ein Häppchen und ein Schlückchen von Marie zu bekommen. Am Ende trafen sich

Tintenfischringe mit dem klebrigen Gesöff, und ich hatte einen wonnigen Blubberbauch.«

»Ja, ja, mit den Kids macht man was mit«, nickte Jo.

»Kannst du laut sagen. Besonders, wenn man auch noch permanent mit einem Strohhalm trinken muß. Kennst du noch die bunten, die so ein paar Knicke im Mundstück haben, damit man sie nach allen Seiten biegen kann?«

Wer sich bog, und zwar vor Lachen, war Jo.

»O Linda, wir haben ja selbst zwei Kinder. Die bewußten Strohhalme sind immer heiß begehrt bei Kindergeburtstagen. Wenn man nicht aufpaßt, fließen die Getränke dann nicht nur in den Mund, sondern blitzschnell auf die schnieken Klamotten.«

»Da kommt Freude auf«, nickte ich.

»Hast du dich schon entschieden, was du essen möchtest?« erkundigte sich Jo.

Ich hatte, und Jo, der Weltgewandte, gab beim Kellner unsere Wünsche auf.

»Schön, daß das mit unserem Treffen endlich geklappt hat, Linda. Ich habe nämlich schon seit einiger Zeit etwas im Sinn, das ich mit dir besprechen wollte. Weißt du, in den letzten zwei Jahren hat sich bei mir viel verändert. Zum einen bin ich jetzt international sehr gut im Geschäft. Und zum anderen wächst mir das so allmählich über den Kopf. Anfangs hat mir meine Frau noch geholfen. Aber nach der Geburt unseres jüngsten Sprößlings kann ich sie unmöglich noch weiterhin für das Busineß in Anspruch nehmen.«

»Habe ich schon gemerkt«, gab ich zurück. »Früher war sie meistens in deinem Studio am Telefon. In letzter Zeit bist entweder du dran oder einer deiner Fotoassistenten. Aber die wissen nie besonders gut Bescheid.«

»Genau da liegt der Hase im Pfeffer«, nickte Jo.

»Und was hast du nun vor?« fragte ich.

Jo schaute mir offen ins Gesicht. »Ganz einfach, Linda. Ich habe vor, dich anzuwerben.«

Oh, oh, Überraschung, Überraschung.

»Hör mal, als Babysitter bin ich ziemlich miserabel«, erklärte ich in Erinnerung ans Mariechen-Wochenende. Grausige Bilder

tauchten vor mir auf. Linda, ganz in Pastell, mit mildem Lächeln im Antlitz und Jos quäkenden Bälgern im Arm.
»Aber als Erwachsenensitter bist du nicht zu übertreffen«, unterbrach Jo meine Horrorgedankenkette.
»Erwachsenensitter? Ist das ein neuer Beruf?« Der Mann sprach in Rätseln.
Noch bevor Jo antworten konnte, wurden wir von einer wunderbarherrlicheinzigartigen Knoblauchwolke eingehüllt. Unser Essen wurde serviert.
»Guten Appetit, Jo«, wünschte ich ihm und wollte mich auf die dampfenden Scampi stürzen.
»Guten Appetit«, sagte auch Jo. Allerdings schien er keinen zu haben. Er beobachtete mich bewegungslos.
Ich ließ mein Besteck sinken. »Was ist?« fragte ich.
»Wenn.du meinst, ich mache Witze, dann irrst du dich«, gab er zurück.
»O.k., dann sprich dich aus. Was genau willst du mir sagen?«
Er holte tief Luft. »Ich will dir ein Angebot machen. Was ich brauche, ist eine Art Managerin. Zu meinem Beruf gehört sehr viel Organisation, wie du weißt. Und – egal wo ein Fotoshooting ist – vor Ort will ich eine Persönlichkeit haben, die sich um die Kunden kümmert. Wenn die pausenlos auf mich einreden, kriege ich die Sachen nicht so in den Kasten, wie ich sie will, verstehst du?«
Klar, verstand ich. Quasselnde Kunden mit merkwürdigen, unoriginellen Ideen zur eigenen Selbstverwirklichung hatte ich jahrelang genossen.
»Na, ich weiß nicht«, gab ich zweifelnd zurück. »Da müßte ich ja wieder all meine diplomatischen Fähigkeiten einsetzen. Davon wollte ich doch gerade weg.«
»Aber Linda, das ist doch nur ein Aspekt. Der Job als solcher ist total anders. Jeder Tag ist total anders. Du müßtest weltweite Castings organisieren, bei der Modelauswahl mir mit deinem Geschmack zur Seite stehen, Studios in verschiedenen Städten organisieren. Und alles drumherum. Wenn wir zum Beispiel eine Nebelmaschine in Paris brauchen, dann eben eine Nebelmaschine.«

Ich staunte. Jo schien mir ja wirklich eine ganze Menge zuzutrauen.
»Wie kommst du auf die Idee, daß ich auch nur ansatzweise einen blassen Schimmer habe, wie ich in Paris an eine Nebelmaschine komme?« fragte ich fassungslos.
»Das war doch wirklich nur ein Beispiel. Ich habe jahrelang Karteien aufgebaut für alles, was die Organisation erleichtert. Ist komplett in einem Computer gespeichert. Also kein Problem.«
›Kein Problem‹ war ohnehin der Lieblingsspruch der gesamten Branche. Boß Peter fiel mir ein mit seiner Standardansage: »Es gibt keine Probleme. Nur Aufgaben.« Aber ob das hier eine Aufgabe für mich war? Nervös kaute ich auf den Knoblauchscampi herum.
»Ich fühle mich jetzt echt ein bißchen überrumpelt. Eigentlich wollte ich zum erstenmal in meinem Leben meine Freiheit genießen.«
Mist, ich hatte eigentlich gesagt. Dieses dumme Wort, das jedem Gesprächspartner die Chance zum Einhaken gab.
»Schön und gut, Herzchen. Aber du mußt dich ja auch nicht gleich wieder versklaven. Für mich kannst du auf selbständiger Basis arbeiten. Als freie Managerin.«
Frei klang verlockend. Managerin auch nicht so schlecht. »Freie Managerin für einen internationalen Fotografen…« Langsam ließ ich mir diese Kombination auf der Zunge zergehen. Gleich noch einen der Scampi hinterher und vorerst bloß den Mund halten.
»Du kriegst dann auch kein Gehalt, sondern Honorare. Je nachdem, wie viele Tage du so im Monat für mich im Einsatz bist.«
»Laß es uns Gage nennen. Das hört sich noch schicker an«, witzelte ich.
Jo machte ein todernstes Gesicht. Mir schwante, daß er nicht lockerlassen würde.
»Wann warst du eigentlich mal in Mailand?« fragte Jo.
Gott sei Dank, vorerst ließ er wohl von seinem Überredungsmanöver ab.
»In Mailand? Da war ich leider noch nie.«

»Aha«, kam vom anderen Tischende. »Mailand ist ein Traum«, schwärmte er, »besonders auch zum Einkaufen. Italienischer Stil vom Schönsten.«
»Da kann man bestimmt die tollsten Pumps kaufen, was?« fragte ich begeistert.
»Nicht nur das. Auch die besten italienischen Designerklamotten. Und viel günstiger als hier bei uns.«
»Kann ich mir vorstellen«, sagte ich sehnsüchtig.
Jo suchte wieder meinen Blick. »Übrigens – in ein paar Wochen mache ich dort ein Modeshooting für die italienische Zeitschrift ›ModaModa‹. Und du könntest dabeisein.«
Schnapp, machte die nächste wohlpräparierte Linda-Falle. Statt Margarine tauchten verlockende Geschäfte vor mir auf. Statt Schuhcremekampagnen edelste Wildlederstiefelchen. Verdammte Konsumgier.
»Ach ja«, sagte ich vorsichtig. Und versuchte, harmlos auszusehen.
Aber Jo als alter Frauenkenner wußte, hier hatte eine Lady Blut geleckt.
»Danach steht Hollywood an.«
»Hollywood?« platzte es begeistert aus mir heraus. Vornehme Zurückhaltung bei solchen Nachrichten war offensichtlich nicht meine Sache. »Wirklich Hollywood?«
Entspannt lehnte sich Jo zurück.
»In der Tat. Wir haben einen Fototermin an einem Strandabschnitt in Kalifornien. Und wohnen werden wir in Beverly Hills.«
»Beverly Hills«, sprach ich ihm fassungslos nach.
Zufriedenheit breitete sich in Jos Zügen aus. Seine Zuckerstückchen-Strategie zeigte bei mir massiv Wirkung.
»Ist natürlich nicht alles nur Dolce vita. Aber private Zeit finden wir bei solchen Jobs schon genug. Ich könnte dir eine Menge interessanter Dinge zeigen.«
Jede Wette. Die Welt war groß, und besonders viel kannte ich davon wahrhaftig nicht.
»Linda, erlaubt dir dein Privatleben, öfter mal auf Reisen zu sein?«

»Es gibt niemanden, der es mir verbieten könnte«, antwortete ich. Der Gedanke an Mike war mir zwar etwas unbequem. Aber das würde ich schon unter einen Hut kriegen. Vielleicht jedenfalls.
»Dann ist doch alles klar, oder? Gib mir deine Hand darauf, Linda.«
Krampfhaft hielt ich mich am Tischtuch fest.
»Es geht aber so schrecklich schnell. Eigentlich sollte ich besser noch eine Nacht darüber schlafen.«
O nein, schon wieder hatte ich es getan. Eigentlich.
»Das wird sowieso nichts ändern. Der Job ist dir wie auf den Leib geschnitten. Wie für dich gemacht«, schmeichelte mir Jo. »Nun schlag schon ein!«
Es lebe die Spontaneität. Mailand, ich komme. Hollywood, ich komme. Managerinnendasein beginne.
Langsam legte ich meine Hand in Jos kräftige Rechte. Fest drückte er zu und strahlte mich an.
»Herzlich willkommen im Club der Foto-Reisenden«, nickte er.
In jedem Falle besser als im Club der einsamen Herzen, der Werbeagentur-Gestreßten oder der Arbeitslosen.

Technik

In der Ruhe liegt die Kraft. Also noch mal von vorn: »Resturlaub für dieses Jahr beträgt wundervolle vierundzwanzig Tage.« Emsig blätterte ich in meinem Kalender herum. »So, und jetzt schön rückwärts zählen. Der 31. ist theoretisch mein letzter Agenturtag. Die Wochenenden schön ausklammern – dann wären also…«

Klasse, klasse. Nur noch eine Woche Reklame, und mein neues Leben könnte beginnen. Kaiser Peter war sich darüber unter Garantie nicht im klaren. Das würde für ihn noch ein böses Erwachen geben. Schadenfreude ist zwar keine gute Charaktereigenschaft. Aber – wie das Wort Freude schon sagt…

Ich schloß meine Bürotür. Konzentriert sortierte ich die erledigten Aufträge in die dicken Ordner ein. Bald hatte das hier ein Ende. Und es gab noch einiges für mich zu regeln. Zum Beispiel aufgeregte Eltern beruhigen.

Mike hatte meinen Spontanentschluß, für Jo zu arbeiten, recht gut verdaut. »Aber versuche bitte, dir die Wochenenden freizuhalten«, hatte er gebeten.

Sollte er doch ein wenig bangen, das könnte sehr inspirierend sein, grundsätzlich über unsere Fernbeziehung nachzudenken.

Mama würde meine jüngsten Entschlüsse wahrscheinlich sehr mysteriös finden. Oder noch schlimmer – unseriös. Es kam also auf das gute Verpacken an.

»Hallo, Mama, hier ist Linda.«

»Ach, hallo, meine Kleine. Nett, daß du anrufst, ich habe gerade an dich gedacht.«

»Wirklich? Gibt's einen besonderen Anlaß?«

Mama seufzte. »Wir machen uns einfach Sorgen. Um deine Zukunft, um dich überhaupt. Deine ganze schöne Ausbildung willst du einfach so wegwerfen. Oje, es ist schon…«

Arme Mama, mit einer ausgeflippten Tochter konnte man wahrscheinlich wirklich schlaflose Nächte haben.
»Ich versteh schon, Mama. Es ist dieses Damoklesschwert der Arbeitslosigkeit, das über mir schwebt, nicht?«
»Kind, das ist gar nicht komisch. Wovon willst du dich nur ernähren?«
»Och, das kriege ich schon hin. Obwohl – selbst die letzte Stubenfliege hat sich heute hungrig und frustriert von mir verabschiedet.«
Bogen überspannt. Mama wurde wütend.
»Darüber machst du auch noch Witze. Wann willst du eigentlich erwachsen werden?«
Welch unangenehme Vorstellung. Erwachsen klang nach alt.
»Du wirst sehen, Mama, ich bin permanent im Wachstum. Nach oben sind mir da keine Grenzen gesetzt. Und zu deiner Beruhigung: Ich weiß schon, was ich machen werde.«
Keine Reaktion. Sicher vermutete sie einen weiteren Gag.
Tief holte ich Luft und sagte mit fester Stimme: »Ich mache mich nämlich selbständig!« Ha, wenn das keine gute Nachricht war.
»Selbständig?« klang es völlig entgeistert aus dem Telefonhörer. »Du?«
»Schöne Reaktion, Mama. Vielen Dank für dein Vertrauen«, setzte ich ironisch nach.
Verwirrt fragte sie: »Ich verstehe gar nichts mehr. Willst du eine eigene Agentur aufmachen?«
Innerlich schüttelte ich mich. »Igitt, das wäre das Hinterletzte, was ich tun würde. Nein, ich werde die Managerin eines Fotografen.«
»Ach.«
Pause und Schweigen im Walde.
»Er heißt Jo, und ich kenne ihn schon ziemlich lange. Und Jo braucht eine Managerin für seine Organisation. Ab und zu werde ich auch mit ihm mitreisen. Zu den Fototerminen, verstehst du?«
»Wohin?« kam prompt von der mißtrauischen Mama.
Ich schaute durchs Fenster auf die Bäume. Grün sollte ja beruhigen.

»Na dahin, wo fotografiert wird. Mailand zum Beispiel. Oder auch Amerika.«
»A-m-e-r-i-k-a.« So gedehnt konnten nur besorgte Mütter sprechen.
Detailliert erzählte ich nun ganz ernsthaft von meinem neuen Job.
»Allein, wie du immer ›Job‹ sagst, macht mich schon ganz nervös, Linda. Und so ganz ohne Anstellungsvertrag?«
»Ja, ohne. Das wird funktionieren, du wirst schon sehen.«
Mama ließ mich an ihrer größten Sorge teilhaben: »Ist dir klar, daß dann niemand deine Rente zahlen wird? Du darfst doch nicht vergessen, daß du auch mal älter wirst.«
Rente? Stimmt, daran hatte ich nicht gedacht. Und hatte es auch nicht vor.
»Sei doch nicht so spießig. Wenn ich mal sechzig bin, ist die Rentenkasse wahrscheinlich sowieso leer«, philosophierte ich.
Ein Stöhnen erreichte mein Ohr. Sicher saß Mama zusammengekauert auf ihrem Telefonstühlchen und verdrehte die Augen.
»Auf jeden Fall mußt du dich privat versichern. Und denke auch an deine Krankenversicherung. Die mußt du allein zahlen. Und wenn du verreist, brauchst du eine Reisegepäckversicherung.«
Ich kicherte: »Bekommst du neuerdings Prozente bei einer Versicherungsgesellschaft?«
»Kind, Kind«, seufzte Mama.
Begeisterungsstürme waren das nicht gerade. Aber das konnte meine Siegerstimmung nicht mildern. Trotzdem – das Versicherungs-Rundum-Paket ging mir durch den Kopf. Immerhin war ich haftpflichtversichert. Die Vorstellung, eine unbezahlbare altchinesische Porzellanvase in einem Antiquitätengeschäft umzuschmeißen und dann zwanzig Jahre lang abstottern zu müssen, hatte mich eines Tages in die Arme von Ralf getrieben. Ralf, der untypischste Versicherungsvertreter aller Zeiten und Freund meines Kollegen Hans. Ja, Ralf konnte man vertrauen.
»Ralf«, flötete ich wenig später vielversprechend auf Ralfs Anrufbeantworter, »meine Mutter meint, ich wäre ein Versicherungsfall. Also, wenn du reich werden willst, dann ruf bitte zurück, damit wir einen Termin vereinbaren können.«

So, Mama wäre stolz auf mich.
Hans, Tom und Anni kamen in mein Büro.
»Na, ihr. Je näher der Abschied kommt, desto mehr glaube ich, daß ihr mir fehlen werdet.«
Hans nickte. »Du uns auch, du treulose Tomate.«
»Gibt's eigentlich 'ne Abschiedsparty?« wollte Tom wissen.
»Aber klar doch. Wir lassen es richtig knallen. Am nächsten Freitag ist es soweit.«
»Wenn du willst, helfe ich dir bei den Vorbereitungen«, bot mein Sekretärin-Anni-Schatz an.
»Prima, danke. Ein letzter Liebesdienst...«, sinnierte ich und stützte mein Kinn in die Hände.
»Spar dir die Melancholie für den Freitag. Und denk daran, Taschentücher zu kaufen«, neckte Hänschen.
»Habe ich als anständiges Mädchen sowieso immer dabei«, grinste ich.
Gemeinsam läuteten wir den Feierabend ein, und ich machte mich auf den Weg zu Jo ins Fotostudio.

»Hier ist in Kürze dein neues Reich«, führte mich Jo stolz durch das schöne Atelier. »Dein Schreibtisch wartet schon.«
Sah gar nicht nach Schreibtisch aus.
»Das ist ja ein Kunstwerk«, entfuhr es mir begeistert.
Hellblaue Glasplatte, oval geschliffen, auf einer ungeheuer phantasievollen Metallkonstruktion.
»Für dich nur das Beste!« nickte Jo.
Genau. So sollte es auch sein.
»Und was ist das?« Ich deutete auf das Tuch auf dem Tischwunderwerk, das ganz offensichtlich etwas verhüllte.
»Trara«, trompetete Jo und zog mit einer eleganten Bewegung das Tuch weg. Ein flacher grauer Kasten kam zum Vorschein.
»Linda«, sagte ich und fuhr mit dem Zeigefinger über ein dezentes Schild, das auf dem Kasten klebte und bereits meinen Namen trug.
»Das ist dein zweiter Kopf. Dein Computer. Und er ist so klein, daß er sogar in eine Handtasche paßt«, pries Jo den Kasten an.
Ich schaute auf meine Tasche, die Jo eindeutig Lügen strafte.

»Ach ja?« fragte ich mit hochgezogenen Augenbrauen. »Da muß man aber eher auf kleine Koffer umsteigen, oder?«
Jo zuckte mit den Schultern. »Es gibt doch auch tolle große Taschen, nicht? Mach den Computer doch mal an.«
Witzbold. Wo wohl?
»Hast du vielleicht eine Gebrauchsanweisung?« erkundigte ich mich vorsichtig.
Mein zukünftiger Gagenzahler reagierte mit einer hochintelligenten Bemerkung: »Frauen und Technik...«
Nicht mit mir. Das wollte ich gar nicht erst einreißen lassen. »Ich seh schon, mein Freund. Meine erste Amtshandlung wird die Eröffnung einer Machokasse sein. Und nun zur Technik: Ich habe vaterseelenallein meinen Fernseher eingestellt. Und den Videorecorder auch. Im Glühbirnenauswechseln bin ich Weltmeister, und 'ne rausgesprungene Sicherung jagt mir keinen Schrecken ein. Also – her mit der Gebrauchsanweisung. Den kleinen Kerl hier werde ich mir schon vertraut machen.«
»Davon bin ich überzeugt«, versuchte Jo, mich zu besänftigen. »Übrigens, Linda, ich habe dir ein Telefaxmodem einbauen lassen.«
»Toll!« sagte ich.
Nie gesehen, nie gehört. War aber unter Garantie etwas Supergroßartiges.
Jo zückte ein Kabel, das neben meinem kleinen Freund lag. »Damit kannst du dich im Hotel ans Telefonnetz anschließen. Und direkt aus dem Computer Telefaxe schicken. Praktisch, oder?«
»Und wie«, sagte ich im Brustton der Überzeugung.
Gemeinsam beluden wir mein Autochen. Zu Hause betrachtete ich meine neuen Errungenschaften. Der Computer war das eine, dazu ein Benutzerhandbuch. Dann dieses Werk, das die Programme erklärte. Und das kleine Heftchen mit Erläuterungen zu diesem – wie hieß es noch gleich? – Telefaxmodem. Ich zählte die Seitenzahlen zusammen. Leichte Übung, es waren nur tausend oder so.
»Tja, Frau Managerin. Neues Spiel, neues Glück. Oder vielmehr: neues Training.«

Abschied

Mein Wohnzimmer sah aus wie ein mittleres Schlachtfeld. Der nette Couchtisch war eindeutig zu klein für meine autodidaktische Computerschulung. Und so hockte ich im Schneidersitz, umgeben von komplizierten Lernunterlagen, auf dem Teppich. Leuchtend strahlte mir der Computerbildschirm entgegen. Der kleine Kerl konnte sogar Laute von sich geben.

»Blubb«, behauptete er.

»Ja, blubb du nur. Dir werde ich schon auf die Schliche kommen«, sprach ich auf ihn ein. Also noch mal zurück zur Seite siebenundvierzig, Handbuch eins.

»Wird ein Befehl nicht korrekt eingegeben, so gibt der Computer ein Warnsignal von sich«, las ich laut vor.

Gut, gut, ich war nun gewarnt.

»Was ist denn jetzt schon wieder falsch?« grübelte ich vor mich hin.

Handbuch zwei wußte auf Seite dreiundachtzig Rat. Also das Ganze von vorn.

»Blubb.«

»Verdammt.«

Angeblich haben Computer ja kein Eigenleben. Sie tun nur das, was der Benutzer ihnen vorgibt. Wer das behauptete, kannte meinen kleinen blubbernden Freund nicht. Der mußte einer Sonderedition entsprungen sein, die auf selbständige Charaktereigenschaften programmiert war. Wie 'ne Katze hatte der seinen eigenen Kopf. Vielleicht sollte ich ihn besprechen, so wie anständige Pflanzenliebhaber das mit ihren heimischen Blümchen tun.

»Paß mal auf, mein Kleiner. Wir zwei beiden müssen es zusammen schaffen, verstehst du? Oder willste etwa nicht mit nach Mailand, hä? Nun sei mal ganz nett zu deiner Linda.«

Langsam spielte ich ihm die Befehle erneut ein. Nanu, kein

Blubb? Tatsächlich hatte es ihm plötzlich die Sprache verschlagen, und die von mir gewünschte Datei öffnete sich wie durch Zauberhand. Und offenbarte eine Städteliste mit den von Jo versprochenen Adressen und Telefonnummern der verschiedensten Firmen, Studios und Ansprechpartner. Lächelnd streichelte ich über die Plastiktastatur.

»Brav, mein Kleiner.« Loben war sicher wichtig zur Vermeidung weiterer Krisen. Eines Tages würde ich bestimmt soweit sein, selbst ein Handbuch zu schreiben. Über den behutsamen, einfühlsamen Umgang mit diesen entzückenden Ersatzhirnen.

Ein Klingeln riß mich aus meiner Trainingsrunde. Das mußte Ralf mit seinen üppigen Versicherungsunterlagen sein. Ich drückte auf den Öffner und riß schwungvoll meine Wohnungstür auf.

Kopfschüttelnd stand Ralf vor mir: »Wann wirst du es dir endlich angewöhnen, mal über die Sprechanlage zu fragen, wer da ist. Linda, Linda, eines Tages läßt du dich noch von einem Wildfremden direkt aus deiner Wohnung klauen.«

»Ich glaube nicht, daß dazu jemand den Mut hat. Auf den würden mit mir schwere Zeiten zukommen«, grinste ich ihn an.

»Das glaube ich dir aufs Wort«, gab Ralf zurück. Höflich übersah er das Chaos und ließ sich lässig auf dem Sofa nieder.

»Magst du ein Glas Wein?« fragte ich.

»Gerne. Was glaubst du, warum ich hier bin?« lachte Ralf.

»O Ralf, machst du bitte die Flasche auf? Ich muß mal eben ans Telefon«, bat ich ihn, während ich über die Lernunterlagen aufs klingelnde Objekt zukletterte.

Es war Mikes abendlicher Anruf.

»Tag, Schatz«, schmetterte ich ihm fröhlich entgegen.

»Bist du fleißig?« fragte Mike in Kenntnis meiner Computeraktivitäten.

»Klar doch!«

Mit lautem Plopp hatte sich der Korken von der Weinflasche verabschiedet. Was für ein lieblicher Sound nach den bisherigen abendlichen Blubbs.

»War das ein Korken?« folgerte Mike ganz richtig.

»Ja«, antwortete ich.

»Ach, du hast Besuch?« folgerte Mike zum zweitenmal ganz richtig.
»Stimmt, Ralf ist hier. Wegen meiner Versicherungen, weißt du?«
»Um die Uhrzeit?« hörte ich Mike fragen.
»Wann denn sonst? Tagsüber muß ich arbeiten, also geht es nur am späteren Abend.«
»Ralf, ja?« fragte Mike.
Oje, wenn Mann so weit entfernt war, war zumindest die Eifersucht immer ganz nahe.
»Ralf, ja. Eben wegen der Versicherungen«, verteidigte ich mich. Warum verteidigte ich mich eigentlich?
»Und du findest es normal, nachts mit einem Versicherungsvertreter Wein zu trinken?«
Fand ich schon. Zumal Ralf ein guter Bekannter war. Im Grunde hatte ich mit ihm, oft auch zusammen mit Hänschen, schon öfter 'nen Wein getrunken als Versicherungspolicen unterzeichnet.
»Was macht es für einen Unterschied, ob ich jetzt Wein trinke oder Wasser?« fragte ich retour.
Voll männlicher Logik erklärte mir Mike den Unterschied.
Ich unterbrach ihn. »Mike, bitte. Ich trinke jetzt einen Wein. Dann schließe ich ein oder zwei Versicherungen ab. Und wenn du willst, rufe ich dich später an.«
»Da schlafe ich sicher schon«, sagte der Süße, der Eifersüchtige, der Beleidigte.
»Wie du willst. Träum was Schönes, wir telefonieren dann morgen.«
Kurzangebunden verabschiedete sich Mike.
»War das dein Freund?« erkundigte sich Ralf.
Ich nickte. »Ein Glück, daß er nicht weiß, was du für 'n schicker Kerl bist, Ralf. Dann würde er noch schlechter schlafen.«
»Die holde Eifersucht«, grinste Ralf, während er mir zuprostete. »Auf die Liebe und das Leben. Und auf deinen neuen Job.«
»Ich danke dir. Ja, nun sag mal, was brauche ich denn an Versicherungen?«
»Wenn ich dich richtig verstanden habe, bist du in Kürze selb-

ständig. Aus meinem reichhaltigen Repertoire würde ich dir eine private Rentenversicherung und natürlich die Krankenversicherung empfehlen.«

»Hast du einen Pakt mit meiner Mama? Die redet auch immer von Rente und so.«

Ralf lachte. »Lindachen. Mir ist nichts fremd. Besonders nicht die starke Aversion junger Leute gegen das Thema Altersversorgung.«

»Iih«, ich schüttelte mich, »Altersversorgung. Klingt ja noch schlimmer.«

Ralf war schön entspannt. »Laß uns doch einen Stufenplan machen. Das mit der Rentenversicherung verschieben wir ein paar Monate. Dann komme ich wieder in den Genuß deiner Gesellschaft. Und die Krankenversicherung schließt du jetzt ab. Weil nämlich alles andere Kamikaze wäre.«

Eifrig nickte ich. Heutzutage war es eben wichtig, daß einen ein Versicherungsvertreter wirklich verstand.

»Prima. So machen wir das. Hast du dafür ein schönes Formular dabei?«

»Sogar ein sehr ausführliches. Wir machen jetzt ein kleines Interview.«

»Schön, schön, leg los«, forderte ich ihn auf.

Er zückte ein dreiseitiges Formular mit diversen Durchschreibesätzen.

»Braucht ihr so viele Kopien?« staunte ich. Jede Seite hatte mehrere Durchschläge in verschiedenen Farben.

»Klar, wir sind ein großer Laden, und alles hat seine Ordnung. Also – beginnen wir mit der Rubrik ›Dauerleiden‹.«

»Kannst du streichen«, grinste ich.

»Irgendwelche psychiatrischen Behandlungen in den letzten fünf Jahren?« kam als nächste Frage.

»Och, bis auf die Zwangseinweisung und die drei Monate Gummizelle eigentlich nicht. Wenn man davon absieht, daß die Zuckungen immer mal wieder auftauchen...« Fröhlich zuckte ich ein wenig.

Ralf schüttelte nur den Kopf und widmete sich nun den Kinderkrankheiten. Nachdem Masern, Windpocken, Mumps und

Mandeloperation notiert waren, hatten wir den größten Teil schon bewältigt.
»Zum Abschluß die statistischen Daten. Geburtsort und -tag?«
»Ganz schön kleine Kästchen.« Ich mußte zwinkern, als ich ihm beim Eintragen der Zahlen zusah. Ich hatte wohl zu lange auf den Computerbildschirm gestarrt. Meine Augen waren erschöpft.
»Größe?«
»Ein Meter achtundsechzig.«
Rein in die Minikästchen.
»Und nun dein Gewicht.«
»Wieso das denn? Findest du es nicht ausgesprochen indiskret, eine Dame nach ihrem Gewicht zu fragen? Und das bei so vielen Durchschlägen. Wollen das etwa alle Abteilungen wissen?« protestierte ich.
Fröhlich ließ Ralf seinen Blick über meine Figur gleiten. »Natürlich. Wegen des Gesundheitsrisikos bei Übergewichtigen.«
Vorsichtig hakte ich nach: »Gewicht morgens oder abends?«
Er verschluckte sich, weil Trinken und Lachen gleichzeitig nicht gut zu vereinbaren waren. »Mach es nicht so spannend. Ich sag's auch keinem weiter.«
»Darf ich ein bißchen schummeln? Nur ein ganz kleines bißchen?«
Ralf lachte immer noch. »Meinetwegen. Nachwiegen werde ich nicht.«
Ich nannte ihm eine Zahl. »Das ist Super-Idealgewicht. Ich bin schließlich keine Risikoperson, weißt du«, gab ich als Erklärung. Und ab ins Kästchen.
»Willst du wissen, was der Spaß kostet?« fragte Ralf und tippte bereits auf seinem Taschenrechner herum.
Schluck. Die Summe erschien mir heftig. Von Spaß keine Spur.
»Wenn's denn sein muß«, stöhnte ich und unterschrieb artig mit Linda Lano.
»Auf die Gesundheit!« prostete Ralf mir zu.
»Dachte ich mir schon, daß wir darauf trinken würden. Damit ich fette Beiträge abdrücke und ihr schön vom Zahlen verschont bleibt, was?«

Der Geist des Weines war bei uns, und ich war froh, nur eine Versicherung abgeschlossen zu haben.
»Ist morgen dein letzter Tag?« erkundigte sich Ralf.
Heftig nickte ich. »Genau. Deshalb brauche ich auch jetzt meinen Schönheitsschlaf. Ich gebe nämlich eine kleine Abschiedsparty.«
Als ich Ralf zur Tür brachte, war bereits Geisterstunde.

Am nächsten Morgen hatte ich ein merkwürdiges Ziehen im Magen. Mein letzter Agenturtag. Unglaublich. Es war tatsächlich soweit.
»Ach Anni, ist das ein komisches Gefühl«, stöhnte ich, während wir die Häppchenplatten dekorierten.
»Ich bin direkt ein bißchen neidisch«, sagte Anni.
Aufmerksam betrachtete ich sie.
»Du kommst auch noch mal groß raus, Anni. Eines Tages, du wirst sehen, hast du vielleicht selber eine Sekretärin.«
»Meinst du?« fragte Anni zweifelnd. Offensichtlich betrachtete sie ihren Job als gottgegeben. Hier konnte ich auf die Schnelle noch ein wenig Aufbauarbeit leisten.
»Warum denn nicht? Du bist doch eine intelligente Frau. Ein wenig Weiterbildung, eine Portion Mut, und du findest neue Wege.«
Anni lächelte. »Darf ich dich denn mal privat anrufen, wenn ich deinen Rat brauche?«
Lächelnd nahm ich sie in den Arm. »Aber immer. Aus den Augen muß doch nicht auch aus dem Sinn bedeuten.«
So waren wir Mädels bereits in zutiefst rührseliger Stimmung, als die Party begann. Kaiser Peter baute sich vor mir auf.
»Linda, du warst eine tolle Mitarbeiterin. Und wenn du eines Tages zurückkommen willst – hier stehen dir immer die Türen offen.«
Verlegen drückte er mir einen wunderbaren Riesenblumenstrauß in die Hand. Mir stiegen glatt die Tränen auf. Langsam füllte sich der Raum. Auch die Buchhaltung hatte gesammelt und schenkte mir einen eleganten Kugelschreiber. Sogar mit Namensgravur.

»Damit du uns nicht so schnell vergißt«, erklärte stotternd der Finanzleiter.
Hänschen tippte mir auf die Schulter. »Ich habe dir etwas gemalt. Das ist ein Daumenkino, versteht du? Also schnell die Seiten über den dicken Finger gleiten lassen.«
Ich nahm das Büchlein in Empfang. Kichernd betrachtete ich die Kurzgeschichte. Hans und Tom als Minikarikaturen, die Hand in Hand aus dem Fenster sprangen.
»Wie lieb, laß dich küssen, mein Hänschen.« Ich drückte ihn und verzierte seine Wange mit dem guten roten Lippenstift.
Verlegen stellte sich Tom vor mich hin. »Ich verlese jetzt die offizielle Abschiedsrede.«
»Hast du sie geschrieben?« fragte ich.
Tom nickte und las. Alle gemeinsamen Stationen, die wir durchlitten hatten, waren in seiner herzzerreißenden Ansprache wohlverpackt. Prompt riß es mich.
»Nun heult sie«, kommentierte Hänschen.
Tom reichte die Tempotücher. Und – siehe da – selbst Boß Peter schaute betreten zu Boden und klimperte auch mit den Wimpern.
»Ich werde viel an euch alle denken«, sagte ich pathetisch, als ich wieder sprechen konnte.
Stunden später, als sich alle erfolgreich einen kräftigen Schwips verabreicht hatten, warf ich einen letzten Blick zurück in mein Büro. So fühlte sich das also an. Das mit dem einen lachenden und mit dem einen weinenden Auge.

Theater

Mit Bedauern dachte ich an die herrliche Faulenzerwoche zurück, die ich nach meinem Agenturabschied in vollen Zügen genossen hatte. Schluß mit dem Abhängen. Die Pflicht rief. Und wieder mal das Telefon. Das konnte nur Mike sein.
»Bist du schon wach?« fragte er.
»Ja. Gerade wach geworden. Du bist aber auch schon früh dran, was?«
»Stimmt. Ich wollte dir auch nur einen schönen ersten Tag bei deinem Jo wünschen.«
Sehr lieb. Die Eifersucht auf Ralf hatte sich so einigermaßen gelegt. Und Jo verkraftete er hervorragend, seitdem ich ihm von dessen Kindern und der netten Gattin berichtet hatte. Noch ein letzter Rekler und ein paar Schmatzküßchen durchs Telefon. Auf ging's.

Ich schloß die Tür zum Studio auf. Jo war bereits da und kontrollierte Dias am Leuchtkasten.
»Herzlich willkommen, Linda. Der Kaffee ist übrigens gerade fertig. Steht da drüben.«
Schwungvoll legte ich meinen kleinen transportablen Computerfreund auf den Schreibtisch und goß mir ein Täßchen des Morgenelixiers ein.
»Was liegt an? Womit soll ich starten?« erkundigte ich mich.
Jo überlegte nicht lange. »Ich habe dir ein paar Unterlagen hingelegt. Der erste Fototermin ist in dieser Woche im Theater. Weißt du, die haben in Kürze Premiere, und ich soll einige Szenenfotos während der Proben machen. Und Porträts der Hauptdarsteller. Am besten, du fährst nachher da vorbei und triffst dich mit dem Regieassistenten. Der heißt Pierre Laroche.«
»Franzose?« fragte ich schlau.

Jo nickte. »Und was für einer. Ziemlich charmant, wird dir gefallen.«
Hörte sich schon mal nicht übel an.
»Und außerdem?« hakte ich nach.
»Mhm, Mailand muß vorbereitet werden. Hier, schau, dieses Model will ich.« Er legte mir diverse Fotos vor.
»Sollte man kaum meinen, daß das immer dieselbe Frau ist«, kommentierte ich. Junge, Junge, war die wandelbar. Mal Vamp, mal Kleinmädchenblick, unglaublich.
»Das ist gerade das Tolle an Julie. Die ist zur Zeit ganz heiß.«
Ganz heiß? Offensichtlich gehörte der Ausdruck zum Fachjargon. Fragend schaute ich Jo an.
»Na, total gut im Geschäft. Begehrt, verstehst du?«
»Sicher. Kein Wunder bei dem Aussehen.«
»Check mal mit ihrer Agentur, was sie für drei Tage kostet. Die Kalkulation kannst du dann mit der italienischen ›ModaModa‹ abstimmen. Ach, und – ich will sie im Studio Panorama ablichten. Wie du die Adressen findest, weißt du inzwischen, oder?«
Erhobenen Hauptes deutete ich auf den kleinen Freund.
»Klar doch. Wird er alles für mich ausspucken.«
Zufrieden betrachtete Jo seine neue Managerin. Zufrieden machte ich mich frisch ans Werk.
Es dauerte eine kleine Ewigkeit, bis ich den Herrn Regieassistenten ans Telefon bekam.
»Laroche«, hörte ich ihn sagen.
»Hallo, hier ist Linda Lano vom Studio Jo. Ich würde Sie gern nachher besuchen, um das Fotoshooting mit Ihnen zu besprechen.«
»Ja, bien. Wie war Ihr Name?«
Sehr angenehm, dieser französische Akzent.
»Lano. Linda Lano«, gab ich zurück.
»Linda. Klingt wirklich sehr schön.«
Aha, Jo hatte eindeutig recht gehabt. Ein charmantes Gegenüber erwartete mich.
»Linda, wie wäre es mit siebzehn Uhr?«
»Das paßt prima. Sagen Sie, wie komme ich denn rein ins Theater?«

»Gehen Sie einfach durch den Künstlereingang an der Seite des Gebäudes. A bientôt, Linda.«
Genau, das wollte ich auch gerade sagen. »A bientôt.« Ha, der erste Termin war gedeichselt.

Aus den Augenwinkeln beobachtete ich meinen Lieblingsfotografen. Was nun folgen sollte, war das Telefonat mit der Modelagentur in Mailand. Mein italienischer Sprachschatz entsprang ausschließlich emsigem Speisekartenlesen. Daß ich mit ›Pizza‹, ›Spaghetti Carbonara‹ und ›Mozzarella‹ nicht besonders weit kommen würde, lag auf der Hand. Aber Englisch konnte ja schließlich jeder. So auch ich. Einigermaßen wenigstens. Zugegeben, ich war ein bißchen aus der Übung. Schließlich war die Schulzeit schon länger vorbei. Es half ja alles nichts, was sein mußte, mußte sein.
In Gedanken formulierte ich die Fragen, die ich zu stellen hatte. Wenn doch bloß Jo mal eben rausgehen würde. Nee, ich brauchte wirklich keinen Zeugen bei meinen ersten englischen Versuchen. Tief holte ich Luft.
»Ist was?« erkundigte sich Jo.
Mist, mein Luftholen war wohl zu einem kleinen Schnaufen ausgeartet.
Mit dem harmlosesten Gesicht der Welt antwortete ich: »Nö, nö. Ich komme schon zurecht.«
»Fein. Du, ich muß mal eben in die Dunkelkammer. Und komm bitte nie rein, wenn die rote Lampe über der Tür leuchtet.«
»Nie!« nickte ich brav.
Dem Himmel sei Dank. Meiner englischen Telefonpremiere stand nichts mehr im Wege. Außer meiner Angst. Und die gehörte jetzt tapfer ignoriert.
Schwein gehabt. Meine italienische Gesprächspartnerin war nett und ihr Englisch kaum besser als meines. Schnell hatten wir den Trick raus, wie wir uns am besten verständigen konnten. Nämlich ganz, ganz langsam.
»O ja, Julie. Unser Topmodel. Die ist zur Zeit ganz heiß«, erklärte sie.
Professionell, wie ich seit zwei Stunden war, nickte ich zufrie-

den. Genau. Wir redeten über die richtige Dame. Gemeinsam legten wir die Daten für die geplanten Fototage fest.
»Ich brauche bitte ein Telefax mit den Kosten für Julie. Spätestens morgen. Geht das?« fragte ich, ganz höfliche Managerin.
»Si, si«, antwortete die Modelagenturfrau. »Linda, eine Kleinigkeit muß ich noch dazu sagen. Julie wird nicht allein zum Fototermin kommen.«
»Nein?« fragte ich. Was kam wohl jetzt noch?
Sie lachte. »Julie ist nämlich soooo verliebt. Und ohne ihren neuen Boyfriend ist sie nicht in der Stimmung, fotografiert zu werden. Sie ist dann zu verkrampft, weil sie sich einsam fühlt.«
Es lebe die Allüre. Möchte mal Jo sehen, wenn ich ihm erklären würde, daß ich nur mit Mike an meiner Seite arbeiten könnte. Aber – es war nun mal Julie und nicht ich, die heiß war.
»Das kann ich gut verstehen«, log ich und genehmigte den Boyfriend. Mir schwante allmählich, was Jo mit Erwachsenensitter gemeint hatte.
»Fleißig, fleißig«, lobte Jo. Ich gab alle Einzelheiten des heutigen Tages tippend in meinen kleinen Freund ein. Gut gefüttert stand er schließlich da und verwöhnte mich mit seinem Schweigen. Keine Blubbs am ersten Arbeitstag. Ein Blick auf die Uhr.
»Ich gehe ins Theater. Wir sehen uns morgen, ja?«
»Viel Spaß«, nickte Jo.
Noch ein Tätschler für meinen kleinen Freund und tschüs.

Hinter dem Künstlereingang stieß ich auf einen Portier, der mir den Weg wies. Aufgeregt war ich. Ich lief durch Gänge mit vielen Türen. Das mußten die Künstlergarderoben sein. Hatte er rechts oder links gesagt? Unentschlossen stand ich da und lauschte auf die Stimmen, die immer näher kamen. Klarer Fall von rechts. Ich vertraute meinen Ohren und marschierte forsch voran.
»Auftritt!« brüllte eine Männerstimme.
In der Tat, den hatte ich.
Urplötzlich stand ich in grellem Scheinwerferlicht. Vollkommen geblendet blinzelte ich in die Lampen.
»Verdammt«, fluchte es aus dem Nichts, »Sie doch nicht. Sie

haben die ganze Szene geschmissen. Wer sind Sie überhaupt?«
Der unsichtbare Schreier schien mich zu meinen.
»Linda«, stotterte ich hilflos und war erschrocken, wie laut meine Stimme hallte.
Inzwischen konnte ich ein wenig besser erkennen, wo ich war. Mitten auf der Bühne. Wie peinlich.
Jemand sprang auf den Bretterboden und nahm meinen Arm. »Hallo, Linda. Ich bin Pierre«, tönte es.
»Es tut mir so leid«, zuckte ich mit den Schultern, »mein Orientierungssinn hat mir wohl einen Streich gespielt.«
Aufmerksam schaute Pierre mir ins Gesicht. »Sie sind noch hübscher, als ich es mir nach unserem Telefonat vorgestellt hatte«, flüsterte er mir vertraulich und einschmeichelnd à la française zu.
Da war die ohnehin schon verwirrte Managerin ziemlich baff. Komplimente auf der Bühne – wenn ich das meinen Freundinnen erzählte.
Der Herr Charmeur führte mich in den Zuschauerraum und stellte mich dem Regisseur vor.
»Ich kann mich nur entschuldigen«, sagte ich zu ihm.
»Schon gut«, murmelte er etwas geistesabwesend.
Pierre bot mir den Platz zu seiner Rechten an. »Linda, schnuppern Sie einfach die Theaterluft. Wir sind noch mitten in der Probe. Mögen Sie zuschauen?«
Ich nickte erleichtert und versuchte, mich zu entspannen. Gebannt verfolgte ich das Geschehen. Ab und zu flüsterte Pierre mir ein paar Erklärungen zu. Oh, ein klassischer Charakterdarsteller mit weißer Perücke betrat die Bühne. Laut deklamierte er seinen Text und wedelte dabei schwungvoll mit einem weiten Cape, das von seinen Schultern hing.
»Nein. Stopp, stopp, stopp«, unterbrach der Regisseur. »Hör auf, den Umhang zu schwingen. Du bist kein Mädchen, sondern der Berater des Königs. Ein bißchen mehr Würde, bitte.«
»Ach, du immer mit deiner Kritik. Ich empfinde das ganz anders«, scholl es von der Bühne zurück.
Der Regisseur stöhnte. »Und wie?« fragte er ungeduldig.
»Na, ich soll doch ein Freigeist sein. Deshalb gibt's keinen

Grund, hier wie festgezimmert Wurzeln zu schlagen. Ein wenig Bewegung…«
»Leg die in deine Stimme. Das langt!« kam die herrische Anweisung.
Also legte er sie in die Stimme.
»Schöner Singsang«, flüsterte Pierre.
Ich schaute ihn an. Der sah nicht nur verdammt gut aus, sondern hatte auch noch Humor. Und weiter ging der Streit zwischen Charakterdarsteller und Regisseur. Auch ein nettes Gewerbe.
Eine Weile beobachteten wir noch das Spektakel. Von der weiblichen Mätresse des Königs wurde das kratzende Kostüm bemängelt, die Ritterstatisten brauchten drei Anläufe, um das richtige Timing für das Zücken der Schwerter hinzukriegen, und der Charakterdarsteller hatte vor lauter Wut seinen Text vergessen.
Zu uns gesellte sich die Souffleuse. »Bei den Proben muß ich nicht immer in dem Kasten da sitzen«, erklärte sie mir und wies auf ihren Arbeitsplatz am Fuße der Bühne.
»Wäre heute aber besser gewesen«, gab der Regisseur lakonisch zurück. »Licht an, Schluß für heute«, kam sein Kommando.
Pierre schloß sein Skriptbuch und raffte seine Unterlagen zusammen. »Geschafft«, lächelte er mir zu.
Grüne Augen. Grüne, feurige Augen.
»Wollen wir vielleicht in die Theaterbar gehen, um alles zu besprechen?«
Zustimmend nickte ich. Ich verabschiedete mich höflich vom Regisseur und von der Souffleuse.
»Kindchen«, sagte sie, »Kindchen, ich habe Sie hier noch nie gesehen. Ich heiße übrigens Charlotte.«
Kurz erklärte ich Charlotte, wer ich war.
»Kindchen«, ignorierte sie meinen Namen, »dann arbeiten Sie mal hübsch. Aber passen Sie mit dem auf.« Ihre Kopfbewegung ging in Richtung Pierre.
»Wieso?« fragte ich Charlotte leise.
Sie zwinkerte mir vertraulich zu. »Herzensbrecher, Kindchen. Herzensbrecher.«

Warnlampen

Pierre führte mich in die definitiv dunkelste Ecke der Theaterbar.

»Es geht doch nichts über Kerzen«, sagte er mit sanfter Stimme und entzündete den Docht.

So saß ich denn mit dem Herrn Herzensbrecher in dem dem Teint schmeichelnden Lichte.

»Also das mit meinem unfreiwilligen Bühnenauftritt ist mir nach wie vor sehr unangenehm«, erklärte ich mit Nachdruck.

Pierre lächelte mich an. »Sie sahen dort aber gar nicht so fremd aus. Haben Sie schon mal mit dem Gedanken gespielt, Schauspielerin zu werden?«

Der hatte es wirklich faustdick hinter den Ohren. Direkte Komplimente, versteckte Komplimente – Attacke auf Linda.

»Nee«, schüttelte ich den Kopf, »mir reicht schon die Schauspielerei im wahren Leben. Da kann ich mir aber wenigstens den Text selbst aussuchen.«

»Schade, schade«, setzte der Charmeur noch oben drauf. »Ich könnte schwören, an Ihnen ist ein Talent verlorengegangen.« Er spielte mit dem Kerzenwachs und warf mir einen glühenden Blick zu.

Gucken konnte der! Mir kam wieder die Warnung von Souffleuse Charlotte in den Sinn. Bei Monsieur Pierre war frau wirklich besser gehalten, alle Alarmglocken ganz genau wahrzunehmen.

Ich zückte meinen Notizblock und setzte eine ernsthafte Miene auf.

»Pierre, lassen Sie uns doch gemeinsam eine Liste der Fotos schreiben, die Sie brauchen. Dann legen wir den Ablauf fest, und ich werde Jo informieren.«

Entschlossen griff ich zum Kugelschreiber. Und Pierre griff meine freie linke Hand.

»Linda, Sie müssen mir verzeihen. Aber Sie haben eine so ungeheure Ausstrahlung...«
Ich starrte ihn leicht fassungslos an. Der ließ tatsächlich keine Minute ungenutzt. Hastig entzog ich ihm mein Händchen.
»Das mag ja alles sein. Aber – ich habe auch ungeheuer viel zu tun. Also machen Sie es mir bitte nicht so schwer, diesen Job hier auf die Reihe zu bekommen.«
Nach ein paar weiteren heftigen Blicken kam er endlich wieder halbwegs auf den Teppich. Konzentriert erklärte er mir die Szenen, die Jo ablichten sollte. Seine Beschreibungen und Erklärungen waren locker und gewandt. Ich nickte begeistert.
»Klingt alles sehr interessant. Ich kann mir die einzelnen Bilder sehr gut vorstellen«, lobte ich ihn.
Pierre seufzte. »Ach ja, wissen Sie, das Theater ist mein Leben. Ich liebe es einfach. Meine Eltern waren Schauspieler auf Kleinkunstbühnen. Wir sind sehr viel herumgereist, und die Auftritte waren nicht so großartig wie das jetzt hier. Aber wer schon von klein auf diese Atmosphäre geatmet hat, kommt wohl nie davon los.«
Aufmerksam hörte ich ihm zu. Sein französischer Akzent hatte etwas wunderbar Schmeichelndes.
»Oui«, lächelte ich, »schön, wenn man seine Passionen so ausleben kann.«
Die Liste war inzwischen komplett, und ich überlegte, wie man sie so sortieren konnte, daß für die Beteiligten möglichst wenig Wartezeiten entstanden.
»Ich komme mal zu Ihnen rüber«, sagte Pierre und setzte sich nun direkt neben mich. Um noch einen Blick auf die Liste zu werfen. Allerdings blieb sein Blick an meinen Beinen hängen.
»Oh, was für schöne Schuhe. Wissen Sie, an einer Frau finde ich sehr wichtig, daß sie Geschmack hat. Der zeigt sich schon bei den Schuhen. Weiches Leder, anmutiger Absatz...« Nun schauten wir beide auf meine Pumps. Ich räusperte mich und zog die Füße nach hinten. Hier halfen wohl nur noch klare Worte.
»Pierre Laroche. Ich glaube Ihnen ja gerne, daß Sie Weltmeister im Flirten sind. Aber ich bin die Managerin eines Fotografen und am Arbeiten interessiert, verstehen Sie?«

»Und Sie sind eine wunderschöne Frau. Warum möchten Sie das denn nicht hören?«
Klasse, diese Diskussion ging nicht in die gewünschte Richtung.
»Weil es im Moment etwas unpassend ist. Außerdem bin ich aus dem Alter heraus, auf Herzensbrecher hereinzufallen«, sagte ich. Vielleicht ein bißchen zu forsch.
»Aha. Da haben wir es ja. Sie nehmen mich nicht ernst. Sie glauben, ich bin vom Theater und schon deshalb ein Casanova, was?« forderte Pierre mich heraus.
Wieder dachte ich an Souffleuse Charlotte. Schade, daß sie nicht hier war. Vielleicht hätte sie mir die passende Antwort zuflüstern können. Egal, Ehrlichkeit währt am längsten.
»Genau das glaube ich«, sagte ich prompt.
Pierre senkte verletzt die Augen. Seine dichten schwarzen Wimpern warfen im Kerzenlicht dekorative Schatten auf seine gebräunte Haut. Er war unübersehbar ein attraktiver Kerl. Jetzt schaute er wieder auf und fixierte mich unverblümt.
»Ich werde Ihnen das Gegenteil beweisen, Linda.«
Mir half nur noch tiefes Durchatmen. Aufgeben war wohl tatsächlich nicht seine Sache.

Am nächsten Morgen berichtete ich Jo von meinem Treffen.
»Siehste, schon haben wir gute Stimmung im Theater, schöne Frau«, grinste er. »Und übrigens, Linda, hier sind noch ein paar schöne Männer für dich.«
Fragend schaute ich auf eine Videokassette, die Jo mir übergab.
»Ist doch hoffentlich kein Porno, oder?« fragte ich ihn mißtrauisch.
»Nicht direkt. Aber komplett angezogen sind die Jungs auf dem Band auch nicht. Das ist ein Videocasting für das Fotoshooting in Hollywood, verstehst du? Ich habe direkt dort vor Ort Männer suchen und in Bewegung abfilmen lassen. Weil nachher beim Fototermin auch Bewegung nötig ist. Da nützen mir für die Fotoauswahl die üblichen Model-Setcards nicht besonders viel. Schau dir dieses Band bitte bald an, und sag mir deine Favoriten.«
Ha, das war doch wohl mal eine tolle Aufgabe. Männer gucken und bewerten. Das könnte eine Mordsgaudi werden. Ein Super-

anlaß für einen Abend mit Freundinnen und ungehemmte Lästerstunden.

Ein Geräusch ließ mich aufblicken. Es ratterte die Telefax-maschine, die einige Seiten für mich ausspuckte. Verabredungsgemäß hatte die Agentin der heißen Julie die Kosten für das Model geschickt.

O Gott, irgend etwas mußte sie falsch verstanden haben. Die Preise sahen so aus, als hätte sie sich mit den Nullen vertan. Und die Summe war nicht mal in Mark, sondern auch noch in harten Dollars angegeben.

»Guck mal«, präsentierte ich fassungslos Jo die von üppigen Geldforderungen strotzenden Blätter.

Er überflog sie kurz und nickte. »Dachte ich mir schon. Ist der übliche Satz. Bei der ›ModaModa‹ schlagen sie meistens nicht so zu, weil das das italienische Parademagazin ist. Da wollen alle drin sein. Solltest aber mal sehen, was die für ein Werbeshooting verlangen.«

»Dagegen ist das hier ja direkt günstig«, gab ich ironisch zurück. Ich sank auf meinen Stuhl und stierte immer noch auf die Preise. Warum war ich nicht einen Kopf größer? Und so circa zehn Kilo leichter? Wenn ich dann noch etwas wildere Haare hätte? Dazu noch extremer gehobene Wangenknochen? Also alles in allem: Gesetzt den Fall, ich würde komplett anders aussehen, dann hätte ich die theoretische Chance, mit dem Schönheitswahn der Menschheit richtig Kohle zu machen. Als Kopfarbeiterin mußte ich monatelang schuften, um annähernd das zu verdienen, was die heißen Julies dieser Welt in ein paar Tagen in Mailand absahnten.

Deprimiert schrieb ich benachteiligte arme Kirchenmaus an die italienische ›ModaModa‹, um sie über das überaus günstige Modelhonorar zu informieren. Nach ein paar Anrufen, lässig geführt in englischer Sprache, ging es mir besser. Ich war eben die kluge Linda. Wunderschön obendrein, jedenfalls für Mike, Pierre und andere. Und in ein paar Jahren, wenn sich Julie hysterisch mit ihren ersten Falten beschäftigen würde, hätte ich immer noch meinen wohlfunktionierenden Kopf und keine Alterspanik. Jawoll und Punkt.

Die Telefone klingelten emsig. »Hier ist Renate«, hörte ich Jos Frau sagen. »Linda, ich brauche dringend den Jo.«
»O hallo, Renate. Klar, ich hole ihn dir sofort.«
Emsig sprang ich auf und lief auf die Dunkelkammer zu. Ein Griff auf die Türklinke – und ein heftiges Abbremsen im letzten Augenblick. Meine Gummisohlen quietschten auf dem Linoleum, mein Herz puckerte. Ich stand im Schein der roten Warnlampe.
Fast hätte ich mein Leben riskiert und Jo seine Filmentwicklungen versaut. Von innen wurde die Tür geöffnet, und ich prallte gegen Jos Brust.
»Hoppla«, fing er mich auf.
»Te-te-telefon«, stotterte ich.
Während er zum Telefon ging, schaute ich auf den Boden. Allen Ernstes hatten meine Sohlen eine kleine Bremsspur hinterlassen. Na, das war mir zum ersten- und letztenmal passiert.
»Linda, Pierre ist für dich am Apparat«, rief mir Jo zu, der inzwischen zwei Telefonhörer in den Händen hielt.
Ich griff zu. »Ja, Linda hier«, sagte ich.
»Bonjour, Linda. Wir sehen uns zwar übermorgen zum Fototermin, aber ich wollte Sie fragen, ob ich Sie in den nächsten Tagen zum Essen einladen darf?«
Charmanter Tonfall pur. Ich überlegte. Sollte ich oder sollte ich nicht?
Zögernd gab ich zurück: »Pierre, ich weiß nicht recht. Ich habe viel um die Ohren, muß nächste Woche nach Mailand und überhaupt…«
»Mailand?« fragte der Herzensbrecher begeistert. »Ich liebe Mailand.«
Was der so alles liebte, der fesche Theatermann.
»Ja«, räusperte ich mich, »wer nicht? Also, ich überlege mir das noch. Wir können ja beim Fototermin darüber sprechen.«
Womit ich denn mal wieder Regel Nummer eins gebrochen und schlankweg Job und Privatleben locker vermischt hätte.
»O.k., schöne Linda. Ich werde das bestimmt nicht vergessen.«
Darauf hätte ich auch eine Wette abgeschlossen. Linda, Linda, Warnlampen haben die Eigenschaft zu warnen. Besonders rote.

Muskeln

»Ich habe Sehnsucht nach dir, Linda.«
Ich lauschte auf Mikes Stimme. Das hörte ich gerne. Obwohl ich durch die Aufregung in meinem neuen Job in den letzten Tagen sehr wenig an ihn gedacht hatte.
»Mhm, ja, erzähl mir mehr davon«, gurrte ich zurück.
»Du fehlst mir. Immer nur dieses blöde Telefon. Eines Tages wird noch einer kommen, der direkt um die Ecke wohnt, und dich mir wegschnappen.«
Oh, oh. Warum blinkte ausgerechnet jetzt Pierre in meinem Kopf? Böse Linda.
»Ich laß mich nicht so einfach schnappen. Außerdem sehen wir uns ja bald. Nächste Woche muß ich nach Mailand. Was hältst du davon, wenn ich auf dem Rückflug einen Zwischenstopp in Frankfurt einlege und dich besuche? Über Nacht?«
»Na, das sind ja mal ganz neue Töne. Tolle Idee. Ich war schon so oft bei dir und du noch nie bei mir. Jetzt wird's aber auch wirklich langsam Zeit.«
Zugegeben, ich hatte es mir bisher sehr bequem gemacht und meinen wundervollen Liebhaber immer anreisen lassen. Aber da ich nun sowieso schon auf Tournee war… »Dann bring mal deine Junggesellenbude in Schwung, mein Prinz«, neckte ich ihn.
»Für dich tue ich doch alles«, lachte Mike und erkundigte sich nach meinem Abendprogramm.
»Heute ist ein ganz besonderer Abend. Ich werde ihn mit fünfunddreißig Männern und zwei Frauen verbringen. Klasse, was?«
Mike war zu klug, um mir auf den Leim zu gehen. »Klingt nach netter Orgie. Aber darum geht's sicher nicht«, gab er zurück.
Ich schaute auf die Videokassette mit dem Männercasting, die schon bereitlag. »Nein, es geht um harte Arbeit. Schwerstarbeit sozusagen. Und meine beiden Freundinnen helfen mir dabei.«
»Aha«, sagte Mike, »klingt ausgesprochen aufregend.«

Ich mußte kichern. »Ist es auch. Jo hat mir ein Band mit männlichen Models für das Shooting in Amerika gegeben. Wir werden es sichten und gemeinsam eine Favoritenliste aufstellen.«
»Das nennst du Arbeit?« Mike lachte. »Linda, du hast wirklich ein schweres Leben.«
»Klar, aber weißt du, es gibt Schlimmeres«, nickte ich in den Hörer.
Es klingelte. Dreimal wie üblich.
»Mike, die Mädels kommen.«
»Schade, ich hätte gerne noch ein bißchen mit dir geplaudert. Im Moment sitze ich gerade in der Badewanne. Da ist es besonders schön, deine Stimme zu hören.«
Die kleinen Wassergluckgeräusche fielen mir jetzt erst auf.
»Ich schenk dir bei Gelegenheit eine Quietschente. Dann bist du beim Baden nicht so allein«, antwortete ich.
»Vielleicht baden wir besser zusammen?« fragte Mike.
Jetzt war es an mir, Sehnsucht zu bekommen. Doch es lebe die Enthaltsamkeit.
»Nichts lieber als das. Na ja, schönen Abend noch, Mike.«
»Dir auch. Ich küsse dich überall.«
Seufzend öffnete ich die Tür.
»Hallo, Süße. Du guckst ja ganz betrübt«, begrüßte mich Ulrike. Hinter ihr tauchte Simone auf.
»Mike ist so weit weg«, erklärte ich.
Mehr mußte ich dazu nicht sagen. Meine Mädels nickten verständnisvoll. Simone packte den Inhalt ihrer Einkaufstasche aus.
»Also, ich dachte mir, wenn schon, denn schon. Deshalb habe ich so einiges zum Knabbern dabei.«
Ein wunderbares Sortiment kam zum Vorschein. Kartoffelchips, Popcorn, Schokolade und Gummibärchen. Ulrike und ich waren begeistert.
»Genau wie im Kino. Auf daß uns bei der Mischung schlecht werde«, lachte Ulrike.
Gemütlich setzten wir uns in Positur.
»Seid ihr bereit?« fragte ich in die Runde.
Alle Kalorienbomben waren ordentlich auf vier Schalen verteilt, alle Gläser mit Wein gefüllt. Wir waren bereit.

»Ich hab euch schon erzählt, worum es geht. Jo hat mir eine Liste gegeben, auf der der Reihe nach noch mal die Namen stehen. Wir können dann dahinter immer unsere Wertung schreiben. Also – Band ab!«
Meine Freundinnen guckten mindestens so sensationslustig wie ich auf den Fernsehschirm.
»Wie heißt der erste?« fragte Ulrike.
»Charles«, antwortete ich.
Und Charles blickte uns entgegen.
»Ganz gutes Gesicht«, gab Simone von sich und griff schon mal in die Chipsschale.
Langsam sahen wir mehr von Charles. Charles von Kopf bis Fuß.
»Jetzt geht's aber los.« Ulrike beugte sich vor, als er sein Hemd auszog.
»Der hat ja kein einziges Haar auf der Brust«, platzte ich heraus.
»Stehste darauf?« fragte Ulrike.
»Mhm«, machte ich nur.
»Dafür hat der aber Muskeln...«, schwärmte Simone. Charles drehte sich langsam um.
»Ih, nee, der hat ja 'ne Million Leberflecken auf dem Rücken.« Ulrike schüttelte sich.
Auch Simones Daumen ging nach unten. Ich machte mir die Notiz Leberflecken mit einem Minuszeichen dahinter. Es folgten Felix und Ken. Felix beglückte uns mit Silberblick, während Ken offensichtlich ein Problem mit seiner schwindenden Haarpracht hatte.
Simone rieb sich die Hände. »Klasse, so ein Dasein als Voyeurinnen. Zeig uns den nächsten, Linda.«
Ich spulte das Band ein bißchen vor. »Meine Damen – es folgt Adam.«
»Ob der wirklich so heißt?« fragte Ulrike, der es ganz besonders die Gummibärchen angetan hatten.
»Keine Ahnung. Oh, oh, der könnte wirklich dem Paradies entsprungen sein.« Ich starrte Adam an.
Seufzen von links.
»Außer schön ist der nur schön«, kommentierte Simone.

Gebräunte Haut, tolle Figur, beeindruckender Blick. Dieser Mann hatte eindeutig ein dickes, fettes Plus verdient.

»Jetzt kommt was Scharfes. Der nächste heißt ›Tiger‹«, gluckste ich.

Ulrike kreischte, als Tiger seine Jacke von sich warf und uns mit einem knallengen Muskelshirt erfreute. »Ich glaub's ja nicht. Trägt ein Muskelshirt, aber die Muskeln muß man sich wohl dazuphantasieren.«

Wir gackerten wie die Hühnchen, die den Hahn doof fanden.

Ein dunkelhaariger Hüne namens Claude tauchte auf.

»Leckerer Franzose«, meinte Simone.

Inzwischen hatten wir uns auf eine deftige weibliche Macho-Sprache eingependelt.

»Ja, ja, die Franzosen. Ihr müßtet mal meinen Theater-Pierre sehen. Der könnte auch gut auf dieses Band passen«, warf ich ein.

»Hat der denn auch so breite Schultern?« wollte Ulrike wissen.

Ich zuckte mit den meinen. »Vielleicht nicht ganz so, aber insgesamt sieht der schon super aus.«

Erst mal bekam Claude jedenfalls ein Plus.

Mir brannten schon wieder ein wenig die Augen.

»Haste was?« erkundigte sich Ulrike in Anbetracht meiner verwischten Wimperntusche.

»Irgendwie sind meine Augen so gereizt«, erklärte ich und rieb noch eine Runde weiter.

Der nächste Kandidat drehte sich derweil gerade um die eigene Achse, machte einen Kniefall und hob hochdramatisch den rechten Arm. Langsam, wie in Zeitlupe, ließ er seinen Bizeps anschwellen und setzte dabei eine Miene auf, als hätte er soeben die Welt erfunden. Oder als wäre er zumindest kurz davor, sie kraftprotzend aus den Angeln zu heben.

»Kaum zu glauben, so blöd«, grinste ich.

»Nein, da, schau!« kreischte Ulrike.

Mit wildem Blick stellte sich Angelo wieder aufrecht hin und begann, an den Knöpfen seiner Hose herumzunesteln.

»Der macht sich doch tatsächlich die Hose auf«, kreischte Ulrike weiter. Johlend klopften wir uns auf die Schenkel.

»Kochfeste Schießer-Breitripp mit seitlichem Eingriff«, kicherte Simone, »wenn er doch wenigstens tolle Boxershorts anhätte.«
Angelo kannte keine Gnade. Er ging ganz leicht in die Knie, um nun seine kümmerlichen Beinmuskeln zu präsentieren.
»Sieht aus wie'n Storch. Hätte besser seine Hosen anbehalten.« Ulrike bog sich vor Lachen.
Der Wein leerte sich, die Naschschälchen mußten auch schon wieder aufgefüllt werden. Die Herren Marco und Markus hatten nicht nur ähnliche Namen, sondern auch beide den gleichen schweinchenrosa Teint.
»Durchgefallen« notierte ich.
Wir waren gerade in der Ypsilon-Serie mit Andy, Tony und Johnny, als das Telefon klingelte und ich das Band stoppen mußte.
»Bonsoir, Linda«, klang es mir weich entgegen.
»Pierre?« fragte ich verdutzt.
»Oui, Sie müssen mir verzeihen, aber ich wollte unbedingt noch heute abend Ihre Stimme hören.«
»Woher haben Sie denn meine Privatnummer?«
»Sie stehen doch im Telefonbuch«, gab Pierre zurück. Wo er recht hatte, hatte er recht. Ulrike und Simone beobachteten mich kichernd.
»Sind Sie allein?« fragte er.
»Nein, ich bin nicht allein. Ich meine, meine Freundinnen sind hier«, stotterte ich immer noch leicht verwirrt.
Vom Sofa aus zeigte mir Simone einen Vogel. Klar, mit meiner klugen Erklärung goß ich nur noch Wasser auf seine Mühle. Linda verbrachte ihre Abende nicht mit einem Mann, nein, mit Freundinnen. Und teilte das auch noch 'nem bestimmt ganz schön ausgefuchsten Regieassistenten mit.
»Dann will ich Sie nicht weiter stören. Bis morgen, Linda. Träumen Sie etwas Schönes«, verabschiedete er sich.
»Ich weiß, ich weiß«, warnte ich Simone.
»Hättest du ihn abwimmeln wollen«, hakte sie ein, »dann hättest du schnell einen männlichen Besucher erfinden sollen. Mike zum Beispiel. Aber du wolltest ihn wohl gar nicht abwimmeln, was?«

Leichte Röte stieg mir ins Gesicht. »Keine Ahnung, warum ich so reagiert habe. Na ja, er ist wirklich sehr charmant. Und er hat mich so überrumpelt.«
Die Mädels grinsten immer weiter.
»Los, bringen wir unseren Job zu Ende. Es warten noch drei Models auf uns«, lenkte ich ab.
Bill hatte dreistimmig zu breite Hüften. Jorgo entpuppte sich als der Mann ohne Hals. Und schließlich krönte unseren Abend Dino, der sich nicht bewegte, sondern eher wie besagtes Reptil aus grauer Vorzeit mißmutig durch die Gegend stampfte.
»Fertig«, atmete ich auf und überflog die Liste. »Wir haben also zwei Favoriten: Adam, den Paradiesischen, und dann noch Claude, den Elegant-Französischen.«
Ulrike nickte und stupste Simone in die Seite. »Guck mal, findest du nicht auch, daß Linda einen etwas merkwürdigen Leseabstand zu ihrer Liste hat?«
»Sieht nicht normal aus«, stimmte Simone ein.
»Wie? Nicht normal?« protestierte ich lautstark.
Das Blatt wurde mir aus den Händen genommen.
»Hier, das ist normal«, erklärte Ulrike. »Halt es mal in diesem Abstand.«
Ich hielt und kniff die Augen zusammen.
»Siehste«, triumphierte Ulrike, »klarer Fall von Sehschwäche. Kein Wunder, daß du dir immer die Augen reibst. Du kannst nicht richtig gucken.«
Mir fiel ein, daß ich tatsächlich seit einiger Zeit auch beim Schreiben mit dem Computer leichte Probleme hatte.
»Auch das noch«, stöhnte ich.
»Na, da werden wir dir wohl mal eine ganz schicke Brille aussuchen müssen, Lindachen.«
»Aber keine rosarote«, kicherte Simone.
Ergeben nickte ich. Zwei Frauen, fünfunddreißig Männer zuzüglich Mike und Pierre hatten mich geschafft. Und morgen ging im wahrsten Sinne des Wortes das Theater weiter.

Kindchen

Im Hof des Studios betrachtete ich zufrieden den Transporter, den ich bestellt hatte. Die Türen waren bereits geöffnet, und offensichtlich waren die Einladearbeiten schon im Gange. »Unser Urlauber ist wieder da«, erklärte Jo und deutete auf einen jungen Mann, den ich von den früheren Shootings im Auftrag der Agentur kannte.

»Mensch, Leo. Du siehst aber toll erholt aus.« Ich schüttelte Leos Hand.

Jos Fotoassistent strahlte mich an. »Das Kompliment kann ich nur zurückgeben, Linda. Braun biste zwar nicht gerade, aber die Agenturabstinenz scheint dir gutzutun.«

Das war mir auch schon aufgefallen. Meine Augenränder hatten sich deutlich verringert, und meine Gesichtszüge entspannten sich.

Fröhlich nickte ich. »Obwohl es hier auch nicht gerade ruhig zugeht. Aber Spaß macht es.«

Leo fuhr sich durch seine Mähne und klemmte sich ein paar Lampen unter den Arm. »Wenn nur die Schlepperei nicht wäre.«

Jo tippte auf die Videokassette, die ich aus meiner Tasche packte. »Und – wer gefällt dir am besten?«

»Ja, mein Favorit und übrigens auch der meiner Freundinnen ist eindeutig der schöne Adam. Dicht gefolgt von Claude«, grinste ich.

Zufrieden schaute mich Jo an. »Na, die Frauen haben entschieden. Meine Gattin ist auch ganz verliebt in Adam. Dann buche ihn mal. Und mach dich darauf gefaßt, daß du dich um ihn kümmern mußt, weil du schon etwas früher als ich fliegen solltest, um vor Ort alles klarzumachen. Das betrifft übrigens auch Mailand.«

Ergeben nickte ich. Einsamkeit in der Fremde war nicht unbe-

dingt das, was mich reizte. Aber vielleicht würde aus mir ja noch eine souveräne Jet-Set-Abenteuerin werden. Wer weiß.
Jo und Leo fachsimpelten über das Filmmaterial für die Bühnenaufnahmen und packten schließlich den letzten Fotokoffer.
»Alle Mann und Frau an Bord«, sagte Leo, der sich hinter das Steuer geklemmt hatte. Bester Laune betrachtete ich die Hinterköpfe meiner beiden Mannen und freute mich direkt auf den Termin im Theater.
»Na endlich«, begrüßte uns Pierre und drückte meine Hand mindestens drei Sekunden länger als normal.
»Wieso?« fragte Leo nichtsahnend, »wir sind doch total pünktlich.«
»Natürlich. Aber es gibt Dinge, auf die man eben sehnsüchtig wartet«, gab Pierre zurück.
Mir war klar, daß ich in seinen Augen wohl so ein Ding war. Glücklicherweise nahm Jo meinen Arm und führte mich auf den Regisseur zu.
»Kennt ihr euch schon?« fragte Jo.
Hastig antwortete ich: »Klar doch. Guten Tag, schön, Sie wiederzusehen.«
Mein starrer Blick wirkte. Der Herr Regisseur war heute wohl besserer Laune und kam nicht auf meinen Bühnenauftritt zurück. Er blinzelte mir sogar verschwörerisch zu. »Pierre hat mir Ihren Fotoplan übergeben. Die Dekoration für die erste Szene steht bereits.«
Ich schaute auf die Bühne, wo Leo emsig das Licht aufbaute. Jo nahm mich beiseite.
»Linda, du bleibst am besten hier im Zuschauerraum. Unterhalte dich einfach mit den Leuten, die hier so um uns rum sind. Dann hab ich da oben meine Ruhe.«
Klar doch, meine Small-talk-Fähigkeiten waren gefragt. Leichte Übung.
»Sind Sie der Fotograf?« fragte Souffleuse Charlotte meinen Chef.
Jo nickte und warf mir nur einen Blick zu. Schon verstanden.
»Kommen Sie, setzen Sie sich zu mir. Sie haben doch sicher jetzt auch ein kleine Arbeitspause.«

Charlotte nahm Platz. »Hallo, Kindchen, geht's denn gut?« Kindchen ging's gut, und Kindchen verstrickte Charlottchen in ein Gespräch über Handschuhe. Die waren mir an ihr schon beim Kennenlernen aufgefallen. Da hatte sie giftgrüne an. Und heute zierten schwarze mit gelben Punkten ihre Hände, wobei die Fingerspitzen frei waren.

»Das ist so'ne Macke von mir, Kindchen. Während der Probenarbeiten trage ich jeden Tag andere, müssen Sie wissen. Auf der Generalprobe nehme ich immer silberfarbene. Immer ohne Fingerspitzen, wegen des Umblätterns, verstehen Sie? Und dann – bei der Premiere – zum erstenmal ohne.«

Sehr individuell, die gute Charlotte. Sie gefiel mir immer besser. Auf der Bühne dirigierte Jo gewandt die Schauspieler hin und her.

»Kommen Sie mir bloß nicht zu nahe«, kreischte die Hauptdarstellerin, »da sieht man ja jede Falte.«

Jo ließ die Kamera sinken. »Aber gnädige Frau. Wovon sprechen Sie? Wir haben ein Licht gesetzt, in dem Sie aussehen wie Sissi in ihren Jugendjahren.«

Mit aufgerissenen Augen starrte sie Jo an. »Wirklich?«

»Ganz sicher«, antwortete Jo prompt und klickte bereits wieder. Der war auch nicht schlecht im Beruhigen.

Charlotte stieß mich an. »Die ist ja sooo eitel. Kindchen, werden Sie bloß nie so.«

Ich schüttelte lachend den Kopf und drückte Charlottes behandschuhte Rechte. »Nee, da droht keine Gefahr.«

Aufs Stichwort ließ sich Pierre neben mir nieder. »Jede schöne Frau ist gefährlich. Besonders du, Charlotte«, philosophierte er.

Charlotte kicherte wie ein kleines Mädchen. »Du Charmeur. Du meinst doch bestimmt eher die Linda, was? Und jetzt willste mich auch noch einwickeln.«

Pierre seufzte. »Charlotte, Charlotte, du verkennst mich immer noch.«

Amüsiert betrachtete ich Charlotte, die verlegen an einer ihrer rot gefärbten Locken drehte und unter dem Rouge auf den welken Bäckchen noch zusätzlich Farbe bekam. Dieser Charmeur schaffte sogar meine neue Souffleusenfreundin.

»Soll ich dir einen Kaffee mitbringen, Kindchen?« fragte Charlotte, während sie sich erhob.
»Gerne, gute Idee«, antwortete ich.
Pierre wartete, bis sie außer Hörweite war. »Na, ihr scheint euch ja gut zu verstehen. Linda, hast du dir das mit dem Essen überlegt? Oh, ich darf doch hoffentlich auch ›du‹ sagen?«
Da sank sie hin, da schwand sie hin, die letzte verbale Distanz. Und Charlotte war schuld, weil sie mich auch einfach geduzt hatte.
Ich nickte und schaute in Pierres grüne Augen. »Aber für ein Dinner habe ich wirklich im Moment keine Zeit. Viel Arbeit und in Kürze Mailand…«, gab ich vage von mir.
Pierre lehnte sich lässig zurück. »Ach ja, Mailand. Wo wohnt ihr denn da?«
»Voraussichtlich im Hotel Michelangelo«, erklärte ich bereitwillig. Mailand war weit weg von baggernden Regieassistenten, sozusagen gefahrenfreie Zone.
»Hier, Kindchen.« Charlotte streckte mir einen dampfenden Kaffeebecher entgegen. »Ich weiß zwar nicht, wie du ihn trinkst, habe aber ein bißchen Milch reingetan. Zucker verdirbt die Figur, aber die Milch ist gut für den Magen.«
Dankbar nahm ich ihr den Becher ab und trank in kleinen Schlucken. Ich fröstelte, weil der Zuschauerraum noch ungeheizt war. Ohne ein Wort zog Pierre seine Jacke aus und legte sie mir um die Schultern. Mein kleiner Schüttelfrost war ihm nicht entgangen. Wie sollte er auch, wenn Pierre mich beobachtete, als wolle er morgen eine Phantomzeichnung von mir machen lassen. In meinen Sitz und seine Jacke gekuschelt prüfte ich auf unserer Fotoliste, wie weit Jo und Leo wohl waren.
Die fast sissiglatte Protagonistin lag elegisch auf einem alten Kanapee herum und schaute sinnierend in die Ferne. »Warten auf den Geliebten«, hatte Pierre diese Szene genannt. Aha, das war die letzte Einstellung. Leo hockte auf dem Bretterboden und nestelte an dem Saum ihres langen Samtkleides herum.
Jo schien zufrieden zu sein. »O.k., Leo, jetzt geh bitte zur Seite.«
Stolz betrachtete ich das Fototeam, zu dem ich nun auch gehör-

te. Ich mochte Jos Gentleman-Art. Auch zu seinem Assistenten war er immer höflich, keine Befehle, kein Ich-bin-der-Allertollste-Getue.
»So, das war's. Ich danke Ihnen allen«, sagte Jo formvollendet und gab der eitlen Sissi sogar noch einen Handkuß. Plötzlich sprang Pierre auf die Bühne und sprach leise auf Jo ein.
»Linda«, hörte ich Jo rufen, »komm doch eben mal hoch.« Chef rief. So kletterte Linda auf die Bretter, die die Welt bedeuten.
»Soll ich mich um die Schnellentwicklungen im Labor kümmern?« fragte ich mit Blick auf die abgeknipsten Filmrollen, die Leo gerade verstaute.
»Nein, das macht Leo schon«, antwortete Jo. »Aber als Andenken an unseren ersten gemeinsamen Job werde ich dich noch eben ablichten. Mit Pierre zusammen.«
Daß das nicht Jos, sondern Pierres Idee war, lag auf der Hand. Verlegen schaute ich Jo an.
»Ich laß mich eigentlich gar nicht gerne fotografieren.«
Unbekümmert drehte mich Jo an den Schultern vor eine Säule, die zum Bühnenbild gehörte. Mein Protest interessierte hier wohl niemanden.
»Aber nur in dem Sissi-Licht, versprochen?« versuchte ich hilflos zu witzeln.
Verdammt, ich stand mit dem Rücken an der Wand beziehungsweise an dem griechisch nachempfundenen Pappmaché-Pfeiler. Neben mir baute sich der französische Zeus auf – und legte auch noch seinen Arm um mich.
»Hier oben ist es auch noch ziemlich kühl«, flüsterte er mir vertraulich ins Ohr.
Na, ich fror nicht mehr, mir war heiß.
»Linda, gib mir dein schönstes Lächeln«, forderte Jo mich auf, der uns durch die Linse fixierte.
»Mit Zähnezeigen oder ohne?« knirschte ich retour.
Charlotte mischte sich zu allem Übel auch noch ein. »Gerade stehen, Kindchen. Und Brust raus.«
Ich lächelte, stand gerade und zog den Bauch ein. Das mußte reichen. Jo tänzelte um uns herum und verknipste die letzten Bilder auf dem Film.

Erleichtert löste ich mich aus Pierres Arm.
»So, jetzt haben wir es aber. Charlotte, tschüs, wir sehen uns bei der Premiere.« Ich griff in Richtung der Schwarzen mit den gelben Punkten, verabschiedete mich artig vom Regisseur und wandte mich schließlich Pierre zu.
»Au revoir, vielen Dank«, sagte ich ladylike und überhörte zur Strafe für den ungewollten Fotoeinsatz sein singendes »Auf bald«.
Hocherhobenen Hauptes folgte ich Jo und Leo. Und Leo kassierte einen kleinen Kniff in den Nacken, als er beim Autofahren laut »La vie en rose« grölte.

Dolce vita

Eifrig blätterte ich in meinem jüngst erstandenen Italienisch-Wörterbuch. So schnell konnte ich mir diese wunderbare Sprache natürlich nicht in meinen Kopf pauken, aber es gab Wörter, die in Kürze für mich lebensnotwendig werden würden. Busineß-Ausdrücke eben statt des üblichen Speisekartenvokabulars.
Was hieß denn eigentlich Quittung? Für mich als Hüterin der Studiokasse war dieses Wörtchen eines der wichtigsten überhaupt. »Ricevuta« stand da.
Also stellte ich mir vor, ich säße im Fond eines Mailänder Taxis, souverän meine Lire zückend und dem Fahrer entgegenschmetternd – oje, auch Lautschriftlesen wollte gelernt sein. Aha, so wohl in etwa: »Rrrietschewutah.«
Mit meinem laut rollenden »R« hatte ich den ahnungslosen Leo aufgeschreckt.
»Wie meinen?« fragte er staunend.
»Na, ich will ’ne Quittung«, lehnte ich mich lässig zurück.
»In China?« erkundigte sich Leo grinsend.
»Mensch, in Mailand natürlich. Kannst wohl auch kein Italienisch, was?« konterte ich.
»Hör mal, Jo«, rief Leo zu ihm rüber, »Lindachen meint, in Mailand würden sie chinesisch sprechen.«
Hocherhobenen Hauptes schleuderte ich auch Jo meine neueste Spracherrungenschaft entgegen: »Rrrietschewutah.«
»Klingt sehr authentisch«, nickte Jo wohlwollend.
»Siehste!« triumphierte ich in Leos Richtung.
Ich war eben ein kleines Sprachgenie. Das englische »th« schaffte ich inzwischen, auch ohne einen kleinen Spucksprühregen auf die lieben Kollegen zu ergießen, und mein italienischer Akzent klang auch schon sehr geübt, zumindest was das temperamentvolle R-Rollen betraf. Ich rollte zur Übung noch ein wenig, bis

Jo mich zum Auswahltisch winkte. »Schau mal, hier sind die besten Schüsse aus dem Theater.«
Interessiert betrachtete ich die Szenenfotos. Jo hatte es in der Tat geschafft, die eitle Hauptdarstellerin faltenfrei abzulichten.
»Einfach wunderbar.« Begeistert klopfte ich ihm auf die Schulter. »Was bedeutet der rote Punkt?« Ich zeigte fragend auf einige markierte Abzüge.
»Die werden hochvergrößert. Dann kommen sie in Rahmen und werden im Theater während der ganzen Spielzeit aufgehängt.«
Ich nickte. Jos Auswahl zeigte die besten Fotos der verschiedensten Szenen.
»Und hier«, mischte sich Leo ein, »das Paar des Jahres.« Er übergab mir einen Umschlag mit drei Fotos.
»O nein«, stöhnte ich.
Meine Mannen grinsten mich dreckig an. Pierre und Linda Arm in Arm vor Pappmaché-Säule. Linda ernst, Linda ein wenig lächelnd, Linda zähnezeigend.
»Aaamohrre«, kicherte Leo und meinte wohl Amore.
»Ach, wußte gar nicht, daß du auch Chinesisch kannst«, blaffte ich zurück und ließ die Fotos eilig in meiner Handtasche verschwinden.
Der Fahrer des Reisebüros betrat das Studio und übergab mir die Flugtickets nach Mailand. Ich kontrollierte noch mal die Flugdaten und schrieb für uns alle den Ablaufplan für das Shooting.
»Meeting«, rief ich in die Runde. Brav folgten Jo und Leo meinem Ruf.
»So, hier sind eure Flugtickets. Ich fliege morgen und treffe mich mit der ›ModaModa‹-Chefredakteurin. Ihr kommt übermorgen an, und zwar um die Mittagszeit. Am besten nehmt ihr euch ein Taxi und checkt im Hotel Michelangelo ein. Adresse und so weiter stehen hier auf eurem Laufzettel. Nachmittags treffen wir uns im Studio Panorama, damit ihr schon mal die Lichtproben machen könnt. Die Beleuchtungsfirma stellt schon vorher alles rein, was ich als Leihgabe geordert habe.«
Jo überflog den Zettel. »Essen und Trinken hast du bestellt?« wollte er wissen.

Ich nickte. »Klar doch. Am ersten Shootingtag werden dann die Make-up-Frau und der Haarstylist um acht Uhr eintreffen. Genauso unser wunderbares Model Julie. Am Vorbereitungstag kommt übrigens auch der Stylist und führt uns alle Klamotten und Dekostücke vor. So, das war's. Noch Fragen?«
»Nö«, antwortete Leo, und auch Jo war zufrieden.
»Na, dann guten Flug, Baby. Und laß dich nicht von Papagallos ansprechen.«
»Nie«, sagte ich und packte meinen kleinen Computerfreund ein. Noch ein letzter Blick auf den Schreibtisch – nein, ich hatte nichts vergessen.

Vier Tage Mailand, also vier verschiedene Bekleidungsvariationen, zwei extra für abends und ein bißchen Kosmetik. Warum um alles in der Welt paßte das nicht in mein Reisetäschchen? Verzweifelt zerrte ich an dem Reißverschluß herum. Absolut hoffnungslos.
»Ach, Mike«, klagte ich ihm mein Leid, »ich kann doch nicht nackt in Mailand herumlaufen.«
Ich hörte ihn ins Telefon lachen. »Alles, nur das nicht, Linda. Hast du nicht einen kleinen Koffer?«
»Doch schon. Aber das ist so unschick«, jammerte ich.
»Dafür praktisch«, gab er zurück.
Ausgesprochen einfühlsam. Verdammte Ironie.
»Ja, schon gut. Ich merke schon, du verstehst mich nicht.«
»Nee, in dem Punkt wohl nicht. Linda, nun sei doch positiv. Du hast einen aufregenden Job vor dir. Und danach – deinen aufregenden Freund«, sagte er vielversprechend.
Na ja. Also würde ich eben nicht ganz so lässig reisen, dafür aber bestens ausgestattet. Küßchen, Küßchen in den Hörer. Und her mit dem Koffer.

Gut bepackt kletterte ich am nächsten Morgen ins Taxi zum Flughafen. Drei Stunden später stand ich, Linda Lano, hocherhobenen Hauptes in Mailand.
»Hotel Michelangelo«, sagte ich selbstbewußt zu meinem italienischen Taxichauffeur.

Der drehte sich um und warf mir einen feurigen Blick zu. Und zuckte mit den Schultern.
»Hotel Michelangelo«, wiederholte ich geduldig.
Er zuckte weiter und ergoß einen italienischen Wortschwall über mich. Nun war es an mir, die Schultern zu heben und zu senken. Hastig nestelte ich in meiner Handtasche herum und zog meinen Arbeitsplan heraus. Ich tippte auf die Hoteladresse.
»Aaahh«, nickte mein Fahrer und plauderte fröhlich weiter in seiner hübschen Muttersprache.
Höflich hörte ich zu. Ich verstand zwar reineweg nix, aber er fuhr los. Gutes Zeichen.
Neugierig schaute ich aus dem Fenster. So allmählich näherten wir uns offensichtlich dem Stadtkern. Himmel noch eins, einen Fahrstil hatten die hier drauf. Eine Augenbinde wäre sicherlich angebracht, um die Nerven zu schonen. Permanent drohte es zu krachen. Aber im letzten Moment kriegten die Temperamentsbolzen immer noch die Kurve.
»Hotel Michelangelo«, deutete der Taxifahrer schließlich stolz auf das so beschriftete Schild vor einem historischen Prachtbau.
Ich zahlte und erinnerte mich an mein neues Lieblingswort.
»Rrrietschewutah«, trompetete ich.
Interessiert betrachtete er mich.
»Angelo«, antwortete er und deutete auf seinen Brustkorb.
Aha. Angelo also.
Vielleicht fehlte ja der Artikel. Ob das Zauberwort wohl männlich oder weiblich war?
»Un Rrrietschewutah«, versuchte ich.
Freundlich feurig betrachtete er mich.
»Mandschare?« fragte Angelo und zeigte diesmal auf sich und auf mich.
Das hieß »essen«. Nee, nix Happi-Happi. Nächster Anlauf. Diesmal mit weiblichem Artikel.
»Una Rrrietschewutah.«
Angelo drückte mir die Visitenkarte eines Restaurants in die Hand.
»No, no«, schüttelte ich den Kopf. Hier half nur noch Zeichen-

sprache. Ich zückte einen Lireschein, deutete auf den Taxameter und formte mit vier Fingern ein Kästchen.
»Si«, tippte sich Angelo an die Stirn, »un biglietto.«
Nie gehört. O Wunder, Angelo schrieb. Nicht so einfach, in Italien an eine Quittung zu kommen. Er wedelte noch ein paarmal mit der Restaurantvisitenkarte, und ich beschloß, ihn zu ignorieren. Als stolze Besitzerin der Quittung stieg ich endlich aus dem Teufelsgefährt und wurde direkt von einem Hotelpagen in Empfang genommen. Der führte mich in mein Zimmer, erklärte mir so dies und jenes – auf italienisch – und verließ mich. Mit einem vertraulichen Augenzwinkern. Hilfe. Selbst in pubertären Kofferträgern steckte hier schon ein kleiner Macho.
Meine luxuriöse Umgebung war wirklich nicht übel. Ich ließ mich aufs Bett fallen und federte ein bißchen vor mich hin. Jetzt aber schnell auspacken. Ein Blick auf die Uhr verriet mir, daß es Zeit war, in die Hotellobby zu gehen. Dort hatte ich mich mit Frau Adriani, der ›ModaModa‹-Chefredakteurin, verabredet. Sanft glitt ich im Fahrstuhl hinab und schaute mich noch suchend in der Halle um, als schwungvoll eine Dame das Hotel betrat. Das konnte sie sein, befürchtete ich. Laut erkundigte sie sich an der Rezeption nach meinem Namen. Ich ging schnell auf sie zu und stellte mich vor. Frau Adriani klimperte beim Händeschütteln mit den circa fünfzehn Goldarmbändern, die ihr Handgelenk zierten. Gold, wo auch immer man hinschaute. Das mußte doch Gewicht haben. Besonders die unglaublichen Klunkern, die an ihrem mageren Hals hingen.
»Ist Jo auch schon da?« näselte sie.
»Nein, der kommt erst morgen. Aber ich weiß über alles Bescheid. Frau Adriani, was halten Sie davon, wenn wir zusammen einen kleinen Lunch nehmen?« schlug ich vor.
Theatralisch schaute sie auf den imposanten Kronleuchter. »Hach, um Gottes willen. Wollen Sie mich umbringen, meine Liebe?«
Herrje, eigentlich nicht, aber wenn die so weitermachte, vielleicht doch. Aber wovon sprach dieses geschmückte Etwas?
Frau Adriani öffnete ihren Mantel und entzückte mich mit einem engen Kostümchen. Mit Goldknöpfen. Mit vielen großen

Goldknöpfen. Klimpernd und funkelnd fuchtelte sie mit den beringten Händen in der Luft herum.
»Ich bin auf Diät. Ein Kräutertee wäre jetzt wohl das richtige«, sagte sie mit leidendem Gesichtsausdruck.
Klang in meinen Ohren nicht gerade nach Dolce vita, aber bitte. Wir gingen in die Hotelbar.
»Hach, das tut gut«, schlürfte Frau Adriani ihr Teechen. Ich versuchte, den Gedanken an dampfende Spaghetti zu verdrängen, und nahm auch einen Schluck des diätetischen Trunkes. Ich erklärte ihr detailliert, wie wir in den nächsten Tagen arbeiten würden. Sie nickte und nickte und schlürfte und schlürfte. Vorsichtshalber orderte ich noch eine Runde Kräutertee.
Mein goldiges Gegenüber schwärmte: »Der Jo, das ist so ein richtiger Schatz. Und Julie sieht zur Zeit einfach umwerfend aus. Umwerfend, sage ich Ihnen, meine Liebe. Hach, und die Kollektionen dieser Saison erst mal. Ein Traum. Hach, I love it.«
Ich schluckte. Mit der zweiten Teelieferung kamen nette kleine Plätzchen. Hungrig griff ich zu.
»Hach, was ich Sie beneide«, kommentierte die Modedame mein Kauen.
War mir klar, jeder Kekskrümel wäre für sie jetzt eine Orgie gewesen. Ob sie wohl so blaß war, weil völlig ausgehungert? Kaum hatte ich's gedacht, schon zückte sie eine Puderdose und tupfte noch ein wenig Superweiß um die kohlrabenschwarz umrahmten Augen herum. Perfekter Vampirlook.
»Übrigens, Linda, nennen Sie mich doch bitte einfach Carla«, bot sie mir an.
»Gerne, Carla«, sagte ich freundlich zu dem bleichen Wesen.
»Hach, so spät ist es schon?« Carla Adriani schaute erschrocken auf ihre goldene Uhr.
Hektisch warf sie sich wieder in ihren Mantel und gab mir ein gehauchtes Küßchen auf die Wange. »Schönen Tag noch, meine Liebe. Hach, mich ruft die Arbeit.«
Stöckelnd verließ sie die Bar, und ich aß ungehemmt den Rest der Kekse. Hach. Das war was.

Shopping in Mailand, ja, ja, ja. Aber wo? An der Rezeption erklärte man mir, wo ich am schnellsten mein Geld loswerden könnte. Mit dem Stadtplan in der Hand machte ich mich auf den Weg. Atemberaubend, der Mailänder Dom. Und drumherum ein Geschäft neben dem anderen. Begeistert schaute ich in die Auslagen, als mich ein Einheimischer ansprach.

»Ciao, bella«, tönte es samtweich.

Ich hatte Jos Warnung noch gut im Ohr und versuchte, dem ersten Papagallo auszuweichen. Das gelang mir zwar, dafür verfolgte er mich nun einfach. Schließlich lief er neben mir her und sprach auf mich ein. In meinem Sturmschritt hatte ich schon mindestens drei vielversprechende Pumpsgeschäfte verpaßt. So ein Ärger.

Wütend blieb ich stehen und sagte auf deutsch: »Laß mich in Ruhe.«

Begeistert entlarvte er mich als Touristin und sprach nun auch noch mit Händen und Füßen. Entschlossen rettete ich mich in ein Dessousgeschäft. Dahin würde er mir doch nicht folgen. Nee, er blieb grinsend vor der Schaufensterscheibe stehen.

»Äähh«, sagte ich blöde zu der heraneilenden Verkäuferin und ging sofort wieder raus. Mit dem Schatten an meiner Seite.

»Verdammt!« Böse blitzte ich ihn an und stampfte mit dem Fuß auf. Fuchtelnd machte ich ihm klar, daß er verschwinden sollte, bis er endlich aufgab. Diese Freude währte ganze fünf Minuten.

»Ciao, bella«, begann die nächste Eröffnung des nächsten Unbekannten.

Nicht besonders originell, dafür aber wieder eindeutig aufdringlich. Ignorieren half nichts. Rennen half nichts. Laut auf deutsch reden half schließlich doch.

Aufatmend ließ ich mich in einem Café nieder und bestellte den Campari Soda, auf den ich mich schon daheim gefreut hatte. Der erste Schluck war einfach, hach, göttlich. Typisches Phänomen, daß ein Campari in Italien gleich dreimal besser schmeckte als zu Hause.

»Ciao«, hörte ich, diesmal ohne bella. Dafür saß nun ein Mailänder an meinem Tisch und störte mich bei meinem Drink. Betont arrogant schaute ich in die andere Richtung. Hartnäckig zeigte der Milano-Macho auf meine Augen und hielt wohl darüber eine philosophische Abhandlung. Also holte ich die Sonnenbrille heraus, um meine blauen Gucker für heute vor allen Anmachern zu verbergen, und bezahlte meinen Drink.

Endlich gelang es mir doch, mein Geld unter die Leute zu bringen. Eine anmutige Italienerin, die ich fast um einen ganzen Kopf überragte, widmete sich meinen Konsumwünschen.

Zweifelnd betrachtete sie meine Füße, die ihre Geisha-Schuhgröße locker um etliches übertrafen. Ich hatte eben große, gute deutsche Ausleger, und sie fand trotz alledem die richtige Verpackung dafür.

»Grazie«, nickte ich der Verkäuferin freundlich zu, die mir erfolgreich gleich zwei Paar Schuhe empfohlen hatte. Aber ich war schließlich auch nicht andauernd in Italien, dem Land der Pumps. Einige weitere Galane quatschten mich dreist von der Seite an. Linda auf der Flucht. Genervt sah ich dem Abend entgegen. Alleine essen zu gehen konnte ich mir abschminken, das würde nur ein Alptraum werden.

Arme Linda. Allein und hungrig in Mailand.

Versuchung

Dummes Tuten im Telefonhörer verriet mir, daß ich mein Trostpflaster wohl nicht bekommen würde. Mike war ganz offensichtlich nicht zu Hause. Aber hier gab's doch bestimmt einen Zimmerservice für hungrige Lindas. In der Tat, die Speisekarte war üppig.

»Für den internationalen Gourmet«, las ich und übersprang Lachshäppchen, französische Quiche Lorraine und den nie aus der Mode kommenden obligaten Krabbencocktail. Ihh, nee, auf den Krempel hatte ich gar keine Lust.

›Pasta‹ sprang mir in die Pupille. Genau. Nudeln mußten endlich her. Entschlossen rief ich die Servicetelefonnummer an und orderte Salat, wegen der Gesundheit, und dazu Tortellini Milanese.

»Wie lange wird das dauern?« erkundigte ich mich.

»Wir kochen ganz frisch. Eine halbe Stunde, Signora«, bekam ich zur Antwort.

Prima, bis dahin würde die Signora, ha, die bella Signora, ihren knurrenden Magen mit einem heißen Bad in Schach halten. Genüßlich planschte ich in dem Schaum herum und träumte von den besten Tortellini der Welt.

Es klopfte. Die halbe Stunde dauerte hier wohl nur schlappe zwanzig Minuten. Aber egal.

»Si, si, Tür ist offen«, grölte ich, jettete aus der Wanne und schmiß mich in den kuscheligen weißen Hotelbademantel. So einigermaßen züchtig bekleidet, lugte ich vorsichtig in das Zimmer.

Ich brauchte wirklich eine Brille. Der Zimmerkellner sah auf den ersten Blick aus wie Pierre. Er guckte sogar wie Pierre. Und er lächelte auch wie Pierre.

»Pierre«, entfuhr es mir lauthals. Fünf Barfußschritte, und

schon flog ich ihm um den Hals. »Pierre«, wiederholte ich, diesmal etwas gedämpfter, und schaute ihn an.
Er war es tatsächlich. Groß und breitschultrig stand er vor mir, mein Fels in der Mailänder Brandung.
»Linda«, lächelte er und zog mich in seine Arme. Sanfte Hände streichelten über mein Haar, sanfte Küsse bedeckten mein Gesicht.
»Ich kann es gar nicht glauben«, stotterte ich und versuchte, mich von ihm zu lösen. »Was machst du denn hier, Pierre?«
Er betrachtete mich. Instinktiv nestelte ich an meinem Bademantel herum und zog den Gürtel etwas enger.
»Ich hatte eben einfach Sehnsucht nach dir, Linda.«
Aha, so einfach war das also.
»Total verrückt.« Ich schüttelte den Kopf.
Aber ich liebte Verrücktheiten. Und das hier war wohl der verrückteste Manneseinsatz, den ich je erlebt hatte. Ungezügelte Begeisterung stieg in mir auf. Arme, einsame Linda verwandelte sich in reiche, zweisame Linda.
»Heute morgen war ich noch in der Theaterprobe, habe mir einen Tag freigenommen und bin in den nächsten Flieger gestiegen«, erklärte Pierre, während er mich schon wieder in seine Arme zog.
Herzklopfen und ein Klopfen an der Tür.
»Roomservice«, tönte es von draußen. Schnell öffnete ich und ließ den Kellner herein. Der schob mein Essen ins Zimmer und grinste ein wenig. Klar, Dame im Bademantel. Davor oder danach?
Pierre stellte sich schützend vor mich, gab dem doofen Kellner ein Trinkgeld und rollte den Dinnerwagen in die Ecke.
»Vergiß es einfach«, sagte er bestimmt. »Wir gehen aus. Du willst doch nicht ernsthaft im Zimmer essen, oder?«
»Nee, nun nicht mehr«, strahlte ich. Schnell griff ich zu einem Ausgeh-Ensemble und verzog mich ins Bad zum Ankleiden. Mein Spiegelbild leuchtete mir entgegen.
»Oh, oh, Linda. Aufpassen!« warnte ich mich selber, was mich allerdings nicht davon abhielt, mein Haar noch schön glänzend zu bürsten.

Ausgelassen liefen wir Hand in Hand durch Mailand.
»Ich habe noch von Hamburg aus einen Tisch in meinem Lieblingsrestaurant reserviert«, sagte Pierre selbstbewußt. Dieser Mann dachte doch einfach an alles.
»Was hättest du eigentlich gemacht, wenn ich nicht im Hotel gewesen wäre?« neckte ich meinen Überraschungsgast.
Pierre antwortete lässig: »Du warst doch da, oder? Habe ich eben geahnt.«
»Hellseher, was?« gab ich zurück.
»Mindestens«, nickte Pierre und führte mich in eine dunkle Seitengasse. Vor einem Haus blieb er stehen.
»Das Restaurant ist ein Geheimtip. Wenn man nicht genau weiß, wo es ist, findet man es kaum.«
In der Tat, nur an einem Winzschild über einem Klingelknopf stand der Name des Lokals. Pierre klingelte und begrüßte den Türöffner auf italienisch. Mit einem zuckersüßen französischen Akzent. Er war schon eine interessante Mischung. Und zu allem Übel sah er auch noch unglaublich gut aus. Ein Mann zum Anbeißen eben. Puh. Achtung, Linda. Vorsicht, Linda. Reiß dich zusammen, Linda.
»Ich fühle mich wie eine Prinzessin«, sagte ich, nachdem Pierre gewandt die gesamte Bestellung übernommen und mir die Qual der Wahl erspart hatte.
»Für mich bist du eine Prinzessin, die man auf Händen tragen muß.«
Sein Charme entfaltete sich zu vollster Blüte. War das jetzt kitschig, was er gesagt hatte? Irgendwie schon. Schön kitschig. Und romantisch. Ja, schön und romantisch und…
»Auf Mailand. Auf uns!« unterbrach Pierre glücklicherweise meine schmalzigen Gedanken und hob sein Weinglas.
Wenn uns jetzt meine Souffleusenfreundin Charlotte sehen würde! Ihr drohender behandschuhter Zeigefinger verfolgte mich bis hierher.
»Auf Mailand«, sagte ich vorsichtig und ignorierte den zweiten Teil des Trinkspruchs. Charlotte hinderte mich trotz Abwesenheit am Total-Flirt.
Pierre grinste. Gedankenlesen konnte er sicherlich auch. Glück-

licherweise kam endlich das Dinner. Völlig ausgehungert machte ich mich über die köstlichen Antipasti her.

»Ich hatte bis jetzt nämlich nur Kräutertee und Kekse«, erklärte ich Pierre und genoß den Geschmack der kochkünstlerisch zubereiteten Auberginen.

»Warte erst mal ab, bis du das Mailänder Risotto probiert hast. Das wirst du nie vergessen«, meinte Pierre.

Das nicht und diesen Abend unter Garantie auch nicht. »Nie habe ich besser gegessen«, schwärmte ich.

Der Wein tat seine Wirkung. Charlotte rückte weit, weit weg.

»Das Wunderbare an dir ist, daß du so richtig genießen kannst«, kam es von meinem attraktiven Gegenüber.

Pierre nahm meine Hand und streichelte jeden einzelnen Finger. Es knisterte und knisterte. Ich atmete tief durch. Gefährlich, dieser Mann.

»Du bist ganz schön gefährlich«, informierte ich Pierre von meinem jüngsten Geistesblitz.

Es folgte ein tiefer Blick in meine Augen. »Linda, dir wird nichts passieren, was du nicht willst«, sagte Pierre mit Nachdruck.

Na, das war ja gerade das Problem. Frau kann doch nicht ernsthaft zwei Männer gleichzeitig wollen. Oder doch?

»Noch mehr?« fragte ich, als der Kellner nach dem Hauptgericht wieder mit neuem Besteck eindeckte.

»Naturalmente. Die Dolci hier sind berühmt, und ein bißchen Parmesankäse zum Abschluß mußt du auch noch essen«, sagte Pierre bestimmt.

Carla Adriani wäre vor Neid sicher geplatzt. Und ich mußte aufpassen, daß mein Hosenknopf sich nicht von mir verabschiedete. Mit gut gewölbtem Bäuchlein und trunken vom Wein und vom Genusse verließen wir dieses Restaurant, das nun auch eindeutig und für immer mein Mailänder Lieblingsrestaurant war.

Auf dem Nachhauseweg überlegte ich fieberhaft, was ich jetzt tun sollte. Was für eine komplizierte Zwickmühlensituation aber auch.

»Ich danke dir, Pierre. Das war ein traumhafter Abend«, flötete ich, als wir wieder im Hotel angekommen waren.

»Und der ist noch nicht um. Ein Glas Champagner zum Abschluß?« lockte er.
Ich konnte mich nicht erinnern, dazu jemals nein gesagt zu haben. Also warum sollte ich es ausgerechnet heute tun? Pierre bemühte meinen Zimmerservice. Champagner brauchte nur fünf Minuten und kam in einem hochimposanten Eiskübel. Wirklich genau wie im Film. Gewandt öffnete Pierre die Flasche, während ich versuchte, meine wirren Gedanken zu sortieren.
»Bezaubernde Linda. Hier ist dein Glas, und nun möchte ich mit dir auf uns beide trinken.«
Bezaubernde Linda fühlte sich hilflos.
»Auf uns beide«, lächelte ich unsicher. »Äh, wo wohnst du eigentlich, Pierre?« fiel mir plötzlich ein.
»Na, bei dir«, antwortete der Theatercharmeur mit größter Selbstverständlichkeit.
Netter Plan. Wirklich nett. Um meine letzten Zweifel auszuräumen, umarmte er mich. Es folgte ein Kuß, der süßer war als die Desserts im Restaurant. Attenzione, attenzione.
»Und führe mich ruhig noch mehr in Versuchung«, dachte ich und küßte und küßte. Der erste Knopf meiner Bluse öffnete sich unter Pierres Fingern vollautomatisch. Der zweite auch. Beim dritten setzte der letzte Rest meines Verstandes ein.
»Stopp!«
Das Wort stand laut und deutlich im Raum, wie vom Polizeiobermeister persönlich in die Gegend gebrüllt. Fragend hob Pierre die Augenbrauen.
»Pierre, das geht mir alles zu schnell. Sei mir nicht böse, aber ich kann das nicht.«
Prima, jetzt entschuldigte ich mich noch dafür, daß ich nicht mit ihm direkt in die Federn hüpfen wollte.
»O Linda«, flüsterte er mir ins Ohr, »es wäre so schön, so schön.«
»Schön falsch wäre das nach so kurzer Zeit«, flüsterte ich benommen zurück.
Pierre zog mich auf das Sofa und nahm mich in den Arm. Mein Femme-fatale-Gefühl wich dem nun leicht betrunkenen Kleinmädchen-Feeling.

»Kann ich denn wenigstens mit dir in einem Bett schlafen? Ich tue dir auch nichts«, sagte er.
»Na, ich weiß nicht«, sagte ich zweifelnd.
»Wir könnten kuscheln. Herrlich kuscheln, und ich würde dich verwöhnen. Ich könnte dir den Rücken streicheln und...«
Vor allem und, schätzte ich mal. Und davon noch viel mehr. Pierres Märchenstunde. Klar doch – Männer sind harmlose, selbstlose Rückenstreichler, weiß doch jeder. Wie gebacken für nach Zärtlichkeit hungernde Frauen. Allen voran der liebe Pierre, der sich in aufopfernder Art und Weise dem Frauenglück förmlich verschrieben hat. Vater Tereso persönlich.
»Wie wär's mit dem Sofa?« schlug ich vor.
»Das ist hart, wirklich hart«, meinte Pierre, Maestro des tiefschürfenden Doppelsinns.
Wie kriegte der nur immer diesen Augenaufschlag hin? Genial, besonders der hier in der Betrübt-verkannt-verbannt-Version.
»Es wird schon gehen. Und groß genug ist es auch zum Ausstrecken, siehst du?« Ich demonstrierte den herrlichen Komfort, indem ich mich selbst auf dem Sofa langmachte.
Schwups, da lag der Frauentröster auch schon halb auf mir drauf. Hände hatte der...
»Und wenn wir es uns hier beide noch etwas gemütlich machen?« setzte Pierre an. Gucken konnte der...
Jetzt aber Schluß mit diesen Diskussionen. Entnervt und erschöpft krabbelte ich unter ihm hervor. Keine Liebe mehr heut' nacht, schon gar keine heißen Liebesakte. Weder auf dem Sofa noch auf dem Teppich und schon gar nicht in meinem schicken, teuren Hotelbett. Das gehörte mir, mir allein.
»Ich will dich ja nicht drängen«, schmollte Pierre.
Ach nee.
»Ich kann warten«, gab er schließlich noch zum besten.
Schnell noch einen Kuß auf Pierres Stirn, und dann nichts wie weg aus der Gefahrenzone.
Beim Abschminken klopfte ich mir selbst auf die Schulter. Ich war ja wirklich eine standhafte Linda, wenn man von heißen Küssen mal absieht. Aber das war nicht so richtig betrügen,

beschloß ich. In der Dunkelheit lauschte ich auf Pierres gleichmäßige Atemzüge und dachte an Mike.
Das war haarscharf, heute nacht. Haarscharf am Dahinsinken vorbei.

Haarspangen

Erschrocken zog ich die Bettdecke bis zum Kinn. Pierre hatte mich mit heißen Küssen auf meinen Hals geweckt und saß nun auf meiner Bettkante.

»Guten Morgen, Prinzessin«, begrüßte er mich. Und lag inzwischen neben mir im Bett.

Ich blinzelte ihn verschlafen an. »Morgen, du«, nuschelte ich. Auch bei Tageslicht betrachtet war er ein aufregender Mann. Aber meine relative Standhaftigkeit am gestrigen romantischen Abend gedachte ich mir jetzt nicht noch auf die Schnelle zu versauen. Ich wickelte die Bettdecke um meinen gesamten Luxuskörper herum und ging mit ihr zusammen zum Fenster. Sonnenschein in Mailand.

»Wollen wir frühstücken? Danach muß ich dann leider, leider auch wieder zurückfliegen«, sagte Pierre.

»Und ich muß leider, leider arbeiten«, antwortete ich und zückte die Frühstückskarte. »Ich bestelle eben, und dann gehe ich schnell duschen, o.k.?« fragte ich.

Prinz Pierre war einverstanden, so daß ich nach dem Roomservice-Telefonat mit kleinen Trippelschritten samt Bettdecke ins Bad schlurfte. Schließlich saßen wir sauber gewaschen und gekämmt vor den dampfenden Kaffeetassen. Schweigend. Ich trank einhändig, die andere Hand lag bereits wieder in Pierres großer Männerhand. Seufzend ließ er mich los und erhob sich. Stöhnend.

»Ich habe mir mein Kreuz verbogen. Ein Sofa ist eben kein Bett.«

»Och, du armer Kleiner«, lachte ich.

»Versprich mir, daß wir uns in Hamburg wiedersehen, Linda. Ich meine, nicht nur zur Premiere, sondern auch danach.«

Danach war weit weg, viele Tage weit weg.

»Versprochen!« sagte ich laut.
»Gut. Sehr gut. Denk an mich, vergiß mich nicht. Ciao, meine Liebste.«
Pierre gab mir noch einen letzten Kuß, warf mir einen tiefen Blick über die Schulter zu und entschwand. Ich atmete auf. Dieses Thema wurde vertagt und mußte erst mal völlig aus meinem Kopf heraus. Apropos Kopf. Meine Haare saßen ganz und gar nicht, wie auch immer ich sie heute bürstete. Schnell angelte ich meine Haarspange aus dem Kulturbeutel und bannte das Kopfgemüse zu einem braven Pferdeschwanz. Jetzt aber los!
Im Studio Panorama wurden gerade die Lampen ausgeladen, als ich eintraf. Aha, und der junge Mann bei den Kollektionsständern mußte der Stylist sein.
»Paolo?« näherte ich mich ihm fragend.
»Ja«, gab er zurück und betrachtete mich blitzschnell von Kopf bis Fuß. Das mußte wohl mit seiner Profession zu tun haben. Mein Outfit fand anscheinend seine Gnade, denn nun lächelte er.
»Ich bin Linda Lano und arbeite für Jo. Der kommt auch in Kürze.«
Paolo nickte und ließ sich nicht weiter stören. Behende begann er, die leicht zerknitterten Prachtstücke verschiedenster Designer zu bügeln.
»Signora, ich brauche ihre Unterschrift«, sprach mich einer der Lampenschlepper von der Seite an.
Ich starrte auf den Lieferschein, auf dem alle Lampen samt Zubehör notiert waren. »Klar«, gab ich selbstbewußt zurück. »Aber Sie müssen mir kurz erklären, was hier was ist. So genau kenne ich mich nicht aus. Ich werde das andernfalls nicht unterschreiben.«
»Auch das noch«, murmelte er schlecht gelaunt.
Nacheinander hakte ich die Liste ab. Deutlich sprang mir eine nette, kleine Lücke in die Augen. Kein Haken? Ja, so war das im Leben.
»Sehen Sie, ist doch gut, daß wir alles kontrolliert haben. Sonst hätten wir gar nicht gemerkt, daß ein Ladegerät fehlt, nicht?« sagte ich zu dem Brummler leicht süffisant.

»Das bringe ich gleich noch vorbei«, sagte der Griesgram unfreundlich.
Ha, ertappt, frohlockte ich innerlich. Nicht mit mir. Linda läßt sich nicht verscheißern.

»Ciao, bella«, begrüßte mich kurze Zeit später mein liebster Arbeitgeber.
»Nun fang du nicht auch noch mit dem Spruch an«, erwiderte ich und umarmte ihn.
»Biste belästigt worden gestern?« fragte Leo grinsend, der hinter Jos Rücken auftauchte.
»Heftigst«, nickte ich.
Gemeinsam wählten wir mit Paolo die Klamotten für das Shooting aus.
»Hoffentlich wird Carla Adriani damit einverstanden sein. Die hat nämlich einen, nun sagen wir, weniger schlichten Geschmack«, gab ich zu bedenken.
»Ich weiß, ich weiß. Man nennt sie in der Branche auch ›Goldstück‹«, wußte Jo.
Wo der Spitzname wohl herkam?
»Kein Problem«, meinte Paolo grinsend, »ich habe auch tolle Accessoires für unser Goldstückchen dabei. Schmuck in Tonnen. Hoffentlich flippt die uns nicht völlig aus. Jedenfalls – ich bin vorbereitet. Irgend etwas von den Klunkern paßt immer, ihr werdet sehen.«
Begeistert stürzte ich mich auf die erlesenen Ohrringe, Ketten, Armbänder und Ringe, die Paolo auf den Tisch schüttete. Derweil richteten sich Jo und Leo das ›Set‹ ein, wie es so schön heißt. Es wurde ein langer Nachmittag, bis Jo endlich mit seinen Vorbereitungen zufrieden war. Auch das Ladegerät kam noch. Fertig für heute. Dinner. Und mein Zimmer hatte ich in dieser Nacht für mich allein.

Am nächsten Morgen trafen wir uns um kurz vor acht in der Hotellobby und fuhren ins Studio. Gespannt wartete ich auf unser heißes Model. Als sie schließlich vor mir stand, erkannte ich sie schlicht und ergreifend nicht.

»Julie«, stellte sie sich mit leiser Kleinmädchenstimme vor. Ungeschminkt war sie nicht gerade der Knaller. Sehr beruhigend.

»Und das ist mein Lover.«

Neben ihr stand er also, der unvermeidbare Boyfriend, von dem sich Julie nicht trennen konnte. Sah aus wie ein Milchbubi. Aber bitte schön, wo die Liebe hinfällt.

Er trottelte hinter uns her, als ich Julie in die Garderobe führte. Kurz besprach ich mit der Make-up-Artistin, also der Schminkdame, und dem Hairstylisten, man könnte auch sagen Friseur, Julies geplante Aufmachung. Die beiden begannen mit der Arbeit. Julies Verwandlung dauerte geschlagene drei Stunden.

»Du siehst atemberaubend aus«, begrüßte Jo mit Handkuß die soeben kreierte Julie-Zauberfee.

»Hach, einfach toll«, vernahm ich Carlas Stimme hinter mir. Stöckelnd kam sie auf uns zu und winkte dabei die ganze Zeit mit ihrem rechten Arm. Den linken konnte sie nicht bewegen, da trug sie etwas Undefinierbares mit sich herum.

»Carla, wie schön, dich zu sehen«, schleimte Jo und küßte auf die Goldringe.

»Blaff«, ertönte es aus einer der Falten in Carlas Mantel. Na, der üppige Nerzkragen konnte das nicht gewesen sein.

»Carlo ist heute ein wenig nervös«, erklärte Carla.

Carla und Carlo?

Carla bückte sich und stellte etwas auf dem Boden ab. Es hatte vier Füße, war kaum größer als ein ausgewachsenes Meerschweinchen und hatte eine Haarspange auf dem Kopf. Eine goldene, versteht sich.

Leo flüsterte mir ins Ohr: »Hoffentlich tritt da niemand drauf.«

Hündchen Carlo stand, überspannt, wie es ganz eindeutig war, zitternd und blaffend vor uns.

»Carlo heißt der Süße also«, sagte Jo ernst und warf mir diesen Blick zu, der bedeutete, daß ich heute auch Schoßhund-Pflegeaufgaben vor mir hatte.

Während Carla unsere Garderobenauswahl abnickte, suchte ich das erste Gespräch mit Carlo. »Paß auf, mein Kleiner. Wenn du mir nichts tust, tu ich dir auch nichts, abgemacht?«

Carlo blaffte und schnappte nach meiner ausgestreckten Hand. Vielleicht konnte er kein Deutsch. Ich versuchte es in Zeichensprache. Ein Deuten auf seine Haarspange, ein Deuten auf meine Haarspange. Antwort Blaffen, aber diesmal ohne Schnappen. So beschloß ich, ihn mit mir herumzuschleppen, bevor er wirklich noch getreten wurde. Schließlich konnte der Kleine ja nichts dafür, daß er so hingezüchtet war.

Nachdem die ersten Schüsse im Kasten waren, tauchte der Catering-Service auf, um einen köstlichen Lunchtisch aufzubauen. Carlo bekam von Carla ein Schüsselchen Wasser und ein paar Scheibchen Parmaschinken, den sie für ihren kleinen Liebling flink von der Honigmelone zupfte.

»Er ist so schrecklich verwöhnt«, erklärte sie mir.

Wäre ich nie drauf gekommen.

Jo verkündete die Mittagspause, und so ließen wir uns wie eine große Familie alle zum Essen nieder. Hungrig griff ich zum Salat, Hühnchen und Reis und zu einer Scheibe des köstlichen italienischen Brotes. Zum Stippen der köstlichen Tomatensauce. Mhm, lecker.

Zauberfee Julie erhob ihr Stimmchen. »Baby«, sprach sie ihren Milchbubi an, »Baby, du müßtest es doch inzwischen schon besser wissen.«

Baby hatte eine ähnliche Zusammenstellung auf seinem Teller wie ich.

»Baby, zum hundertstenmal«, lispelte Julie, »Huhn mit Salat ist gut. Reis mit Gemüse auch. Aber nie zusammen. Huhn nie mit Reis.«

Klang für mich nicht sehr logisch, dieses Gelispele. Carla, die an einem einsamen Salatblatt knabberte und deren blasses Gesicht wieder nach Essen oder ersatzweise nach einer Blutkonserve schrie, nickte.

»Genau, Huhn nie mit Reis.«

Für mich war alles zu spät. Ich hatte bereits Huhn im Bauch und Reis dazu. Und nun?

»Hach, das macht fett«, erläuterte Carla.

»Wieso?« protestierte ich. Zugegeben, dünn war ich gerade nicht, aber ich hatte ja auch keine Modelambitionen.

»Meine Liebe, haben Sie denn noch nie etwas von Trennkost gehört?« Entsetzen machte sich in Carlas Vampirgesicht breit. Kauend schüttelte ich den Kopf.
»Na, nie Eiweiß und Kohlehydrate zusammen!« lispelte Julie im Brustton der Überzeugung, soweit sie mit ihrer Kleinmädchenstimme überhaupt einen Brustton zustande brachte. Herrje, der Gedanke an meine lebenslange falsche Ernährung schoß mir durch den Kopf. Nach diesem Prinzip war wohl selbst eine leckere, ordinäre Käsestulle die Sünde selbst.
Unter dem Tisch tätschelte Jo beruhigend mein Knie. Auch auf seinem Teller sah ich die Überreste verwerflicher Nahrungskombinationen.
Julie gab keine Ruhe. Mit ihrem mageren Trennkost-Zeigefinger deutete sie auf mein Essen und lispelte: »Disziplin, Disziplin!«
Carla kicherte: »Ist Julie nicht einfach süß?«
»Sehr süß.« Leo starrte Julie an.
Na, der war völlig paralysiert. Und ich war froh, nicht in die Kategorie der süßen Frauen zu gehören.
»Nachtisch, Carla?« fragte ich mutwillig lockend und hielt ihr Schokoladencreme unter die Nase. Nach ihrem Blick zu schließen, drohte ihr eine tiefe Ohnmacht.
»Weg, weg«, fuchtelte sie herum.
Immerhin gönnte sie sich dann doch noch eine ungezuckerte Erdbeere. Ganz schön verfressen.

Nachmittags machte ich mir den Hairstylisten Mario zum Verbündeten. Abwechselnd streichelten wir Carlo. Und ich versuchte, Mario ein paar Haartips zu entlocken.
»Weißt du, lange Haare sind gar nicht mehr angesagt. Und zu deinem Gesicht würde ein Kurzhaarschnitt hervorragend passen. So wie Audrey Hepburn in ›Frühstück bei Tiffany‹, verstehst du?«
Ich nickte und ließ meinen dünnen Pferdeschwanz durch meine Finger gleiten. »Für so einen Schritt brauche ich Bedenkzeit«, sagte ich.
»Wo ist eigentlich Carlo?« schaute sich der Haarkünstler um.
Ich folgte seinem Blick. Da war er, aber er stand so komisch.

Dreibeinig nämlich. Und zwar in einem deutlich sichtbaren anwachsenden See. Nee, nun war aber Schluß. Als Hundesitter gab ich mich für unsere ›ModaModa‹-Kundin ja noch her. Aber gelbe Hundeseechen aufzuwischen gehörte nicht zu meinem Job. Ich zupfte Carla am Ärmel.
»Carla, meine Liebe.« Guter Auftakt. Ihre Sprache mußte ich nun sprechen. »Ihrem reizenden Liebling ist gerade ein kleines Unglück passiert.«
Sie schaute mit weitaufgerissenen Augen zu ihrem Schoßhündchen rüber und überraschte mich mit einer ganz neuen Variante: »Huch aber auch.«
»Hach, ja«, tätschelte ich ihre Hand. »Auf dem Tisch liegt übrigens ein Lappen.«
Sie verstand den Wink mit dem Zaunpfahl und näherte sich dem Liebling mit dem Lappen. Drohend fuchtelte sie mit ihren langen knallroten Nägeln vor seinem Miniköpfchen herum.
»Du Böser, Böser, Böser.«
Mit angeekeltem Gesicht wischte sie das Hundepipi auf. Schade, das hätte Jo mal fotografieren sollen.

Auch am nächsten Tag mußte die gute Carla in den Wischeinsatz. Von Gassigehen schien sie eben nicht viel zu halten.
Erschöpft lehnte die Make-up-Artistin an der Wand und raunte mir zu: »Wenn die den noch einmal küßt, dann raste ich aus.«
Die war Julie, und der war der Milchbubi. Verständnisvoll nickte ich.
»Ich kann schon gar nicht mehr zählen, wie oft ich der Kuh heute den Lippenstift neu auftragen mußte.«
Knutsch.
»Schon passiert«, zuckte ich bedauernd mit den Schultern, und die Make-up-Frau ging gottergeben mit Lippenpinsel und -stift zu unserer verliebten Zauberfee.
»Halbe Stunde Pause«, verkündete Jo, »ich muß das Licht umbauen.«
Also gesellte ich mich zu meinem Friseurfreund Mario.
»Na, hast du es dir überlegt?« lockte er und nahm bereits die Schere in die Hand.

»Ich bin mir so unsicher. Also ich führe jetzt ja ein ganz anderes Leben als vorher, und eigentlich könnte der alte Zopf im wahrsten Sinne des Wortes mal ab.«
Eigentlich. Das nette Wort als erster Schritt zum Wandel. Mario drückte mich auf den Stuhl.
»O Gott, das kann ich gar nicht mit ansehen«, stöhnte ich, als er meine Haarspange löste.
»Dann mach einfach die Augen zu«, empfahl er trocken. Gesagt, getan. Ich spürte das Wasser auf meinen Haaren und hörte danach nur noch das Ratschen der Schere. »Jetzt behältst du die Augen aber auch zu, bis ich mit dem Fönen fertig bin«, kommandierte Mario.
Gerne, mir war sowieso mulmig. Wie konnte ich mich einfach so in die Hände eines italienischen Figaro begeben? Inzwischen hatte sich auch die Abteilung Make-up zu uns begeben, wie ich an ihrer Stimme erkannte.
»Roter Lippenstift«, hörte ich sie sagen und fühlte sie auch schon an meinem Mund herumpinseln.
Mit tiefem Stolz in der Stimme sprach Mario: »Du siehst vollkommen anders aus. Super. Und nun Augen auf.«
Vorsichtig blinzelte ich mein Spiegelbild an. Etwas Zartgesichtiges mit großen Augen und roten Lippen starrte mich an. War ich's, oder war ich's nicht, das war hier die Frage. Ein Griff an meinen Kopf, an die superkurzen seidigen Haare. Die Frau im Spiegel tat dasselbe. Ich war es wirklich. Anders. Neu. Ganz anders, völlig neu.
Jo stand plötzlich hinter mir. Fragend schaute ich ihn an. Er küßte mich spontan auf die Stirn.
»Schöne Linda«, sagte er bedächtig, »sehr schöne, sehr moderne Linda.«

Durchblick

Je näher wir Frankfurt kamen, desto nervöser wurde ich. Mein Mailänder Intermezzo mit dem Herrn Franzosen saß noch im Hinterkopf. Und in Kürze würde ich nun Mike gegenüberstehen.

Überraschenderweise flog Jo mit mir mit.

»Willst du noch einen neuen Job aufreißen?« fragte ich ihn.

Jo rührte in seinem Flugzeugkaffee herum und antwortete: »Nö, nur eben ein paar Freunde besuchen.«

Sein emsiges Rühren trug nicht gerade zu meiner Entspannung bei. Ich wandte meinen Blick von der Rundumbewegung ab und holte meinen Taschenrechner und den Berg Mailänder Rrrietschewutahs hervor. Emsig tippte ich alle Beträge ein. Lichtfirma, Taxifahrten, Essen, Hotel, Styling und und und.

»Ha«, wandte ich mich triumphierend Jo zu, »wir sind prima im Budget und haben um keine müde Lira überzogen.«

Flüchtig blätterte er den Stapel Quittungen durch. »Linda, Baby, was ist das denn?« grinste er.

Ich schaute auf eine Hotelrechnung. Mist. Das war die meine.

»Wovon sprichst du?« fragte ich und versuchte, ihm den Zettel wegzunehmen.

Aber er tippte auf die Position »Champagner«. Neugierig schaute er mich dabei an. »Sag bloß, du hast dir ganz alleine eine ganze Flasche Champagner gegeben?«

Verdammt, ich wollte im Moment an alles denken, nur nicht an Pierre. Und gestehen wollte ich sowieso niemals nie rein gar nichts. Mit weitaufgerissenen Augen schaute ich Jo an.

»Warum nicht? Hier, hier steht auch meine Essensbestellung. Hast du etwa gegen die Tortellini auch etwas einzuwenden?«

Insgeheim dankte ich Mario für meine neue Frisur. Die mußte doch jetzt einfach perfekt meine vollkommene Unschuldsmiene unterstreichen.

»Nö, meinetwegen kannst du essen und trinken, was du willst. Nur – vielleicht hattest du ja doch einen reizenden Italiener in deinem Zimmer, hä?«
Bestimmt schüttelte ich den Kopf. »Nein, keinen Italiener.« Nach einem Franzosen hatte er glücklicherweise ja nicht gefragt.
Noch ein forschender Blick, und Jo ließ endlich von mir ab. Nachdem wir unser Gepäck vom Laufband gefischt hatten, hatte Jo es plötzlich ausgesprochen eilig und verabschiedete sich von mir.
»Du, äh, Linda. Ich muß mich sputen. Bis Montag dann.« Schon war er weg. So trabte ich allein durch Paßkontrolle und Zoll, bis ich schließlich in der Ankunftshalle stand. Suchend glitt mein Blick über die Menge. Und blieb an Jo hängen. Seine Freunde waren im Singular erschienen. Weiblich-Blond-Schön umarmte meinen Boß. Ich verlor den Glauben an den männlichen Teil der Menschheit. Selbst der süße Jo hatte einen gewaltigen Haken und gedachte offensichtlich, seine wartende Frau und die Kinder für dieses Wochenende konsequent aus seinem Kopf zu verbannen.
»Fast hätte ich dich nicht erkannt«, riß mich eine wohlvertraute Stimme aus meinen Gedanken. Mike stand vor mir.
»O Mike«, freute ich mich und flog ihm um den Hals.
Mike küßte mich und hielt mich dann ein wenig auf Abstand, um mich zu betrachten.
»Ist das der neue Mailänder Schick?« fragte er und zupfte an einer meiner kurzen Ponysträhnen herum.
»Nicht nur das. Es ist der aktuelle Filmstar-Look, verstehst du?« erklärte ich.
»Deine langen Haare habe ich aber auch sehr gemocht«, sagte Mike zögernd.
»Gefalle ich dir etwa nicht?« forschte ich, während wir zusammen die Halle verließen.
»Du siehst wunderschön aus. Ich muß mich nur erst an deinen Filmstar-Look gewöhnen«, sagte er und wuschelte mit zunehmender Begeisterung in der mir verbliebenen Haarpracht herum.
Nach unserer Ankunft in Mikes Zuhause führte er mich durch

sein Junggesellenreich. Wirklich gemütlich und alles sehr, sehr sauber.
»Haste schön geputzt für mich?« neckte ich ihn.
Mike lachte. »Nicht direkt eigenhändig. Aber ich habe meine Putzfrau bestellt, damit die Hütte auch anständig glänzt.«
Schade, so war das ja einfach.
»Möchtest du vielleicht erst mal ein Bad nehmen?« wollte er wissen.
»Sehr gerne, aber mit viel Schaum«, gab ich zurück.
»Dazu ein Gläschen Champagner?«
Ich nagte an meiner Unterlippe. Der nächste Herr, die gleiche Dame. Bloß nicht daran denken. Besser einfach nicken.
Während das Wasser in die Wanne lief, prosteten wir uns zu. Mikes warme braune Augen blickten mich nachdenklich an.
»Du wirkst noch ganz fremd. Und das liegt nicht nur an der Frisur. Ist irgend etwas passiert?«
»Was soll denn passiert sein? Nö, es war nur ein wenig anstrengend, das ist alles«, antwortete ich vage.
Ich kuschelte mich in seine Arme und begann ganz langsam, mich darin wieder richtig aufgehoben zu fühlen.
Das Bad lockte, und ich ließ mich wohlig in die Wanne sinken. Mike nahm auf dem Wannenrand Platz und kraulte mir den Nacken.
»Herrlich«, strahlte ich. »Weißt du, was ich jetzt noch brauche?«
Mike schüttelte den Kopf.
»Einen Kuß von dir. Und dann eine Zigarette. Ich habe welche in der Handtasche. Würdest du sie mir holen?«
»Aber sicher doch, du süchtiges Wesen«, lachte Mike.
Ich schloß die Augen, genoß den Kuß und freute mich auf eine Zigarette. Oh, ging es mir gut.
»Findest du sie nicht?« rief ich laut hinter ihm her. »Sie müssen in der Handtasche sein.«
Schweigen. Ich nahm noch ein Schlückchen Champagner. Mike tauchte wieder auf, mit todernstem Gesichtsausdruck.
»Doch, sie waren in der Handtasche. Und zufällig fiel mir dabei noch etwas in die Finger. Kannst du mir das bitte erklären?«
Ich rutschte ein wenig höher. Mike hielt mir mit glühenden

Augen Fotos vor die Nase. Die Fotos von Pierre und mir auf der Bühne. Ausgerechnet.
»Sind Fotos aus dem Theater«, setzte ich an.
Dumm gelaufen. Da saß ich nun im kühler werdenden Wasser und fühlte mein schlechtes Gewissen.
»Interessant«, sagte Mike mit beißendem Unterton.
»Äh, mit dem Regieassistenten. Jo hat die Fotos gemacht, nur so zum Spaß, weißt du?«
»Sehr spaßig, in der Tat. Und nur so zum Spaß läßt du dich dann eben von einem Regieassistenten umarmen, oder wie?«
Nun kriegte ich aber eine richtige Gänsehaut. Eifersucht war ich noch nie gewachsen. Alles, was ich jetzt sagen würde, mußte einfach blöde klingen.
»Na, die Theaterleute sind eben auch locker drauf. Mike, da ist doch nichts dabei. Bei den Fotos standen mindestens zehn Leute um uns herum.«
»Ach, ein ›uns‹ gibt es auch schon?« konterte Mike.
»Gib mir bitte ein Handtuch«, sagte ich.
War bestimmt ziemlich lächerlich, wie ich hier so hübsch argumentierend nackt in der Wanne hockte. Ich mußte dringend meine Position verbessern und wieder auf die Füße kommen. So war's gut. Groß und aufrecht baute ich mich vor Mike auf.
»Nichts ist so, wie du glaubst, Mike. Was denkst du eigentlich? Daß ich 'ne Mata Hari bin und mal so hier und da 'nen Schlafzimmerblick mit anschließender Umarmung verteile? Ich laß mir von dir nichts unterstellen«, posaunte ich.
Zweifelnd betrachtete mich Mike. Angriff, Linda, Angriff! »Du willst mir doch nicht wirklich etwas unterstellen, Mike, oder?«
Unsicher schaute Mike zwischen seiner wütenden Linda und den Fotos hin und her. »Nein«, kam es zögernd.
Fast geschafft. Jetzt noch ein Brikett nachlegen.
»Komm, Schatz. Bitte beruhige dich. Der Typ ist absolut unwichtig. Wir trinken jetzt auf uns und unser wunderschönes, gemeinsames Wochenende, o.k.?«
Es war erst mal o.k. Pierre verblaßte. Schließlich liebte ich meinen Mike. Und Pierre nur ein ganz kleines bißchen.

Am Montag begrüßte mich Jo mit dem harmlosesten Gesicht der Welt. Wer im Glashaus sitzt, sollte nicht mit Steinen schmeißen, fiel mir ein. Nee, in sein Privatleben wollte ich nicht verstrickt werden. Also verschonte ich ihn mit den kleinen, gemeinen Anspielungen, die mir bereits auf der Zungenspitze herumtanzten, und stürzte mich in die Vorbereitungen für Los Angeles.
»Jo, ich habe für unser USA-Shooting schon die Freigabe für die Kosten bekommen. Und das Schönste: Diesmal habe ich Flugtickets erster Klasse kalkuliert, damit wir dort nicht so fertig ankommen. Wie findest du das?«
»Sehr gut. Sehr gut gemacht, Linda.«
Genau. Und nun wartete der Augenarzt auf mich.
»Jo, ich muß weg. Morgen nachmittag sehen wir uns. Dann schicke ich die entwickelten Bilder nach Mailand zu Carla, und wir gehen abends zur Premiere, ja?«
»Oui«, gab Jo augenzwinkernd zurück.
»Vorsicht!« sagte ich nur warnend.

Ulrike wartete schon vor der Augenarztpraxis auf mich.
»Toll siehst du aus, Linda«, meinte sie anerkennend, nachdem sie meinen neuen Haarschnitt von allen Seiten begutachtet hatte.
Während wir im Wartezimmer saßen, erzählte ich ihr leise von meinem Erlebnispaket aus Mailand und Frankfurt.
»Oh, oh«, kommentierte Ulrike die jüngsten Entwicklungen. »Dich kann man ja kaum allein lassen.«
»Oh, oh.« Ich hielt ihr den Zettel des Augenarztes vor die Nase, als ich nach der Untersuchung wieder auftauchte. »Er meinte, ich bräuchte eine Sehhilfe«, kommentierte ich.
»Na, ein klarerer Blick kann dir zur Zeit nicht schaden«, gab Ulrike zweideutig zum besten. »Los, Linda, auf zum Optiker. Ich helfe dir beim Aussuchen.«
Ergeben fügte ich mich und überließ mich Ulrikes Regie. Sie erspähte einen jungen Mann in ihrem Lieblingsbrillengeschäft, den sie als unseren Berater auserkor.
»Aber nicht, daß ich aussehe wie eine Schießbudenfigur«, warnte ich ihn schon mal vor.
»Nie im Leben, gnädige Frau«, schleimte er.

»Na, und wie 'ne gnädige Frau schon gar nicht«, setzte ich noch nach, damit hier keine Mißverständnisse aufkamen.
Ulrike und der Herr Fachverkäufer wählten eine kleine Probekollektion aus.
»Zuerst müssen wir herausfinden, welche Form dir am besten steht«, erklärte mir die Freundin.
»Die hier schon mal überhaupt nicht«, moserte ich.
Statt eines Filmstars schaute mir im Spiegel etwas entgegen, das dem Typ Vorstadtpflanze alle Ehre gemacht hätte.
»Und wie 'ne Grundschullehrerin will ich auch nicht aussehen«, reklamierte ich das nächste Modell.
Kichernd setzte mir Ulrike ein Gestell auf die Nase, das mich ganz neu entstellte. Skeptisch betrachteten wir beide das Ergebnis. Unser Fachverkäufer war begeistert.
»Sieht hochmodern aus«, kommentierte er.
»Und ziemlich hochneurotisch«, starrte ich weiter. Unglaublich, wie sich eine nette junge Frau so schnell in eine Brillenschlange verwandeln konnte.
»Haben Sie nicht eine Brille, die meinen Typ unterstreicht?« fragte ich ihn zweifelnd.
Seine Antwort folgte umgehend. Er legte drei Gestelle vor, die selbst mir sehschwachen Frau vor lauter knalliger Buntheit die Tränen in die Augen trieben.
»Ich bin doch kein Kolibri«, schüttelte ich mich.
»Nimm doch eine ganz einfache Schwarze«, schlug Ulrike vor und schob glücklicherweise die Bonbonfarbenen weg. Sie wußte jetzt, was sie wollte, und kam mit einigen schlichten Modellen wieder. Der Fachverkäufer hatte Redeverbot und wartete geduldig.
»Brillen stehen mir nicht«, jammerte ich.
Ulrike überhörte mich stoisch und betrachtete ein Gestell, das ihr besonders gefiel. »Eine sehr schöne Designerbrille«, meinte sie hartnäckig.
»Wenn sie so daliegt, schon. Aber in meinem Gesicht?« wehrte ich mich noch.
Gemeinsam betrachteten wir das Gestell an seinem neuen Bestimmungsort. Ulrike war hochzufrieden.

»Das ist sie!«
»Meinst du ehrlich?« fragte ich hilflos.
»Auf jeden Fall. Die nehmen wir«, nickte sie dem Fachverkäufer zu.
»Das kleinste Übel zum größtmöglichen Preis«, murmelte ich, als er mir den Zettel mit der Addition für Gestell und Gläser unter die Nase hielt.
»In der nächsten Woche können Sie sie bereits abholen«, erklärte er.
»Och, keine Eile, lassen Sie sich ruhig Zeit«, gab ich zurück.
»Nee, beschleunigen Sie das lieber. Wir brauchen schnellstens Durchblick!« meinte Ulrike.
Und meinte wohl eher mich damit.

Premiere

»Scharf!« sagte Leo andächtig, nachdem ich mich aus meinem Mantel gepellt hatte.
»Nee, Samt«, gab ich zurück.
»Dreh dich mal«, forderte mich Jo auf.
Mein tiefblaues Samtkleid drehte sich mit mir, und Leo pfiff nun auch noch durch die Zähne. Ja, ich hatte mich heute hübsch gemacht. Schließlich ging ich zum allererstenmal zu einer Theaterpremiere.
Aber erst die Arbeit, dann das Vergnügen.
»Was soll ich Carla denn als Erläuterung zu deinen Fotos schreiben?« wandte ich mich an Jo. Der hatte bereits alle Abzüge bereitgelegt und ging mit mir den Stapel durch.
»Schau, Linda, die Reihenfolge ist wichtig für die Story. Auf der Rückseite stehen die jeweiligen Nummern. Wenn Carla die Seiten so hintereinander drucken könnte, wäre es einfach perfekt.«
Ich nickte begeistert und schrieb Carla einen ausführlichen Brief. Nachdem der Kurier unsere Mailand-Sendung abgeholt hatte, beschloß ich, Carla noch mal anzurufen.
»Hach, meine Liebe, wie sind die Fotos denn geworden? Hach, bin ich neugierig«, flötete mir das Goldstück ins Ohr.
Branchengesetze muß man respektieren. So flötete ich denn retour: »Carla, ich kann Ihnen sagen, ein Traum, ein Traum. Eine Augenweide par excellence.«
Sie seufzte. »Linda, Sie machen mich glücklich. Geben Sie Jo einen Kuß von mir, und sagen Sie ihm, daß ich mich sofort, ja sofort melden werde, wenn ich die Fotos habe.«
Zum Glück gab's immer noch keine Bildtelefone. Sonst hätte Carla gesehen, wie mühsam ich mir das Lachen verkneifen mußte. Kichernd ging ich zu Jo.
»Bück dich mal ein bißchen runter«, kommandierte ich. Und

gab ihm einen dicken Lippenstiftschmatzer auf die Wange. »Der ist von Carla«, erklärte ich.
»Von dir wäre er mir lieber gewesen«, gab er zurück. Klopf, klopf, machte mein Freund Übermut in meinem Köpfchen. Zwei Tage Selbstbeherrschung waren wohl wieder zuviel für die liebe Linda.
»Jo, stell dir vor, ich dachte immer, du stehst eher auf Blond.«
So, da war sie draußen, die erste kleine Anspielung. Jo zog die Augenbrauen hoch.
»Wie kommst du denn darauf?« Gespielte Entrüstung mit tiefer Mannesstimme.
»Na rate mal«, gab ich zurück.
Jetzt mußte er sich entscheiden. Eine Möglichkeit war heftiges Leugnen. Alternativ dazu gab es natürlich Kerle, die routinierter darin waren, aufgesetztes Erstaunen zu spielen. Schließlich blieb als weitere Variante noch die Flucht in ein geschicktes Ablenkungsmanöver. Eines war klar. Die Wahrheit würde er nicht ausspucken.
»Oh, ist schon spät«, sagte Jo mit hastigem Blick auf die Uhr.
Aha, er war ein Ablenkungskandidat. Lerne deinen Chef kennen...
Gemeinsam fuhren wir ins Theater.
»Meinst du, wir dürfen auch so ganz richtig hinter die Bühne?« fragte ich Jo.
»Na klar, wir sind nach der Aufführung zur Premierenfeier eingeladen. Da müssen wir hinter die Bühne. Pierre hat vorhin extra noch mal durchgeklingelt.«
»Wann denn?« platzte ich spontan heraus.
»Als du mit Carla telefoniert hast«, antwortete Jo. Und setzte gemeinerweise nach: »Linda, Liebste, wer steht hier nun eigentlich auf wen?«
Ich war schon immer mehr für die Taktik mit dem aufgesetzten Erstaunen.
»Wie meinst du das?« fragte ich, ganz Frollein Unschuld.
»Och, nur so«, grinste Jo und parkte ein.
Es war schon kurz vor acht, und wir gingen zügig zu unseren Plätzen. Unsere Schauspielerfreunde auf der Bühne gaben in der

Tat ihr Bestes. Der alte Charakterdarsteller hatte den Schwung nun mehr in der Stimme als in den Bewegungen mit seinem weiten Cape. Sissi war schlichtweg entzückend und derart zugeschminkt, daß sie auch heute fast faltenfrei rüberkam. Als sich der Vorhang zum letztenmal senkte, erscholl rasender Beifall. »Bravo«, erklang es hier und da. Blumen wurden gereicht, das Publikum trampelte mit den Füßen. Auch ich mit meinen eleganten Mailänder Pumps.

»Na, voller Erfolg, würde ich sagen.«

Jo nickte und schob mich durch die Menschenmenge, die immer noch mit Standing ovations beschäftigt war. Wir verließen das Theater und gingen durch den Nebeneingang wieder hinein.

»War es gut?« fragte der Portier aufgeregt. Selbst er schien im Premierenfieber zu sein.

»Ganz toll«, strahlte ich ihn an, und er faßte sich erleichtert an sein Herz.

»Gott sei Dank«, strahlte er zurück.

Ein Kreischen und Jubeln in den Garderoben und den Gängen. Die ersten Sektkorken knallten, während um uns herum wild geküßt und umarmt wurde. Selbst der ernste Herr Regisseur zeigte heute sein zweites Ich.

»Großartig. Meinen herzlichsten Glückwunsch.« Ich schüttelte ihm die Hand.

Er küßte mich stürmisch und antwortete bescheiden: »Na, wir müssen morgen noch die Kritiken abwarten.«

Jo war mit dem gleichen Satz wie ich unterwegs. Jeder gratulierte hier jedem. Sissi war mit dem Sektausschank beschäftigt und drückte selbst mir ein Gläschen in die Hand.

Ein Arm legte sich von hinten um meine Taille. Ich drehte mich um. Pierre. Er flüsterte mir ins Ohr: »Heute darf ich dich mal vor allen Leuten umarmen. Ich bin sehr glücklich, daß du da bist.«

»Herzlichen Glückwunsch«, sagte ich atemlos und war wieder mal wegen seiner körperlichen Anziehungskraft völlig durch den Wind.

Pierre streichelte mir meinen samtüberzogenen Rücken. »Du fühlst dich so wunderbar an.«

Und mein Kopf fühlte sich so schwindelig an. Vielleicht hatte ich in Mailand ja doch etwas schrecklich Wichtiges verpaßt. Etwas Essentielles, etwas…

»Kindchen!« drang Charlottes Stimme in mein Bewußtsein. »Kindchen, ich habe mir schon gedacht, daß du hier bist.«

Widerwillig ließ mich Pierre los. Meine Souffleusenfreundin übernahm seine Rolle und drückte mich ganz fest.

»Na, Charlotte. Sie haben bestimmt heute erstklassig souffliert«, drückte ich zurück.

Charlotte lachte. »Na und wie, Kindchen. Ich liebe Premieren. Und ich hasse sie auch. Aber heute – das war was!« Sie holte ein Päckchen aus der Tiefe ihrer großen Tasche. »Hier, das ist für dich, Kindchen, soll ein Talisman für dich sein.«

»Ein Geschenk?« fragte ich erstaunt.

»Ja, wir machen uns hier immer nach der Premiere kleine Geschenke. Kannst du natürlich nicht wissen, du Theaterfrischling.«

Gerührt wickelte ich das Päckchen aus. Silberne Handschuhe ohne Fingerspitzen.

»Ach, Charlotte, das ist aber lieb!«

Sie nickte bedeutungsvoll. »Weißt du, Kindchen, die hatte ich doch bei der Generalprobe an. Und weil heute die Premiere so gut gelaufen ist, müssen sie einfach Glück bringen. Sonst hätte ich sie dir nicht gegeben.«

Glück kann frau nie genug haben. So zog ich sofort meine neue silberne Errungenschaft an. Aus den Augenwinkeln sah ich, wie Pierre eine der Statistinnen umarmte. Charlotte folgte meinem Blick. »Das ist so'n richtiges Junghuhn. Die flirtet schon seit Tagen mit dem Pierre herum.«

Irgendwie hatte ich meine Mundwinkel nicht so ganz unter Kontrolle. Das Lachen war mir vergangen. Gegen die Kleine da mit ihren knapp zwanzig Lenzen kam ich mir vor, na ja, eben wie 'ne Althenne.

Charlotte tätschelte mir die Wange. »Mach dir nichts draus, Kindchen. So ist das eben beim Theater.«

Alles nur Theater? Na, zuzutrauen wäre das dem charmanten Pierre. Obwohl, sein Mailandauftritt… Pierre schwirrte weiter

und küßte die nächste Dame. Für meinen Geschmack eindeutig viel zu lange und ausführlich. Ich zupfte an meinen Handschuhen und trank den Sekt auf ex.
Jo tauchte wieder neben mir auf. »Wollen wir so langsam, Linda?« fragte er.
Ergeben nickte ich. Für heute hatte ich genug Theaterluft inhaliert. Und Pierre war inzwischen von Mädels komplett eingekesselt. Was für ein albernes Gehabe um den Hahn im Korb. Gurr, gurr. Gacker, gacker. Und der genoß das auch noch klassisch-gockelig, der schöne Pierre. Pah, lächerlich. Da kann ich nur sagen: Ich pfeif auf schöne Männer!

Am nächsten Tag war ich allein im Studio und hatte leichte Konzentrationsstörungen. Nee, ich wollte nicht über Männer nachdenken. Außer – über Adam. Das Shooting in Kalifornien war fast vollendet vorbereitet. Mit Adams Modelagentur hatte ich alles unter Dach und Fach. War gar nicht so schwer, denn dieser Mann mußte nicht becirct werden, sondern er wurde schlicht und ergreifend gekauft. Ich telefonierte, was das Zeug hielt, um die letzten organisatorischen Vorbereitungen zu treffen.
»Bei euch ist ja heute pausenlos besetzt«, beschwerte sich Pierre, der schließlich am frühen Nachmittag anrief.
»Hier wird ja auch gearbeitet. Na, ausgeschlafen?« fragte ich kühl.
»Naturellement. Wo warst du denn gestern so plötzlich?« erkundigte sich der Herr Franzose.
»Ach, du warst derart beschäftigt, daß ich nicht stören wollte«, gab ich zurück.
»Ich habe dich gesucht, und dann war ich sehr traurig.« Mit französischem Akzent klang das »traurisch« schon wieder überaus charmant.
Ich seufzte. »Na, du wirst dich schon angemessen getröstet haben, oder?«
»Du traust mir nicht. Dabei bin ich dir total verfallen«, flüsterte Pierre mit einer Stimme, die weicher war als mein wunderbarer Samtfummel vom Vorabend.
Meine Brille war zwar noch nicht fertig, aber ich kämpfte tapfer

gegen einen verschleierten Blick an. Jawoll, die Busineß-Linda saß aufrecht und furchtbar beschäftigt an ihrem Schreibtisch. Immun, o.k., fast immun gegen den Charme des schönen Mannes.

»Pierre, ich muß noch eine ganze Menge tun. Also, ich würde sagen, bis bald, ja?«

»Wann ist bald?« fragte er.

»Ich bin in einer Woche zurück aus Amerika. Dann kannst du mich wieder erreichen.«

»Linda, ich werde dich schrecklich vermissen. Ganz, ganz schrecklich.«

So ganz, ganz konnte ich das nicht glauben. Das andere Telefon läutete.

»Bis bald Pierre«, verabschiedete ich mich und griff nach dem anderen Hörer.

»Studio Jo, hier Linda Lano«, meldete ich mich.

»Carla Adriani«, sagte unsere ›ModaModa‹-Kundin.

»Oh, hallo, Carla. Haben Sie die Fotos schon bekommen?«

»Aber ja, aber ja. Sie sind göttlich. Hach, einfach göttlich. Wissen Sie, Linda, ich habe geweint!«

Damit mußte sie garantiert ihr Make-up für den heutigen Tag verdorben haben. Ich mußte grinsen. Eine weinende italienische Vampirin.

»Geweint?« fragte ich noch mal nach.

»Ja, geweint. So schön war es. Richten Sie bitte Jo meine Glückwünsche aus.«

»Klar, mach ich gerne. Carla, haben Sie auch die Anmerkungen zu der Reihenfolge der Fotos gelesen?«

»Nein, aber Moment mal«, antwortete sie. Offensichtlich las sie nun. Ich hörte dumpf ein Juchzen durch den hingelegten Hörer dringen. Da, noch ein Juchzen. Und nun noch ein kräftiges »Bravissimo« hinterher. Jetzt war sie wieder bei mir.

»Ich bin begeistert, Linda, Schätzchen. Hach, der Jo ist aber auch kreativ.«

Da hatte sie ganz recht, das Goldstück. Zufrieden wartete ich auf das Eintreffen des Mega-Künstlers. Er war kaum zur Tür hereinspaziert, als ich ihn schon zu meinem Schreibtisch lockte.

Mal gucken, ob ich dieses Supergenie nicht ein wenig foppen konnte.
»Jo, Carla hat gerade angerufen«, sagte ich. Mit todernster Miene.
»Und?« fragte er erwartungsvoll.
Pause. Lange, lange Pause. Schließlich rang ich mir wieder ein paar Worte ab. »Tja, Jo. Die Gute hat die Fotos gesichtet. Und dann passierte es. Sie hat angefangen zu weinen. Genauer gesagt, sie hat sich die Seele aus dem Leib geheult.«
Erschrecken machte sich in Jos Gesicht breit. »Nee, das kann ich kaum glauben. Die Fotos sind doch toll geworden.« Nervös knetete er sich die Hände, und ich konnte mich nun nicht mehr halten.
»Nein, Jo, sie sind göttlich. Einfach göttlich, soll ich dir sagen. Unser Goldstück hat vor lauter, lauter Freude geweint.«
Erleichtert ließ sich Jo auf einen Stuhl sinken. »Puh. Wirklich?«
Ich nickte.
»Dann haben wir ja ab heute einen ganz neuen Anspruch an unsere Arbeit, was?« grinste Jo.
»Klar, wir werden allen vor Begeisterung die Tränen in die Augen treiben«, stimmte ich ein.
»Krokodilstränen«, sagte Jo.
Oder auch Vampirtränen, sofern die großkullerig heulen können. Ich schickte einen letzten Gedanken nach Mailand. Wetten, daß der kleine Carlo heute abend ein besonders leckeres Schoßhund-Dinner bekommen würde? Vielleicht durfte er dazu auch mal, selbstredend nur ausnahmsweise, einen güldenen Ohrclip vom glücklichen Carla-Frauchen tragen.

Apfelmus

Nun war es also soweit.

»Bißchen schlampert heute, Linda«, nickte ich meinem Spiegelbild zu.

Der Langstreckenflug nach Los Angeles drohte, und entsprechend hatte ich mich gegen die Schönheit und für die Bequemlichkeit entschieden. Es ging doch nichts über Schlabberhosen mit Gummizug, einen köstlich weiten Schlabberpulli und Turnschuhe. So lief ich lässig federnd am Flughafen ein. London war die erste Station.

Ich kämpfte mich durch die Menschenmengen und ließ mich am Abfluggate nieder. Allein, aber dafür immerhin mit einer First-class-Bordkarte.

»Komisches Gefühl. Jetzt bin ich tatsächlich in London. Danach eine kleine Ewigkeit im Jumbo-Jet, und wenn ich dann aussteige, stehe ich tatsächlich in Ami-Land«, sinnierte ich. Internationale Linda.

Mein Flug wurde aufgerufen. Ich reihte mich in die Schlange ein und schlabberte durch den Zubringerschlauch in die Maschine. Wie immer wollte ich mit gezückter Bordkarte automatisch nach rechts abbiegen, als mich eine junge Stewardeß aufhielt.

»Nach links, bitte«, wies sie mir den Weg.

Klar doch, heute durfte ich in den Luxustrakt. Schnell verstaute ich meine Tasche und überließ meine Jacke der netten Stewardeß von eben. Nun nichts wie Probesitzen im First-class-Sessel!

»Würden Sie mir bitte Ihre Bordkarte zeigen«, stoppte mich ein Mann in Uniform.

Das war wohl eher ein Befehl als eine Frage. Ich schaute ihn an. Der Uniformierte glotzte ungeniert von Kopf bis Fuß an mir herunter. Der glaubte wohl nicht, daß ich in dieses feine Etablissement gehörte. Na warte! So arrogant wie der konnte ich doch schon lange sein.

»Meine Bordkarte ist in meiner Jacke. Meine Jacke hängt in Ihrer Garderobe«, äußerte ich mich. Vornehm und mit hochgezogenen Augenbrauen.
Auch er zog die Augenbrauen hoch und schien zu erwarten, daß ich mich in Trab setzte, um die Bordkarte zu holen. Aber ich wollte verwöhnt und nicht geärgert werden. Zur Not muß man eben ein bißchen zurückärgern.
»Sagen Sie, der Pilot sind Sie wohl nicht, was?« grinste ich den Uniformierten ohne Streifen an.
»Ich bin der Purser«, gab er von sich.
Laut Tonfall war das wohl was ganz Tolles, das Dasein als Chefsteward.
»Prima, Herr Purser. Dann holen Sie mir mal meine Lederjacke. Die mit der Silberschnalle. Und ich gebe Ihnen gerne meine Bordkarte.«
Schade, die Stewardeß, die unsere ungepflegte Konversation mitangehört hatte, stand schon samt meiner Jacke neben ihm.
»Hier, bitte«, streckte ich ihm das gewünschte Papier entgegen.
»Danke«, nickte er nur kurz und wandte sich sofort von mir ab. Die Herren rund um mich herum behandelte er mit der zu erwartenden Service-Schleimigkeit. Aha, alleinreisende Frauen mit Gummizughosen hatten es offensichtlich schwer. Und der Herr Purser sollte mich noch kennenlernen.
»Darf ich Ihnen ein Glas Champagner anbieten?« fragte er die Herren vor mir. Mich fragte er nicht, aber immerhin hielt er mir das Tablett mit Prickelwasser unter die Nase.
»Welche Sorte ist das denn?« fragte ich ihn ernst.
Irritiert schaute er mich an. »Pommery«, quetschte er hervor.
»Nun gut«, gnädig erleichterte ich ihn schon mal um ein Gläschen. »Veuve Clicquot wäre mir zwar lieber gewesen, aber na ja. Ach, da Sie gerade hier sind, ich hätte gerne noch ein weiteres Kopfkissen.«
Er nickte, allerdings leicht widerwillig. Da ich ebenfalls in einem Dienstleistungsberuf arbeitete, hatte ich gerade deshalb immer größtes Verständnis für alle Servicetätigen. Aber der Herr Purser würde erst seine Ruhe vor mir kriegen, wenn er sich höflich benahm. Er mußte mich nicht unbedingt wie eine Grande dame

behandeln, aber wenigstens so anständig wie die Männer hier. Wortlos bekam ich mein Kopfkissen. »Danke sehr«, schmetterte ich ihm fröhlich hinterher.
Kuschelig erlebte ich den Start und die erste halbe Stunde. Meine nette Stewardeß überreichte mir eine Speisekarte, die sich sehen lassen konnte. Und es servierte – der Herr Purser. Ich beobachtete, wie er üppige Kaviarportionen auf die Teller der vor mir sitzenden männlichen Passagiere packte.
»Kaviar?« fragte er mich kurz.
Oh, er hatte seine Stimme wiedergefunden.
»Gerne«, gab ich zurück.
Mit einem kümmerlichen Fischeierkleckschen ließ er mich wieder allein. Rache ist Blutwurst oder, besser, noch mehr Kaviar. Ich wartete geduldig, bis er mit seinem Rollwagen wieder in der Abteilung Küche verschwunden war. Und drückte auf die Rufklingel. Prima, das klappte. Schon stand er wieder vor mir.
»Der Kaviar war ausgezeichnet«, strahlte ich ihn an.
Unsicher schaute er zu mir heiterem Wesen hinunter. »Wirklich ausgezeichnet«, strahlte ich weiter.
Er räusperte sich. »Darf ich Ihnen dann noch ein bißchen davon anbieten?«
»Das ist eine ganz hervorragende Idee«, lobte ich ihn. Strahlend. So geschah das Wunder. Der Purser lächelte. Ich strahlte immer noch.
»Ein Gläschen Champagner dazu?« fragte er eifrig.
»Exzellent«, nickte ich weiter strahlend.
Er verschwand, so daß ich meine Gesichtszüge endlich wieder entspannen konnte. Ich mußte an meine Eltern denken. »Linda, mit Ehrlichkeit, Bescheidenheit und Freundlichkeit kommst du immer am weitesten«, hatte ich gelernt. Mußte ja nicht immer alles gleichzeitig sein. Kaviar gab's bei uns daheim aber eben nie, da durfte ich doch jetzt wenigstens zweimal. Und meine Freundlichkeit war fast ehrlich gewesen.
Das Eis war gebrochen. Linda wurde anständig betüttelt. Mit dem Musikprogramm, dem Kinoprogramm, dem nicht enden wollenden Essensprogramm ging die Zeit so nach und nach herum. Etwas steif erhob ich mich nach der Landung schließlich aus

meinem Sitz und nahm – vom Purser – meine Lederjacke wieder in Empfang.
»Vielen Dank für den netten Service«, flötete ich zum Abschied. Die nächste Dame in legerem Outfit würde es hoffentlich etwas einfacher bei dem Uniformierten haben.
Warme Luft schlug mir entgegen. Also wieder raus aus der Lederjacke, rein ins Taxi, ab nach Beverly Hills. Aufgeregt betrat ich mein Nobelhotel. Ich war so todmüde, daß ich Mühe hatte, den Höflichkeiten des Rezeptionisten zu folgen.
»Das hier ist Ihre Zimmerkarte. Unser Page wird Sie führen. Wenn Sie irgendwelche Wünsche haben, wenden Sie sich bitte einfach an uns, wir sind immer für Sie da. Hier ist auch noch eine Nachricht für Sie. Genießen Sie Ihren Aufenthalt.«
Der Page schleppte und führte. Staunend stand ich in einer Suite. Wie vornehm. Linda in einer echten Suite!
»Message«, hallte es noch in meinem Ohr. Eine Nachricht in einem piekfeinen Büttenpapierumschlag.
»Adam erwartet Sie um einundzwanzig Uhr am Pool auf dem Dach«, las ich. Absender war die Modelagentur.
Am Pool? Auf dem Dach?
Mein Hirn arbeitete zeitverschoben und superlangsam. Ich las noch mal. Laut sprach ich vor mich hin. Das hilft beim Wachhalten.
»Linda, hier gibt's auf dem Dach einen Pool. Und genau da wird unser Adam sitzen. Mit dir, Linda.«
War ja auch alles völlig normal. Und mir blieb gerade noch eine halbe Stunde zum Duschen.
Pünktlich stand ich im Fahrstuhl, der mich nach oben trug. Mir stockte der Atem. Hollywood bei Nacht. Der Pool war erleuchtet und von Palmen umrahmt. Einladende Liegestühle mit kleinen Tischchen samt Kerzchen drumherum. Und keine Menschenseele hier. Doch, am äußersten Punkt lag ein Mann. Ich näherte mich ihm. Ein großer Mann, ein muskulöser Mann, ein schöner Mann. Adam, der Paradiesische. Vorsichtshalber erhob er sich nicht. Dafür wurde er wahrscheinlich nicht bezahlt.
»Hi, ich bin Linda Lano«, begrüßte ich ihn und streckte meine Hand aus.

»Hi Linda, ich bin Adam«, gab er lässig zurück.
Nein, er nahm meine Hand nicht, er schlug einfach dagegen. Klarer Fall von Ami-Land. Ich ließ mich neben ihm nieder.
»Hab uns hier schon ein Telefon anschließen lassen«, deutete er auf einen elfenbeinfarbenen Apparat.
»Aha«, sagte ich, ohne wirklich zu verstehen.
»Rufen noch 'n paar Freunde von mir an. Essen können wir auch bestellen«, erklärte er.
Adams Telegrammstil war wirklich interessant.
»Wie wär's mit 'nem Drink?« fragte ich. Den würde ich brauchen.
»O.k.«, gab er zurück, wobei er seinem Kaugummi noch ein paar Blasen entlockte.
»Hunger habe ich«, erklärte er fordernd.
»Dann bestell einfach was. Und für mich nur ein Glas Weißwein«, nickte ich.
»O.k.« Knall, auch die nächste Kaugummiblase war vernichtet.
Adam bestellte gleich drei Gänge. Salat, Steaks, Obst. Sehr gut, schließlich sollte er fit bleiben, zumindest in den nächsten drei Tagen.
»Geil hier«, meinte Adam und zeigte auf den Nachthimmel. Der verwöhnte mit einem Farbverlauf von Dunkelpink über Lila bis zu Tiefschwarz. Und Adam bezeichnete diesen Traum als geil. Na ja.
Große intellektuelle Aktivitäten meinerseits wären hier wohl eh Verschwendung, also entspannte ich mich. Nun lagen wir also beide hier herum.
»Is' deine Haarfarbe echt?« wollte Adam plötzlich wissen.
Merkwürdige Frage. Bißchen sehr intim. Aber gut, ich wollte ja nicht spießig sein.
»Ja, sicher«, gab ich zurück und richtete mich etwas auf. Apropos Haarfarbe. Genau, irgend etwas war anders an Adam als in dem Video. Da sah er viel dunkler aus. Tatsache, er hatte doch nicht etwa?
»Äh, Adam, kann es sein, daß du bei der Videoaufzeichnung dunkler warst?«
»Nee, heller, in den letzten Tagen war ich auf der Sonnenbank«,

tönte es von rechts. Er strich mit einer Hand über seinen Arm. Langsam, andächtig, ja richtig zärtlich.
Narzißten aller Welt, vereinigt euch. Oder streichelt euch selber, wenn ihr euch vor lauter Begeisterung über eure eigene Haut nicht halten könnt.
»Sonnenbank?« fragte ich gedehnt. »In Kalifornien?«
»Kein Bock, mich in die Sonne zu legen, zu heiß, verstehste? Braunwerden geht schneller auf der Sonnenbank.«
Mensch, der Adam war ja richtig praktisch veranlagt. Der hätte im Paradies bestimmt auch statt der frischen Knackäpfel vom Baum nur Apfelmus gegessen. Das rutscht schneller, und man muß nicht soviel kauen.
»Ach Adam, ich meinte eigentlich gar nicht deine Haut-, sondern deine Haarfarbe. War die in dem Video nicht deutlich dunkler?«
Oh, der Adam, der liebte nicht nur seine Haut, sondern auch seinen Schopf. Genüßlich ließ er seine Finger durch die dichten Strähnen gleiten.
»Ja, hab inzwischen Lichter drin.«
Lichter. Aah, das war es also. Ich beugte mich etwas zu ihm vor. Was ich nun deutlicher erkennen konnte, waren hellere Strähnen in dunklerem Umfeld.
»So, so, Lichter nennt ihr das hier«, murmelte ich. Nette Umschreibung. Ich saß tatsächlich neben einem blondierten Adam. Und ich konnte mir genau vorstellen, wie er zu dieser herrlichen Helligkeit auf dem Haupte gekommen war. Mittels einer Plastikhaube nämlich. In die schnitt der Friseur dann kleine Löchlein und popelte mit 'ner Art Häkelhaken einzelne Strähnen durch. Die kriegten nach gelungener Separation eine große Extraportion Wasserstoffsuperoxyd. Was schon Marilyn Monroes Image gehoben hatte, war dem Adam wohl gerade recht. Gut gefärbt ist eben halb gewonnen.
Das Telefon klingelte.
»Hi, Buddy«, grölte Adam in den Hörer. »Wo biste, Alter?«
Der alte Buddy schien es ausführlicher zu erklären.
»Geil. Holste mich nachher ab?« Adam war offensichtlich begeistert.

»Mein bester Freund«, erklärte er mir und nickte eifrig mit seinem Lichterkopf. »Immer gut drauf!«
»Schön«, sagte ich höflich. »Äh, Adam, du weißt, was wir in den nächsten Tagen vorhaben?«
»Klar, Beach-Fotos, oder?« fragte Adam.
»Genau. Alles ganz easy, sportlich, am Strand, im Wasser«, erklärte ich lahm.
»Super. Easy ist in Ordnung. Sport natürlich auch«, nickte Adam.
Von der Seite betrachtete ich seine Armmuskeln. Die waren wirklich perfekt. Auch Simone und Ulrike hätten ihre optische Freude.
»Tolle Muskeln hast du«, sagte ich anerkennend. »Du machst sicher viel Sport, was? Surfen, Schwimmen, Joggen? Was am liebsten?«
Adam spannte seine Bizeps an. »Nix davon. Bin oft im Body-Studio. Muskelarbeit, Muskelaufbau, verstehste?« Er zog seine Jeans hoch und entblößte eine beachtliche Wade. Die wurde ehrfürchtig gestreichelt. Mein Gott, warum war hier bloß kein Spiegel? Dann hätte er sich selber küssen können.
»Ach so«, quetschte ich hervor.
Noch aber war Adam mit sich nicht fertig. Jetzt wurde das T-Shirt ausgezogen. Nun brauchte Adam gleich beide Hände, um seine wunderbaren Brüste zu liebkosen. Er näherte sich langsam dem Höhepunkt.
»Jeden Tag eine Stunde an der Maschine. Allein dafür!« posaunte Adam superhyperstolz, während er einzelne Muskelstränge an seinem aufgepumpten Oberkörper hüpfen ließ.
Und ich hatte gedacht, der Typ wäre so was wie ein von göttlicher Hand erschaffener Rassepanther in Menschengestalt. Von wegen. Der hatte 'nen völlig hintrainierten Körper, um nicht wie 'ne gewöhnliche, magere Straßenköterpromenadenmischung auszusehen. So eine Enttäuschung. Tja, Hollywood. Alles gelogen.

Das Essen und die Drinks wurden serviert.
»Was machst du denn, wenn du keine Modeljobs hast?« erkun-

digte ich mich. In einer Ecke seines Seins gab es bestimmt etwas Interessantes an Adam. Das würde ich jetzt aufspüren.
»Och, so rumhängen mit Freunden«, antwortete er schmatzend.
Mhm, also die interessante Ecke seines Seins schien eben wohl eine sehr kleine Ecke zu sein.
»Und sonst so?«
»Wie? Was sonst so?« fragte Adam erstaunt.
»Na, Kultur oder Uni oder so?« versuchte ich, ihm zu helfen.
»Nö. Manchmal Kino«, kam stolz zurück.
So, nun wußte ich Bescheid. Die bewußte Ecke war nicht klein, sondern winzig. Oder gar nicht vorhanden. Na ja, wäre ich die gute Eva, dann würde ich mich bestimmt nicht an Adam vergreifen. Für so einen Deppen lohnte sich die Vertreibung vom schönsten Ort der Welt nicht mal ansatzweise. Ich starrte in die funkelnden Sterne. Ach, wenn doch jetzt Mike bei mir wäre.
»Hast du eine Freundin?« fragte ich den schmatzenden Muskelberg.
»Hatte eine«, kam zurück, »war aber zu kompliziert.«
Wahrscheinlich hatte sie ein Hirn.
Linda, mach tapfer weiter. »Ja, das ist manchmal alles nicht so einfach.«
»Die hatte kein Verständnis für meine Kumpels«, erklärte Adam bereitwillig.
Puh, endlich hatte er aufgegessen, soweit man das essen nennen konnte. Das anschließende Bäuerchen überhörte ich geflissentlich.
Adam sprang plötzlich auf.
»Ej, Alter, geil«, grölte er in die Stille.
Sein good old Buddy von ungefähr neunzehn Jahren kam auf uns zu. Klatschende Begrüßungen.
»Wir machen jetzt 'ne Runde«, grinste Adam.
»Viel Spaß. Wir sehen uns morgen nachmittag«, verabschiedete ich mich und machte mich eilig von dannen.
Kopfschüttelnd lief ich den Gang entlang zu meiner Zimmer-, nein, Suitentür. Sehr erbaulicher Abend. Mit 'nem angeblich Paradiesischen. Also der Adam, man konnte ja sagen, was man wollte, aber der Adam ist schon schön. Ein Mann. Schön und

blöd. Den Spruch hatte ich doch schon mal in einem anderen Zusammenhang gehört? Wie war das noch gleich? Fiel mir jetzt gerade nicht ein.
Verflixt, wie ging diese Tür nur auf? War meine Zimmerkarte in den Generalstreik getreten? Vor Müdigkeit tanzten schon lauter kleine Lichtpunkte vor meinen Augen herum. Suchend starrte ich den leeren Hotelgang entlang. Ich beschloß, gleich die Treppe statt den Fahrstuhl zu benutzen, und tappte nach unten. Die Tür ließ sich schwer öffnen und fiel blitzartig hinter mir ins Schloß.
Wo um alles in der Welt war ich? Stand ich allen Ernstes mitten auf der Straße?
Ich drehte mich um und blickte auf das Schild an der Tür. Klassischer Fall von Notausgang. Und klassischer Fall von Türknauf, der sich nur von innen drehen ließ.
»Linda, nur die Ruhe bewahren«, sprach ich mir Mut zu. Vorsichtig bog ich um die Ecke. Von ausreichend Laternen schienen die Amis wohl nichts zu verstehen.
»Also, Linda, immer an der Wand lang, bloß nicht noch mehr verlaufen«, versuchte ich mich zu konzentrieren.
»Alter Schißhase«, schimpfte ich innerlich auf mich selbst. Gerade in Amerika sollte es ja so viele Straßenräuber geben. Und ich war nur mit einer nicht funktionierenden Zimmerkarte bewaffnet. Jetzt wünschte ich mir glatt den Adam her. Wenn man nicht wußte, wie dumm der war, dann gab er sicher 'nen respektablen Bodyguard ab. Nach der dritten Ecke erblickte ich den Haupteingang des Hotels. Tiefe Erleichterung verscheuchte meine Angst. Linda war wieder zu Hause.
An der Rezeption erzählte ich mein Leid: »Die Karte funktioniert nicht mehr, ich komme nicht in meine Suite hinein.«
Zum Glück schaute man nicht entnervt, sondern höflich. Also bekam ich wieder einen Begleit-Pagen. Gegen meinen ermüdend-doofen Poolgesprächspartner war der Kleine richtig filigran und niedlich. Ausführlich erklärte mir der nette Junge mit dem albernen Käppi, wie man eine Tür öffnet.
»Rotes Licht, Karte rein, grünes Licht, Karte raus.«
Sesam öffne dich. Das Verwirrspiel mit den Lichtpunkten war

wohl zuviel gewesen für meine erschöpften Augen. Dankbar drückte ich dem Kleinen zu viele Dollars in die Hand. Und träumte von überdimensionalen Adams, die alle der Reihe nach im Kraftraum platzten. Peng.

Rollschuhe

»Wo bin ich?« dachte ich irritiert, als ich die Augen öffnete. Neben mir klingelte das Telefon, und ich lag eindeutig nicht in meinem Bett.

Langsam kam ich zu mir.

»Yes?« sprach ich in den Hörer.

»Na, du bist wohl schon durch und durch amerikanisch, was?« fragte Mike.

Ich setzte mich auf. »Mike, oh, wie schön!«

»Habe ich dich etwa geweckt?« fragte er.

»Ja, aber ich muß sowieso gleich aufstehen«, antwortete ich mit Blick auf meinen Reisewecker.

»Wie geht's dir denn?« wollte er wissen.

»Ach ja, so weit, so gut. Wenn man mal davon absieht, daß ich einen etwas merkwürdigen Abend mit unserem Fotomodel hinter mir habe und mich danach prompt im Hotel verirren mußte, ist eigentlich alles o.k.«

Mike lachte. »Vermißt du mich wenigstens ein bißchen?« fragte er.

Ich schaute in mein noch etwas müdes Seelenkostüm. »Ein bißchen. Also ein bißchen ganz viel«, nickte ich.

»Dann bin ich ja beruhigt. Du fehlst mir schrecklich, Linda. Sobald du wieder da bist, komme ich zu dir nach Hamburg.«

»Kannst du nicht lieber gleich mal hierherkommen?« fragte ich. Mein Realitätssinn war sicherlich etwas gestört.

Also, er konnte leider nicht kommen, und ich kletterte aus dem Bett.

Was macht müde Frauen munter? Kaffee? Eine Dusche? Planschen im Pool? Wenn schon in einer anderen Welt, dann den Tag auch anders beginnen, beschloß ich.

Ich suchte meinen schwarzen Badeanzug und drehte mich darin schließlich vorm Spiegel. Schwarz machte schlank, jedenfalls so

einigermaßen. Ich zog ein wenig den Bauch ein. Ja, so könnte es gehen.
O Wunder, auch heute morgen war der Pool menschenleer. Mit wieder entspanntem Bäuchlein ließ ich mich langsam ins Wasser gleiten. Nach fünf Bahnen ging mir die Puste aus. Schnaufend hielt ich mich am Rand fest und fand mich trotzdem unglaublich sportlich. Vielleicht zugegebenermaßen ein bißchen untrainiert. Los, Linda, noch mal hin und her. Hin ging gut, her auch noch. Aber nun war's endgültig genug. In ein Riesenhotelhandtuch von vollendet luxuriöser Flauschigkeit gehüllt, begab ich mich wieder in den Fahrstuhl. Auf dem Weg in mein Stockwerk hielt er prompt zwei Etagen zu früh. Ein perfekt gestyltes Ami-Paar stieg zu. War wohl doch keine gute Idee von mir, barfuß spazierenzufahren, schloß ich aus den mißbilligenden Blicken. Offensichtlich setzte die amerikanische Prüderie schon bei nackten Zehen ein. Zumindest bei nackten unlackierten. Schnell floh ich in meine Komfort-Suite.
Duschen, schminken, Frühstück ordern. Genüßlich trank ich den Kaffee und naschte von den köstlichen tropischen Früchten. Wo war denn nur meine Fotoliste? Ich blätterte in meinen üppigen Unterlagen, die so gut wie vollständig waren. Nur diese verdammte Liste fehlte. Mein Blick fiel auf meinen ständigen Begleiter, meinen Computerfreund. Da war sie drin. Ich bräuchte sie nur auszudrucken – wenn ich einen Drucker hätte.
»Denk nach, Linda«, feuerte ich mich an. »Du hast doch dieses Telefaxmodem. Theoretisch kannst du dir doch aus dem Computer heraus ein Telefax an dieses Hotel schicken. Dann hast du die Liste!«
Nachdenklich schaltete ich meinen kleinen Freund an und betrachtete die Kabel und Steckerverbindungen, die mir Jo mal gegeben hatte. Was paßte nun wo hinein, war hier die existentielle Frage.
»Ha!« triumphierend steckte ich ein Kabelende in eine der Buchsen meines kleinen Freundes. Das andere Ende paßte in das Telefon, wenn ich dieses Kabel hier herausziehen würde. Begeistert betrachtete ich mein Werk. Prima, der Kleine war ans Tele-

fon angeschlossen, es konnte losgehen. Aus dem Hotelprospekt suchte ich mir die Telefaxnummer heraus und gab in den Computer alle notwendigen Daten ein. Mit kleinen Geräuschen reagierte er auf meine Anweisungen. So einfach war das also. Stolz beendete ich meine Aktion. Wenn ich jetzt an der Rezeption anrief, würden die mein Fax schon in den Händen halten. Ich griff zum Telefonhörer.

Nanu? Das Telefon war tot. Hatte ich es etwa gekillt? Schütteln half nichts. Fluchen erst recht nicht. Scheißtechnik. Ich betrachtete die Kabelei, die ich verursacht hatte, und suchte den Kasus knacktus.

»O nein«, schlug ich mir mit der flachen Hand an die Stirn. »Linda, du bist wirklich eine dumme Nuß!«

Ja, ich hatte meinen Computer mit dem Telefon verkabelt. Aber – das Telefon hatte keine Verbindung mehr zum Hotel. Also wieder raus mit allen Kabeln und schön logisch denken. Telefon wieder ans Hotelnetz. Und nun vielleicht mit dem anderen Kabel den Computer ans Telefon?

Sieg. Sieg auf der ganzen Linie. Zehn Minuten später stand ich mit hochroten Wangen an der Rezeption und bekam ein Telefax überreicht. Von Linda Lano an Linda Lano.

»Könnte ich bitte fünf Kopien davon bekommen?« erkundigte ich mich.

»Sehr gerne. Wir haben ein Business-Center im zweiten Stock. Dort wird das für Sie erledigt.«

Im Business-Center wurde mir mein Wunsch sofort erfüllt. Herrlich. Linda war wirklich international einsetzbar. Ein Profi in der Fremde.

Weiter ging's mit der Arbeit. Ich hatte die Aufgabe, mir vor Jos Eintreffen unseren Strandabschnitt für das Fotoshooting anzuschauen.

Für das Auffinden der schönsten Ecke hatten wir einen Location-Scout engagiert. Klang wie im Wilden Westen. Großartig. Mit dem Scout war ich in der Lobby verabredet. Der Scout sah allerdings eher aus wie eine Squaw, und ihr Name war Jackie.

»Jackie, freut mich, dich kennenzulernen«, begrüßte ich sie.

»Ich freue mich auch, Linda. Wollen wir gleich los?«

»Klar«, nickte ich zustimmend.
Jackie entpuppte sich als ausgesprochen sympathische und fröhliche junge Frau.
»Kennst du Kalifornien?« fragte sie, während sie zielsicher Richtung Küste fuhr.
»Nein, leider nicht. In der Stadt, in der ich wohne, wird jedoch allgemein davon geschwärmt. Das muß aber insbesondere daran liegen, daß wir statt Sonne permanent miesem Regenwetter ausgesetzt sind.«
»Wirklich?« fragte Jackie erstaunt.
Ich nickte und schaute mich begeistert um.
»Hier sind wohl immer alle gut drauf, was?« fragte ich. Rollschuhe waren offensichtlich das beliebteste Fortbewegungsmittel. Mädels und Jungs aller Altersgruppen glitten elegant die Strandpromenade entlang.
»Paß auf, Linda. Ich zeige dir jetzt unsere Bucht. Und dann besorge ich uns ein paar Rollschuhe, damit du das Kalifornien-Feeling bekommst, o.k.?«
Gesagt, getan. Der Strand war eine Augenweide. Und die Arbeit schon erledigt.
»Du mußt schön fest schnüren, Linda, damit du Halt in den Schuhen hast, o.k.?«
O.k., o.k., ich hatte Halt. Jedenfalls im Sitzen.
»Und nun?« schaute ich Jackie in ihr sonnengebräuntes Gesicht.
Sie rollte schon ein wenig auf und ab.
»Einfach aufstehen. Warte, ich halte dich fest.«
Vorsichtig stellte ich mich hin. Ein Gefühl wie auf Eiern. Aber früher als Kind war das doch immer ganz prima gelaufen.
»Laß mich bloß nicht los«, kreischte ich.
Die Kindheit war vorbei. Meine Füße waren völlig entwöhnt von rollenden, instabilen Unterlagen.
»Bleib schön locker, nicht verkrampfen«, grinste Jackie.
Hand in Hand bewältigten wir die ersten Meter. Kaum zu glauben. Ich fuhr an eine Location-Squaw geklammert in Kalifornien Rollschuhe.
»Ich glaube, jetzt geht es schon ganz gut, oder?« fragte ich atemlos vor Aufregung.

»Du bist brillant«, meinte Jackie voller Überzeugung und ließ meine Hand los.
Sie hatte ja so recht. Das kleine Mädchen in mir wurde wach und rollte locker dahin. Leider hatte Jackie ein wesentliches Detail vergessen. Diese neumodischen Rollerteile bremsten nicht so, wie ich es in meinem kindlichen Gedächtnisspeicher vermerkt hatte. Verdammt, sie bremsten überhaupt nicht. Also, es war trotz all meiner Panik nicht gerade so, daß mein ganzes Leben wie im Kurzfilm vor meinem geistigen Auge ablief. Komischerweise aber fiel mir sofort Ralf ein, mein lieber Versicherungsfreund. Weil ich mit ihm doch diese Krankenversicherung für alle Fälle, auch im Ausland… Und plumps, da saß ich auf meinem – in diesem Fall glücklicherweise runden – Popo.
Erschrocken schaute Jackie auf mich herunter. »Linda, hast du dir weh getan?«
Ich mußte kichern und zeigte auf meine Knieschoner. »Da habe ich nun so schön wattierte Knie, Jackie. Aber ich hätte mir wohl besser noch etwas in die Hose stopfen sollen.« Immer noch kichernd rieb ich mir mein schmerzendes Hinterteil.
Jackie zog mir die Tortur-Roller aus. Vorsichtig bewegte ich meine gepeinigten Knochen. Dem Himmel sei Dank, sie saßen alle noch stoisch da, wo sie hingehörten.
»Das gibt unter Garantie ein kleines optisches Desaster mitten auf dem Popo«, grinste ich, als wir zurück zu Jackies Auto liefen. Beziehungsweise humpelten, ich jedenfalls. Sie lieferte mich Halbinvalidin wieder im Hotel ab.
»Morgen früh hole ich euch um neun Uhr ab. In einem großen Auto. Da ist genügend Platz für euren ganzen Fotokram, o.k.?« fragte Jackie.
Ja, alles war o.k. Nicht auszuhalten, wie wahnsinnig o.k. hier alles war im sonnigsten aller Fotoländer.

Jo und Leo trudelten mit zweistündiger Verspätung und reichlich Gepäck ein. Ich führte beide zum Pool.
»Hier war ich heute morgen schon schwimmen«, erzählte ich stolz.
»Herrlich«, rekelte sich Jo auf seiner Liege im Schatten. »Und

sonst so, Linda? Klappt alles? Ist der Strand schön, ist Adam schön?«

»Und wie«, nickte ich. »Der Strand ist ein Traum. Und Adam, nun ja, also gut aussehen, das tut er.«

»Ist er schwierig oder eher locker?« wollte Jo wissen.

»Äh, einfach, würde ich sagen. In jeder Beziehung. Eben auch ziemlich einfach strukturiert.«

Leo ließ seinen Hamburger, den er schweigend futterte, sinken. »Was meinste denn damit?«

Ich mußte lachen. »Na, er hat 'nen Intelligenzquotienten wie ein Butterkeks.«

Jo beobachtete Leo, der sich noch eine Runde Ketchup für sein Essen gönnte. »Hauptsache, Adam sieht großartig aus. Mensch Leo, jetzt iß mal anständig!«

Der ließ sich überhaupt nicht stören.

»Weißt du, Jo«, erklärte ich, »am besten du sagst gleich zu Anfang ›Hi Buddy‹ zu Adam. Dann frißt er dir aus der Hand.«

Jo sagte ein wenig später »Hi Buddy« zu Adam. Adam strahlte und gab uns in den nächsten Tagen sein Bestes. Seinen Körper, seine gut trainierten Muskeln, sein Lächeln. Jackie und ich saßen derweil träge am Strand herum.

»Du hast einen tollen Job, Linda«, meinte Jackie.

»Stimmt«, nickte ich. »Zum erstenmal im meinem Leben ist ein Bikini meine Arbeitskleidung. Und alle schwitzen, nur wir nicht.«

Jo und Leo hatten es in der Tat nicht so leicht wie ich. Wenn Adam sich bewegen mußte, dann waren die beiden auch ganz schön am Herumrennen.

»Ach, Adam sieht aus wie eine Statue«, seufzte Jackie, während wir unsere Beobachtungsposition weiter genossen.

Stimmt, dachte ich. Während Jo knipste, mußte er Buddy Adam allerdings immer wieder ermahnen, in die blaue Ferne des Ozeans zu schauen. Statt dessen blickte Adam nämlich meistens lieber an sich selbst herunter. Ich wollte ihm natürlich nicht unterstellen, daß er sich dabei besonders viel dachte. Aber unter Umständen bemerkte er, daß Muskel achtundvierzig noch nicht ganz, noch nicht so richtig und vollständig austrainiert war.

Noch ein begeisterter Schmachter von Jackie. »O Linda, schau nur, wie toll er da mit diesem Palmwedel in der Hand dasteht.« Einfach herrlich. Ein zerfledderter Palmwedel paßte zu Adam in jedem Falle besser als ein wonniges Feigenblatt.

Mit all diesen wunderbaren Bildern im Kopf saß ich drei Tage später wieder im Flugzeug. Allerdings auch mit zwei dekorativen blaulila Flecken auf dem Hintern.

Magie

So allmählich wurde ich grün. Grün vor Neid. Jo lag schlafend in seinem Flugzeugsitz, während ich einfach nicht die richtige Position fand. Kein Wunder. Ich konnte immer nur in Bauchlage ins Reich der Träume sinken. Und genau das war hier unmöglich. Vorsichtiges Wälzen auf die rechte Seite. Meine Augen brannten, mein Körper schrie nach Schlaf. Hoffnungslos. Ich lauschte auf die brummenden Flugzeuggeräusche und probierte es mit der linken Seite. Die Metallschnalle des Sitzgurtes bohrte sich nachdrücklich in meinen Oberschenkel. »Einhundertzwölf, einhundertdreizehn, einhundertvierzehn…« Inzwischen hatte ich schon eine Schafherde beträchtlichen Ausmaßes zusammen. Ich stoppte die blökende Schar. Nee, auch das half wohl nix. Die Erlösung kam, als das Frühstück serviert wurde.

»Na, gut geschlafen?« fragte Jo mit wachem Blick.

»Leider nein«, antwortete ich und schaute ihn rotäugig an. »Ich bin total zerschlagen. Oh, wie ich mich auf mein Bett freue!« setzte ich noch nach.

»Es wäre aber besser, wenn du dich tagsüber wach hältst. Sonst kommst du nicht in unseren Uhrzeitrhythmus hinein«, erklärte Jo.

»Ich weiß, ich weiß. Aber ich bin so todmüde«, nuschelte ich.

Wir waren schon im Landeanflug. Unter dem Sitz zog ich meine Schuhe an mich heran und pellte mich aus den Flugzeugsocken.

»Ich glaub's ja nicht«, entfuhr es mir.

»Was ist denn?« fragte Jo zurück.

Krampfhaft bemühte ich mich, meine Füße in die Pumps zu zwängen.

»Entweder meine Schuhe sind geschrumpft, oder meine Füße haben enorm an Wachstum zugelegt«, wimmerte ich.

»Kann bei Langstreckenflügen schon passieren«, grinste Jo.

Immer noch entgeistert starrte ich auf meine Klumpfüße. Jeder einzelne Zeh führte einen schmerzhaften Kampf mit dem Schuhleder.
»Jungs, ich bin am Ende«, klärte ich die Herren auf.
Die hatten ein Einsehen und trugen mir mein Gepäck zum Taxi.

Zu Hause flogen als erstes die Fuß-Quälgeister in die Ecke. Erschöpft ließ ich mich aufs Sofa sinken. Wachhalten, Linda. Ich beschloß, Ulrike anzurufen.
»Toll, bist du wieder da? Wie war's, wie geht's dir?« scholl mir ihre fröhliche Stimme entgegen.
»Ach«, stöhnte ich, »daheim isses doch am schönsten!«
»Na, du hast Nerven. Warst in Kalifornien und schwärmst von deiner Bude«, gab sie zurück.
»Weißt du, wie ich mich fühle? Wie ein Zombie. Zombie mit Klumpfüßen, um genau zu sein. Selbst meine Hände sind geschwollen«, jammerte ich.
»Das gibt sich wieder«, kam es wenig tröstend zurück.
»Außerdem sehe ich aus wie eine Oma. Völlig dehydriert. Mein ganzes Gesicht ist voller kleiner Knitterfalten«, beschwerte ich mich noch ein bißchen.
»Dann gib dir erst mal eine Dusche und eine schöne Feuchtigkeitsmaske. Und dann besuche ich dich nachher. Deine Brille ist übrigens fertig. Die könnten wir heute doch abholen, oder?«
Oje, auch das noch.
»Wenn du meinst.« Keine Kraft mehr zum Wehren.
Ein Stündchen später ließ ich mich von Ulrike zum Optiker schleppen. Gewandt paßte er die Brille meinem Gesicht an.
»Na toll.« Ich betrachtete mich im Spiegel. Glasklar konnte ich nun die Augenränder samt vermehrter Faltentiefe überdeutlich bewundern. »Bin ich das wirklich?« fragte ich die müde Brillenschlange.
Ulrike tätschelte meine Wange. »Ach komm, morgen sieht die Welt schon wieder besser aus. Und dein Teint rosiger.«
»Es lebe die Hoffnung«, sagte ich zweifelnd.
Aber Ulrike hatte recht. Nach geschlagenen zwölf Stunden tiefster Ohnmacht in meinem heimischen Bett – in Bauchlage, ver-

steht sich – fühlte ich mich um Klassen besser. Die Zombie-Linda war verschwunden, die Power-Linda kam zu neuen Kräften.

Abends war ich mit meinen Mädels verabredet.
»War Adam nun paradiesisch?« wollte Simone wissen.
»Optisch ja, inwendig eher blöd«, kicherte ich und beschrieb meine aufregende Poolszene.
Ulrike seufzte. »Na, den perfekten Mann scheint's eben einfach nicht zu geben.«
»Das kannst du laut sagen«, nickte Simone. »Gestern war ich auf einer Party und habe mir den Standardvortrag eines verheirateten Mannes angehört, der sich mit mir verabreden wollte.«
»Was hat er dir denn erzählt?« fragte ich neugierig.
Simone setzte ein ernsthaftes Gesicht auf und zwinkerte mir zu. »Meine Ehe ist so unglücklich. Meine Frau hat einfach kein Verständis für meine Arbeit.«
»Puh, wie langweilig«, kommentierte Ulrike.
Ich nickte. »Aber bei dir, Simone, wäre das natürlich etwas ganz anderes. Weil du ja nicht nur schön, sondern auch noch intelligent bist.«
Simone lachte. »Ungefähr so ging der Vortrag weiter. Ich habe ihm dann allerdings doch sagen müssen, daß ich die Leier bereits kenne, weil die wohl so alt ist wie die Welt.«
»In der Tat«, nickte Ulrike. Sie wandte sich nun mir zu. »Was hast du jetzt eigentlich vor, Linda? Wer macht das Rennen? Mike oder Pierre?«
Ziemlich unbequeme Freundinnenfrage.
Ich spielte mit meinem Ohrring. »Tja, Mike kenne ich nun schon viel länger. Ich habe ihn sehr in mein Herz geschlossen. Sehr, sehr. Aber – er lebt in einer anderen Stadt. Und mal ehrlich, glaubt ihr an Fernbeziehungen? Also, wenn er nicht von sich aus mal mit dem Thema Zusammenleben anfängt, dann will er vielleicht einfach nur eine aufregende Frau. Ganz unverbindlich, so für ab und zu.«
»Mhm«, sinnierte Simone, »und Pierre?«
Ich dachte an Pierre und das Prickeln, das ich in seiner Gegenwart immer empfand. Der perfekte Brausepulvertyp.

»Pierre ist zwar hier. Wohnt nur dreimal um die Ecke. Und umgarnt mich mit seinem Charme. Aber irgendwie fehlt etwas an ihm.«
Urike zuckte lakonisch mit den Schultern. »Du wirst dich schon noch entscheiden. Aber vergiß nicht, entscheiden heißt verzichten. Einer von beiden wird wohl auf der Strecke bleiben.«
»Oder beide«, setzte Simone nach.
Sehr weise, meine Freundinnen.

Am nächsten Tag war endlich Samstag. Der Samstag, den ich mit meiner Fernbeziehung verbringen würde. Mike traf strahlend ein.
»Na, Linda, was machen wir an diesem wunderbaren Tag?«
»Worauf hast du denn Lust?« fragte ich zurück.
Er überlegte. »Hast du schon etwas von dem magischen Zirkus gehört?«
Ich dachte an einen Zeitungsbericht, den ich vor einiger Zeit gelesen hatte. »Ja. Das ist doch so ein Spektakel in verschiedenen kleinen Zelten. So ein Zirkus, der eigentlich gar keiner ist, oder?«
»Genau. Und der gastiert zur Zeit in Hamburg. Wollen wir da hingehen?«
»Magie, ja? Gute Idee. Und zur Feier des Tages werde ich meine Glückshandschuhe anziehen.«
Mike konnte ich selbst mit meinen Silberhandschuhen von Charlotte nicht schocken. Belustigt spielte er mit meinen nackten Fingerspitzen.
»Sehr ungewöhnlich, aber witzig«, küßte er die Zehnerserie, vom Daumen angefangen.
So trudelten wir auf der Festwiese ein. Es war ganz schön was los.
»Komm, wir gehen mal in das Täuschungszelt.« Ich zog an Mikes Ärmel.
Begeistert tappten wir durch das Dunkel, in dem dreidimensionale Objekte zum Greifen nah waren. Nur – daß sie sich nicht greifen ließen.
»Das muß so ein Holographie-Trick sein«, meinte Mike.

»Klasse.« Ich fuchtelte behandschuht in der Luft herum. Es folgte ein Zelt mit einem Labyrinth, aus dem ich ohne Mikes Hilfe wahrscheinlich nie wieder herausgefunden hätte.
»Hast du Lust auf einen Drink?« fragte er.
Hatte ich. »Astronautenbrause«, las ich auf einem der vielen Schilder. »Ob man danach wohl in die Luft fliegt?« fragte ich Mike lachend.
»Weiß man's? Willst du so was oder lieber einen ›Hexenkesseltrunk‹?«
»Ich bin doch wohl keine Hexe, oder? Das hat doch inzwischen selbst deine Tochter Mariechen eingesehen«, spielte ich die Entrüstete.
»Höchstens ein Hexlein«, grinste Mike auf mich herunter.
»Also, ich möchte am liebsten ein Glas der magischen Bowle«, entschied ich mich schließlich. Wir lehnten uns auf einen der Stehtische, der mit vielen funkelnden Sternen verziert war. Die magische Bowle schmeckte seltsam, aber nicht übel.
»Ich liebe Magie«, hörte ich eine wohlvertraute Stimme hinter mir.
Schock laß nach. Diesen Akzent würde ich überall wiedererkennen. Vorsichtig drehte ich mich ein wenig um. Tatsache – es war Pierre. Mit einem der Schauspieler aus dem Theater. Hoffentlich würde Pierre mich nicht entdecken. Puh, was für eine Situation. An Mikes Kopf vorbei beobachtete ich meinen französischen Charmeur. Wirklich ein toller Mann zum Flirten. Aber mein Frankfurter Gegenüber strahlte noch etwas ganz anderes aus. Mehr, viel mehr. Kaum gedacht, schenkte mir Mike wieder einen seiner tiefen Wärmeblicke, und eine Hitzewelle erfaßte mich.
»Du guckst so komisch«, sagte Mike.
»Liegt an der Bowle«, erklärte ich und zupfte an meinen Handschuhen. Charlotte, Charlotte, du hast mir wirklich Glück gebracht. Das Glück der Erkenntnis.
Mike gab mir einen Kuß auf die Nase. »Ach, Linda. Manchmal werde ich nicht so richtig schlau aus dir. Aber auf jeden Fall liebe ich dich sehr.«
Tag der Magie. Tag des Mißtrauens.

»Was noch zu beweisen wäre«, entfuhr es mir prompt.
Stille. Mit ernstem Blick betrachtete er mich.
»Ich kann mir schon vorstellen, was du meinst«, sagte Mike schließlich.
»Ach wirklich?« fragte ich und drehte mein Glas auf den Sternen hin und her.
»Was würdest du davon halten, wenn ich mir einen Job in Hamburg suchte?«
Ich schluckte. Und nahm schnell noch ein wenig von der Bowle.
»Meinetwegen?« fragte ich leise.
»Ja. Genauer gesagt unseretwegen.«
Ganz offensichtlich lag wirklich ein besonderer Zauber über der Festwiese. Mir hatte es die Sprache verschlagen, und ich beschloß, Mike eine deutliche Knutsch-Antwort zu geben.
»Aha, hört sich gut an«, lächelte er.
»Endlich ein Mann, der mich auch ohne Worte versteht«, neckte ich Mike und knabberte noch ein bißchen an ihm herum. Mike, Mike. Das war der Mann nach meinem Geschmack.
»Also abgemacht. Hamburg«, setzte Mike nach, während er auf ein Zelt gegenüber zeigte. »Guck mal, Linda. Da steht ›Tempel der Liebe‹.«
Ich betrachtete das hübsche Tempelchen und versuchte, das erklärende Schild am Eingang zu lesen. Stunde der Wahrheit. Die Buchstaben waren aber auch verdammt klein. Mit dem Rücken zu Mike setzte ich mir blitzschnell die Brille auf.
»Also, magst du mich jetzt immer noch?« fragte ich ihn provozierend.
»Natürlich, Linda. Und wenn du dir sonstwas einfallen läßt – mich verschreckst du nicht.«
Zufrieden guckte ich ihn an. »Sehr gut. Also, schauen wir doch mal, was hier steht: Der Tempel der Liebe ist der Tempel für das Ja«, begann ich.
Mike übernahm die Fortsetzung: »Schauen Sie in Ihr Herz. Schauen Sie Ihren Partner an. Und wenn Sie sich lieben, so bekennen Sie sich dazu. Hier.«
Neugierig betrachtete ich meinen Prinzen. Was würde er jetzt wohl tun?

»Wollen wir hineingehen?« fragte er und schob mich auch schon ins Innere des Tempels. Es lag im Halbdunkel. Vor irgendwoher klang ein diffuses Läuten wie von tausend kleinen Silberglöckchen. Mit pochendem Herzen stand ich vor einem großen Mann, der einen schwarzen Anzug und einen Zylinder trug.
»Wie heißt du?« wollte er wissen.
»Linda«, sagte ich zaghaft.
»Und du, mein Sohn?« wandte er sich an Mike.
Auch Mike nannte seinen Namen.
»Faßt euch an den Händen«, forderte er uns auf.
So standen wir denn nun da. Mir wurde ganz ernst zumute.
»Die Magie dieses Augenblicks wird euch begleiten. Also, Mike, wenn du Linda liebst, so antworte mit ja.«
Mike drückte fest meine Silberhandschuhhand.
»Ja«, vernahm ich Mikes Stimme wie durch einen Schleier.
»Nun zu dir, Linda. Liebst du Mike, so sage jetzt ja.«
Ich atmete tief durch. Ein verwirrender Duft lag in der Luft. Voller Magie eben.
»Ja«, hörte ich mich sprechen.
Es blitzte. Verwirrt schaute ich in das Halbdunkel.
»Diese Urkunde soll euch für immer an diesen Moment erinnern«, erklärte der Herr Zauberer pathetisch und überreichte uns einen Bogen, auf dem riesengroß »Ja« stand. Darunter klebte der Fremde nun ein Foto. Es war ein Foto von Mike und mir. Der Blitz war nicht vom Himmel, sondern von einer Polaroidkamera gekommen. Na, logisch. Das war mir in meiner ehrfurchtsvollen Stimmung gar nicht eingefallen.
»Sollte eure Liebe schwinden, so könnt ihr diese Urkunde einfach zerreißen. Dann seid ihr wieder frei und ungebunden«, folgte als letzte Erklärung.
Na ja, Magie funktionierte vielleicht auch nicht für die Ewigkeit.
Wir verließen den Tempel der Liebe.
»Na, das war was«, sagte ich zu Mike.
»Ja ist doch ein gutes Wort, oder?« lächelte er mich an.
»Ja«, nickte ich. Dem war wohl erst mal nichts hinzuzufügen.

Als ich am nächsten Morgen aufwachte, betrachtete ich den noch schlafenden Mike. Sofort fiel mir unser Erlebnis vom Vortag ein. Schon merkwürdig, so ein öffentliches Bekenntnis. Ich schüttelte den Kopf. Und Linda sprach das Liebes-Ja…

Leise kletterte ich aus dem Bett. Jetzt hatte ich wohl noch etwas zu tun. Ich fand, was ich suchte, und ließ mich auf dem Fußboden nieder. Neben die Urkunde mit dem Foto von Mike und mir legte ich die drei Fotos, die mich Arm in Arm mit Pierre zeigten. Mit dem Fingernagel tippte ich auf Pierres Nasenspitze.

»Tja, du Ausbund an Charme und Schönheit. Du bist sicher ein Weltmeister im Entfachen von Strohfeuern. Aber das reicht nicht.«

Ich nahm die Pierre-Fotos in die Hand und zerriß sie kurz entschlossen. Adieu. Ablage Papierkorb. Aufräumen tat gut.

Die Urkunde drehte ich so ins Licht, daß ich Mikes braune Augen auf dem Polaroid gut sehen konnte. Mike war eher der Typ mit einer Großpackung Streichhölzer. Ganz offensichtlich hatte er Dauerbrennerqualitäten. Im Laufe der Zeit würden vielleicht noch ein paar Mucken und Macken, Häkchen und Haken auftauchen. Aber, weiß man's? Glücklicherweise hatten wir uns das Wahrsagerzelt erspart.

Nee, ich wollte mir den Luxus leisten, jetzt mal ganz entspannt meinem Gefühl zu vertrauen. Zufrieden legte ich mich wieder an seine Seite und genoß seine mindestens siebenunddreißig Grad.

Hot-End!